감성 매력과 은유 기틀

노창수

저자 노창수 魯昌洙

　　1948년 전남 함평에서 태어났다. 『현대시학』에 시로 추천을 받으며 작품 활동을 시작했고(1973), 이후 『광주일보』 신춘문에 시 부문 당선(1979), 『시조문학』 천료(1991), 『한글문학』 평론 부문 당선(1990) 등으로 문단에 나왔다. 시집으로 『거울 기억제』, 『배설의 하이테크 보리개떡』 『선따라 줄긋기』 『원효사 가는 길』 『붉은 서재에서』 등이, 시조집으로 『슬픈 시를 읽는 밤』 『조반권법』 『탄피와 탱자』 등이, 논저로 『한국 현대시의 화자 연구』 『반란과 규칙의 시 읽기』 『사물을 보는 시조의 눈』 등이 있다. 한글문학상(평론), 한국시비평문학상(평론), 광주문학상(시조), 현대시문학상, 무등시조문학상, 한국아동문학작가상(평론), 한국문협작가상(시조), 박용철문학상(시) 등을 수상했으며, 광주문인협회 회장, 한국시조시인협회 부이사장을 역임했다. 문학박사로 현재 조선대, 광주교대, 남부대 강단에 서고 있으며 광주예술영재교육원 심의위원장을 맡고 있다.

감성 매력과 은유 기틀

인쇄 · 2017년 11월 15일
발행 · 2017년 11월 25일

지은이 · 노창수
펴낸이 · 한봉숙
펴낸곳 · 푸른사상사

편집 · 지순이 | 교정 · 김수란
등록 · 1999년 7월 8일 제2-2876호
주소 · 경기도 파주시 회동길 337-16(서패동 470-6)
대표전화 · 031) 955-9111~2 | 팩시밀리 · 031) 955-9114
이메일 · prun21c@hanmail.net
홈페이지 · http://www.prun21c.com

ⓒ 노창수, 2017
ISBN 979-11-308-1239-7　93800
값 31,000원

이 도서의 국립중앙도서관 출판예정도서목록(CIP)은 서지정보유통지원시스템 홈페이지(http://seoji.nl.go.kr)와 국가자료공동목록시스템(http://www.nl.go.kr/kolisnet)에서 이용하실 수 있습니다.(CIP제어번호: CIP2017030502)

감성
매력과
은유 기틀

노창수

푸른사상
PRUNSASANG

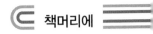

시의 감동이 넘칠 그대 가슴에

고려 때 시인 정지상(鄭知常)은 단 한 줄의 시구(詩句)를 가지고 심사(深思)와 고구(考究)를 거듭했습니다. 그의 유다른 결벽증 때문에 김부식(金富軾)에게 화장실에서 피살되고 말았다는 이야기가 『백운소설(白雲小說)』에 나옵니다. 글이란 사람을 죽이기도 하고 치열한 삶을 이끌어내기도 합니다.

좋은 시구란 절로 나오지 않습니다. 한 작품이 나오기까지 고뇌와 천구(闡究)를 몸으로 보여준 시인들이 있습니다. 막걸리의 빛깔과 맛은 누룩의 오랜 뜸들임에서 나오고, 감칠맛 나는 묵은 김치에서는 계미가 있는 것과 같습니다.

시, 소통의 기회를 만들어갑니다.

요즈음 소통, 소통 많이들 이야기하지만 진정한 마음의 통로가 이루어지지 않나 봅니다. 곧잘 자신의 입장을 남에게 설득시키려 들지만 남이 하는 말은 귀담아 듣지 않으려고 하니까요. 시에 대한 세미나와 토론장에 가보지만 항상 시간이 부족하다는 핑계로 진정한 시의 소통을 생략해버리는 일이 빈번합니다.

시의 주제, 이끌어나가는 품새를 당당히 합니다.

작가의 흐릿한 생각, 미몽한 유행으로 문학의 기본이 무너지고 있습니다. 꼿꼿한 문학 정신만이 당신을 살아 있게 합니다. 시인들은 현세에 대해 할 말이 있음에도 불구하고 이를 마음에 은닉하고 살아갑니다. '좋은 게 좋다'는 처세 때문이지요.

시의 감동, 하이 컨셉트(high concept)를 끌어냅니다.

시는 자기 감성으로부터 독자의 감동에로 연결하는 정서의 다리에 관건이 있습니다. 문학은 구차한 생의 신문고가 아닙니다. 문면(文面)에 드러난 넋두리 같은 호소도 아닙니다. 미사여구의 음풍농월(吟風弄月)의 시, 진정성이 없는 시, 자신만이 여행하고 온 듯한 기행시, '낯설게 하기'가 심해 주제가 소멸된 시, 긴장감 없이 자구(字句)만을 구성한 시, 내용은 있되 시적 긴장이 없는 시 등이 많습니다. 시인은 모름지기 시를 독자와의 상호 보조적 길항으로 연마해야 합니다.

세상 흐름이 '감성'과 '감동'으로 바뀌었음을 이미 드러낸 징후들에서 읽습니다. 이태석 신부의 「울지 마 톤즈」, 프랑스 미테랑 대통령의 악기의 정치, 베네수엘라의 소외된 청소년들의 오케스트라, 오바마 대통령의 가정의 경제 스토리 등이 이를 입증한 바 있습니다. 감성이 감동에 연결되면 소통과 화합은 스스로 몸을 풀게 마련입니다.

다시 말해도 시는 감동입니다. 그럼에도 시인들이 문학 외적 일에 주력하는 일도 많습니다. 특히 정치화된 문학, 작품성에 의심이 가는 수상작,

인사치레와 금전으로 수수된 문학상 등 참 안타까운 현상입니다. 게다가 오늘날 한국 시단에 풍미하는 문학상 수상작들을 보면 해괴한 논리를 지닌 시가 대부분입니다. 어려운 시가 좋은 시라는 등식을 전범처럼 끼고 돌기도 합니다. 모든 게 해체되고 있는 판국에 시인과 문학 교수만이 고고할 수는 없겠지요.

문학은 이제 크게 권력화되었습니다. 그것을 가장 경계해야 될 장르가 오히려 심하다고 지적하는 사람들이 많습니다. 중앙 문단, 수도권의 특정한 문예창작과 교수들, 몇 문예지 중심의 '끼리의 문학파'들이 한국 문단을 재단하고 범주화하고 있습니다. 자신의 아류인 제자들을 은근슬쩍 그런 문단에 진출시키기도 합니다. 문단에서는 대가성 수수(授受)와 부정한 인맥 동원이 횡행하고 있는데, 어쩜 '김영란법'을 이야기한 문인도 없습니다그려. 한국문학의 병든 기류는 최근 최순실 국정 농단 등으로 이어진 파동이 증좌하지요. '문화 융성', '창조 문화', '창조 경제' 등의 허울만 좋은 추상적이고도 정치적인 시책으로 수천억 원이 일부 문화 행사에 쏠려버려 문학은 고사해가고 있습니다. 문예 창작에 대한 지원만 해도 특정한 인물, 해바라기성의 단체, 뚱딴지 지역에 겹치기로 집중됩니다. 여타는 '블랙리스트', '블랙 지역'으로 의붓자식처럼 제껴놓았습니다.

불행하게도 나는 지금껏 떠나지 않고 이 '블랙 지역'에서만 평생을 살고 있습니다. 2대에 걸친 보수와 공주 정권의 집권에 문학이 참사당하는 건 당연할지도 모릅니다. 곡학아세(曲學阿世)로 점철한 특정 문화 연구가, 문학인들이 저지른 죄가 어떠하다는 건 알 만하지요.

가을이 끝나는 길목에 새 책을 내놓습니다. 그동안 한 권의 논저와 두 권의 평론집을 냈는데, 운이 있던지 반응이 좀 좋았더랬습니다. 우수도서로 선정되거나 재판을 찍기도 했으니까요. 세월의 더께와 더불어 쌓인 원고들이 많아져 버리기가 아쉬웠지요. 그래, 새경 받아 쟁이는 머슴 같은 설렘으로 창고를 열고 차곡차곡 정리를 서둘렀습니다.

나는 올해 27년째 대학 강단에 서옵니다. 문학과 글쓰기, 국어 교육에 대한 강의와 논의를 해오고 있습니다. 문학을 이끌고 가르치는데, 눈치 보지 않고 품새가 당당해야 한다고 다시 각오해왔습니다. 고교와 대학 시절부터 스승님들의 그런 가르침에 충실하려고 딴엔 노력했고 지금도 변함이 없습니다. 하지만 나도 모르게 세태에 어울려야 할 때도 있었지요. 이 자리는 진정한 문학 논리와 이치를 알아차리지 못했던 회한으로 마련한 것입니다. 졸작이지만 나의 생산물이 된 평문들을 옛날 단칸방 윗목의 뒤주에다 넣을 늦가을 빨갛고 길쭉길쭉한 고구마처럼 새로이 글 바구니에 담아 저장해야겠다고 맘먹습니다. 그것과 함께 또 겨울을 나겠지요. 배고픈 문학을 했던 문청을 다시 불러봅니다. 하, 독자가 한 개씩 꺼내 요기 삼아 먹듯 내 평론 꼭지들을 간간 읽는다면 하고, 정말 못 말릴 기대도 하면서 말입니다. 하하.

차제에, 이 어수선한 책의 체제를 그럴듯하게 편집해주시고 꼼꼼한 교정, 특히 모순된 논거들을 바로 세워주신 푸른사상사의 편집부 여러분들의 노고에 감사드립니다.

감성 매력과 은유 기틀

40cm 달려온 기쁨! 글을 읽으며 머리와 정신에 반추하다 내면에 차오르는 설렘, 머리에서 시작하여 가슴으로 달려가는 거리, 사이가 진정한 문학일 터입니다.

오늘도 달리고 달려서, 독자 가슴에 파동치기 위해 무딘 펜과 손가락을 세우며 늦은 밤을 밝힙니다. 여름 장마에, 한증막에, 땀내가 밴 비좁은 책상 앞에서 이튿날이 오고 또 이튿날을 넘어 다시 '틈'이 시작되는군요. 서창(書窓)에 비낀 향나무와 호두나무 잎이 간질여주는 산들바람을 잠시 맞습니다. 내심 진지하게, 그러면서도 시원하게 쓰려고 필을 다잡기도 합니다. 참, 노트북 배터리가 경고를 보내는군요. 하니, 그냥 책에서 뵙지요, 뭐.

2017년 11월, 비 오는 아침 창가에서
베토벤 고향곡 5번을 세 번째나 들으며
相來文學房에서 쓰다

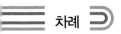
차례

감성 매력과 은유 기틀

제2부   시의 감성을 읽다

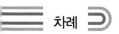차례

제3부 비약에서 생명력을 보다

감성 매력과 은유 기틀

제4부 서정과 정서를 읽다

제1부

사유하는 인문학을 읽다

『운영전(雲英傳)』에 나타난 굴레와 사랑

1. 길잡이 말

우리나라 고전소설 가운데서 사랑을 주제로 한 대표 작품을 꼽으라고 한다면 누구나『춘향전』을 예로 드는 데 주저하지 않는다. 그만큼『춘향전』은 널리 대중적으로 읽히는 소설일 뿐만 아니라, 연애소설(a typical romance)로서의 한 전형(典形)을 보여주고 있기 때문이다.

그러나 이『춘향전』보다 문학적인 가치 면에서 더 높은 자리 매김을 할 수 있는 소설이 있는바, 바로『운영전』[1]이 그렇다. 『춘향전』이 인기 있는 대

1 　"운영전"의 이본(異本)으로 지금까지 모두 21종이 소개되어 있는데, 그 출처가 확실한 10종은 다음과 같다.
　① 서울대 중앙도서관 일석문고『雲英傳』(한문사본)
　② 서울대 중앙도서관 규장각본『雲英傳』(한문사본)
　③ 국립중앙도서관 소장『雲英傳』(한문사본)
　④ 장서각 소장『雲英傳』(한문사본)
　⑤ 국립중앙도서관 소장『雲英傳』(한문사본)

중소설(popular romance)이라면『운영전』은 소설의 짜임이나 주제의 드러내기에서 문학적 기교(literary teachics)가 돋보이는 작품이라 할 수 있다.

『운영전』에 대한 문학적 가치는 우선 이 소설의 구조적 특징에서 다른 소설과 다르다는 점에 기인한다.『운영전』은 리얼리즘에 입각한 현실 비판과 독재의 압제적 권력에 항거하는 민초들의 고통스런 사랑과 갈등을 섬세하게 그려내고 있음이 그 첫째의 변별 요소이다. 그리고 거기에 담겨진 형식이 고대소설에서는 예가 없는 형식으로 이야기 속의 이야기, 즉 액자소설(額子小說)의 한 틀을 보여주고 있음이 그 두 번째 변별 요소이다. 현대 작가도 구사가 어렵다고 하는 액자식 소설 기법을 능숙하게 사용한 점이 구성에서 두드러진다. 이러한 특성으로 소설은 독자 흥미를 단속적이며 계기적(契機的)으로 유도하므로 읽는 맛 또한 독특하게 경험해 볼 수 있다.

이 글에서는 문학적 형식·내용 면에서 두루 그 가치가 두드러진『운영전』에 대해 스토리 전개에 드러나는 죽음의 구조와 특징, 그 속에 담긴 사랑이 이루어지지 못한 반작용과 주인공을 비롯한 등장인물들의 운명적인 궤적인 사랑의 굴레에 대하여 재확인해보고자 한다. 또 그러한 운명적 사랑이 소설의 비극적 결말에 어떤 도움을 주고 있는가를 살펴보고자 한다. 나아가 셰익스피어의『로미오와 줄리엣』과『운영전』을 비교하여 유사

⑥ 한글학회 소장『雲英傳』(한문사본)
⑦ 연세대 중앙도서관 소장『雲英傳』(한문사본)
⑧ 김기동 소장『雲英傳』(한문사본)
⑨ 이재수 소장『雲英傳』(한문사본)
⑩ 영창서관 발행『연정 운영전』(한글활자본)

성과 차이성을 알아보는 단계를 거쳐,『운영전』은 현대에도 재음미할 가치가 많은 당대 차원 높은 소설미학임을 연역해보고자 한다.

2. 죽음의 구조적 특징

소설『운영전』에는 삼중의 액자식 이야기가 전개되고 있다.

그 구성은, 처음 부분은 유영(柳泳)이 수성궁에서 혼령과 만나 대화를 나누는 것으로, 중간 부분은 운영과 김 진사의 회고담(懷顧談)으로, 그리고 끝 부분은 유영과 혼령의 대화가 작가 유영의 후일담으로 전개되는 과정으로 나누어져 있다. 이를 주인공 중심으로 갈래 지으면 세 가지 이야기로 구성되어 있음을 보인다.

제1화는 유영의 이야기, 제2화는 운영과 김 진사의 대화, 제3화는 유영의 회고담의 차례로 엮어져 있다. 이 같은 삼중 액자식 구조 형태를 도식하면 다음과 같다.[2]

제1화 유영 이야기 : 유영 중심의 내용 전개 부분

제2화 운영과 김 진사의 대화 : 운영과 김 진사의 회고담 전개 부분

제3화 유영의 회고담 : 운영과 김 진사의 과거 회고 부분

제1화부터 제3화까지는 소설의 표면에 드러난 액자식 전개이다. 그러나 소설을 세심히 살펴보면, 이야기는 무형의 또 다른 액자 속에 갇

---

2   박태상, 「운영전의 구조와 미적 가치」, 『한국방송통신대학보』 제593호, 1988.5.
     2. 한국방송통신대 학보사, 3쪽.

혀 있음을 발견할 수 있다. 그 액자틀은 '죽음'이라는 또 다른 세 가지 무형의 틀(immaterial frame)인데, 이를 간추려 보면 다음과 같은 구조를 보인다.

죽음	1) 네 궁녀의 죽음	1) 2) 주변인물의 죽음	■화자 유영의 행방불명	■작가의 행방불명
	2) 특(特)의 죽음			
	3) 운영의 죽음	3) 4) 주인공의 죽음		
	4) 김 진사의 죽음			
끝맺음	죽음의 끝	등장인물 모두 죽음	■화자와 작가의 행방 불명	

이제, 『운영전』의 이 같은 '죽음의 틀'에 입각하여 비극적 구조가 어떻게 전개되고, 당대의 현실을 어떻게 반영하고 견지해나가는가를 살피기로 한다.

1) 네 궁녀의 죽음

『운영전』에 등장하는 인물은 운영과 김 진사, 그리고 운영의 친구인 네 궁녀, 김 진사의 몸종인 특(特)으로 배치·구성되어 있다. 운영과 김 진사, 두 주인공을 제외한 주변인물은 모두 5명이다. 네 궁녀와 특은 결국 비극적인 죽음을 택함으로써 주인공에게 닥칠 운명의 비극(fatalistic tragedy)을 예고하는 한편, 그와 같은 비극적인 상황을 더욱 첨예화하는데 초점화 내지는 계기화 된다. 즉 네 궁녀의 죽음과 특(特)이 우물에 빠져 죽은 것으로 운영과 김 진사의 또 다른 죽음을 예고한 것이다. 이들이 모두 죽음이라는 공통 액자 속에 갇혀 있음에도 불구하고, 그 죽음에 이르는 동기는 각기 다르게 묘사되어 있다.

우선 네 궁녀가 죽은 것은 주인공 운영을 폐쇄된 굴레로부터 구출하기 위한 방책이었다. 안평대군의 폭압에 대해 집단 자살이라는 강한 결사로 저항하면서, 운영과 김 진사의 사랑에서 궁중 시스템의 압제와 그 굴레를 벗겨주려 한 것이다. 사실 그러한 시도는 표면적으로 나타난 운영의 위기를 구출하는 데 있는 것은 아니다. 그녀들이 궁 안에 갇혀 갖은 탄압과 제약을 받으며 지내왔던, 그래서 인간다운 삶을 포기하면서 살아왔던 한과 울분의 잠재의식의 발로였다. 그게 운영의 사건으로 인하여 촉발되고 대리 분출된 것으로 보인다. 자신들의 인간 해방을 살신(殺身)의 행동으로 폭발시킨 저항의 역설이다. 그래서 등장인물은 스스로 운영의 입장과 그 위치로 돌아갈 수가 있었다. 그러나 그녀들이 집단 죽음을 택한 항거는 당시 궁궐이라는 이 거대 시스템에 아무런 파괴의 힘이 되지 못했다. 안평대군은 이들을 더 무겁게 내리덮어 씌울 또 다른 빌미와 굴레를 찾았기 때문이다.

위정 독재자 앞에선 궁녀의 목숨 따윈 존중될 가치조차 없었다. 그만큼 절대 존재를 위해서 민초들은 한없이 하찮은 미물 같은 존재에 불과했던 시대였다.

2) 특(特)의 죽음

다음으로, 특(特)이란 인물에 대해서 살펴보자. 특은 평소 김 진사와 운영을 잘 도와주는 척하나, 실은 그를 해치고 괴롭혀온 사람이다. 나중에 그도 결국 죽는다. 그의 죽음은 자기 주인을 배반한 결과의 업죄로 단죄(斷罪)되며 인과 응보적 관계(causality and retribution)에 있다. 그가 우물에 빠져 죽지만 그것은 김 진사를 속이고, 운영을 죽게 한 결과의 한 종착점이라 할 수 있다. 특이 죽게 됨으로써 김 진사는 억압적 굴레나 감시망(監視網) 하나를 벗어난 셈이다. 그러나 그건 바깥으로 드러난 굴레에서 약간 벗어났을 뿐이다.

특의 죽음으로 말미암아 김 진사에게는 안평대군의 감시와 굴레를 더 당해야만 하는 새로운 탄압 구실이 주어진다. 권력은 상대의 주변인물을 하나씩 제거하면서 더 처절한 힘을 발휘하기 때문이다.

3) 주인공의 죽음

이제 주인공을 둘러싼 주변인물이 죽고, 안평대군의 억압 굴레는 더 죄어지게 된다. 그리고 마침내는 운영과 김 진사, 두 주인공도 결국 죽음을 택한다. 운영과 김 진사가 갈망하던 사랑을 이루지 못하고, 안평대군의 절대적 권력과 억압 아래 죽음의 길을 택할 수밖에 없다는 논리가 소설이 지닌 비극적 결말이다.

세 가지의 비극이란 『운영전』에서 가시적으로 드러난 죽음의 액자틀이라 할 수 있다. 운영과 김 진사의 죽음을 계기로 주인공들의 투안(偸安)과 체관(諦觀), 집행자의 권위주의적 스트레스가 인물들을 죽음에 이르게 하고 있다.

과거 소설이 남녀 정사의 비장미(悲壯美)를 올바로 계승했더라면, 우리 문학도 진취적인 생동이 가능했을 것이다. 그러나 죽음이 봉건사회의 가치 기준에 크게 죄악시된다는 의식이 비극을 사회 표면에 내세우지 못하도록 감추어져왔다. 우리가 위대한 비극 작품을 낳지 못하고 퇴영하게 된 원인도[3] 이 같은 면에서 지적된다. 그 점이 소설『운영전』을 과소평가하는 계기가 되지 않았을까 생각한다.

3) 액자 속의 비극

『운영전』의 비극성은 봉건사회의 높은 담장을 뛰어넘으려는[越牆] 주인 공들의 비극, 정치적으로 실의를 겪다 폭군화된 안평대군의 비극, 그리고 전란이 가져다준 참패의 비극 등이 종합된 산물이다. 전쟁과 정치적인 비극은『운영전』의 운영에 대한 종말을 가세해주는 역할을 하고 있다. 작가 유영(柳泳)은 전란 후에 운영과 김 진사의 비련(悲戀)에 가득한 사연을 듣는다. 일세를 누리던 안평대군은 예기치 못했던 김 진사와 운영에게 그의 권위를 빼앗겼다는 생각에 더욱더 포악해진다. 이 같은 비극의 연쇄적(連鎖的) 동인(動因)에서 싹튼 운영과 김 진사의 사랑은 열매를 맺지 못하지만, 이들의 열애로써의 죽음은 봉건사회의 암담한 현실과 압제적(壓制的) 권위에 항거하는 강한 힘으로 승화되어 있다.

『운영전』의 겉에 나타난 내용은 하나의 가시적(可視的)인 죽음의 액자 틀이다. 그러나 이러한 가시성의 액자틀 밖에는 눈에 보이지 않는 다른 액자가 테두리지어 있다. 그것이 세 번째의 비극적 결말이다. 즉 유영은 기록한 책을 보며 식음(食飮)을 전폐하고 명산을 돌아다니게 된다. 나중 에는 생사조차 알 길 없게 되고, 그래서 우리의 가시권(可視圈)에서는 그 존재가 사라져 확인되지 않는다. 무형의 액자틀 속에 있는 유영이 또 다

---

3   소재영 · 강홍재,『운영전』(국문학총서6), 시인사, 1985, 118쪽 재인용.

『운영전(雲英傳)』에 나타난 굴레와 사랑

른 비극적 존재로 상징화되어 있음을 보여준다.

이 소설의 마지막 화자인 유영의 행방불명으로 소설은 닫혀진 채 등장인물이 아닌 제3의 독자가 다른 굴레로 압박을 당하는 차례를 설정해놓았다. 작가와 유영의 생사는 왜 확인할 수 없는가. 작자는 왜 그를 확인해주지 않고 있을까. 소설의 최종 화자인 유영까지도 의문의 함정으로 몰아 이야기의 결미를 보다 무겁게 하는 까닭은 무엇일까.

그것은 운영과 김 진사의 사랑을 전개한 이 소설의 주된 화자가 유영이라는 사실과, 그 유영의 이야기를 전하는 작가의 담화와 필연적인 연관이 있어 보인다.

『운영전』은 원래 운영과 김 진사의 사랑에 관한 이야기만을 다루었을 것이다. 그러나 작자는 이 두 사람의 이야기에 유영이라는 제3의 화자(話者)를 다시 빌려오고 있다. 그것은 작자가 당시 권위주의적인 정치와 봉건사회가 빚는 억압과 굴레에서 그것을 뛰어넘으려는 인간적이고 절박한 사랑의 결단을 독자에게 효과적으로 전달하는 방법을 생각한 데서 비롯되었을 것으로 보인다. 당시 사회 규범에 의하면 궁녀인 운영과 김 진사의 사랑은 엄연한 실정법 위반으로 그들은 극형에 처단되어야 할 대상자들이었다. 그러기 때문에 작자는 이를 숨겨주기 위하여 액자 속에 다중의 이야기를 전개시켜 넣음으로써 작가적 휴머니티를 발휘하고 있는 것으로 볼 수 있다.

제3의 화자인 유영도 결국 생사를 알 수 없게 되었다는 마지막 부분에 작자의 구성력은 배려(配慮)에 의해 전달되는 바가 엿보인다. 그것은 작자 자신과 사회적으로 금기(禁忌)되어야 할 '운영과 김 진사의 사랑' 이야기가 후세 전해지는 것마저도 숨기겠다는 의도에서 이 같은 형식을 취했다고 볼 수 있다.

이러한 작자의 은폐적 도모는 당시 정치제도가 얼마나 굴레 노릇을 했는지 실감나게 해준다. 그러므로 사회 비판적인 애정 이야기는 당연히 액자화되어 상징적 은폐를 행하지 않으면 안 되었을 것이다.

5) 현실의 굴레 벗기

이상의 세 가지 비극적 죽음과 비화(秘話)의 스토리는 액자화되어 절대 권력 앞에 항거한 사랑을 궤적화한다.

주인공의 죽음에 이르는 과정에서 작자는 내세적 사랑(future love)에 대한 미련을 드러낸다. 지상에서의 한계와 굴레를 이겨내지 못하고 결국 죽음을 택한 그들의 사랑은 내세에 가서야 아름다운 기약이 될 수 있음을 보여주고자 한 것이다.

이 점에 대하여 윤해옥(尹海玉)은 그의 논문에서 다음과 같이 피력한 바 있다.

> 외형적 구조의 특징은 입면 일각(入眠一覺)이라는 몽유론적(夢遊論的) 액자 구성과 전개이다. 이는 일반 몽유록에서 보는 입면(入眠)에서 각(覺)에 이르는 몽중 세계가 존재하지 않는다고 보았다.
>
> 작품에서 운영과 김 진사의 죽음은 진사와 주종 관계를 부정하고, 운영과 재보(財寶)를 소유하려는 특(特)의 욕망으로 비롯되는데, 이러한 표면적 요인 이전에 본질적으로 사건에 내재하는 요인은 이조 사회가 궁중 여성에서 가한 제도적 모순이다. 주인공은 천상 세계로 회귀하는 사후 보상을 통하여 이들의 행위를 정당화시킨 것이다. 나아가 작가는 의도적으로 주인공에게 불교적 발원을 실현시켜 주었고, 이들의 행동을 반윤리적 애정의 행각으로 배격하였던 현실 사회

의 경직된 가치 기준을 전도(顚倒)시킨 것이다.[4]

이 같은 경직된 가치기준에 대한 전도를 꾀한『운영전』스토리를, 정해주(丁海珠)는 주인공이 당시 사회의 엄격한 봉건적 체제와 가치관 속에서도 인간적 자각과 의식을 잃지 않았다고 평가했다. 주인공들은 현실 대결에서 비록 지고 말았지만, 단순한 패배가 아니다. 인간적이지 못한 규제와 형식에 매인 인간들이 규제에서 벗어나 자아를 찾아가는 과정이 적나라하게 제시되어 있다. 소설은 현실계에서 이루지 못한 사랑을 초월계나 피안계에서 성취해 냄을 보여주는[5] 보충법적 전개를 밟는다. 따라서 인간성을 드러내는 의도적 발현과 실천적 진리가 이 소설에 담겨 있도록 장치한다.

위에서 살펴본 바, '내세적 사랑의 기약'은 '천상의 세계로 회귀'하는 모습이며, 현재성 결핍에 따른 사후 보상책이라 할 수 있다. 즉 초월적 표상으로 불교적 발원(發源)과 그 실현에 기반을 두고 현세에 이루지 못한 사랑을 내세에 실현한다는 작가의 의지를 제시하고 있는 것이다.

이 소설에서 죽음의 특징을 네 가지 형태로 빌려 연쇄적 구성을 하고 있음을 살펴보았다. 즉 네 궁녀가 죽고 특이 죽으며, 주인공이 죽는 과정, 그리고 소설의 화자인 유영의 행방불명 등 일련의 파멸 과정이 그것이다.

---

4   윤해옥, 「운영전의 구조적 고찰」, 『국어국문학』 제84호, 국어국문학회, 1980, 14~17쪽.

5   정해주, 「운영전의 비극적 구조 고찰」, 성신여자사범대학 대학원 석사학위 논문, 1976, 1~10쪽 참조.

이러한 죽음에 이르는 비극의 특질은, 전란 후 봉건사회의 붕괴와 각성이 바탕에 깔린 정치적 암울함이 나타난 계기적 결과라 할 수 있다.

일견, 이 작품은 궁녀들의 의견 통합 과정을 통해 소설의 입체적 부피감을 주고 있으며, 그들의 대화를 통하여 궁궐의 참상을 리얼하게 밝히는 사회성도 내포되어 있다. 등장인물의 이룰 수 없는 사랑은 운영의 사련(邪戀, guility love)으로 걷잡을 수 없는 비극에 빠진다. 끝내 주인공은 죽음에 이르지만 죽음을 앞에 둔 궁녀들은 유린당한 인권을 회복시키려 한다. 짓밟힌 한 여인의 사랑을 변상받으려는 비수를 날카로이 벼리고도 있다. 즉 굳은 권위의 벽을 뚫고 자유로운 사랑과 삶을 찾아 헤어나려는 운영의 능동적인 실천의지를 보여주는 것이다.

흔히 운영의 죽음을 들어 이 소설을 소극적 또는 현실 도피적 작품으로 보지만,[6] 오히려 강한 현실 부정이 주는 저항성의 현실 참여를 꾀하는 동인으로 보는 게 옳다고 여긴다. 주인공과 그 주변인물이 죽음으로써 사랑을 확인한 요소가 돋보이기 때문이다.

3. 비극의 포괄성 일반성

소설에 확인된 죽음의 계기적 전개는 어떤 의미를 지닐까. 그것은 하나의 절대 권력에 저항하는 것으로 출발하여 비극적 순환이라는 일반성과 개연성의 확대를 드러낸다.

한마디로 『운영전』은 억압받은 자들의 인간 해방을 선언한 소설이다. 그

---

6   소재영·장홍재, 앞의 책, 152~153쪽 참조.

점에서 다른 고전소설과 특별히 구별되기도 한다. 이 소설은 궁녀인 운영과 세정(世情)의 초라한 선비 김 진사와의 비극적 사랑을 그린 로망이다. 그러나 단순한 로망이 아닌, 자유를 갈구하는 인간의 본능을 들춰낸 로망이다. 조선의 봉건제도와 모순된 현실을 뛰어넘어 인간적이고자 하는 본능이 결국 한계에 부딪쳐 자살한 끈끈한 삶의 궤적을 추적한 것이다.

흔히 고전소설은 '행복한 결말(happy ending)'로 끝나는 게 특징이며, 애정 소설의 경우 그러한 구성에 익숙해 있는 듯하다. 그러나 『운영전』은 그 같은 전형성(典型性, conventionality)에서 벗어나는 형식의 비극적 결말, 그것도 인물들의 죽음과 심지어 작가의 행방불명까지 주도한, 그래서 기존 고정화된 체제의 비극성에 대하여 이의(異議)를 제기했다는 점에서 유다른 주목을 끌고 있다.

1) 사랑의 굴레, 그 윤회적 믿음

『운영전』은 몽유록계 소설 유형으로 분류되고 있지만, 이에 포함시킬 수 없는 독자성(獨自性, personality)이 있다. 기존의 몽유록계 소설에서는 꿈 세계와 현실 세계가 명확히 구별되고, 주인공이 꿈속을 돌아다니며 행동하는 것이 보편화되어 있다. 그러나 『운영전』에서는 유영이 취해 돌아다니다 잠을 자고 깨어나서는 김 진사로 돌아와 운영과 만나는 과정을 그리는, 말하자면 현실계와 몽중계(夢中界)가 자유로이 내왕하는 특징이 있다. 유영은 꿈속에서 운영과 김 진사를 만나고, 깨어나서는 김 진사로서 운영과 만나기도 한다. 이 같은 이야기의 액자식(額子式) 전개가 기존 몽유록계 소설과 구분 짓는 요소가 된다. 즉 작가, 화자, 주인공의 삼중적 스토리가 서로 겹쳐서 전개되는 구조와 양상을 보이는 것이다.

이 소설의 주요 인물은 안평대군, 김 진사, 운영, 특 등 4명이다. 안평대 군의 폭군적 아집(我執)과, 운영의 순수한 인간애적 사랑이 충돌하는 갈 등 구조로 되어 있다. 궁녀들을 수성궁(壽城宮)에 가두고 외부 사람과는 접촉을 하지 못하게 하며, 이를 어길 때는 죽음을 면치 못하리라는 엄명 (嚴命)도 내린다. 이 조건은 한 인간이 만든 제도가 얼마든지 다수의 인권 을 짓밟고 자유를 유린(蹂躪)할 수 있다는 개연성(蓋然性, probability)을 보여준다.

그럼에도 불구하고 김 진사와 운영은 서로 사랑하며, 비인도적 제약을 뛰어넘기 위해 온갖 노력을 다한다. 둘은 처음 무녀(巫女)의 집에서 처음 만나고 첫눈에 사랑에 빠진다. 운영은 김 진사에게 밤이 되면 궁궐담을 넘어[越牆] 몰래 만날 수 있다고 말해준다. 이에 김 진사는 비장한 각오로 서궁(西宮)의 담을 넘으려 하나 처음엔 너무 높아 실패한다. 그는 결국 특 (特)의 도움으로 담을 넘고 운영과 밀애(密愛)를 나누게 된다. 여기에서 서 궁의 담은 그들의 사랑을 가로막는 현실적이면서도 하나의 제약 요인임 을 상징한다.

둘은 사랑을 나누다가 겨울이 되자, 김 진사는 궁궐 눈 위 발자국으로 들키지 않을까 고민한다. 이때 특(特)은 운영과 함께 멀리 도망할 것을 권 한다. 그러나 특은 김 진사에게 사실 도움을 주는 자가 아니었다. 그는 김 진사를 죽이고, 운영과 그녀가 지니고 있는 보물을 함께 차지하려는 흉계 로 그런 위선을 베푼다. 어느 날 안평대군은 '비해당' 현판에 올릴 김 진사 의 시를 읽고 거기에서 운영과의 밀애 관계를 곧 알아차리게 된다. 결국 궁지에 몰린 운영은 도망하나 미수에 그친다. 한편 특은 소경에게 점을 치면서 주인인 김 진사가 욕심 많고 자기를 괴롭힌다고 거짓 소문을 퍼뜨린다. 이와 같은 소문으로 안평대군은 운영과 김 진사의 밀애를 알아차리고 다섯 궁녀들을 차례로 심한 매질로 문초하기 시작한다. 이에 네 궁녀들은 고문을 견디지 못하고 밤에 집단 자살이라는 처절한 죽음으로 운영을 옹호해준다. 그러나 운영은 자신의 죄가 너무 크다고 생각하여 별당으로 가 대들보에 그만 목을 매고 만다.

한편 김 진사도 운영이 죽었다는 소식을 듣고 극도의 슬픔에 헤어나지 못해 자신도 죽기를 결심한다. 그리고 그는 배반한 특(特)을 죽여 지옥에 보낼 것과 내세(來世)에 운영과 다시 만날 것을 기구(祈求)한다. 그는 운영을 살아나게 하고 짝을 맺어 운영과 함께 비구니, 비구승이 되어 부처님 은혜를 갚겠다는 소원을 빈다. 결국 특은 7일 만에 죽고 김 진사도 자살한다.

이러한 비극적인 결말로 액자 속의 운영 이야기는 끝난다. 그 뒤의 기술은 액자 밖에서 본 유영의 또 다른 이야기가 기술되어 있다. 즉 유영이 취해 잠든 후 깨어 보니, 김 진사가 놓고 간 책만 있었다. 유영은 다시 방랑의 길을 떠나지만 끝내 그의 생사는 확인되지 않았다는 것이다.

이 소설의 이러한 줄거리는 제도나 신분적 제약에는 하나의 인간적인 지고(至高)한 사랑도 죄악이 될 수밖에 없다는 결과를 드러내고 있다. 즉 자유로운 정신, 사랑, 이상을 추구하는 삶이 현실에 비극적으로 꺾어질 수밖에 없는 굴절 과정을 그린 것이다. 소설은 권력에 짓밟히는 지고한 인권을 폭로함으로써 사랑으로 맺은 인권을 옹호하려는 내부 의도를 강하게 안고 있다. 나아가 주인공이 이루지 못한 사랑의 한을 내세에 옮겨 이루도록 한다는 작자의 깊은 믿음을 읽게 해준다.

따라서 불가능한 사랑이 반드시 내세에 가 그 한을 푼다는 단호한 의지를 주제에 담아 긴장감 있게 서술한 추리 기법식 구조이기도 하다. 작가의 주체적인 주제의식의 결과가 십분 발휘된 소설이라 할 수 있다.

2) 운영과 김 진사, 그리고 로미오와 줄리엣

한국의 비극 소설로서『운영전』은 셰익스피어의『로미오와 줄리엣』의 운명적인 사랑의 패턴과 여러 가지 면에서 닮아 있다. 즉 한국판『로미오와 줄리엣』이 바로『운영전』인 셈이다.

이 두 작품은 갈등 관계에 있는 남녀의 사랑을 운명의 굴레 속에서 파괴시키는 과정을 그렸다는 점에서 주제의 유사함이 있고, 주인공의 상호 죽음에서도 그런 형태를 엿볼 수 있다.

셰익스피어의『로미오와 줄리엣』에서의 주인공 '로미오'와 '줄리엣'의 죽음은 매우 현실적이다. 이들은 사랑에의 장애 요소를 뛰어넘지 못하고 죽음의 방법으로 '독약'을 선택한다. 주인공들의 죽음은 서로의 사랑이 이루어지지 못한 데서 기인한다. 즉 죽음의 연속, 줄리엣의 죽음이 다시 로미오에게 전염되어 시차적 죽음이 꼬리를 이어 진행된다. 사랑하는 연인이 죽었기 때문에 죽고 다시 죽음에서 깨어나 보니 연인이 죽어 있어서 다시 독약을 먹고 죽는 연속은 현실적 연인의 부재가 몰고 오는 무서운 고독에서 연유한다.

이처럼『로미오와 줄리엣』에서 사랑과 죽음의 방식은 현실 면이 강하게 나타나는 특징이 있다. 이에 반하여『운영전』에서는 '운영'과 '김 진사'의 죽음에 내세적인 성격이 강하다. 즉『로미오와 줄리엣』과는 다음과 같은 면에서『운영전』과 성격 차이가 있는 것이다.

첫째, 운영과 김 진사는 당대 안평대군의 절대적 권위에 항거하는 몸짓으로 죽음을 선택하는 데 비하여, 『로미오와 줄리엣』에서는 상호 원수지간의 가계(家系)라는 요인이 두 연인의 죽음을 유도하고 있다. 즉 『운영전』은 죽음을 억압의 정치적 연유(緣由)에서 추구하고 있으나, 『로미오와 줄리엣』은 신분의 가계적(家系的) 연유에서 죽음을 구하고 있는 것이다.

둘째, 운영과 김 진사는 사랑을 이루지 못하자 서로 내세에 만날 것을 기약하며 죽게 되는데, 바로 이 같은 점은 로미오와 줄리엣의 현실주의적 죽음과 확연히 구별된다. 즉 『운영전』은 동양적 내세관을 추구하고 있으나, 『로미오와 줄리엣』은 서양적 현실관을 중시한 것이라 할 수 있다.

셋째, 두 작품에서 죽는 방식의 차이점을 들 수 있다. 운영은 죽을 때 목을 매는 '끈의 방식'을 선택했으나, 로미오와 줄리엣은 '독약의 힘'을 빌렸다는 것이다. 즉 전자는 스스로에 대한 가학(加虐)의 매개(媒介)로 끈을 사용했으나, 후자는 순간 매개로 간편한 약을 사용한 것이다.

두 소설의 이와 같은 죽음의 원인, 죽음의 기약, 죽음의 방법 등에서 차이가 있음에도 불구하고 주인공들의 신분적 위치가 서로 어긋나 있음으로 해서 빚어지는 비극적 관계를 묘사했다는 데 유사성을 들 수 있다. 동서고금을 막론하고 언필칭 이루어질 수 없는 사랑은 사랑 자체가 아닌 인위적, 권위적인 사회가 만들어낸 굴레라는 데 공통성이 있다. 이 모든 제약과 억압의 굴레를 벗어난 영구적인 사랑은 불가능할 것인가.

4. 맺는 말

위에서 언급한 바, 『운영전』은 절박한 자유에의 갈구와 인간 해방의 몸부림이 강하게 드러나 있는 소설이다. 이 소설을 읽으면, 깊은 궁궐에서 인간적 삶과 자유를 박탈당한 채 유폐된 꽃다운 여성의 사랑과 그 몸부림을 함께 느끼게 한다.

그것은 갇힌 자, 구속받은 자의 끈질기고도 지난한 자유 정신의 추구라고도 할 수 있겠다. 사랑의 감정이나 인간성을 지니는 것은 궁녀라고 해서 제외되어야 할 이유가 없다. 궁녀라는 신분의 이유로 그런 감정을 억압받아야 한다는 것은 명백한 인권 유린의 행위이다.

이 소설은 절대 권력에서 탈피하려는 강한 저항을 담고 있다. 궁녀들이 집단적 항거로 자살 시위를 함으로써, 인간에게 자유나 사랑이 본질적으로 얼마나 소중한 것인가를 살신(殺身)으로 보여준다. 특히 저항의 방법이 자살을 통한 극한 투쟁이기에 호소력이 더 처절하다. 이 같은 극한 투쟁은 당시 정치적 권위가 얼마나 폭압적이었나를 반증하는 것이다.

그 시대 궁궐에서는 당연시했던 외부인과의 접촉 금지의 그 제약을 쇠사슬 끊듯 떨치고, 한 궁녀가 김 진사와 사랑을 용감하게 나누었다는 것은, 획기적인 연애 사건이다. 그것은 궁녀라는 신분에 앞서 한 순수 자연인으로서 실천한 위대한 사랑의 승리라 할 수 있다. 이에 반하여, 궁녀가 신분을 잊고 남자와 사랑에 빠짐은 불문곡직 사형이라는 안평대군의 자행은 억압적 굴레임을 드러내고 있다. 폭군의 절대적 굴레 아래서 깊고도 간절한 사랑을 위해 죽음이라는 몸짓으로 절규한 운영과 김 진사의 사랑은 오늘날에도 의미 있는 단서를 던진다. 예컨대 현대의 비정한 정치권이나 사회 관습과 이념으로 제한된 사랑의 현주소, 그리고 권위주의적·자본주의적 교육 환경에서 침해당하는 인간성과 자율성 등이 그렇다. 이 소설은 이를 회복하고자 하는 움직임과도 결코 무관하지 않다. 또 이 같은 주제가 현대 사회에서의 그 어떤 소설보다도 이미 조선 시대에 다루어졌다는 것을 재음미해볼 가치가 있다.

이와 같은 의미에서 현대를 살아가는 힘겨운 우리에게 『운영전』의 철학이 가르치는 바는 크고도 높다. 현재 권위적이고 반민주적인 정치권력에 대하여 저항하는 측면에서도 시사하는 바 크다고 본다.

굴레와 사랑, 이 이율배반적 이미지의 구조는 현실의 억압된 굴레를 뚫고 내세의 자유로운 사랑을 추구해야 하는 인간적인 행동 미학을 독특한 액자식 소설 진행으로 핍진하게 드러낸 것이다.

그래서 인간다운 사랑의 유지나 확보가 권력에 의해 마멸되어가는 인권을 회복하려는 필사 정신, 그리고 유기적 상관을 갖게 되는 생의 본질적인 물음을 품게 한다. 소설에서 굴레와 사랑이라는 배반의 말로 작가는 고뇌에 찬 몸부림의 답을 대신하고 있는 것이다.

(『한글문학』, 1992년 봄호)

참고문헌

김기동, 『이조시대 소설론』, 정연사, 1959.

박기석, 「운영전의 재평가를 위한 예비적 고찰」, 『국어교육』 제37호, 한국국어교육연구회, 1980.

박성의, 『한국고대소설사』, 일신사, 1958.

박태상, 「운영전의 구조와 미적 가치」, 『한국방송통신대학보』 제593호, 1988.

변형민, 「운영전의 주제를 중심으로」, 『先淸語文』 제7호, 서울대학교 국어교육과, 1976.

소재영 · 장홍재, 『운영전』(국문학총서6), 시인사, 1985.

송정애, 「운영전 연구」, 석사학위논문, 서울대학교 대학원, 1977.

윤해옥, 「운영전의 구조적 고찰」, 『국어국문학』 제84호, 국어국문학회, 1980.

정규복, 「운영전의 문제」, 『고대문화』 제11호, 고려대학교 총학생회, 1976

정해주, 「운영전의 비극적 구조 고찰」, 석사학위논문 성신여자사범대학 대학원, 1976.

조윤제, 『국문학사』, 동국문화사, 1949.

대를 이은 사마천(司馬遷)의 『사기(史記)』

1. 왕실의 사관(史官)인 가문(家門)

역사는 '과거사'라고 하지만 과거를 비롯하여 오늘날까지의 살아 있는 기록이라 할 수 있다. 과거와 현재가 사안별로 대비되며 과거를 바탕으로 현재를 가르치는 반면 교과서가 곧 역사이기 때문이다. 역사서 중에서 유명한 사마천의 『사기』는 아버지와 아들의 2대에 걸쳐 완성한 방대한 분량의 책이다. 이 책은 기전체(紀傳體) 형식을 띤 자료로 동서고금에 큰 발자취를 남긴 한 사건이라고 할 수 있다.

『사기』가 그만큼 위대한 고전이라는 데에 반대할 사람은 없을 것이다. 『사기』는 출판된 지 2천여 년이 지나는 동안 꾸준히 읽혀왔고, 그 세부 기록 하나하나마다 큰 감동을 주고 있다. 어떤 사람은 이 책에서 인간 갈등에 대한 방황을 느꼈다고 했으며, 어떤 이는 정신의 위대한 승리를 보았다고도 설파했다. 어떤 역사가는 썩은 내가 풍기는 권력의 타락상을 보았다 했으며, 한 여행가는 주유천하를 하며 삶의 지혜와 비법을 익혔다고 자랑한 적도 있었다. 그만큼 『사기』에는 많은 것이 담겨 있으며, 지금도 사람들에게 문제의식을 던져주고 있다.

사마천은 한나라 무제(武帝, BC 141~86) 때 사람으로 자는 자장(子長)이다. 중국은 춘추전국시대인 약 500여 년의 격동기를 거친 후, 진(秦) 나라의 시황(始皇)에 의해 통일되었다. 하지만 진나라의 생명은 시황의 폭정(暴政)으로 얼마 가지 못했다. 기원전 210년 진시황이 죽은 후, 바로 '진섭(陳涉)의 농민 반란'이 일어났고, 이로 말미암아 나라는 점차 붕괴의 길을 걷기 시작했다.

사마천이 태어난 시기에 대해서는 확실치 않다. 기원전 135년에 태어났다는 사람도 있고, 기원전 145년 출생이라 기술하는 학자도 있다. 『사기』는 잘 알려져 있지만 그것을 쓴 저자에 대한 정보는 안개에 가려져 있다. 사마천은 자신을 철저히 감추었다. 그렇게 된 동기가 있다. 『사기』의 서문 「태사공자서(太史公自序)」에 의하면, 사마천은 용문(龍門) 태생이라는 해설이 있다. 용문은 지금의 섬서성(陝西城) 한성현 부근이다.

사마천은 20세가 되던 기원전 126년경, 양자강 남북을 횡단하는 긴 여행을 떠났다. 이는 그가 일생에 걸쳐 수행한 첫 번째 여행이었다. 사마천은 많은 지역을 걸어 다니면서 성인(聖人)들의 행적을 답사하고, 그들의 의지와 뜻을 기렸다. 지방마다 색다른 풍물들을 익히고 고유한 특산물을 알아보며 많은 메모를 했다. 또한 나이 든 학자나 백성을 만나 그 지방의 전설과 역사를 듣고 배웠다. 그는 몇 년을 돌아다니면서 역사적 안목을 넓혀나갔다.

기원전 110년, 여행에서 돌아온 사마천은 아버지의 죽음이라는 큰 슬품을 맞게 된다. 아버지는 사마천에게 유언을 했다. 즉 자신이 쓰지 못한 역사책을 저술하라는 것이었다. 사마천은 아버지의 유언을 받들고 실천 의지를 눈물로 맹세했다. 바로 그것이 『사기』 집필의 시작이었다.

아버지가 죽은 지 3년 후, 사마천은 아버지 뒤를 이어 태사령(太史令)이 되었다.[1] 이로써 그는 궁정에 보관되어 있는 사관들의 기록은 물론, 수많은 고전들을 열람해볼 수 있는 기회가 생겼다. 사마천은 이 책을 쓰는 데 필요한 자료를 찾아 색인 목록을 만들어 정리를 하고, 또 내용이 다른 것은 대조하면서 분류하거나 자료를 탐색해 나갔다.

2. 불행한 생애와 『사기(史記)』

사마천은 『사기』에만 매달리기 위해 사람과의 교제도 끊고, 먹고사는 일조차도 거의 신경 쓰지 않았다. 태사령이 된 지 4년(BC 104) 후부터 사마천은 마침내 『사기』를 쓰기 시작했다.

그러나 뜻하지 않게 또 두 번째의 불행이 왔다. 이른바 '이릉(伊陵)의 화(禍)'였다. 이릉은 그와는 가까운 사이는 아니었지만, 사마천과 함께 공부한 동문(同門)이었다. 당시 이릉은 천자의 명을 받아 북쪽에서 흉노족과 전쟁을 치르고 있었다. 그런데 한 전투에서 수적으로 부족했던 한나라군이 크게 패하고, 이릉은 흉노족의 포로가 되어 항복했다. 조정의 신하들은 이러한 이릉에 대해 별의별 비난을 하면서 엄히 처벌할 것을 주장하였

---

1   태사령은 천문 관측, 달력의 개편, 국가 대사와 조정 의례의 기록 등을 맡는 직책이다. 사마천은 BC 105년 중국 달력의 개편 작업을 담당했다. 거의 같은 시기에 『사기』의 집필에 착수하여 BC 90년에 완성했다.

다. 이때 사마천은 그를 위해 변호했다. 그러나 사마천의 이 같은 행위는 천자(天子)의 격노하게 했고, 결국 궁형(宮刑)에 처하라는 어명(御命)을 받기에 이른다. 궁형이란 자식을 낳지 못하도록 남자의 불알을 잘라내는 형벌이었다. 궁형은 썩을 부(腐) 자를 써서 일명 '부형(腐刑)'이라고도 하는데 이는 상처난 부위가 썩어 들어간다고 해서 일컫은 이름으로, 형벌 중에서 사형보다도 더 치욕스러운 것이었다. 그의 나이 48세 때의 일이었다. 보통 사대부들은 궁형을 받느니 차라리 자살하는 것을 선택하지만, 사마천은 오직 『사기』만을 쓰기 위해 그 형벌을 참으면서 살아남았다.

그는 2년 후, 출옥하여 중서알자령(中書謁者令)이란 높은 벼슬을 받았다. 사마천은 계속 저술 작업에 몰두했다. 많은 사람들이 그에게 손가락질했고, 그래서 그는 하루에도 몇 번씩 끓어오르는 모멸감과 치욕감에 치를 떨어야 했다. 그러나 아버지의 유언과 투철한 사명감, 그리고 역사적 진실에 대한 탐구의 열정으로 그의 머리와 가슴은 벅차오르고 있었다. 그는 결코 좌절하지 않았다. 그러한 불굴의 노력으로 드디어 『사기』가 완성되었다. 그의 나이 55세가 되던 기원전 91년경이었다.

그 후, 사마천은 의미 없는 삶을 살아가다 죽음을 맞이한다. 『사기』가 완성되었기 때문에 그는 더 이상 세상에 남아 있어야 할 이유가 없다고 생각했을 것이다. 그러나 그가 죽음에 대하여도, 출생 때와 마찬가지로 확실한 정설이 없다. 기원전 86년이라는 설도 있고, 기원전 87년이라는 설도 있다. 또 그가 딸을 출가시킨 후 곧바로 자살했다는 이야기도 있다. 이처럼 사마천은 생명과 자존심까지 바치며, 대작 『사기』를 남기고 60여 년의 삶을 마감했다.

사마천의 아버지 사마담(司馬談, ?~BC 110)은 공자의 역사의식을 정통 계승하고 있었다. 그래서 한나라 태사령으로 근무하면서 바른 역사서를 쓰려고 노력했다. 그러나 결국 쓰지 못했고, 봉선(封禪)의 예에 참여하지 못한 울분을 삼키며 죽어야 했다. 이에 사마담은 아들 사마천에게 자신의 뜻을 계승해줄 것을 눈물로 호소했던 것이다.

이런 대를 이은 역사의식과 사명감이 있었기에, 사마천은 『사기』를 쓸 수 있었다. 이 역사 정신은 그가 궁형의 치욕과 멸시를 받아가면서도 오로지 쓰는 작업에 몰두할 수 있는 원동력이 되었다.

사마천의 저술 활동은 자신의 직분에 대한 책임감이 겹치면서 더욱 강화되었다. 「태사공자서」에 보면, 사마천은 역사관(歷史官)이라는 자신의 직분에 자부심을 갖고 있었다. 그는 역사서를 쓰는 직책이 중국 역사의 초창기까지 거슬러 올라가는 일이었다고 회고하면서, 그 전수 과정을 구체화하였다. 당시 역사관이란 하늘의 법칙을 연구하고 땅과 인간의 법칙을 기록하는 사람이었다. 그래서 역사관은 세상의 일을 살피는 것은 물론, 나아가 천문을 연구 기술하는 직책이기도 했다.

그런데 이 역사관의 직책은 춘추전국시대에 들어오면서 서서히 찬밥 신세가 되었다. 왜냐하면 왕과 신하들이 무력 정책에만 신경을 썼지, 정의와 정통성은 무시했기 때문이다. 그들에게 역사란 당대 왕조의 정통성을 뒷받침하는 하나의 수단일 뿐이었다. 한나라 시대로 들어오면서 역사관이란 점치는 사람과 별 차이가 없게 되었다. 심지어 천자의 희롱 대상으로 배우처럼 활동하는 존재, 즉 세상 사람들이 천대하는 존재로 전락한 것이다.

그러나 아버지 사마담과 아들 사마천은 한나라 시대의 흐름과 생각에 동의하지 않았다. 세상 사람이 무어라고 해도 그들은 원래 수행해야 할 임무에 대해 자부심을 가졌다. 특히 그들의 가문이 역대로 역사관의 가문이었기 때문에 더욱 그러했다.

『사기』를 쓰게 된 이러한 이유는,『춘추』를 잇겠다는 투철한 역사의식, 역사관으로서의 직업의식 때문만이었을까. 그러나 그게 아니었다. 그렇다면『사기』를 뛰어나게 한 힘은 무엇일까. 바로 삶 속에서 느낀 처절한 고통과 방황, 그리고 그것을 극복하려는 목적으로서의 노력, 이러한 것들이 사마천에게 작용했기 때문이었다.

사마천은 분명히 말했다. "궁형은 도저히 참을 수 없는 치욕이었다. 그러나 오직 하나의 목표를 위해 참아야 한다." 그는 이렇게 스스로에게 타일렀다.

궁형을 받은 후 사마천은 다시 복권되었다. 벼슬도 전보다 훨씬 높아졌고, 천자의 총애도 받게 되었다. 그러나 궁형을 받았다는 사실에는 변함이 없었다. 세월이 흘러도 사람들로부터 받는 모멸감은 달라지지 않았다. 그 생각을 떠올릴 때마다 식은땀에 젖었다. 뿐만 아니라, 하루에도 창자가 아홉 번이나 뒤틀렸으며, 집에 있으면 무언가 잃은 것처럼 정신을 놓고 안절부절못했다. 또 밖에 나가면 어디를 갈지 모르고 갈팡질팡하며 수치심과 지난한 고통에 시달렸다.

그러는 가운데서도 사마천은 사람들의 삶에 대해 깊이 통찰했고, 스스로에 대한 답을 얻었다. 그 답은 고스란히『사기』속에 들어 있다. 중국 역사를 호령했던 영웅을 평가하는 그의 붓끝, 그리고 당대를 주름잡던 대사상가를 비판하는 붓끝은 늘 역사적 정통성을 꿰뚫어가는 예리함과 위엄이 있었다. 그래서『사기』를 읽어본 사람들은 이렇게 이야기한다.

"사기는 그냥 역사책이 아니다. 이는 인간 탐구의 서적이다."

이상에서 보았듯이, 사마천이 『사기』를 쓰게 된 요인은 절박했다. '이릉의 화'는 그의 사명감에 큰 생명력을 불어넣어주는 계기가 되었다. 이러한 사인들이 있었기에 『사기』는 불후의 명저가 될 수 있었다.

3. 『사기(史記)』의 체제

『사기』는 처음에는 『태사공서(太史公書)』라고 불렀다. '태사공'이란 태사령의 직을 맡고 있는 역사관을 부르는 호칭이다. 사마담과 사마천이 모두 태사령, 태사공이었기 때문에, 책명이 그렇게 불린 것이다. 사마천은 자기 스스로도 '태사공'이라 불렀다. 위(魏)나라 때에 와서 이 『태사공서』는 『사기』라고 고쳐 부르게 되었다.

『사기』는 다음과 같은 체제로 구성되었다.

① 제왕의 정치 행적을 연대기로 기술한 '본기(本紀)'(12권)
② 제왕의 권력을 지역으로 나누어 그 지위를 세습하는 제후들이 전개하는 사건을 시대순으로 서술한 '세가(世家)'(30권)
③ 영웅 호걸 개인의 전기에 해당하는 '열전(列傳)'(70권)
④ 천하의 문물 제도의 기원과 발달, 원리를 추구한 '서(書)'(8권)
⑤ 사건의 시간적·공간적 연관성을 도표화한 연대기인 '표(表)'(10권)

『사기』는 모두 합해 총 130권이다. 앞서 피력한 대로 『사기』를 '기전체

(紀傳體)'라고 하는데, 그렇게 부르는 이유는『사기』를 구성하는 요소가 '본기'와 '열전' 합하여 '기전'이라고 명명되기 때문이다. 이러한 독특한 체계는 인간을 탐구하려는 사마천의 평생을 건 목적이 빚은 결과이다.

그는 과거의 복잡한 사건들을 질서정연하게 기술했다. 주제가 후기의 역사서들처럼 궁정 중심의 정치적인 것에 한정하지 않고, 폭넓은 민중 사회 계층을 다루고 있어 훗날 역사서의 본보기가 되었다.

예를 들어, 어떤 사건의 전후 관계를 써내려가는 '기사본말체(紀事本末體)'나, 연대순으로 일어난 사건과 인물을 엮어가는 '편년체(編年體)' 방식으로는 인간을 탐구하는 것이 가능하지 않다고 보았다. 세상을 움직여가는 제왕, 그 제왕을 정점으로 정국을 분할하여 운영하는 제후, 그리고 제왕과 제후들 사이에서 정책을 실현하는 영웅호걸들, 사마천은 사람들을 이렇듯 분리시켜놓고 그들의 활동을 분석하고 싶었던 것이다. 그리고 이런 목적을 위해 그는 '기전체'라는 독특한 서술 방법을 만들었다. 사마천의 인간 탐구 의도는『사기』를 각 권별로 분할한 것에서도 잘 나타난다.[2]

4. 영웅 항우(項羽)에 대한 평가

장기판을 보면, 중앙에 다른 것들보다 크기가 큰 대장말이 두 개 있다. 하나는 '초(楚)'라고 쓴 것이고, 다른 하나는 '한(漢)'이라고 쓴 것이다. 이

---

2   『사기』의 전체 130권 중 가장 많은 것이 70권으로 된 '열전(列傳)'이고, 다음이 30권의 '세가(世家)', 그리고 10권의 '본기(本紀)'이다. 여기에서 보는 바, 인간 행동을 다루는 세 영역이『사기』의 대다수를 차지한다. 특히 다양한 영웅호걸들을 다룬 '열전'이 전체 분량의 반을 넘는다.

대를 이은 사마천(司馬遷)의 『사기(史記)』

것은 무엇을 상징하는 것일까. 이는 중국 역사에서 진나라가 망한 후 천하를 차지하기 위해 다투었던 초왕 항우(項羽)와 한왕 유방(劉邦)을 상징한다.

초왕 항우는 제왕이 되지 못한 사람이다. 또 결국에는 한왕 유방에게 패했고, 유방은 한나라의 고조(高祖)가 된다. 그러나 항우는 진나라 말에 봉기한 여러 호걸들 중에서 잠시나마 천하를 주름잡았던 사람이다. 그래서 사마천은 『사기』에 「항우본기(項羽本紀)」를 썼던 것 같다.

그렇다면 항우는 어떤 사람일까. 어떻게 잠시나마 천하를 호령할 수 있었고, 결국엔 유방에게 패배할 수밖에 없었을까. 또 유방은 어떤 사람이었을까. 사마천의 눈을 통해 살펴보자.

> 진시황이 회계를 가는 길에 절강을 건널 때, 항량은 항우와 함께 그 행차를 구경하였다. 항우는 감탄하였다.
> "저 자리는 내가 대신 차지할 만하겠다!"
> 황량은 급히 그의 입을 막았다.
> "망언하지 마라! 멸족 당한다!"
> ―『사기』「항우본기(項羽本紀)」

항우는 대대로 유명한 장군의 가문에서 태어났다. 키가 8척이 넘었으며, 커다란 청동 솥도 번쩍 올릴 수 있는 힘을 가졌고, 재주와 기개도 월등했기 때문에, 청년들은 그와 마주치는 것을 두려워했다. 그러던 그가 진시황의 행차를 우연히 보고 천하를 차지할 꿈을 품는다. 그때 만일 유방 같으면, 그런 뜻을 품었다 해도 그냥 속으로만 지니고 있었을 텐데, 항우는 그것을 입 밖으로 소리 내어 말한다. 그의 솔직하고 대담한 성격을 보여주는 한 일화이다.

큰 뜻을 품고 봉기한 항우는 승승장구했다. 진시황이 죽으면서 진나라는 급속히 붕괴되어갔고, 진섭(陳涉)의 난을 계기로 전국에서 덩달아 봉기했다.[3] 그중 한 사람이 항우이고, 또 다른 사람이 유방이다. 항우는 원래 힘이 장사이고 자존심이 강한 데다가 장군 가문 출신으로 빨리 성장할 수 있었다. 그 과정에서 항우의 행적을 보면 그의 성격이 그대로 나타난다.

예를 들어 항우는 끝까지 저항하다 패배한 적군은 몰살시켜버린다. 실제로 항복한 진나라 병사 20만 명을 몰살시키기도 했다. 자기보다 앞서 진나라 도시를 점령한 사람들에게는 불같이 화를 내고, 일을 저지르고 만다. 그러나 항우는 의리가 있고 호탕했다.

순직하고 호탕한 항우에 비해 유방은 어떠했을까. 우선 유방은 차분하고 음흉했다. 유방은 여간해서 화를 내지 않았다. 또 필요한 경우라면 의리를 저버리고 공격을 하여 때를 놓치지 않았다.

한왕 유방의 성격을 잘 보여주는 일화가 있다. 유방이 황우에게 포위되어 도망치는 과정에서 벌어졌던 일이다. 그는 급히 도망치느라 가족들을

---

3 이 부분은 사마천이 가의(賈誼)의 「과진론(過秦論)」을 인용한 것으로, 「진시황본기」에 실려 있다. 진나라의 태동기부터 천하통일, 그리고 진섭(陳涉)의 반란에 이르기까지를 담았다. 진섭은 뿔뿔이 흩어진 변방의 군사 수백 명을 끌어모아 무기를 사용하지도 않고, 괭이 자루와 몽둥이만을 손에 들고 천하를 누비고 다녔다. 진나라의 과오(過誤)를 논한 「과진론」에는, 진시황이 스스로 말했듯 오제(五帝)보다도 뛰어나고 하(夏)·은(殷)·주(周)보다도 더 넓은 영토를 가진 역사상 최초의 통일제국을 세웠음에도 불구하고, 그의 아들인 제2세 호해(胡亥)에 이르러 멸망의 길을 걷게 된다. 가의는 진시황이 통일 제국을 세운 지 16년 만에 진나라가 멸망한 원인을 분석하여 한나라 황실이 교훈을 삼도록 이 글을 썼다.

대를 이은 사마천(司馬遷)의 『사기(史記)』

돌볼 수 없었고, 그래서 그의 가족은 여기저기 흩어졌다.

> 그는 패(沛)로 가서 가족을 수습한 후 서쪽으로 가려고 하였다. 그러나 초(楚) 역시 추격대를 패로 보내 한왕인 유방의 가족을 사로잡으려 하였다. 그러나 그 가족이 모두 도망하였기 때문에 한왕과 만나지 못했다. 한왕은 길에서 자기 자식인 효혜와 노원을 만나 곧 수레에 태웠다. 그러나 초의 기병이 한왕을 추격해오자 한왕은 마음이 급하여 효혜와 노원을 수레 아래로 밀어 떨어뜨렸다. 그때마다 한왕의 마부 등공은 수레에서 내려 다시 그들을 태웠다. 이러기를 세 번 거듭하자 등공은 항의하였다.
> "아무리 급해도 달릴 수는 없습니다. 어떻게 이 아이들을 버릴 수 있습니까?"
>
> —『사기』「항우본기」

한왕 유방은 계략으로 다져진 사람이었다. 그는 위급해져 도망칠 때, 사람이 많이 타면 수레가 속도를 낼 수 없으므로, 자신의 두 아이를 수레 아래로 밀어 떨어뜨려 자신은 살고자 하는 사람이었다. 자신의 뜻을 실현하기 위해서는 자식들 정도는 희생해도 좋다는 생각에서였다. 유방의 이런 태도를 어떻게 생각할까. 물론 유방은 일자무식의 농부에서 출발하여 결국 천하를 호령하는 제왕이 되었다.

승승장구하던 항우도 어느덧 기세가 기울어져갔다. 그가 몇 번 실수했기 때문이다. 항우가 한 실수를 예를 보자. 신하들은 그에게 유방은 범상치 않은 인물이니까 반드시 그를 죽여야 한다고 했다. 유방를 죽일 수 있는 기회가 있었지만, 항우는 유방을 살려주었다. 또 하나, 진나라 수도를 점령했을 때, 오랫동안 그곳에 머물면서 전세를 보고 명령해야 했는데, 그는 자신의 전공(戰功)을 자랑하려는 욕심에 사로잡혀 고향으로 떠나버렸다. 결국 이런저런 잘못으로 항우는 유방에게 밀리기 시작했다. 『사기』에 기록된 항우가 최후를 맞는 모습은 다음과 같다.

항우의 군대는 해하에 진지를 구축하고 있었으나 병사도 적고 식량도 떨어졌다. 한군(漢軍) 및 다른 제후들의 군대는 그들을 몇 겹으로 포위했다. 밤이 되자 한군이 사방에서 부르는 초의 노래를 듣고 항우는 크게 놀랐다.

"한은 이미 초를 점령하였단 말인가. 한군에 초나라 사람이 많기도 하구나!"

그날 밤 항왕은 일어나 장막 안에서 술을 마셨다. 그는 우(虞)라는 미인을 항상 곁에 두었고, 추라는 준마를 타고 다녔다. 처연한 심정에 젖은 항왕은 슬픈 노래를 부르며 시를 지어 읊었다.

산도 뽑던 그 힘!
세상을 뒤덮던 그 기세!
때가 불리하였도다!
추도 달리지 않는구나!
추야 너도 달리지 않으니,
내 무엇을 하겠는가?
우야, 우야!
너는 어찌 될 것인가!

—『사기』「항우본기」

항우는 800명의 병사와 함께 도망쳤지만 결국 포위되었다. 이제 남은 병사는 28명, 추격하는 한의 병사는 수천 명, 항우는 더 이상 도망칠 수 없어 마지막 항전을 결심했다. 그러면서도 항우는 끝까지 자신의 잘못을 인정하지 않았다.

"내가 기병한 이래 지금까지 8년의 세월이 흘렀다. 직접 싸운 것도 70여 번, 맞선 자는 모두 격파하고 공격하면 모두 항복하였다. 한 번도 패배한 일이 없었으니 천하를 얻게 된 것이다. 그러나 지금 나는 곤경에 빠졌다. 이는 하늘이 나를 망하게 한 것일 뿐 내가 싸움에 진 것은 아니다. 오늘 나는 여기서 죽을 것이다. 그러나 제군에게 한 번 멋진 싸움을 보여주겠다. 반드시 세 번을 이겨 보이겠다. 제군들을 위하여 포위를 뚫어 한의 장군을 죽이고 깃발을 자르겠다. 그러면 제군들도 하늘이 나를 망하게 한 것이지, 내가 싸움을 잘못했기 때문이 아니라는 것을 알 것이다."

— 『사기』 「항우본기」

이렇게 선언한 항우는 말 그대로 증명했다. 항우가 싸우는 모습은 마치 용 한 마리가 연못을 휘젓는 것과도 같았다. 그의 부하들은 항우가 싸우는 광경을 보고 넋이 나갔다. 그러나 대세는 바꿀 수 없었다. 누군가가 고향으로 가서 재기를 도모하라고 말했지만 항우는 끝내 거절했다. 망해서 고향으로 돌아가는 것을 항우는 생각하는 것조차 싫었기 때문이다. 물론 유방 같았으면 기꺼이 그렇게 했을 것이다. 싸우고 또 싸우고 수백 명을 죽이던 항우도 10여 군데 상처를 입었다. 그는 싸움 도중에 옛날 자기 부하였던 한 사람을 보았다. 그래서 항우는 이렇게 말했다. "한이 내 머리에 천금과 만호의 현상금을 걸었다는 말을 들었다. 내가 너에게 덕을 베풀겠다." 하고, 칼을 빼 스스로 목을 쳐서 죽었다.[4]

---

4   이 광경을 사마천은 다음과 같이 쓰고 있다. "항왕(項王)은 스스로 목을 치고 죽었다. 왕예가 그 머리를 집어들자, 나머지 기병들이 서로 짓밟으며 항왕의 시체를 놓고 다투었다. 서로 죽고 죽인 자가 수십 인이었다. 마침내 낭중기 양희, 기사마 여마동, 낭중 여승과 양무가 각각 항왕의 사지를 하나씩 차지하였다. 5명이 각기 얻은 조각을 맞추어보니, 과연 항왕이었다. 그래서 봉토를 다섯으로 나

현상금을 타려 항우를 5등분하는 사람들의 모습, 거기에서 무엇을 느낄 수 있을까. 세상의 부귀를 쫓는 사람들의 모습이 바로 이렇지 않을까. 사마천은 아무 말도 하지 않았지만 암시는 충분히 받을 수 있다. 결국 항우는 패하고 죽었다.

　위의 예시 외에도 『사기』에는 많은 역사적 사건들이 일목요연하게 정리되어 있다. 사마천은 역사에 대한 평가를 공정하고도 준엄하게 썼다. 가령 위에서 예로 든 「항우본기」에서, 제왕이 되지 못한 항우였지만 사마천은 그의 업적을 인정했다. 그러나 그가 저지른 실수, 특히 반성할 줄 모르는 태도와 자기중심적 성격에 대해서는 어리석었다고 꾸짖었다. 이같은 기술만 봐도 그의 투철한 역사의식과 엄격한 태도를 엿볼 수 있다.

　『사기』에서 얻을 수 있는 교훈은 오늘날에도 무궁하다. 혼미해진 정치 상황과 제도할 인물이 없는 현대의 국가의 위기에 처한 마당을 만일 사마천이 있다면 어떤 비판과 대안을 내놓았을 것인가.

　『사기』는 인류 역사에서 가장 치열한 정신으로 씌어졌을 뿐만 아니라 책 자체가 극도의 역경과 고통을 견디어낸 피와 모멸의 고뇌서이다. 역사서에서 그 유례를 찾아볼 수 없는 대를 이은 사마천가(司馬遷家)의 분신이자 중국의 대동맥이라 할 수 있다.

(교원연수교재, 광주교육연수원, 1997.6.)

누어 그들을 제후로 봉하고 땅을 주었다.”(『사기』, 「항우본기」)

문학을 통한 인문학 전개에 대하여

1. 머리말

인문학을 접하고 알면 당신의 삶과 길이 더 환히 보입니다. 그를 즐기면 당신의 삶은 더 윤택해지기도 합니다. 인문학, 그 위기를 맞게 된 원인에 대해 바라보는 시각이야 다양하겠지만 근본은 변하지 않습니다. 인문학은 인간의 가치와 삶의 본질을 이해하고 그 질을 높이려는 노력의 일환으로 생겨난 학문입니다. 예부터 상실된 정신을 회복시키는 명약과 같은 철학이지요. 우린 다만 바쁜 생활에 쫓기어 잠시 잊고 있었을 뿐입니다. 우리가 쫓기며 산다는 것 자체가 어쩜 인문학으로 다스려야 할 병일지도 모릅니다. 인문학의 섭렵으로 마모된 가치관과 세계관을 자신에게 수혈하는 건 마치 오래된 집을 리모델링하는 것과 같이 생애 규칙적으로 필요합니다.

대부분의 연구자들이 그렇듯, 김형철 교수는 인문학을 문학, 역사, 철학이라는 세 가지 범주로 나누었습니다. 문학은 상상력을 다루는 예술이자 학문입니다. 그래서 뛰어난 소설가는 사람 마음을 읽고 그의 상상력을 동원해 삶의 다층을 예측합니다. 역사학은 사건과 사건의 관계를 파악하여 궁극적으로 미래를 재정리하기도 합니다. 과거에 있던 사실 자체보다는 그 사실이 왜 발생했고 우리에게 어떤 교훈을 주는지 아는 게 중요합니다. 철학은 대상에 근본적 의미를 따지는 학문입니다. 비판적 사고력의 원천이 되지요. 이런 인문학을 주기적으로 배워 깨달아야 하는 이유는 무엇일까요?

2. 인문학 공부

이와 관련하여 플라톤이 제시한 동굴의 우화[1]를 생각해봅니다. "바깥세

---

1 플라톤(Plato)의 '동굴의 우화(the Parable of the Cave)'의 내용은 다음과 같다. "여기에 지하 동굴이 있다. 동굴 속에는 죄수가 갇혀 있다. 그는 태어나면서부터 지금까지 두 팔과 다리가 묶인 채로 동굴 벽만 보고 산다. 목도 결박당하여 좌우로도 뒤로도 돌릴 수 가 없다. 죄수의 등 뒤 위에 횃불이 타오르고 있다. 죄수는 횃불에 비추인 자신의 그림자만을 보고 산다."

지하 동굴은 현세이다. 플라톤은 우리를 동굴 속의 팔과 다리를 포박당한 채, 자유로이 움직일 수 없이 살아가는 죄수 같은 존재로 보고 있다. "죄수와 횃불 사이에 무대 높이의 회랑(回廊)이 동굴을 가로질러 있다. 이제 회랑 뒤에서 누군가 인형극 놀이를 한다고 상상하자. 돌이나 나무로 만든 동물 모형, 사람 모형을 담장 위로 들고 지나가는 것이다. 죄수는 횃불에 투영되는 모형의 그림자만을 볼 뿐, 실재를 본 적이 없다. 인형극을 연출하는 사람들이 대사를 읽을 경우, 죄수는 모형의 그림자들이 대화를 하는 것으로 인식한다."

죄수는 동굴의 일그러진 벽면에 비추인 그림자를 실재로 착각하며 산다. 그 죄수가 바로 당신이다. 이제 죄수를 묶고 있는 사슬을 풀어주자. 당신이 보아온 동굴 벽의 이미지는 하나의 그림자였음을 설명해준다. 죄수는 악을 쓸 것이다. 평생 그림자만 보아온 죄수는 그것을 실재보다 더 실재적인 것으로 고집할 것

상만 보고 동굴로 들어온 사람이 있습니다. 그는 갑자기 어두워진 환경에 적응하지 못하고 잠시 비틀거리지요. 그때 동굴 안의 사람들에게 바깥세상으로 나가야 한다고 설득할 수 있겠습니까?"

바깥세상은 동굴 안 세상보다 넓습니다. 동굴 안의 사람이 바깥세상으로 나가려면 빛에 대한 단계적인 적응 훈련이 요구됩니다. 스스로가 눈조리개를 빛에 맞춰야 하지요. 그렇듯 인문학은 스스로 절차를 설계하여 공부하는 것이 좋습니다. 처음부터 어려운 고전을 읽으면 더 꼬이게 되니까요. 고전의 의미를 전문가에게 배우는 게 바람직하다는 건 다 아는 일이지요. 골프, 야구도 품새가 중요하듯이 인문학도 마찬가지입니다. 처음의 기본 자세와 마음을 제대로 갖춰야 튼튼한 실력을 쌓을 수 있습니다. 그러나 남의 도움 없이 자율적으로 책을 읽고 해결할 수도 있습니다. 인문학 강좌가 없었던 시대에는 다 그랬지요 뭐.

이다." 사물의 그림자를 사물의 실재보다 더 실재적인 것으로 고집하는 동굴의 죄수처럼 플라톤은 우리가 진리라고 알아온 관념에 대해 철학의 시작인 회의할 것을 주문하고 있다.

이제 죄수를 동굴 밖으로 안내해보자. 찬연한 햇빛이 부서지는 곳으로 그의 몸을 끄집어낸 순간, 죄수의 눈은 광채 앞에서 아무것도 보지 못할 것이다. 지상의 사물을 분별하려면 적응 기간이 필요하다. 동굴 속 어둠에 익숙한 죄수가 볼 수 있는 것은 사물의 그림자이다. 한참 후 호수에 비추인 나무의 영상을 볼 수 있다. 다음으로 밤하늘의 달과 별을 보게 된다. 이제, 대낮의 태양을 볼 차례이다. 태양이란 사계절과 세월을 만들고 다스린다. 태양은 바로 모든 사물의 원인이다."

이 사람은 예언자적 사명을 가지고 동굴로 들어가 죄수들에게 그들이 바라보는 세계가 모두 그림자의 그림자도 안 되는 허위라는 사실을 역설하지만, 죄수들은 그의 말을 믿지 않는다. 나중에 사슬을 풀어주고 그들을 동굴 밖으로 데리고 나가려 하자 죄수들은 그를 쳐 죽이고 만다.

3. 인문학 강좌 사례

'노숙인 김씨, 대학 입학하다'

놀라운 일이 아닙니다. 실제이니까요. 이제, 한국형 성프란시스대학에서 실시한 노숙인 대상 인문학 강좌를 눈여겨볼 필요가 있습니다.

서울역 앞에 노숙자로 지내던 '김씨'는 어느 날 인문학 공부를 해보겠느냐는 희한한 제안을 받았습니다. 별 생각 없이 참여한 김씨에게 뜻밖의 변화가 일어나기 시작했습니다. 그날부터 1년 반 동안 기대어온 무료급식을 끊고 지원 센터에서 소개한 자활 근로를 시작한 것입니다. 하루 몇천 원 하는 쪽방을 얻어 밥을 지어 먹고 밤에는 불을 밝혀 책을 읽기 시작했지요.

2005년 9월부터, 노원구의 성프란시스대학(노숙인을 위한 인문학 강좌)은 소외 계층을 위한 인문학 강좌를 진행했습니다. 물론 김씨도 이 강좌에 수강생이었지요. 김씨처럼 뜻밖의 변화를 겪은 이들이 늘어나면서 비슷한 강좌가 더 만들어졌습니다. 교도소 수감자, 자활 근로자, 노숙인 등 참여자들도 다양해졌지요. 그 후 이들을 위해 편성된 새로운 인문학을 가리켜 '시민 인문학'이라고 부르게 되었습니다. 이른바 인문학의 위기를 뚫고 다시 태어난 소외 계층을 위한 복지 인문학입니다. 이젠 '행복한 인문학'이 바로 한국형 클레멘트 코스(Clemente Course)[2]라고 보면 됩

---

2 클레멘트 코스(Clemente Course)란 얼 쇼리스라는 언론인이자 사회비평가가 빈민들을 대상으로 만든 인문학 강좌이다. 그는 클레멘트 코스를 개설하기 전에 교도소에 있던 여러 여성 재소자들을 만났다. 그리고 '품위 있는 삶'에 대해 생각하게 된다. 이후 그는 클레멘트 코스를 창시하고 펴낸 책이 『희망의 인문학

니다. 『행복한 인문학』은 세상과 소통하는 희망의 인문학 수업으로 인문학 코스에 참여한 문학, 역사, 철학, 예술사, 글쓰기 과목의 강사진이 자신의 교육 사례를 일반 독자들과 나누고, 인문학 교육의 사회적 공명을 위해 어떻게 사유를 심화하고 확장할 것인지를 더불어 생각해보자는 취지에서 기획되었습니다.

노숙인, 자활 근로자, 교도소 수감자 등 소외 계층을 위한 인문학 강좌가 국내에서 본격화된 것은 2005년. 성프란시스대학이 노숙인 대상 인문학 강좌를 열면서부터입니다. 이후 곳곳에서 비슷한 강좌가 개설되었습니다. 『행복한 인문학』[3]은 각 지역의 인문학 강좌를 담당한 문인, 철학자, 역사학자들이 강의를 진행하면서 느낀 점을 기록한 것입니다.

현재 시민 인문학 프로그램을 운영하는 곳은 서울, 부산, 대구, 인천, 수원, 제주, 안양, 청주, 광주, 순천 등 50여 곳이 넘습니다. 인문학의 위기 극복을 위해 흔한 지식인을 대상으로 전개한 게 아니라 전혀 먹혀들 것 같지 않은 노숙인 등 소외 계층에 적용했다는 게 신기하기도 합니다. 하긴 안 될 땐 밑바닥부터 시작하라는 말도 있지만요.

(*Riches For the Poor: Clemente Course in the Humanities*)』, 이매진, 2006)이다. 보통 인문학을 문학, 사학, 철학을 중심으로 탐구하는 학문으로 부른다. 클레멘트 코스에서는 여기다가 예술과 논리학까지를 포함시킨다.

3 임철우 · 최준영 · 고영직 · 도종환 · 고인환 · 이명원, 『행복한 인문학』, 이매진, 2008. 이 책은, 세상의 비정한 법정이 아니라 이해와 공감이라는 인문학의 법정에서 실천인문학의 가능성을 자문자답의 형식으로 보여준다. 총 3장으로 1장은 교도소 수용자, 자활 근로자, 노숙인과 함께 한 문학, 글쓰기 수업에 관한 비망록을 담고 있다. 2장은 철학 수업에 참여한 세 명의 글이 수록되어 있으며, 3장은 역사학과 예술사 수업에 참여한 세 명의 글이 수록되어 있다.

인문학 강좌 수요는 각 대학에서 증가에 증가를 거듭했습니다. 저소득층에게 정신적 빈곤의 탈피를 돕기 위해 '희망의 인문학 과정'을 운영해 왔습니다. 과정은 매년 3~4월에 시작하여 6개월 동안 주 2회 2시간씩 60회로 진행되었습니다. 과목은 철학, 역사, 문학(글쓰기), 예술 등 기본 강좌와 합창 프로그램으로 운영되었습니다. 2011년에 6년째를 맞이하는 '희망의 인문학 과정'의 수료율은 2008년 66.8%, 2009년 73.6%, 2010년 75%으로 상승하고 있습니다. 2011년의 경우 경희대, 동국대, 성공회대 등 4개 대학에서 '희망의 인문학 과정', 36개 반으로 총 1,104명이 참가했고, 902명이 수료해서 81.7%의 수료율을 보였습니다. 2008년 '희망의 인문학 강좌'가 시작된 후 최고 수치였습니다. 노숙인 156명, 기초생활수급자, 저소득 시민 676명이 이미 이 인문학 과정을 수료한 후에도 심화반에서 더 수업을 받았습니다.

그리고 서울시가 2008년부터 노숙 계층을 대상으로 열고 있는 '희망의 인문학 과정'도 노숙자들에게 삶의 사례를 설명해 감동을 끌어내고 갈채를 받았습니다. 정글 같은 자본주의 사회에서 절망한 이들에게 희망으로 다가간 본보기라고 할 수 있지요.

인문학의 저변은 이처럼 넓어져갑니다.

4. 인문학의 힘

1) 고전에서 보인 인문학의 힘

시와 이야기의 힘

앙투앙 갈랑의 『천일야화』[4]에는 다음과 같은 이야기가 나옵니다. 이야기의 줄거리를 살리고 읽기 쉽게 필자가 재구성했습니다.

> 여행을 즐기는 모험가 신드바드는 긴 여행을 하려고 배를 탔습니다. 그런 어느 날, 인도의 한 넓은 바다에 왔을 때였습니다. 갑자기 선장이 터번을 벗어 던지며 소리쳤습니다. "지금, 우리가 모르는 사이 소용돌이치는 위험한 바다로 들어왔소. 모든 여행이 끝장났소. 하느님께 기도하시오. 그분의 자비가 아니면 도저히 살아날 수 없소!" 말을 마친 선장이 손을 쓰기도 전에 밧줄은 끊어졌습니다. 순간, 배는 암초에 부딪쳐 산산조각이 났습니다. 신드바드를 비롯한 몇은 배의 잔해에 의지하여 간신히 살아났습니다. 결국 추위와 굶주림에 나머지도 모두 죽고 식량을 아낀 신드바드만 간신히 살아남았습니다. 그러나 얼마 후 그도 죽을 무덤을 스스로 파지 않으면 안 되었습니다. 그렇게 땅을 파고 있는데, 퍼뜩, 동굴 속으로 더 들어가야겠다는 생각이 들었습니다. 계속 땅을 파고 들어가자 과연 강이 나타났습니다. 그는 곧 주변의 나무로 뗏목을 만들었습니다. 그것을 타고 강 하구로 내려가다 표류하다 탈진한 채 쓰러졌습니다. 그리고 한참 후 그는 깨어났습니다. 그때, 한 무리의 흑인들이 자기를 내려다보고 있음을 알았습니다. 그는 우선 살았다는 기쁨에 환호했지요. 그리고 그가 아는 아랍 시를 읊었어요. "전능자의 이름을 부르라! 그대를 구원해

---

4   앙투앙 갈랑, 『천일야화』, 임호경 역, 열린책들, 2010. 여기 소개된 일화를 내용은 살리고 읽기 쉽게 문장을 고쳤다.

주리라. 다만 눈을 감고 있으라. 그대의 불행을 행복으로 바꾸어주실 터이니!'

　그들 가운데는 마침 아랍어를 할 줄 아는 사람이 있었습니다. 그는 신드바드에게 말했습니다. "형제여! 우린 나쁜 사람들이 아니니 염려 마시오. 보아하니 무슨 기막힌 사연이 있는 듯한데, 우리에게 그것을 이야기해줄 수 없겠소?" 흑인들은 사람들에게 말을 끌고 오도록 했습니다. 그리고 그를 정중히 태워 마을로 향해 갔습니다.

생각해보기 | 좋은 시와 이야기는 위급한 순간에도 생존 메시지를 줍니다. 세에라자드 이야기도 그렇지요. 왜 문학작품을 읽고 감동하게 되는가를 생각해 봅니다.

2) 글쓰기에서 보인 인문학의 힘

쓰기와 퇴고 ― 「소단적치인(騷壇赤幟引)」[5]

　글 잘하는 것은 병법(兵法)을 아는 것입니다. 비유컨대 글자는 병사고, 뜻은 장수입니다. 제목은 적국(敵國)이고, 전장(典掌)과 고사(故事)는 싸움터의 진지(陣地)입니다. 글자가 묶이어 구절이 되고, 구절이 엮이어 문장을 이룹니다. 이는 부대의 대오(隊伍) 행진과 같습니다. 운(韻)으로 소리를 내고, 사(詞)로써 표현을 빛나게 함은 군대의 나팔, 북, 깃발과 같습니다.

5　「소단적치인(騷壇赤幟引)」에서 '引'은 문체의 명칭으로 '序'와 마찬가지이다. 『소단적치(騷壇赤幟)』라는 책에 붙인 서문이란 뜻이다. '소단'은 원래 문단이란 뜻인데, 여기서는 문예를 겨루는 과거시험장을 가리킨다. '적치'는 한나라의 한신이 조나라와 싸울 때 계략을 써서 조나라 성의 깃발을 뽑아버리고 거기에 한나라를 상징하는 붉은 깃발을 세우게 하여 적의 사기를 꺾어 승리한 고사에서 나온 말이다. '소단적치'란 과거시험에 합격을 한 명문장들을 모은 책이란 뜻이다.

조응(照應)은 봉화(烽火)고, 비유는 유격기병(遊擊騎兵)입니다. 억양(抑揚)의 반복은 적을 모조리 죽이는 것이고, 원 제목을 지우고 다시 붙이는 것은 성벽을 올라가 적장(敵將)을 사로잡는 것입니다. 함축(含蓄)은, 후일 지혜를 활용하기 위하여 늙은이를 죽이지 않는 것이고, 여음(餘音)은 전쟁에 만만히 개선하는 것입니다. 병법을 아는 자는 버릴 만한 병졸이 없고, 글을 잘 짓는 자는 가릴 만한 글자가 없습니다. 훌륭한 장수를 얻는다면 호미, 곰방메 자루로도 용맹한 군대를 이룰 수 있고, 비록 천을 찢어 장대에 매달아도 그 기운이 새롭습니다.

글의 이치를 안다면 집안의 흔한 이야기로도 학관(學官)과 나란히 쓸 수 있고, 어린이의 서툰 말로도 훌륭한 글을 쓸 수 있습니다.

용감하지 않은 장수는, 계책 없이 갑작스레 주어진 제목에 임하니, 아득하기 만한 성(城)을 마주함과도 같습니다. 눈앞에 놓인 붓과 먹은 키 큰 나무에 그만 기가 꺾여 버리는 것입니다.

생각해보기 ǀ 사물을 명료하게 표현하는 요령은 무엇인가요? 글쓰기는 글자를 부리는 데 있다는 건 어떤 의미인가요? 글을 퇴고할 때 교정부호는 적치와 어떤 관계일까요?

3) 시에서 본 인문학의 힘

막힌 하수도 뚫은 노임 4만원을 들고
영진설비 다녀오라는 아내의 심부름으로
두 번이나 길을 나섰다

자전거를 타고 삼거리를 지나는데
굵은 비가 내려
러키슈퍼 앞에 섰다가
후두둑 비를 피하다가
그대로 앉아 병맥주를 마셨다
멀리 쑥꾹쑥꾹 쑥국새처럼
비는 그치지 않고
나는 벌컥벌컥 술을 마셨다

다시 한번 자전거를 타고
영진설비에 가다가
화원 앞을 지나다가 문밖 동그마니
홀로 섰는 자스민 한 그루를 샀다

내 마음에 심은 향기 나는 나무 한 그루
마침내 영진설비 아저씨가 찾아오고
거친 몇 마디가 아내 앞에 쏟아지고
아내는 돌아서 나를 바라보았다

그냥 나는 웃고 있었고
아내의 손을 잡고 섰는
아이의 고운 눈썹을 보았다

어느 한 쪽,
아직 뚫지 못한 그 무엇이 있기에
오늘도 숲 속 깊은 곳에서
쑥꾹새는 울고 비는 내리고
홀로 향기 잃은 나무 한 그루 문 밖에 섰나

아내는 설거지를 하고
아이는 숙제를 하고
내겐 아직 멀고 먼
영진설비 돈 갖다 주기.

　　　　　　　　　— 박남철, 「영진설비 돈 갖다 주기」 전문

생각해보기 | 화자는 왜 영진설비에 돈을 갚지 못했을까요? 화자가 지닌 정서가 특별합니다. 시에서처럼 인문학은 바쁠 것 없는 슬로시티(slow city)의 건강성을 추구하지요. 설사 외상 빚 독촉과 같은 낯선 욕설 앞에서도 비 맞고 있는 자스민 나무처럼 다소곳하니까요. 이 시는 무능한 가장의 슬픈 자화상이지만 자기 맘 먹은 대로 살아가는 자유주의자를 볼 수 있습니다. 사실 주변엔 이런 사람들이 꽤 많지요. 그래서 시는 독자와의 서정 나누기를 즐겨 합니다. 외상에 밀린 돈을 갖다 주는 시기를 자꾸 유보하는 화자이지만 우리는 어느새 이런 사소한 정서에 이끌리고 맙니다. 그 유약함과 더불어 서민적 공감에 동참하는 게지요. 결국 영진설비 아저씨의 거친 독촉에도 불구하고 아내와 아이의 고정된 일 즉 설거지와 숙제하기는 계속됩니다. 그러나 화자는 영진설비에 대해 아직도 멀고 먼 데 있다고 여깁니다. 언제일까요? '영진설비 돈 갖다 주기'는요. 안타깝지만 그러면 화자의 눈물겨운 서정도 끝나는 날인 듯싶습니다.

5. 인문학 전개의 필요성

인문학이 일상에 보편화되면 윤택해지는 건 서두에서 언급했습니다. 특히 경제, 경영, 기술 등에는 필요한 자양분입니다. 아무래도 서정과는

면, 주로 돈을 밝히는 영역과 직업에 효과가 있지요. 사람은 누구나 인간답게 인정받고자 하는 욕구가 있는데 인문학은 이의 해결에 일조를 합니다. 가진 자는 물론, 특히 가난한 자에게 인문학적 배움은 요긴합니다. 이와 더불어 패배감, 우울감을 극복하는 기회를 확보하게 함으로서 삶의 의미를 높여주는 것입니다.

시조에서 본 인문학의 힘

아직도 내 사랑의
주거래 은행이다
목마르면 대출받고 정신 들면 갚으려 하고
갚다가
대출받다가
대출받다가
갚다가…

— 이우걸, 「어머니」 전문

생각해보기 | '어머니'는 지극히 한국적인 정서의 대상입니다. 이 시조에서처럼 어머니는 가진 것을 다 주는 무조건적인 시혜자의 희생적 입장입니다. 이에 반해 자식은 물질적으로 부모에게 의지하거나 조건적인 수혜자의 경제적 입장이 됩니다. 그래, 자식이 어머니의 입장과 같을 수는 없을까요? 어려우면 자식은 늘 어머로부터 대출을 받지요. 어머니가 땀 흘려 가꾼 야채나 곡식 등은 물론 몰래 장롱 안이나 장판 밑에 모아둔 돈까지도 자식을 위해 모두 주니까요. 자식은 생각나면 그걸 갚을 때도 있지만 대부분 어머니는 그걸 바라지 않습니다. 어머니에게 '갚다가'가 반복되는 자식이라면 좋겠지요. 하지만 현실은 '대출받다가'를 되풀이하는

자식도 많습니다. 어머니에 대한 정이란 끝이 없지요.

6. 인문학의 개념과 자세

인문학의 개념은 인간의 존재, 역사, 정서의 탐구를 바탕으로 합니다. 여기엔 관점의 차이가 있습니다. 인문학적 삶의 시작은 인간 존재를 긍정하는 것, 인간다운 삶의 질을 높이는 것입니다. 삶의 가치를 훼손하는 요소들을 극복해나가고, 자신에게 요구되는 철학과 현재적 삶을 재구성해내는 정신입니다.

인문학의 경우를 확대한 사례가 있습니다. 먼저 같은 사안을 다르게 볼 수도 있는 예를 보입니다.

인문학 스토리텔링 : 다빈치의 초상화 이야기

레오나르도 다빈치가 〈최후의 만찬〉을 그리려고 예수의 모델을 찾아 헤매던 중이었습니다. 그는 어느 날 시골의 한적한 교회에서 막 예배를 마치고 나오는 한 청년을 보았습니다. 순간 "저 사람이야말로 예수다운 이미지를 그대로 간직했구나" 하는 생각이 들었습니다. 다빈치는 그를 곧 정중하게 모셔다 놓고 예수 초상화를 그리기 시작했습니다.

예수 초상화에 만족한 다빈치는 이번에는 유다 모델을 찾아 다녔습니다. 그러나 전국을 돌며 몇 달을 찾아보았지만, 기대했던 바와는 달리 유다처럼 생긴 모델이 될 만한 사람이 없었습니다. 그는 고민 끝에 결국 유다의 초상화 그리기를 포기하기로 했습니다. 다빈치는 낙심하고 실의에 빠져 술로 나날을 보내게 되었지요.

그러던 어느 석양 녘, 다빈치는 만취하여 비틀비틀 걸어가며, "유다, 유다" 하고 중얼거리고 있었습니다. 그때 맞은편에서 오던 한 청년과 그는 심하게 부딪쳤습니다. 이마에 피를 흘리며 청년은 그에게 온갖 욕설을 퍼부었습니다. 그를 본 순간, 다빈치는 바로 유다의 이미지가 떠올랐습니다. 그는 기쁨에 차 그를 강제로 모델 의자에 앉혀놓고 미친 듯이 그림을 그렸습니다. 그런데 어디서 본 듯한 얼굴이었습니다. 그를 스케치하고 나서 다빈치는 소스라치게 놀랐습니다.

생각해보기 | 화가 레오나르도 다빈치가 찾는 대상은 두 사람의 전혀 다른 인물입니다. 함에도 결국 같은 인물이 되고 말았습니다. 우리가 보는 대상은 상황에 따라 인식하는 바가 다르게도, 같게도 나타납니다. 정보를 보고 인식하는 데에는 어떤 능력이 작용할까요? 평소 자신이 바라는 것보다는 어떤 상황에 따라 결정되는 일이 많다는 것을 느낍니다.

7. 인문학의 범주와 정신

1) 범주

인문학의 범주는 크게 문학, 사학, 철학(문사철)입니다만 대체로 다음과 같이 세세히 분류할 수 있습니다. 즉 (1) 그리스 · 로마 신화 (2) 불교 (3) 성경 (4) 동양철학사 (5) 플라톤과 아리스토텔레스 (6) 동양고전문학사 (7) 서양고전문학사 (8) 현대세계문학사 (9) 현대한국문학사 (10) 서양철학사 (11) 동양고대 (12) 로마제국사 (13) 영국사 (14) 일본사 (15) 국사 (16) 사회계약론 (17) 신자유주의와 신경제 (18) 국부론 (19) 자본론 (20)

자연과학사 등입니다. 그러나 이 분류는 고정적인 게 아닙니다. 인터넷 커뮤니티와 소셜미디어, SNS 등이 발달한 오늘날에는 인문학에 대한 상호 소통을 위하여 더욱 다양한 영역과 채널을 확보하고 있습니다.

2) 정신

인문학은 인류가 축적해놓은 다양한 고전 사상을 비롯하여 현대 문화에 이르기까지 종합적으로 접근해가는 학문이며, 특히 정신적·문학적 산물에 대해 폭넓게 연구 탐구하는 영역입니다. 이러한 인문학적 정신에 대하여 논자들은 여러 형태를 재정립하고 있으나 필자는 다음과 같은 아포리즘을 존중하여 기본을 논의합니다.

첫째, 인문학은 사람의 품격을 잃지 않도록 깨우치게 하는 자아 성찰의 원동력입니다. 그 품격이란 대나무의 마디처럼 곧고 균일하며 소나무의 나이테처럼 치우침 없이 중심을 잡고 임해야 한다(竹筠松心)고 실학자 이익(李瀷, 1681~1763) 선생은 말합니다.

둘째, 인문학은 자신뿐만 아니라 주변인과 타자에 대한 관심과 배려가 그 기본입니다. 이에 대해 나와 당신의 처지를 바꾸어 생각하라는 타자 배려의 역지사지(易地思之)라는 말을 주로 인용합니다. 그러나 역지개연(易地皆然) 즉 서로 바꾸어 모두 자연스러운 위치로 돌아가는 것을 말한 맹자(孟子) 이야기에 주목할 필요가 있습니다.

셋째, 인문학은 생명 있는 것에 다가가 감동 감화시키는 예술과 같은 감각입니다. 최치원(崔致遠, 857~?)의 문집 『계원필경(桂園筆耕)』에 보면 '접화군생(接化群生)'이라는 말이 있습니다. 사물에 다가감으로써 뭇 생명을 살아 있게 변화시키는 게 감동 감화의 길입니다. 인문학의 실천에도 왕성한 생명력을 복원하는 게 필요합니다.

넷째, 인문학은 개인적 인격 수양에서부터 사회적 인격 확대에로 그 품격을 고양해 갑니다. 생육신의 한 사람인 신숙주(申叔舟, 1417~1475)는 사람의 일에 대한 참여 형태를 '체험(體驗), 경험(經驗), 징험(徵驗)' 등으로 나누었습니다. 처음엔 고되게 몸소 일을 하고(체험), 그 일에 경륜이 쌓이면(경험), 그것을 증명하는 기록(징험)을 해야 한다는 것입니다. 주로 인문학적 글쓰기는 이런 과정을 거치지요.

3) 인문학 스토리텔링 : 음유시인의 이야기

음유시인이 유행했던 시대를 알린 노발리스(Novalis, 1772~1801)의 『푸른 꽃』[6]에는 다음과 같은 이야기가 나옵니다.

옛날 한 시인이 있었습니다. 그는 배를 타고 낯선 나라로 가려 했습니다. 그는 덕망이 높아 사람들로부터 칭송을 받았고, 보석 또한 많이 갖고 있었습니다. 뱃사람들은 돈만 낸다면 원하는 곳까지 태워다 주겠다고 나섰습니다.

그런데, 그의 보석들을 본 뱃사람들은 곧 탐욕에 눈이 멀어졌습니다. 배가 바다 가운데 왔을 때 뱃사람들은 그를 덮쳤습니다. 그들은, 당신을 바닷속에 던져버리기로 했으니, 이제 죽을 수밖에 없다고 했습니다. 놀란 시인은 목숨만 살려달라고 빌며, 보물을 모두 주겠다고 말했습니다. 만약 계획대로 자신을 바다에 빠뜨리면 큰 불행을 자초할 것이라고 경고도 했습니다.

하지만, 그들은 음모가 탄로날까 두려워 결국 시인을 죽이기로 마음을 굳혔습니다. 음유시인은 마지막으로 시를 읊고 악기를 연주할

---

6 노발리스, 『푸른 꽃』, 김재혁 역, 민음사, 2011.

수 있게 해달라고 부탁을 했습니다. 시 읊기가 끝나면 스스로 뛰어들겠노라고 했습니다.

그들은, 만약 시인의 노래를 듣게 되면, 스스로의 마음이 약해지리라는 걸 잘 알고 있었지요. 그래서 부탁을 들어주기는 하되, 그가 노래하는 동안은 귀를 막기로 했습니다. 시인은 노래를 부르고 악기를 연주하기 시작했습니다. 그 음률에 파도가 덩실대고, 춤추는 물고기들과 바다 괴물들이 나타났지요. 뱃사람들은 노래가 끝나기만 기다렸습니다. 마침내 시인은 노래를 끝으로, 그의 악기를 가슴에 안고 검은 심연으로 뛰어들었습니다. 그러자 시인의 노래에 감동받은 괴물이 불쑥 솟아올라 그를 태우고 유유히 사라졌습니다. 한참 후, 시인을 갈대밭에 내려놓았습니다. 그 후, 시인은 사람들과 함께한 시절을 그리며 바닷가를 걷곤 했습니다.

어느 날, 그렇게 시를 읊고 있을 때, 갑자기 바닷물을 가르며 그를 구해준 괴물이 나타났습니다. 그리고 목구멍에서 무엇인가 쏟아냈습니다. 놀랍게도 그것은 빼앗겼던 보물이었습니다.

시인이 바닷속에 뛰어들자마자 뱃사람들이 재산을 나누다 큰 싸움이 일어났습니다. 그들 대부분은 죽었고 배는 좌초되었던 것입니다.

— 노발리스, 『푸른 꽃』 제2장

생각해보기 | 시(詩)가 위기에서 사람을 구출하는 이야기는 신드바드 이야기에서도 있지만 이를 적절히 예거한 건 노발리스의 『푸른 꽃』에서입니다. 음유시인의 노래와 연주에 감동을 받은 괴물 이야기에는 상징적 장치가 돋보입니다. 음유시인의 노래에 귀를 막은 뱃사람들과 괴물 고기와의 차이는 어떻게 다른가요? 음유시인이 보물을 되찾게 된 배경에는 괴물 고기까지 감동으로 이끈 노래와 시가 있습니다. 이처럼 노래와 시의 위력은 큽니다.

8. 인문학 적용과 대중화

첫째, 현재는 인문학 공부의 시대입니다.

지자체나 사회단체, 대학 등에서 행하는 인문학 강좌, 문화유적지 답사, 문학 강좌, 시 낭송, 영화 등의 프로그램이 많습니다. 많은 사람들이 다양한 자료를 섭렵하도록 편성하는 것이 필요합니다. 그러나 자신이 처한 마당, 알고 있는 범위로부터 더 나아갈 수 있는 여유와 철학을 지녀야 합니다. 이와 연계하여 조선조의 가장 실질적인 실학자 홍대용(洪大容, 1731~1783)은 '이의역지(以意逆志)'라 하였지요. 책을 읽음에 요는 뜻을 거슬러 더 큰 뜻을 알아야 함을 역설한 말입니다. 겉으로 드러난 낱말 이해 정도가 아니라 행간과 속뜻을 읽어야 한다는 게지요. 우리는 책의 '의(意)'만 쫓는 일이 많습니다. 중요한 건 거기 의에 담긴 더 크고 넓은 지향의 철학적 배경, 즉 '지(志)'를 추구해야 합니다.

둘째, 물질의 욕망에 대한 반성적 자세입니다.

지금 문학, 역사, 철학, 교육에 믿음과 관심이 증대하고 있습니다. 그러나 일견 사람들은 물질과 자본의 노예가 되고 있습니다. 생을 '더 빨리−더 많이−더 보기 좋게' 하면서 다들 서두릅니다. 오죽하면 『명심보감(明心寶鑑)』에 '욕속부달(欲速不達)'이라는 말로 경계했을까요? 일을 빨리 하고자 하면 망치니 절대 도달할 수 없다는 말이지요. 이게 순리라는 법칙입니다. 인문학은 이 순리를 따르자는 것입니다. 결국 슬로시티로 가자는 이야기입니다.

셋째, 지식 경험에 대한 소중한 봉사입니다.

자신의 만족감에 그치지 말고 가지고 있는 지식을 사회와 소외 계층에 환원하는 게 바람직합니다. 장성 백양사 중건에 공헌한 송만암(宋萬菴, 1876~1957) 선사는 '낙초자비(落草慈悲)'를 실천한 분입니다. 선사는 산 책길에 우연히 한 농부가 밭에 거름을 주는 시비(施肥) 장면을 보았지요. 아침부터 해가 질 무렵까지 오랜 시간 동안 애써 작물을 살펴주는 걸 보 고 물었지요. 다른 사람들은 퇴비를 흩뿌려주는데 왜 당신은 공손히 인사 하듯 시비를 하느냐고요. 그 대답이 참 감동적이었어요. 잘 자라는 작물 보다는 더디 자라거나 병해가 있는 작물에 퇴비를 더 주고 정성껏 다독여 준다고 했지요. 만암 선사는 농부의 말에 크게 감동을 받았습니다. 그는 돌아와 자신이 가진 토지 문서를 가지고 백양사로 찾아가 전 재산을 바쳤 습니다. 헐벗고 굶주린 중생을 위해 사용하라는 것이었어요. 우리가 공 부를 하고 남을 지도하지만 사회적 배려 대상자를 위해 지식 기부를 하는 일이 중요합니다. 소외 계층을 위한 인문학 서비스가 그것입니다.

인문학의 확대적 발양과 대중화에는 마이클 샌델(Michael Sandel, 1953~) 교수의 『정의란 무엇인가(*Justice: What's the Right Thing to Do?*)』 (2009)가 기폭제로 작용했습니다. 이에 따라 이공계 중심 학제에서 융복 합 체제로 재편되어 인문학이 확장되었습니다. 대학에서 인문학의 강화, 통섭 학문, 융복합 과정 등 사례가 많습니다.

노숙자를 위한 인문학을 위시하여 사회 저변에 서민 인문학 강좌가 확 대되고 있습니다. 각 대학, 도서관, 문화기관, 백화점 문화센터, 지자체 등에서 경영자, 지식 근로자, 공직자를 위한 인문학이 성행하는 사례가 그러합니다. 1980년대 사회과학 열풍의 진원지인 대학과 연구단체가 인 문학을 수용했고, 인간주의 르네상스를 구가한 게 지속되어 2000년대에 기업과 사회 전반에 인문학 강좌가 운영되기도 했습니다.

한국에서의 인문학 열풍의 동기는 1990년대 유홍준의『나의 문화유산 답사기』부터입니다. 물신주의로 황량해진 삶에 대체적 가치로 인문학이 대두되었으며 압축적인 성장 속도에 성과만을 요구하는 자본주의 경향에 반성이 따르게 되었습니다. 따라서 개인적인 삶의 가치, 사회 정의에 대한 고민이 함께 작용했습니다.

1) 시에서 스토리텔링

병아리 그림을 보여 주고는 얼른 치우고
답지를 보여 주며 선생님이 물었다
병아리 다리는 몇 개일까요
1) 하나 2) 둘

둘이요 둘! 일곱 유아들이
한 목소리로 대답했는데
한 유아만 당황한 얼굴로 우물쭈물하다간
뒤늦게, 하나요, 라고 했다

선생님이 물었다, 왜 하나 라고 생각하지
그 아이는 눈물이 그렁한 눈을 내리 깔더니
겨우 대답했다

나도 둘인 줄 알아요.
그치만 아무도 하나라고 안 해 주니까
1)번이 슬퍼할까 봐서요.
　　　　　　　　　　　　— 유안진, 「어른의 할아버지」 전문

생각해보기 | 누구나 다 그렇다고 인정해버리는 관례에는 다수의 횡포가 자리합니다. 그래서 사물과 상황에 대하여 때 묻지 않은 순수 접근은 무시되거나 웃음거리가 되는 수가 많습니다. 김형철 교수는 '인간정신의 발달'을 다음 3단계로 나누고 있습니다.[7]

1단계, 낙타의 단계 : 복종하지만 원한을 품는 낙타

2단계, 사자의 단계 : 용맹하지만 늘 외로운 사자

3단계, 어린아이의 단계 : 과거를 모르고 즐기는 아이

생각건대 낙타의 단계는 오해와 편견이 작용되는 나이입니다. 사자의 단계는 만용과 고독이 교차되는 나이입니다. 어린 아이의 단계는 아이의 눈으로 세상을 즐겁게 바라보고 사유하는 나이입니다. 인생에 어떤 나이를 선택하면 좋을까요?

이 시에서, 1)번을 일부러 택한 아이의 이유는 과연 시대에 뒤떨어진 걸까요? 아이의 소외자에 대한 배려나 지혜가 어른들의 고정된 생각을 바꾸게도 합니다. 정답은 아니지만 1)번이 슬퍼할까 걱정하는 모습이 독자의 눈에 밟혀옵니다. 우리는 이 시를 읽고 웃을 수 있지만 자본과 편리한 세상을 풍자하는 시인의 따뜻한 눈이 가슴을 서늘히 치는 것 또한 넘길 수 없게도 합니다.

> 병원에 갈 채비를 하며
> 어머니께서
> 한 소식 던지신다

---

7   김형철, 「인문학 지식 향연」, '질문이 답이다'.
     출처 : 인터넷카페 http://hyejin7631.blog.me/220661445096

허리가 아프니까
세상이 다 의자로 보여야
꽃도 열매도, 그게 다
의자에 앉아있는 것이여

주말엔
아버지 산소에 다녀와라
그래도 큰애 네가
아버지한테는 좋은 의자 아녔냐

이따가 침 맞고 와서는
참외밭에 지푸라기라도 깔고
호박에 똬리도 받쳐야겠다
그것들도 식군데
의자를 내 줘야지

싸우지 말고 살아라
결혼하고 애 낳고 사는 게 별거냐
그늘 좋고 풍경 좋은 데다가
의자 몇 개 내놓는 거여.

— 이정록, 「의자」 전문

생각해보기 | 대부분의 어머니들은 힘든 농사와 집안일로 사지가 무너지고 닳아져 말년에 나타나는 노인병을 호소합니다. 일에 묻힌 몸과 나이에 나타나는 현상이니까요. "세상이 다 의자로 보여야"는 무엇을 뜻하며, 이때 의자의 임무와 가치는 무엇일까요? 이 시의 핵심은 "싸우지 말고 살아라, 사는 게 별 거냐, 그늘지고 풍경 좋은 데다가 의자 몇 개 내놓는 거"라는 부분입니다. 의자와 사람의 관계처럼 좋은 곳에 서로 의지하고 받쳐

주는 여유가 곧 인문학적 서정입니다. 시인들은 이런 서정을 즐깁니다. 또 그래야 시를 쓸 수 있지요.

9. 전통적 인문학 교육법

세계 역사상 인문학 교육의 형태는 서로 다른 차이가 있습니다. 기독교에서는 수훈과 산상훈(垂訓, 山上訓) 형태입니다. 즉 예수 그리스도가 행한 산상수훈(山上垂訓)에서 신약성서 '마태오 복음' 5~7장에 기록되어 있는 예수의 산상설교, 또는 산상보훈(山上寶訓)이,[8] 비롯했듯 서구에서의 교육은 늘 학생들을 마주보고 서서 했습니다. 일본식은 단훈(壇訓) 형태입니다. 학교 교실엔 교단이 있고 교탁이 있습니다. 교편(敎鞭)을 들고 수업하는 훈도(訓導), 이 같은 일제식 교육이 우리나라에도 고착화되어 군국주의식 교육이 행해져 왔습니다. 그리고 유교에서는 공자가 가르쳤듯 정훈(庭訓)입니다. 집 뜰이나 정자에서 주로 아이들을 교육을 했습니다. 공자가 자기 아들이나 제자들에게 행한 가르침은 대부분 뜰 교육이었지요. 우리나라는 서당에서 상훈(床訓) 등의 형태로 교육 형태가 진행되었습니다. 김홍도의 그림에서 보듯 서당 훈장 앞에는 서상(書床)이 있었습니다. 그 앞에 아이들이 앉아서 글을 읽고 있습니다.

전통적인 교육 방법으로, 유대인들은 그들의 지도자 랍비를 통해 지혜

---

8   산상수훈(山上垂訓, Sermon on the Mount)이라고도 한다. 예수의 선교 활동 초기 갈릴레아의 작은 산 위에서 제자들과 군중에게 행한 설교로서, '성서 중 성서'로 일컬어지며, 그리스도교 신자들에게 중요한 '주기도'도 이 산상수훈에서 연유한다. '산상수훈'은 가톨릭 수도 생활의 전형적 규범으로 해석된다.

를 배워 전파하였습니다. 이때 주로 잠언식 아포리즘을 사용했습니다.

우리나라에서는 할아버지나 아버지들이 무언(無言), 함께 걷기, 기침, 깨달음 등을 사용하여 아이들의 행동변화를 지켜보았습니다.

그 예로, 어른들은 외출에 돌아올 땐 대문 밖에서 안쪽으로 '어흠!' 하는 기침 신호를 보냈습니다. 그때 집안 사람들이 나와 정중히 '잘 다녀오십니까?' 하고 인사를 했습니다. 이것이 우리나라만 가지고 있던 무언의 교육입니다.

1) 인문학 스토리텔링

장량과 독서 이야기

춘추 전국 시대, 한 젊은이는 전국을 떠돌면서 선현들의 병법과 정치학을 배웠습니다. 어느 날, 다리 가장 자리를 따라 지나가는데 누더기를 걸친 한 노인이 곁으로 다가와 일부러 신발을 다리 아래로 떨어뜨리며 말했습니다. "이보게 젊은이, 신발을 주워 오게."

젊은이는 화가 났지만 상대가 노인이라 참고 아래로 내려가 신발을 주워 왔습니다. 그러자 노인은 한술 더 떠 신발을 신겨달라고 했습니다. 이왕 내친김이라 생각한 그는 허리를 굽혀 공손히 신발을 신겨주었습니다.

"자네는 쓸만하군. 닷새 뒤 날이 샐 무렵에 이곳으로 오게." 노인은 말을 남기고 홀연히 자리를 떠났습니다.

닷새 뒤 새벽에 젊은이는 다리로 나갔습니다. 노인은 벌써 와 있었지요. "늙은이와 약속한 녀석이 왜 이리 늦었느냐. 닷새 뒤에 다시 오너라." 노인은 이렇게 호통을 치며 가버렸습니다.

닷새 뒤, 닭 우는 소리를 듣고 바로 나갔지만 노인은 벌써 기다리고 있었습니다. "또 늦었군. 닷새 뒤에 다시 오너라."

다음 닷새 뒤에, 젊은이는 아직 날이 새기도 전에 다리로 나갔지요. 잠시 뒤에 온 노인은 그에게 책을 한 권 건네주었습니다. "이것을 읽어라. 이 책을 숙독하면 너는 왕의 군사가 될 수 있느니라. 10년 뒤에는 훌륭한 군사로 세상에 이름을 떨치게 될 것이다." 이 말을 남기고 노인은 사라졌습니다.

책을 보니 강태공이 쓴 『육도삼략』이라는 병서였습니다. 젊은이는 그 책을 외울 때까지 되풀이해 읽었습니다. 그가 훗날 한나라를 세운 유방의 군사가 되어 그를 성공시킨 장량(張良, 張子房, ?~BC189)이었습니다.[9]

생각해보기 | 한 권의 책, 한 마디 말이 사람의 일생을 변화시킬 수 있는 경우가 있습니다. 위 이야기도 그러한 사연을 밝힙니다. 선인들은 제대로 된 공부를 하려면 많은 책을 읽을 필요가 없다고 말합니다. 자신이 읽었던 내용에 대한 기억이 서로 부딪쳐 간섭 현상이 일어나니까요. 실제 교육이론에서도 이게 증명되고 있습니다.[10] 단 한 권이라도 읽기를 반복하면 거기에 모든 원리가 담겨 있고 깊이 생각하며 읽으면 전이된 원리들을

---

9   법정, 「고전에서 인간학을 배우다」, 『아름다운 마무리』, 문학의숲, 2008에서 재구성.

10 간섭 현상(干涉現象, Interference) : 교육에서는 학습이나 기억에서 경쟁적인 연상들이 상호 갈등을 일으켜 이미 학습된 기억에 영향을 주는 형태를 의미한다. 두 가지 형태의 간섭으로, 첫째는 훈련을 받기 전에 이미 습득하여 알고 있는 정보 때문에 새로운 학습 자료의 기억이 방해를 받는 형태이고, 둘째는 훈련을 받고 난 후에 새롭게 습득하게 되는 정보 때문에 훈련을 통해 습득한 내용의 기억이 방해를 받는 형태이다.(『HRD 용어사전』, 중앙경제, 2010)

유추하여 이해할 수도 있습니다. 그러니 구태여 이 책 저 책 혼잡스럽게 건성건성 들춰볼 일이 아니지요.

상인의 딸과 고리대금업자 이야기

오래전에 남에게 돈을 빌렸다가 갚지 못하면 교도소에 구금되는 시대가 있었습니다. 그 당시 런던의 한 상인이 어느 고리대금업자로부터 많은 돈을 빌렸다가 갚지 못했습니다. 늙고 흉악한 고리대금업자는 그 상인의 젊고 예쁜 딸에게 완전히 반해 있었습니다. 그래서 그는 빌려간 돈 대신 그 상인의 딸을 자기에게 주면 빚을 감면해주겠다고 제의했습니다.

상인과 그의 딸은 늙은이 제의에 기겁을 하면서 거절했습니다. 그러자 교활한 고리대금업자는 신의 뜻에 따라 결정하자고 제의했습니다. 즉, 자기 돈지갑 속에 흰 조약돌과 검은 조약돌 하나씩을 넣고, 상인의 딸이 그 중에 하나를 꺼내는데, 돌의 색깔에 따라 거취를 결정하자는 것이었습니다. 딸이 검은 돌을 꺼내면 자신의 아내가 됨과 동시에 아버지의 빚을 갚지 않아도 되며, 반대로 흰 돌을 꺼냈을 때는 자신과 결혼하지 않을 뿐만 아니라, 빚도 없는 것으로 해주겠다고 했습니다. 만일 그녀가 이 제안을 거절하면, 아버지가 교도소에 갇히게 되는 것은 물론이고, 그녀도 끼니를 굶을 수밖에 없는 형편이었습니다.

상인은 마지못해 제의를 수락했습니다. 그러자 고리대금업자는 상인의 집 정원에 깔려 있는 많은 조약돌 중에서 두 개를 집어 얼른 돈지갑에 넣었습니다. 이때 상인의 딸은 불안해하면서도 그 늙은이가 검은 돌 두 개를 돈지갑에 넣는 것을 예리하게 보았습니다. 늙은이는 그 딸과 아버지의 운명을 결정짓게 될 돌을 꺼내라고 상인의 딸에게 재촉했습니다.

상인의 딸은 돈지갑에 손을 넣어 돌 한 개를 꺼냈습니다. 그러나 그녀는 꺼낸 돌을 보여주지 않고서 곧바로 조약돌이 널려 있는 정원에 떨어뜨려 다른 돌과 섞여 찾을 수 없게 만들었습니다. 그러고는 "어머? 제가 실수를 했군요. 그렇지만 염려하지 마세요. 돈지갑 속에 남아 있는 돌의 색깔을 보면 제가 지금 떨어뜨린 돌의 색깔을 알 수가 있을 테니까요!" 라고 말했습니다.

생각해보기 ㅣ 상인의 딸은 생각의 힘, 논리적 순발력을 어떻게 발양시켰나요? 지적인 순발력에 대한 자동 작동은 나쁜 국면을 모면하는 좋은 무기가 됩니다. 상인의 딸도 그것을 유감없이 발휘합니다. 기지(機智)는 피기지(被機智)에 대해 항상 능가하기를 목표로 해야 합니다. 고전 작품이 다루는 공식이기도 합니다. 그래 결국 기지는 피기지에 승리하게 됩니다.

2) 시조에서 인문학

거울을 닦으며
생각을 닦습니다

생각을 닦으면서
눈물을 닦습니다

내 눈에
눈물 나게 한
아아, 그도 지워집니다

— 허일, 「거울을 닦으며」 전문

생각해보기 ㅣ 거울을 닦고, 생각을 닦고, 눈물을 닦으며, 그를 지워버리는 동기나 계기가 있습니다. 그와 이별했던 과거이지만 그 역사도 지웁니다. 하지만 그게 지워졌을까요? 그리움은 앙금이자 찌꺼기입니다. 마음에 남게 되니까요. '그도 지워집니다'에는 지워지지 않았다는 역설이 있습니다. 화자의 저편을 읽어내는 인문학적 토대의 심리로 사유해보는 게 요구되는 시조입니다.

10. 현재 독서의 문제

인문학의 핵심은 책을 읽는 일입니다. 그중에서도 소리내어 읽는 공부가 중요합니다. 예부터 사람들은 아이들의 책 읽는 소리가 울 밖으로 나오면 잘되는 집이고 그렇지 않은 집은 걱정거리가 있다고 생각했습니다. 그러나 어찌된 일인지 요즘은 책을 읽는 아이들의 정겨운 목소리가 사라지고 있습니다. 집집마다 걱정거리 또는 문제가 있겠지요. 설사 책을 읽었더라도 그 읽은 내용에 대해 잘 모르기도 합니다. 학교에서의 공부도 거의 묵독(黙讀)으로만 진행되므로 그럴 수밖엔 없겠지요. 요즘 독서에는 진정한 사람 목소리가 거세(去勢)되었습니다. 반대급부로 청소년들의 은어, 욕설, 비어, 폭력어가 난무하고 있어 문제가 심각합니다. 그래서 감히 아이디어를 말하자면 범국민적으로 '소리 내어 읽기' 운동을 전개하면 어떨까 싶습니다.

필자가 실천한 경험으로, 지속적인 소리 내어 읽기는 학생의 폭력과 따돌림을 예방할 수 있고, 말하기 운동이 원활하여 사회적, 가정적으로 의사소통이 활발해지는 걸 보았습니다. 그래 덩달아 교육도 잘 되리라고 봅니다. 하루 30분씩 규칙적으로 소리 내어 읽기를 하면 특별한 효과를 거둘 수 있습니다. 특히 시험 공부 때 묵독으로 공부한 학생과 음독(音讀)으로 공부한 학생을 비교해본 결과 평균 10점 이상 차이가 났습니다. 소리 내어 읽기의 좋은 점은 그뿐만이 아닙니다. 읽는 동안 복식호흡으로 소화를 돕고 다이어트에 효과를 큰 보게 되었습니다. 학교, 학원, 교회, 각종 회의 장소 등에서 소리 내어 읽고 토론하는 규칙적인 프로그램을 의무화한다면 국민들의 건강이 증진됨은 물론 소통이 원활하여 사람다운 사회, 인문학적으로 성숙된 나라가 될 것입니다.

11. 맺는 말

인문학의 자질은 한마디로 창의력과 통찰력입니다. 각자의 생각 속에 넘나들고 있는 상상력과 영감을 잘 관리하는 게 중요합니다. 하지만 감성은 더욱 중요합니다.

인문학은 종교처럼 '숭배와 예찬의 대상'이 아닙니다. 스스로 공감하고 삶을 풍요롭게 하는 도구라고 보면 됩니다. 가지지 못할 신기루와 같이 대하지 않아야 한다는 겁니다. 인문학을 진정한 내 것으로 만드는 데 몰입하는 게 중요합니다. 하지만 인문학엔 도달점은 없으며 또 애써 도달할 필요도 없습니다. 점수를 매기는 시험을 볼 일도, 취업을 위한 특별한 양적 혜택도 없으니까요. 다만 인문학으로 가는 길이 있을 뿐이지요. 공자가 말한 바, "인생에 행복이란 없고 행복으로 가는 길만이 있"듯이 말입니다.

세상에서 가장 큰 기쁨은, '40cm를 달려온 기쁨'입니다. 40cm의 거리란, 눈으로 책을 읽은 후 그 감동이 가슴으로 출렁여가는 거리입니다. 책을 통해 감동을 일으키는 독서 활동이야말로 가치 있는 인문학적 소양입니다.

세상에서 가장 긴 고뇌는, 보르헤스(J.L. Borges, 1899~1986)의 『비밀의 기적』에 나오는 바, 색즉시공, 나치군에 체포되자마자 총알이 발사되는 순간입니다. 주인공은 날아오는 총알을 향해 "잠깐만요!" 하고 외쳤습니다. 그리고 1년 후, 작품이 완성되었을 때, 그것은 홀라딕의 심장에 박히지요. 끝!

세상에서 잊을 수 없는 사랑이란, 도스토옙스키(M. Dostoyevsky, 1821~1881)의 『가난한 사람들』에 나오는 이야기입니다. "우리 헤어지면 마지막인데 함께 혼수감을 사러 가요." 이는 가난한 이웃집 아저씨 마카르 제부시킨과 처녀 바르바라가 편지로 시작하여 편지로 끝나는 불행한 사랑에 도달할 때, 바르바라가 한 말입니다.

이 같은 감동의 장면들은 공통적인 면이 있습니다. 바로 순간에 시작되거나 끝난다는 사실입니다. 그래요. 순간과 찰나는 생에 중요한 시점이지요. 인문학은 이러한 시점을 놓치지 않고 자기의 경우로 만드는 일이지요. 당신도 그렇게 생각하시나요?

(광주교육연수원 인문학강좌 2012. 9.~11. 재구성)

인문학에 접근하는 서정 읽기

1를 사랑하는 B씨에게

펜을 들어 스케치북에 당신을 그리고 있습니다. 아름다운 모습, 그림은 서른 장째군요.

B씨! 밀레니엄을 맞기 전, 환란(患亂)으로 촉발된 경제 위기 때부터 나는 방에서 책을 읽으며 지냈습니다. 외출은 식사 후 잠깐이었지요. 아직도 그 위기는 과거형이 아니군요. 재벌들의 차입 경영, 정경 유착, 인터넷 등이 원인으로 거론됩니다. 현대사회에서 사람들의 정서와 서정을 붕괴시키는 일탈, 찰나주의와 이를 조장시키는 '참을 수 없는 존재의 가벼운' 주의와 그 정책에 있다고 지적합니다. 2000년대 초반의 징후였던 인문학의 경시, 그리고 인간의 정서를 앗아간 개발과 개혁 정책도 책임이 크지요. 그러나 '위기가 생의 절정'이라고 했습니다. '위기'에, 당신을 만난 게 생의 '절정'이지요.

B씨! 인문학 고갈에 내적 존립을 위해 시를 읽는 것은 의미가 매우 큽

니다. 당신도 올봄 편지에서 말했지요. "인류는 멸망하는 날까지 공기로 숨을 쉬듯 시를 포기하지 않을 것임이 자명하다"고. 인간이 요구하는 서정의 촉촉함은 다양한 메시지에서 수혈받을 수 있다는 추신과 함께.

2를 다시 펜을 들었어요, B씨!

이제 저와 함께 몇 편의 시 속으로 돌아가 인문학의 문제 몇 가지에 접근해보기로 해요. 먼저 문병란 시인의 시를 읽으며 인문학의 발원인 '서정성'에서 사유를 건져 올리는 두레박 같은 기능을 읽을 수 있었습니다.

> 어떤 사학자는
> 나폴레옹의 위대성을
> 그의 사전에서
> '불가능'이란 단어를 없앴다는
> 터무니없는 거짓말을 한 것이라 말한다.
>
> 어떤 여권신장주의자는
> 그는 조세핀에서 시작하여
> (중략)
>
> 황제 폐하.
> 불멸의 영웅.
> 패배자 보나파르트.
> 그러나 그의 죄명은 인민 살상 전범자.
> — 문병란, 「나폴레옹 꼬냑」 부분

시가 역사적 서정성을 지닌다는 서사적 해석은 하이데거식 논법이지요. 이 시는 나무보다는 숲을, 즉 통시적 사실을 서정으로 요약하는 단계를 밟고 있습니다. 나폴레옹은 세기적 영웅으로 칭송받아, 지금껏 위인전 책꽂이 한 켠을 장식해왔지만, 애석하게도 사학자, 지리학자, 여권신장주의자들이 그를 단계적으로 폄하합니다. 결국 화자에 와서는 "인민 살상의 전범자"로 낙인 찍는 과정을 보여주지요. 그 과정을 시는 풍자적으로 재해석합니다. 사실, 보는 사람에 따라 폄하된 인물로 인식되지 그는 변함없는 영웅이 아닐까요.

시의 과정은 '황제폐하→패배자→인민 살상 전범자'로 배심원의 단호한 판결처럼 귀납해 갑니다. "독살"로 끝난 그의 죽음을 "세인트 헤레나의 총독"은 "갈매기 똥으로 지워버린다"는 결론은 사뭇 비극적이지요. 한마디로 화자는 역사의 민중주의에 동조합니다.

B씨!

역사는 인문학적 통시성에 따라 인물 평가를 다르게 해석하며 전환시키는 개연성이 있지요. 그게 굴곡진 전개로 포장되기도 합니다. 저번 때 당신이 말한 바, 입사각에 의한 프리즘의 색깔이 변하는 형태라고 할까요. 관점의 차이에서 빚어지는 아름다움은 늘 변화하지만 작가가 그렇게 만드는 맛은 따로 있지요.

> 내가 바라보는 빨갛고 노란 꽃
> 눈 속의 누가 나에게 알려줄까
>
> 눈이 보아둔 엄청난 사물들
> 눈 속의 어디에 저장해 놓을까
>
> — 김규화, 「존재 · 3」 전문

B씨!

이 시를 읽으니, 철학은 존재를 가치 있게 드러내는 인문학이라는 칼 야스퍼스의 말이 생각납니다. 하물며 다양한 꽃을 바라보는 화자의 감동에 있어선 그보다 더할 테지요. 화자는, 눈 속의 꽃을 누가 나에게 알려줄 것인가, 아니면 자신의 눈이 보아둔 사물들을 어디에 저장해둘 것인가를 궁리하고 있군요.

시는 '존재의 사유'를 사물의 이미지로 바꾸어, '존재의 철학'으로 인식하고 있습니다. "빨갛고 노란 꽃" 중 어느 꽃이 좋은가 묻지 않고, "눈 속의 누가 나에게 알려줄까"를 묻고 있어서, 사유를 더욱 넓혀주는 느낌입니다. 시의 전개는 존재에 대한 의미 추구입니다. 선택한 시선을 타인에게 요구하지 않지요. 돌아온 자신에게 되묻고 있으니까요. 때문에 시를 성찰로 읽어야 한다는 이유가 성립합니다. 사물 투시(透視)의 관점이 사물 정치(定置)의 주관적 사유로 전환되는 것이지요.

- ■ 존재 : 빨간 꽃, 노란 꽃
- ■ 존재를 보는 '눈' → ① 누가 알려줄까─전달자의 지시, 물리적 대상
                   → ② 어디에 놓을까─저장소의 생각, 사유적 대상

시 몇 줄에다
전 생애와 그 많은 유산을 몽땅 탕진했다는
보오들레르나
늙은 이혼녀 하나와
태양이 지지 않는 나라 대영제국의 왕자를 맞바꾼
에드워드 8세의

어리석고 어리석음이여 아니 순수함이여
완벽할수록 순수는 멸망이 되는가
그런 순수로 멸망하고 싶구나
멸망하지 않고서는 도달할 수 없는 신(神)의 영토에……
— 유안진, 「순수」 전문

B씨!

사이버 없는 세상을 생각해보세요. 사실, 우리는 '발전'이란 미명 아래 물질의 시대를 지나 드디어 손가락 타수가 편리의 극에 달하는 데에 도달했지요. '다양성 추구'라는 허울에 의하여 인격적 가치가 마멸되어 혼돈으로 치닫는 것이지요. 결국 순수 면에서는 발전이 아니라고 봅니다. 앞의 「나폴레옹 꼬냑」이 '역사의 재평가적 논리'에 근거한 풍자라면, 「순수」는 '역사의 심층적 탐구'에 대한 상징이라 할 수 있지 않을까요.

지적한 바, 인문학적 감성을 퇴보시키는 우를 범하고 있지요. 우리는 탐구할 역사를 잃었고, 거기 숨쉬는 지고한 철학과 순수를 놓쳐버린 것이 아닌가 하는 생각에 몸부림칠 때가 있어요. 그래 '순수'와 '멸망'은 다음과 같은 상징에 연메되지요.

■ 순수의 시심→시 몇 줄, 보들레르, 대영제국, 어리석음, 신의 영토
■ 멸망의 한계→많은 유산, 늙은 이혼녀, 에드워드 8세

어떤 완벽함도 물질에 만족하는 한 멸망할지 모릅니다. 화자가 반의적으로 말하는 '순수'는 곧 '어리석음'. 그는 순수할수록 멸망하고 싶어 합니다. 허나 결코 순수가 멸망하지 않는다는 것을 반의(反意)하기도 합니다.

그게 인문학의 진정한 성취임을 변증법적으로 확인시켜 주지요.

> 새 한 마리를 보았네
> 잠깨는 새 한 마리를
> 햇빛과 그림자 사이로 일어서는 새 한 마리를
> 주홍빛 진달래의 입술 너머

> 그 모양이 보입니까? 그 여자가 도망가고 있군요. 그 여자가 이제
> 느릅나무 그늘에 도착했군요. 숨을 마악 몰아쉬고 있어요. 길 저 쪽
> 에서 또 한 사람이 뛰어오고 있군요. 남자예요. 남자. 긴 옷을 입고
> 있어요. 푸른 옷을 입고 있군요. 둘은 손을 잡는군요. 두 사람은 눈물
> 을 흘리며 좋아하고 있어요.

> 왕의 칼에 찔리는 것을 피하는 데 성공했거든요.
> 아, 여자의 노래가 들려요.
> ― 강은교, 「모든 사랑하는 이들을 위한 노래·1」 부분

B씨!

"사랑하는 이들"이라니. 강은교 시인이 우릴 알고 썼을까요. 서정시에
이야기를 담는 스토리텔링식 담론이었습니다. 80년대 이후 역사의 재구
성에 의하여 실현시킨 시가 많았지요. 주로 서정시를 추구해온 시인이 역
사성이 담긴 담론시를 선보여 존재의 사사에 관심을 둡니다. 앞의 유안진
의 「순수」가 영국 역사의 인문학적 '순수'를 소재로 한 데 비해, 강은교의
「모든 사랑하는 이들을 위한 노래」는 우리의 역사적 장면에서 '사랑'을 소
재로 하여 구별되지요. 1연에서 햇빛과 그림자 사이, 새는 잠 깨어 "주홍
빛 진달래의 입술 너머" 노래하는데, 주인공 만남이 복선처럼 깔렸습니

다. 왕의 칼을 피하여 남녀가 극적으로 만나고, 그 열연 축하 연주에 새의 노래를 배치합니다. 그 경우, 이야기는 '청자=화자=목격자'의 관계가 됩니다.

내가 당신에게 이야기하지 않고도 마음을 본 것처럼. 상대의 호기심이 우러나지 않는다면 사랑하는 게 아니듯 인문학도 호기심 없이는 독자에게 무의미할 수밖에 없을 듯합니다.

유안진과 강은교의 시는 '인문학적 역사 속의 서정', 즉 '순수'와 '사랑'을 확대하고 있습니다.

3름 시를 주신 B씨에게

내게 읽을 시를 주어 감사합니다. 나는 당신을 만나면서 비로소 시의 참된 의미에 눈뜨게 되었습니다. 그리고 당신의 시 세계에 들어가 서정과 사상에의 호흡을 맞추는 오르가슴을 느낍니다.

지금 우리 사회는 내면이 빈곤하기 짝이 없습니다. 그러나 죽지 않고 살아가는 건 서정의 철학, 존재의 철학, 역사의 철학을 일깨우는 시가 있기 때문이라면 지나친 문학 옹호론자일지 모릅니다. 그러나 이렇듯 숨 쉬고 살 수 있는 것은 당신이 보내주는 한 주의 식량 같은 시로 말미암은 일입니다.

B씨! 오늘날 절정의 서정을 심는 메시지가 어떤 역할을 할 것인가는 그리 오랜 사고를 요하지 않습니다. 존재를 인간답게 일깨우는 서정성이 차츰 마멸되고 있는 현실이 안타깝군요.

당신이 보내주는 시가 인문학을 다시 일으키는 계기가 솟구치기를 간

구합니다. 당신에게 편지를 쓸 수 있음은 당신이 보내준 시편을 읽음으로써 가능하다니, 이 무슨 사랑의 조화인가요. 새벽, 당신이 보내줄 시를 다시 기다립니다그려.

(『예술문화비평』 제10호, 2013년 가을호)

제2부

시의 감성을 읽다

방물고리짝 속의 디스커넥트와 열사(熱沙)의 시

> 객지 돌림답지 않게 자색이 반반한 여인은 고개가 휘도록 무거운 방물고리를 이고 있었다. 먼 길을 온 듯 귓밥에 뽀얗게 먼지가 올라와 있었다. 최가가 아는 체를 하자 쪽마루에다 방물고리를 내려놓으면서 해죽거렸다. "이 댁에 패물이나 좀 팔려구요."
>
> — 김주영의 『객주(客主)』 중에서

시는 방물(方物)이다. 옛날 방물장수가 차려놓은 고리 앞에서처럼 구경하려는 사람이 '구름처럼'은 아니더라도 심심찮게 모이게 할 시는 없을까. 시인과 평론가는 방향은 다르지만 같이 고민한다. 함에도 별 뾰족한 방안이 없다. 매양이다.

『광주문학』 봄호의 '고리짝'을 열고 보니 값나가는 좋은 방물 같은 시가 덜컥 띄었다. 시인에게 지면(誌面)이란 방물장수가 가지고 다니는 고리짝 격(格)으로 비유할 수 있겠다. 김주영의 『객주(客主)』에서와 같이, 자고로 이 장수는 객지돌림을 했더랬다. 골목시장과 백화점, 인터넷 상거래도 '방물'과 '고리'의 관계는 다를 바가 없다.

인터넷을 다룬 영화, 1992년 어윈 윙클러가 감독한 〈네트(*The Net*)〉는 네트워크의 거미줄 광장으로 대중을 순간에 전진 배치하였다. 이 '네트'가 지금은 IT의 집적 자본을 이끌어낸 '만물 인터넷', '사물 인터넷(Io.

E-Internet of Evreything)'으로 판도가 짜진다. 문화의 접속과 분배에 초점을 둔 네트. 자동차, 가전제품, 사물과 사람은 물론, 데이터, 프로세서, 문학 등이 고속망의 네트를 타고 우리의 사유까지 빠르게 재편성해나간다. 인터넷을 기반으로 한 〈네트〉가 이젠 한낱 고전물이라지만, 일촉즉발 이 시대를 예점(豫点)한 시네마였지 싶다 아마. 사실 '인터피아(internet+utopia)'라 해도 항용 '유토피아'가 될 수는 없지 않은가. 하여 '네트'는 인간에게 도전장을 던진다.

또 있다. 2012년 알렉스 루빈 감독의 〈디스커넥트(Disconnect)〉는 더 흥미롭다. 주인공 데릭이 음악을 올린 페이스북에서 신디를 만나 사랑하게 되는 이야기와, 아기 잃은 충격에서 벗어나려고 부부가 채팅하는 이야기 등이 옴니버스식으로 스토리텔링되어 볼 만하다.

낯선 탕자처럼 시를 눈 낚시했다. 예의 방물장수 고리짝 속과 독자의 흥미를 주도한 '디스커넥트'를 주시했다. 아직 팔리지 않은 보물 같은, 밀화(蜜花) 단추, 용잠(龍簪), 화잠(花簪), 호도잠(胡桃簪), 그리고 고리의 왼쪽 구석에 도투락댕기와 귀주머니에 첩첩히 개켜진 쌈지에 한 자루 은장도(銀粧刀)처럼 빛나는 것도 있었다.『광주문학』보부상의 목록에 흰 동공이 홀렸다. 한참 미간을 모으는 중 스토리가 들어왔다. 아래 시편은 과연 코를 물을 만했다. 소통의 디스커넥트였다!

독 오른
독사처럼
교만한 입 쩍 벌리고

반도를

송두리째
삼키려는 저, 열도

5천만
날 선 눈빛이
쓰나미로 달려간다

— 김강호, 「NG모음 14」 전문

독자 입장에서 보면 '빠른 시'와 '완만한 시'가 있다. 이 시조시는 "날 선 눈빛"처럼 박히는 빠른 단검의 기술이 돋보인다. 축약된 열도의 "교만"을 "쩍 벌린 입"으로 도입한 대목부터 명징하다. 열도국이 우리에게 품는 계략과 음모가 집요하고도 노골적이다. 직접 싸우려는지 자위대가 웃통을 벗어붙인 힘자랑으로 법석까지 떤다. 흑심과 야심보다는 침략의 획책이리라. 심통 부리는 억지를 반복하는 저간의 동태를. 자, 그러니 야욕에 대든 화자의 반동을 정리해보자.

→	독사	교만한 입	쩍 벌린다
→	반도	송두리째	삼키려 하다
→	5천만 눈빛	쓰나미	달려간다

구성은 3단계 피라미드 점층법이다. '독사-반도-5천만'은 상징어로, '교만한 입-송두리째-쓰나미'는 중심어로, 그리고 '쩍 벌린다-삼키려 하다-달려간다'는 주체자의 행위어로 쓰였다. 속도나 박진감에 치를 떠는 맛도 튕긴다. 특히 "날선 눈빛"이 "쓰나미"로 변화하는 극적 반격은 치명타를 줄 법하다. "독도"에 대해 "독 오른" "독사"로 변한 음흉한 침략 과

정에 역습하는 추격어를 배치한 구성은 기미(機微)의 한 재치다. "쓰나미" 영상에서 읽었던 무너지는 단애(斷崖)와 같은, 대안적인 후구(後句)를 배치한 "5천만 날선 눈빛"이란 단검으로 일깨운 어퍼컷, 그래서 다운된다면!

사막에는 뻐꾸기가 울지 않는다
낙타풀 가시만이 갈증을 앓을 뿐
지평선으로 허공을 갈라 하늘을 짓고
척박한 바람에 시간이 무너지는 곳

생명들에게 냉혹한 땅
바람의 흉터가 거칠다
태양만이 가혹한 원시
문명의 태동은 없다
속살 헤집어
길 한 줄기 내어주지 못하는 자폐의 극한

빙산의 아버지 무스타크 봉은
제 눈물로 카라쿨 호수를 지었으나
타클라마칸은 푸르러지지 못했다
이글거리는 태양 아래 신들도 허기지는 땅
산맥은 산맥대로 사막은 사막대로
처음도 끝도 없는 허무의 공간

침묵은 말한다
"한 번 들어가면 살아나오지 못하는 죽음의 땅"
위구르족 그들이 산다
　　　　　　　　　　— 박철수, 「위구르족이 사는 땅」 전문

환경의 극지에서도 시는 좋이 사는 법이다. 아니, 척박한 데에 시다운 신념은 뚜렷이 존재하는지도 모른다.「위구르족이 사는 땅」전편이 극한의 전율로 압도한다. 묘사된 환경을 보자. 예컨대 "사막", "낙타풀 가시", "척박한 바람", "냉혹한 땅", "바람의 흉터", "가혹한 원시", "자폐의 극한", "빙산의 무스타크봉", "신들도 허기지는 땅", "처음도 끝도 없음", "산맥과 사막" 등 환경이 처절과 냉혹의 연속이다. 생명을 포기하게 하는 위협적인 땅. 그래서 위구르는 언어를 잃었다. 열사(熱沙)의 침묵만이 거듭될 뿐. 하지만 고통스런 환경에서도 길은 끈질기다. 이 시는 손이나 가슴으로만 쓰는 게 시가 아님을 보여준다. 지고의 끝, 태양에 육신을 쪄내는 도륙의 길이 진정한 시일진저. 먼지와 상처가 버무린 발로 적어가는 통징의 시가 아프게 압득된다. 태양에 쫄아 든 언어, 번뇌도 사치라서 버렸다. 해탈을 바라는 수도승도 아니다. 고통의 행로는 쉬이 끝날 것 같지도 않다. 길은 태산이다. 시의 각 연에 점묘된 키워드들을 보자. 고통이 얽힌 각도는 종잡을 수도 없을 만큼 극한적이다. 아니 극한이다.

1연 : [낙타풀이 갈증을 앓는 곳]→[척박한 바람]→[시간이 무너지는 곳]
2연 : [냉혹한 땅]→[태양이 가혹한 원시]→[자폐의 극한]
3연 : [무스타크의 빙산]→[신들도 허기지는 땅]→[허무의 공간]
4연 : [침묵의 땅]→[죽음의 땅]→[위구르족이 사는 곳]

위구르족이 사는 땅은 4연에 나타난 바 "침묵의 땅"이자 "죽음의 땅"이다. "침묵"과 "죽음"을 묘출해내기 위하여 "척박, 극한, 자폐, 빙산, 허기, 허무" 등의 시어를 점층적 갈기에 깡나무의 칼집처럼 집어 넣었다. 자폐

의 땅에선 보장되지 않는 처형장과 다를 바 없는 그 상황에서도 위구르족
은 견딘다. 죽음의 고통도 불사하는 민족. 그게 화자의 눈에 독수리 발톱
처럼 박혔다. 독자 뇌리에도 맹수의 이빨처럼 검붉게 찍히도록 위구르의
육신을 내보였다. 포기하기 보다는 차라리 무너지는 선택일까.

　앞서 말한 원초적 디스커넥트가 확인되는 시다. 시를 대하는 순간 필사
의 간극에 떠는 극한의 대립을 읽는 고통이 있다. 언필칭, 평범한 소재로
안이한 작품을 양산하는 시인에게 이 시 하나로 경고할 법도 하다.

　　　짐의 무게로 사막을 건넌다
　　　서풍의 길이 뜨겁다
　　　시간의 저편으로 모래 언덕을 지우며 가는 길
　　　그가 닿아야 할 이정표는
　　　주인이 건네준 물표 속에서 미명처럼 떠오른다

　　　누구나 한 번 쯤은 걷는 길일지라도
　　　동대문 단봉낙타는
　　　어깨의 혹이 단단하게 자랄수록
　　　꿈은 멀어져 갔다

　　　오늘도 그는
　　　배고픈 허기 속을 지나고
　　　가시처럼 찔러오는 고층계단을 올라
　　　패션의 유리성에 한 끼의 짐을 부린다

　　　담배 한 모금이 생각나는 귀로,
　　　허기를 하얗게 내뿜다
　　　사풍의 심장을 향해 삐걱거리는 무릎 다시 세우며

먼지 자욱한 길을 간다.

— 김일곤, 「낙타의 꿈」 전문

무대는 동대문시장이다. 시인은 사내를 가게에서 대형 버스로 의류 보따리를 옮기는 낙타에 비유한다. 후끈한 시장 속은 "사막"이나 진배없다. 짐의 무게에 찌들어 눌린 채 달리고 달린다. 잠깐의 눈을 돌릴 틈도 없다. 무단횡단에 치이는, 인파와 돌고 도는 골목 속을 누벼야 하는, 그래서 대상(隊商)처럼 "서풍의 길"로 나가야 하는 "뜨거운" 이동이다. 산더미 진 의류를 운반하는 단봉낙타, 그 노역만이 사내의 존재를 대신한다. 시끄러운 시장이지만 사내에겐 고요하다, 오직 옮기는 일념뿐이니. 시는 짐꾼의 고달픈 삶을 동영상처럼 보여준다. 실제로 2014년 초 EBS에서 동대문의 의류 운반 직업인의 삶을 제작, 〈극한직업〉이란 프로그램으로 방영한 바 있었다. 고위험 직업군의 사례로. 사내는 오늘도 "배고픈 허기 속을 지나"서 "가시처럼 찔러오는 고층 계단을" 오르며 "패션의 유리성"에다 "한 끼"를 벌기 위한 "짐을 부리"지만 뭐 기약이란 없다. 땀 기름으로 찐득이는 먼지에 헐떡이며 좌충우돌하는 것이다. 하지만 그가 받는 일당은 비참할 정도로 미미하다. 노임은 한 끼의 밥값에 불과하다니. 그는 저녁 늦게 "담배 한 모금"으로 "허기"를 "하얗게 내뿜"으며 귀가한다. 희망조차도 사치일 수밖에 없는 노동자. 그는 신새벽부터 "단봉낙타"처럼 매일 버스와 가게로 가는 길을 쳇바퀴 돌며 뛴다 뛴다, 그저 뛴다. 그러기에 오늘도 사내는 "사풍의 심장"으로 무너질 듯 "삐걱거리는 무릎"을 "세우"는 것이다. 먼지의 길을 달리는 그는 "단봉낙타"처럼 "어깨의 혹"이 "단단하게 자랄수록" 애초에 가졌던 "꿈"이 "멀어"짐을 느낀다.

이처럼 시장을 누비는 자의 고통과 비유된 낙타를 '디스커넥트'로 연결하여 시를 탄탄하게 구성했다. 치열한 시대의 역동성으로서 시장이 아닌, 비참한 현장으로서의 시장에 던진 그 풍자성이 두드러진다.

요즘 시가 시답지 않다고 비판하는 논자들이 많다. 산문 같은 글을 행만 바꾸어놓아 시입네 하는 '글쎄다'식의 글. 종합적 체험을 전하는 인터넷의 '디스커넥트' 시대에 좋은 시란 일종의 아이디어 발굴이다. 아이디어란 섬세한 시의 재치다. 삼박한 기미로 그럴듯하게 시어를 짜는 일, 아니면 화자 형태를 바꾸는 트릭도 독자를 끌어들이는 한 방안일 법하다.

글을 마무리할 때까지 시선의 끈을 놓지 않았던 작품이 있었다. 지면 제한으로 부득이 미루어둔, 강경화의 「곶감」, 이재설의 「바람」, 나승렬의 「산행」, 박형철의 「요즘 사람들 2」 등이 그랬다. 다들 충분히 입론 거리가 있다. 그래도 다음 작품을 기대한다면 너무 먼 일일지 모르겠다. 하므로 미안하다.

(『광주문학』, 2014년 여름호)

잊는 것의 이율배반, 그 그리움의 증후군

> 시간은 언제나 밀려오지만 똑같은 날은 다시 오지 않는
> 다는 것을 젊은 날에 인식하고 있었다면 뭔가 달라졌을 거
> 란 생각이 든다. 모든 것이 끝났다고 생각되는 그 순간에
> 또 다른 일이 시작되기도 한다는 것을 그때 알았더라면.
> — 신경숙, 『어디선가 나를 찾는 전화벨이 울리고』 중에서

새삼스럽지만 사랑은 영원한 아포리즘이다. 사랑의 힘이란 투혼의 신
화를 쓰게 한다. 사람의 그리움은 늘 지난날의 화려한 사랑을 투사하기
일쑤다. 함에도 만남은 다시 오지 않을 것이니, 다들 젊은 날에 인식하지
못했던 사랑을 알고부터 분수처럼 '그리움'을 솟아낸다. 못난이들이 겪
는 이 뒤늦은 저격병, 하므로 그리움은 증후군일시 분명하다. 그래, 그것
은 수시로 찔러왔던 무책임에 대한 아픔의 깨달음이다. 잠 못 이루는 밤
을 위하여, 신경숙의 『어디선가 나를 찾는 전화벨이 울리고』을 펼쳐둔다.
엘이디 스탠드를 켜고 소설의 종이 벽에다 시선의 못을 박는 순간, 뒤척
이는 추운 시간은 사라지고 젊은 날의 열정이 회한의 일기장처럼 치받치
어 읽힌다. 그녀와 애써 작별을 서두르던 때, 후회의 욕지기 같은 대못이
박혀 왔더랬다. 복수였다. 먼지 낀 일기장을 왜 뒤적였을까. 자형(紫荊)이
었다. 청년 시절, 다락이나 벽장은 감춘 일기로 무릇 추억같이 빛나는데.

형언하기 짠한 그리움이, 낡은 짚북데기의 현실을 걷어내자 가을 청무 밑 둥처럼 덩다랗게 밀려왔다. 그건 솔 벨로(Saul Bellow, 1915~2005)의『오기 마치의 모험』처럼 헌신적인 사랑, 또는 데이비드 샐린저(J.D. Salinger, 1919~2010)의『호밀밭의 파수꾼』처럼 암시적인 사랑, 알퐁스 도데(Alphonse Daudet)의「별」처럼 순박한 사랑, 이광수(李光洙, 1892~1950)의『사랑』처럼 우연한 사랑, 황순원(黃順元, 1915~2000)의「독 짓는 늙은이」와 같이 휴머니즘의 품으로 다가오는 그 사랑과 운명 같은 거였다. 꺼진 불처럼, 그러나 바람에 살아나 대책 없이 치달아오는 들불과 같은 '그리움'이었다. 아니다. '나를 찾는 전화벨' 같은 그대의 '그리움'이기도 했다.

하, 시를 추려놓고 보니, 사물과 사람의 테를 울리는 '그리움'의 신드롬이 있었다.

이사 다음 날에는
빈 쌀 포대에 독을 넣고
망치로 친다.
아파트에서는 아무짝에도 쓸모없는
된장 간장독

배가 부른 옹기들이
입을 틀어 막힌 포대 속에서
둔탁한 저음으로 죽어갔다.

내가 절벽 위에 서있음을
비로소 깨닫는다.
걸터앉을 수도 내려 설 수도 없는
8층의 낭떠러지

우리 앞의 동의 또 다른 벼랑이
내 앞을 막아선다.

어디선가 난데없는 뻐꾸기가 운다.
웬일로 죽은 누님 생각이 난다.
뻐꾸기가 또 아홉 번 울더니
열 시에는 열 번 열한 시에는 열한 번 운다.
뻐꾸기시계가 시간마다
짝퉁 뻐꾸기 울음을 운다.

— 위증, 「아파트」 전문

정 붙이고 살던 단독주택이 그립다. 그럼에도 아파트로 옮기는 일은
더 많아졌다. 해서, 손때 묻혔던 가구나 그릇을 버려야 하는 게 미덕일지
도 모른다. 장롱, 문갑, 두레밥상에서부터 낡은 찬장, 퇴색한 양은 그릇과
검댕이진 가마솥, 굽 달린 접시, 막사발과 자유당 컵을 비롯하여, 시루나
"된장 간장독"을 처치하는 일도 그 중에의 한 일이다. 화자가 말한 "빈 쌀
포대에 독을 넣고 망치로 친다"는 구절에 범상치 않은 결심을 본다. 빈 독
을 깨는 우울한 결심이 그것에의 그리움과 함께 행간에 읽힌다. 그래, 한
시절을 함께한 "간장독"이리라. "망치"가 주는 파손의 의미, "아파트에서
는 아무짝에도 쓸모 없"기에 "포대 속에"다 넣고 "예라!" 하고 친다. 독은
"둔탁한 저음"을 내며 "죽어"간다. 죽어간다는 울림은 크다. 화자의 그리
움도 죽는 걸까. 그러나 그리움은 운명이다.

아파트에 이사 온 화자는 자신이 "절벽 위에" 있음을 "깨닫"기도 한다.
"걸터앉을 수도 내려 설 수도 없는 8층의 낭떠러지"에 그가 붙어 있다. 불
안하다. 자신의 이런 처지가 더욱 가시화된 것은 저녁에 "난데없는 뻐꾸

기가 우"는 대목이다. "죽은 누님"이 오버랩되고, 이삿날 집들이 기념으로 누군가 사 온 "뻐꾸기시계"에서 나오는 "짝퉁 뻐꾸기 소리"가 그리움처럼 옛 누님까지 불러온다. 이사의 통과의례에서 드러난 화자의 심정 변화를 추적한 작품으로 "독"과 '낭떠러지'를 거쳐 "누님"과 "짝퉁 뻐꾸기 소리"로 연결한 그리움이 환치법이 병렬적으로 조직화되었다.

외우지 못한 전화번호를 찾느라
전화번호부를 넘긴다
가나다순으로 따라가노라면
문득 사무치게 그리운 사람도 먼 나라에 있어
전화할 시간이 아닌 사람도
세상을 떠난 사람도 있다

매번 허사인 줄 알지만
016-529-7004를 누른다
"지금 거신 전화번호는 없는
번호이오니 확인 후 다시…"

죽은 남편이 받을 리가 없다
자식 걱정 같이 하자 두 발 뻗고
어야대야 하소연도 못했고
약 오르지 용용
나 혼자만 자식들 호사 누리네
늘어지게 자랑도 못했고
정말 이뻐서 얼을 쏙 빼가는
손주들 이야기로
할 말이 끝도 갓도 없었는데…
필요한 번호를 찾고도

계속 허실삼아 번호부를 넘긴다

살아있는 사람이어도
지워버리고 싶은 번호
걸지도 않으면서
적어놓기만 한 번호
잊고 있었음이

당장 안부 여쭙고 사죄해야지
동그라미 치는 번호
번호들로 빼곡하다

나는 너에게
너는 나에게
잊혀지지 않는 꽃보다도
그 무엇보다도
사무치게 그리워
가슴 절절해진 그런
번호로 기록되고 싶다.

— 윤미순, 「016-529-7004」 전문

휴대폰 번호도 시의 소재가 된 건 오래다. 잃은 남편에 대한 서정이 아련히 접속되는 시다. 제목으로 올린 숫자는, 전화를 건다 해서 "받을 리가 없"는, "죽은 남편"의 번호다. 그러나 버릇처럼 또 걸고 만다. 화자는 남편에게 "자식 걱정"을 "같이 하자"고 하며 "어야대야" 하고 "하소연"을 하지 "못했"다. 먼저 간 당신에게 "약 오르지" 하며 "용용 나 혼자만 자식들 호사"를 "누린"다고 "늘어지게 자랑도 못했"다. 가령 "이뻐서 얼"도 "쏙 빼가는 손주들"의 "이야기"라든가, "할 말이 끝도 갓도 없었는데" 당신은 전화할 수 없는 곳에 가 있다. 당신이 없기에 화자가 누리는 행복엔 의미가 없다. 곁에서 불협화음처럼 맞추는 어깃장의 추임새가 있어야 자랑할 맛도 나는 법인데.

"가나다순으로" 배열된 전화번호부에서 "잊고 있음이 죄송스러워 당장 안부 여쭙고 사죄해야지" 하며 "동그라미"를 "치는 번호"를 찾는다. '016-529-7004'도 그중에 하나이다. 부재의 번호다. 하지만 화자가 살아생전 고락을 함께한 번호가 아닌가. 아내와 먼저 간 남편 사이를 잇는 말, 해서 알공달공 소식을 주고받는 과정이 아름답게 전해온다. 『채근담(菜根譚)』에 "文章 做到極處 無有他奇 只是恰好"라 하여 "최고의 경지에 이른 문장은 원래 별다른 기교나 꾸밈이 없이 진술하고 평이하지만 감동을 준다"고 한 말을 되살피게 하는 시다. 현실에서이듯 일어나는 감정의 표절로 이루어내는 시는 감동의 심장으로 귀소하는 법이다.

> 이브 몽땅의 고엽이 운다
> 장송곡같이 들으면서 조문을 갔다
> 만추로 뒤덮인 장례식장
> 허리 길어 슬픈 리무진
> 천국과 지옥의 다리로
> 얄밉게 서성이고 있다
>
> 가난한 상주들처럼
> 숨겨둔 자식들처럼
> 절뚝거리며 걸어온
> 혼자는 못 우는 바보 낙엽들

낙엽 보면 한번쯤 생각하리
세월의 성긴 상처를
예정된 생의 마침표를

낙엽은 찬란하다
망자는 무슨 색깔일까

망자 앞에서
착하고 순해지는 양면성
다람쥐 쳇바퀴 돌았던
무능의 시간 속에 갇혀 살았던
의무감이 찍어야할 내 마침표 색깔
맥없이 궁금해진다

— 이겨울, 「마지막 색깔」 전문

죽은 이를 위해 문상을 간다. 그 길에 "이브 몽땅"이 주연한 영화에서 본 아름다운 "고엽(枯葉)"을 기억한다. 죽음으로 향한 낙엽을 보며 자신의 위치를 되돌아보기도 한다. 특히, "허리 길어 슬픈 리무진"이나, "숨겨둔 자식들처럼", 그리고 "혼자는 못 우는 바보 낙엽", 나아가 "의무감"으로 "찍어야할 내 마침표 색깔"과 같은 감각적 서정을 끌어내는 솜씨도 돋보인다. 장례식장의 단풍잎을 반추하듯 감각의 향방을 마지막 이미지로 작동시킨다. 화자는 "망자"의 "색깔"부터 궁금하다. 자신의 죽음에 대한 색깔도 예측해본다. 유추로부터 빚어내는 시의 속진을 유도하며 "색깔"을 암전시키는 조응법의 효과도 있다.

이 시는, ① "만추로 뒤덮인 장례식장"[기]→② "혼자 못 우는 바보 낙엽들"[승]→③ "망자는 무슨 색깔일까"[전]→④ "궁금해진 내 마침표 색깔"[결]과 같이 서정적 논리를 구조적으로 장치한다. 지는 낙엽으로부터 읽어내는 "망자"의 "색깔", 또는 그것을 바탕으로 사유한 자신의 "마침표"에까지 이르는 의식이 치밀하여 읽는 재미가 깊어진다. 짝퉁과 이미테이션의 표절이 범람하는 시대에 그리움의 서정에 몰입할 수 있음은 축복이다. 더구나 그게 자신의 색깔로 점지해본다면 더 철학적이다. 단순한 낭만과 문학성을 지나 사유하는 철학과 우주가 시에 도입되는 건 개성 있는 시인의 한 추구적 삶일 것이다.

예배당 계단 아래 무릎 꿇은 무화과나무

등살
살큼
돋을 무렵 손바닥 펴 받들고

기도송
웅얼거리며
오목가슴
데운다

들바람 기어들어
부려 놓은 해살 한판

꼬이고 뒤틀려도
너를 불러 내미는 팔목

꽃 접고
내밀한 언어

말랑하게 빚는다

— 조민희, 「나무 기도」 전문

　기도는 바라는 것에 대한 나의 의지이다. "예배당 계단 아래 무릎 꿇은 무화과나무"로부터 "기도"의 자세를 살려낸 품새도 그러하다. "너를 불러" 다 "팔목"에 앉힌 "나무"의 "기도"를 듣는다. 나무의 기도를 듣는 건 시인만이 가능하다. 기도가 나무의 팔목에 앉았다는 이중적 의미도 내포되어 있다.

　이 시조에는 ① "무릎 꿇은 무화과나무"[기]→② "손바닥 펴 받듦"[기]→③ "기도송 오목가슴 데움"[승]→④ "너를 불러 내미는 팔목"[전]→⑤ "내밀한 언어 빚음"[결]의 과정이 둥두렷하게 실렸다. 나무는 "손바닥"을 "펴 받들고" 누구인가를 위해 "기도송"을 "웅얼거리"며 서 있다. 특히 "오목가슴"을 "데운다"는 절차적 기도 자세는 진지하다 못해 독자의 가슴으로 전이해 온다. 무화과나무를 의인화한 미학적 장치 또한 기도의 의미를 확대한다. "등살 살큼 돋을 무렵", "오목가슴 데운다"와 같은 우리말의 아름다움을 살려낸 기품이 서럽게 또는 다사롭게 적셔 온다. 시가 빛나는 건, 말의 서정을 캐는 것보다 사물의 경험 폭을 넓히는 데 있다. "꽃"을 접은 후의 "내밀한 언어"로 "빚어내는" 무화과나무의 생태력 복원과, 그것을 염원하는 기도에 담긴 화자의 표징은 흩어진 정한의 정돈을 깨우치게 한다.

　시가 보채고 우는 날은 몸소 시를 뱉어내야 한다. 우는 시를 머금고 있거나 달래기만 한다면 시에 구취가 낀다. "어디선가 나를 찾는 전화벨이 울리"면 전화를 받아야 한다. 은둔할 수만은 없다. '보채이는 시'는 전화벨이고 전화를 받는 일은 '시 쓰기'와 같다. 전화벨은 '동기'이고 전화는 '작동'이니.

사랑과 이별, 덧난 상처의 옛사랑이 깨소금 맛처럼은 오지 않을 것이다. 등잔불 빛에 도는 희미한 가리마 같은 사랑을, 샹들리에 불꽃 아래 립스틱 열정의 빛깔로 화려하게 재편성해보자. 그게 시의 복수 의식이다. 숭늉 맛에 길들여지다가 원두커피 향에 취한 듯 감각적으로 돌아오는 것. 아는가. 갑작스런 전화 속에 혹 옛사랑 애인이 초록 굽 힐로 또각또각 등장할지도.

'그리움'으로 읽히는 작품 말고도, 사라진 정서를 인유(引喩)해낸 작품을 지면 관계로 비껴둔다. 국효문의 「삐걱이는」, 문설희의 「명옥헌의 팔월」, 박영자의 「석류」, 신극주의 「SNS의 손익」, 신해자의 「태산」, 이동호의 「가을 산조」, 전학춘의 「어머니」 등이었다. 책의 삼각접지 갈피에다 서슴없이 읽을 날을 갈무리해두었다.

타작마당의 한 귀퉁이에서, 가을 서풍에 검불 날리는 어머니들처럼 알곡을 장만하려고 애쓴 시가 있었지만, 논의는 미룰 수밖에 없었다. 미리 계산해두지 못한 내 숫자치(數字痴)의 버릇 때문이라면 용서할 것인가. 만추의 양광이 비추는 서창(西窓)을 등지고 이 작품들을 짙은 커피와 함께 소리 내어 읽는 것으로, 대신하여 벌을 서기로 한다, 나는.

(『광주문학』, 2014 겨울호)

'사랑의 검'과 '유머의 방패'를 기다리며

> 1호 지구에 나치즘을 저지하기 위해서는 그들에 맞서 싸우고 죽일 수 있는 연합군을 만들어야 하지 않았던가? "우리 자신의 무기로 이겨야 해." 그녀가 단언한다. "그게 뭔데?" "사랑, 유머, 예술." 가만있자… 어디서 많이 들어본 소리가 아닌가. 그녀는 또다시 나 자신의 가르침으로 나를 가르치고 있다. "우리 돌고래 철학자 중 하나가 이렇게 말했대. '사랑을 검으로, 유머를 방패로'라고!"
> — 베르나르 베르베르, 『신(神) 6』 중에서

새벽이면 여섯 권과 마주했다. 베르나르 베르베르의 『신(神)』을 덮을 땐 긴 원고를 탈고한 기분이었다. 지고한 우주, 신의 세계로 향한 독법(讀法)임에도 내 오두막에까지 감흥은 출렁였다. 왜 감동하지 않고 감흥이 일었을까. 감히 신의 위상에까지 도전한 미카엘의 기상천외한 사유와 동감했기 때문이다. 그는 지구를 들여다보듯 손바닥에 별 1호를 올려놓았다. 확대된 에메랄드 눈을 가진 신을 따라 수백 페이지를 거슬러갔다. 칸트(I. Kant)와 니체(F. Nietzsche)와 하이데거(M. Heidegger)를 지났다. 그러자 독일의 나치즘(Nazism)과 일제의 군국주의가 기승을 부리는 지역이 나왔다. 정신대를 대변하는 소녀 '은비'처럼 흐느끼는 역사를 체험하고도 망할 놈 같은 망각의 늪에 빠지고 마는 우리였다. 베르베르는 이처럼 한국 소녀를 『신』에 등장시켰다. 그것도 비극의 시대와 대결하는 비유와 상징에 강한 겨냥이 번뜩이도록. 그러나 어쩌랴. 품세대로 소프트한 질료로 요약될 수밖에 없는 게 예술이고 시인 것을. 소설 중반쯤부터 "사랑을 검으로 유머를 방패로" 하는 교시(敎示)가 머리를 채웠다. 하지만 상징이 비유를 건너는 땅에 검으로 사랑을 찢고 방패로 유머를 짓누르는 역탈전이 아직 지구 1호에는 가득하다. 지금의 뼈 부수는 글쓰기만큼 후일을 담보받지 못할 현실에선 더욱 그렇다. 미카엘의 여친(女親) 델핀(Delphine)이 말한 바, 타나토노트[1]들의 서사시를 읽으며 지구로 온 미카엘은 차라리 편안해 보였다.

우리 사회에서 말로는, 문인은 문화적 자존을 세우는 사람이라고 요란 떨지만 낯간지러운 허위에 불과하다. 적어도 신의 세계에서 보면 그렇고 또한 가소로운 일이기도 하다. 일부 국회의원과 정치가들이 행하는 바, 제자리는 냉큼 챙기는 대신 민생은 부러 도탄에 빠뜨리게 하는 형국과도 같다. 왜 그들의 휘어진 사팔 눈에서 예술을 비춰 내려고 갖은 몸짓을 바치는가. 거짓말로 사랑을 찢고 폭력으로 유머를 짓누르는 그들에게 문학인이 빌붙어야 한다는 현실은 친일처럼 해괴한 일이다. 그래, 민중을 짓밟은 정치적 이기주의에 맞설, 문득 베르나르 베르베르가 델핀을 통해 말한 "사랑을 검으로 유머를 방패로" 하는 상징과 풍자를 생각하며 『광주문학』 여름호를 읽었다. 그리고 덮었다. 역설이지만, 시를 잊고 싶었고, 다음엔 망각을 찢고 떠오르는 시를 가늠하기 위해서였다. 털고 털어 네 편을 골라 쥐었다.

---

1   '타나토노트(Thanatonautes)'는 영계(靈界) 탐사단이라는 의미로, 죽음을 의미하는 그리스어 Thanatos와 항해자를 뜻하는 nautes를 합성하여 만들어진 단어이다.(베르나르 베르베르, 『상대적이고 절대적인 지식사전』) 참조.

장모님 병간하느라
아내가 친정에 갔다
날이 갈수록 아이들도 나도 풀이 죽더니
초저녁 들녘처럼
집안이 어두워졌다

오호라 그래서 아내는 안해였구나
집안의 해였구나 내 안의 해였구나
그래서 밤에도 그리
뜨거웠구나.

— 강만, 「안해」 전문

언어의 연원을 밝히는 상징시에 얼핏 떠오르는 게, 유치환의 「바위」
(비와 바람에 깎이는 대로/억년 비정의 함묵에…/드디어 생명도 망각하
고/…두쪽으로 깨뜨려도 소리하지 않는…), 문인수의 「쉬」(…아버지, 쉬,
쉬이, 어이쿠, 시원하시것다아 …툭, 툭, 끊기는 오줌발, 그러나 …쉬! 우
주가 참 조용하였겠습니다), 그리고 문무학의 「바다」(바다가 '바다'라는 이
름을 갖게 된 것은/…가리지 않고 다 '받아'주기 때문이다/'괜찮다'/…어머
닌 바다가 되었다)가 생각난다. 박갑수의 『어원수필(語源隨筆)』[2]은 단어의
근원을 연구한 책이고, 정약용의 『아언각비(雅言覺非)』[3]는 말의 본뜻을 캐

---

2 박갑천, 『어원수필 — 말의 고향을 찾아서』(을유문고 156), 을유문화사, 1985. 12.
3 1819년(순조 19) 정약용이 지은 책. 3권 1책. 당시 널리 쓰이던 말과 글 가운데
   잘못 쓰이거나 어원이 불확실한 것을 골라 고증으로 뜻·어원·쓰임새를 설명
   했다. 총 200여 항목으로 나누어 단어를 수록했으며, 수목·의관·악기·건축
   물·어류·지리·주거·도구·식기 등 다양한 분야를 다루었다. 또한 음과 뜻
   을 잘못 쓰고 있는 말들과 동의어·동음어·방언 등에 문헌 고증을 하였다. 국

어 생활에 응용한 서책이다. 관련된 자료를 찾아보면 '어원시(語源詩)'는 더 많을 것이다. 이제, 언어의 논리성에 터하여 씌어진 상징시(象徵詩)와 풍자시(諷刺詩)는 독자를 확보하는 기법 중의 하나가 되었다.

이 시에서 '안해'는 '아내'의 별칭이다. 고어(古語) '안해'에 대한 어휘적 연원(淵源)이 유추의 의미에 담긴다. 첫 부분은 아내의 부재로 겪는 "풀이 죽은" 가족의 쓸쓸함을 드러낸다. 화자는 "초저녁 들녘처럼" 활기를 잃고 "어두워진" 집에 들어선다. 아내가 없는 쓸쓸한 집 안엔 어둠까지 병치된다. 그는 화들짝 깨닫는다. 그동안 "아내"가 있어 "집안의 해"가 밝아 있다는 사실을. 하지만 여기까진 여타 시인도 발견할 성싶은 이미지다. 시란 '비약(飛躍)의 미'를 최종적으로 거두어야 제 맛이 나는 법이다. 마지막 행, 아내란 "그래서 밤에도 그리 뜨거웠구나". 하, 무릎 칠 감탄이 일어난다. 접속사 "그래서"는 두 번, 앞의 것은 "아내"가 "집안의 해", 즉 "내 안의 해"로 명명적(命名的) 원인을 연유해내는 접속사이고, 뒤의 것은 "뜨거웠구나"에 대한 성적 교감을 파악해내는 기미적(機微的) 원인을 연유해내는 접속사다. 기승전결의 논리를 갖춘 시이자, '출발선−달리기−구름판−비약−착지'의 과정이 선명한, 도움닫기의 전범시(典範詩)다.

> 지독한 가뭄으로 몸이 갈라지던 때가 있었다
> 삶과 죽음의 경계라고 생각했다
> 빗소리를 들을 때마다
> 젖은 나를 꿰매려 했지만 틈은 좀처럼
> 좁혀지지 않았다

어학 · 사학 · 민속학 분야에 중요한 자료가 된다. 1911년 경성고서간행회, 1912년 광문회에서 펴낸 바 있다.

두 무릎 사이를 들여다보았다
터널처럼 캄캄했다
터널은 가뭄처럼 길었다
말없이 걸었다
어둠의 숨결이 점점 빨라진 후
먹구름 같은 침묵이 단비를 내렸다

— 금별뫼, 「가뭄」 전문

성서 기록에 밝힌 바, 땅은 몸이다. 가뭄 든다는 건 땅에 양분이 수탈되었다는 것이다. 이를 치유하고 해갈하는 게 "단비"리라. "지독한 가뭄"이 "몸"을 "갈라지"게 하던 "때", 무엇인가 갈구하나 이루어지지 않은 "몸"이었을 게다. "삶과 죽음의 경계"를 넘나들며 "젖은" 땅을 "꿰매려" 한 빗소리를 기대했지만 허구한 기다림을 지나도 비가 올 "틈"은 "좀처럼" 벌어지지 않았다. "틈"이란 "좁혀지지 않은" 괴리. 하늘 틈이다. 몸도 말을 듣지 않아, "두 무릎 사이를 들여다보"니 "터널처럼 캄"하다. 지친 생이 "길게" 드리워 있을 뿐. 죽음에 임박하듯 "어둠의 숨결"(사랑의 검)은 더욱 거세어진다. 헌데, 그때였다. "먹구름 같은 침묵"을 견디고 마침내 "단비"(유머의 방패)가 온다! 가뭄에 허덕인 대지의 몸이 흠뻑 젖은 채 열린다. 오랜 "가뭄"의 죽음을 건너 지금 "비"의 생환으로 돌아오는, 예컨대 사중구생(死中求生)[4]이다. 사생(死生)의 긴박 구성이 소름처럼 덧나 보인다. 생식을 앞둔 여자의 성 의식 같은 전의(轉意)도 중의적인 의미를 전한다.

　시간을 놓아버린

4　사람이 죽을 수밖에 없는 처지에서 한 가닥의 살길을 찾는다.

손 안에서
그를 위해
제 뼈를 깎는다

텅 빈 방 안
홀로 된
젊은 날이 스며든다

　　　　　　　　　　　　　— 배상수, 「호두」 전문

　　시가 '농조연운(籠鳥戀雲)'이란 옛말을 생각케 하듯 간명하다. 압축적으로 마음에 들어와 박히는 시. 작은 "호두"에도 자유와 해방을 상징하는 의미가 담겼다. 새장에 갇힌 새는 그가 자유로이 날던 창공의 구름을 그리워하듯이, 구속당한 자도 이전에 그가 맛본 자유를 갈망하기 마련이다. 젊은 시절, 바쁜 "시간을 놓아버리"고 이제는 하루하루를 죽이고 있는 모 씨의 손에서 "호두"는 빠드득빠드득 "제 뼈를 깎"으며(사랑의 겸) 손가락 힘에 보태진다. 말없는 주인이 앉은 "텅 빈 방 안"에 호두는, 아름드리나무의 열매였던 전성기를 추억한다. 나아가, 속절없이 늙어 무료한 시간을 호두와 함께하고 있는 지금, "홀로 된" 그가 생각하는 젊은 날(유머의 방패)을 회한(悔恨)하는 수도 있겠다.

　　보들레르는 상징주의 시학을 대상에 대한 심리적 대리법이라 했다. 그와 호두의 관계는 이와 같은 상징적 대립에 연계된다. 딴은, 이런 시가 저지르기 쉬운 영탄조나 군더더기로 지리멸렬해진다는 점이다. 함에도 그것을 너끈히 극복해냈다. 시상이 깔끔하다는 건 요즘 듣기 어려운 평이기에 그렇다.

아니요. 하지 마요, 일일이 미덥잖아
타래로 입술감아 지천하던 군말투로
지지리 미운 털로만 켜켜이도 쌓였다.

세사에 시름 앓던 젊은 적 구구절절
저 밉상 너스레떨어 저자 목 자판대로
뼈 빠진 고생고생을 그렁저렁 펼쳤다.

백수(白手) 초년 눈치 보며 밥 달라 졸랐더니
이순(耳順)에사 철든 아내 '당근이지' 애교로다
저리도 어쩜 당근인양 당글당글 변하다니?

늘그막 3라운드인생, 웬 호강 황혼애(黃昏愛)라
'삼식이새끼' 시쳇말은 부당타는 것 아니겠소?
헤프게 좋난 세월 접고 금슬(琴瑟)로나 채우리라.
— 정병표, 「당근이지」 전문

　풍자와 해학은 진술보다 가까이 다가간다는 문장론의 규칙이 있다. 요즘 시조에서 원용되는 유머와 풍자도 마찬가지 효험을 본다. 작품에서 보니, 아내에게 '사랑의 검'을, 남편 화자에게 '유머의 방패'를, 그리고 가정에 풍자의 갑옷도 입힌다. 퇴직자 친구들 모임에 회자(膾炙)되는 이야기를 자신과 빗댄 풍유(諷諭)로 넉살을 부리기도 한다. 참 화자가 귀엽다. 아내를 켕기게 했던 궁색한 사연도 복선에 둔다. 옥의옥식(玉衣玉食)은 아니더라도 퇴직 이후에 '삼식이새끼'는 자못 '부당'하다는 평을 듣는다. 화자는 아직 "백수 초년"인지라 마누라 "눈치 보며" 배고파 "밥 달라"고 "졸라"(사랑의 검)도 본다. 물론 거절당하리란 예상을 하지만. 헌데 아내는 뜻밖에도 "당근이지" 하며 "애교"까지 곁들여 응대(유머의 방패)해 온다. 순간 감탄이다. 그래서 얼른 제목으로 빼다 앉혔다. 한데, 숙고 후 반응은 가관이다. 예순 살에 "철든 아내"를 발견했다는 뭐 유예적 관용임을 자처한다. 아내를 "철"들었다지만 실은 늙어간다는 서글픔을 표시한 대꾸이리라.

다른 각도에서 보면, 퇴직 화자가 전언하는 마조히즘 기질도 있다. 스스로 자폐를 느끼면서도 희생을 각성하는 이유가 그렇다. 현재 순간과 짜릿하게 접선하는 착각의 덤을 보이기도 한다. 아이러니컬하게도 마조히스트들이 즐기는 쾌락은 엄살 떠는 일에 있다. 뭐 고통받는 자신의 모습을 타인에게 보이며 만족을 느낀다니까. 자신을 낮추는 시니컬한 어투이지만 "늘그막 삼 라운드 인생"을 의미 있게 보내자고 작정한다. 그래서 "황혼애"를 구가하려는 낭만의 속셈도 갖는다. 이제 직장을 나와 아내 앞에 서니, 그동안 "지지리 미운 털로만 켜켜이도 쌓인" 다소 주눅든 마조히스트가 된다. 그러나 내심은 여유작작한 풍자와 위트가 있어서 번쩍 그 주눅을 뒤집어 놓는다.

『광주문학』을 덮자 떠오른 작품이 더 있었다. 김기리의「막대기」, 강대실의「밥 대접」, 이보영의「슬픈 미소」, 이명희의「물망초 피다」, 전숙의「날개를 추억하다」, 오재동의「춘일단상」, 박판석의「등대」, 김상섭의「무공적(無孔笛)」등이 시안(詩眼)을 번쩍 뜨이게 했다. 그러나 '사랑의 검'과 '유머의 방패'가 무디다는 구차한 합리화로 지면의 부족을 대신할 수밖에 없다.

언뜻, 맹자가 제선왕(齊宣王)에게, 시나 음악을 들을 때 '독락락(獨樂樂)

과 여중락락(與衆樂樂)과 숙락(孰樂)'[5] 중 어느 것이 더 좋은가고 물었다던 문구가 떠오른다. 시를 더 자주 재독(再讀)하며 익히고 즐긴 이후 숙락(孰樂)의 필을 잡겠다는 후일을 기약한다. 이렇게 말하면, 독자와 시인 앞에 '사랑의 검' 앞을 막아선 다소 비겁한 '유머의 방패'일지도 모르겠다.

풋! 거명(擧名)만 하고 거론(擧論)하지 못한 여덟 시인의 문운을 위해 오늘 저녁엔 와인 잔을 들련다.

(『광주문학』, 2014년 가을호)

---

5   『맹자(孟子)』 권2 양혜왕(梁惠王) 장구(章句).

다듬기와 적의 그리고 죽음의 발견

버스도 더디고 봄날이 더뎠다. 황혼이 마냥 길게 꼬리를
끌고 도무지 깜깜해질 줄 몰랐다. 옆구리에 섬진강을 긴 길
은 아마 밤새도록 그만큼밖에 안 어두워질 것 같았다. 멀리
가까이에서 벚꽃인지 배꽃인지 모를 흰 꽃들이 분분히 지고
있었다.

— 박완서, 「생각하면 그리운 땅」,
『잃어버린 여행가방』 중에서

노트북을 여는 순간 작품 평을 쓰던 20년 전이 어깨를 반동했다. 도스
식 '흔 글 1.25'나 '하나워드'로 듬성듬성 흰머리 뽑듯 타자하던 날, 골방엔
서릿발이 돋았다. 공백기에 재채기하듯 훌쩍 지나가버린 날들, 보내버린
기후들. 헌데 다시 독자 앞에 선다. 뻔뻔스러운 비평의 칼. 두 번씩이나
강산을 바뀌게 하고도 나는 속절없이 무뎌지고만 있었다. 그러나 이젠 차
치하기로 한다. 시의 풍광에 홀려 낡은 자전거를 타듯 휘젓기로 맘 먹는
다. 되먹지 않은 권법도 부리겠다. 풍차를 향한 '돈키호테'식 쥐어박기나
'킬리만자로'의 헤밍헤이 같은 위엄 부릴 객기로도 쓰겠다. 비트겐슈타인
(Ludwig Wittgenstein, 1889~1951)이 "말할 수 있는 것을 말하고 말할 수
없는 것은 표현하라"고 증명해 보이듯 비평의 컬러도 새로이 장만하리라.
포효(咆哮)하는 비욘세(Beyonce, 1981~)의 〈Run the world〉가 차력의 바

위처럼 덮쳐왔다. 시험에 사로잡혀 어젠 섬진강변에 '멍하니' 섰다가 왔다. 내 경우, 괴사된 살가죽에 고름같이, 진술은 늘 '멍'한 사고를 비집어 나오곤 했다. 때로 바슐라르(Gaston Bachelard, 1884~1962)식 상징을 비끄러매고, 버지니아 울프(Virginia Woolf, 1882~1941)처럼 시인 '자신만의 방'을 내 '방'으로 압류한 채 논의를 한다면, 적셔올 낭만도 가능하리라. 아무튼 그렇다. 마당은 시작되었다.

『광주문학』 2013년 겨울호를 봤다. 얼마간 때린 '멍'을 견디었다. 비로소 기억을 찐득이게 한 작품 4편을 찍었다. 전언해 오는 의미와 더불어 밀털을 세우는 소름 같은 감동에 주목했다.

> 먼지 팻국을 씻어내고
> 티와 검불을 털어내고
> 껍데기는 벗겨냈다
> 대가리 끊어내고
> 꼬랑지 잘라내고
> 비늘은 거슬러 남는 게 없다
>
> 다듬는다는 것은 돌려 세운다는 것
> 눈도 코도 없는 벙어리 같은 가운데 토막
> 그것만 두고
> 팔팔하게 휘젓던 팔다리들을 깡그리 묻어버리는 것
> 없앨 것이 무엇인지 아는 사람만이 다듬을 수 있다
> '많이 걸러냈어요'
> 나는 이 말에 몸을 떤다
> 떼어내고 걸러질 찌꺼기의 외로움

눈물을 흘리면서 파를 다듬는다

— 이향아, 「다듬으면서」 전문

　시는 익숙한 일에 이의를 제기는 선언이다. 불편한 것을 깎거나 벗겨내고 잘라서 다듬는 작업에 우린 익숙해 있다. 흔한 소재로도 뻔하지 않게 구성해내는 솜씨라면, 단연 신달자나 유안진, 문정희와 이향아를 제쳐두고는 성립하지 않는다는 소문도 있다. 인정이 메말라가는 동시대에 펴낸 사화집의 표제처럼 '지란지교(芝蘭之交)를 꿈꾸며' 살아온 수필의 한 시인군(群)이란 인식에선지도 모른다. "파"를 "다듬으면서" 얻은, 가볍지만 무겁게 의식하는 사유(思惟)들이다. 문명이란 식탁에 한 접시 세련된 요리가 놓이기 위해 거칠고 털털한 원시는 살해된다. 그를 감싼 흙과 피접물들이 누군가에 의해 잔인하게 발라 젖혀져야만 한다. 화자는 비인간적이고도 비생태적인 행위를 나열한다. "눈도 코도 없는 벙어리 같은 가운데 토막"만 두고 "팔팔한 팔다리들을 깡그리 묻어버리는 것"으로 대상은 살육된다. 해서 "다듬으면서"란 제목이 연속적인 '에코 툴'을 갖기도 한다. 1연에서는 "씻어내고, 털어내고, 벗겨내고, 끊어내고, 잘라내고"를 거쳐 "거슬러 남는 게" 없도록 깔끔하게 빚어놓는 행위를 주목한다. 이렇게 다듬어진 대상물은 2연에 와서 다음과 같은 개념으로 인식이 체계화된다.

화자의 행위	개념 인식
다듬는 것	돌려 세운다는 것
없앨 것을 아는 것	잘 다듬을 수 있는 사람
"많이 걸러냈어요"	떼어내고 걸러질 찌꺼기의 외로움
눈물을 흘림	찌꺼기에 대한 연민과 내음

가냘픈 "파"에 몰강스럽게 고문하는 영장이 등장한다. 말하자면 "없앨 것"을 "아는 사람", 다듬을 자격을 갖춘 사람이다. 할머니가 묻는다. "뿌리, 줄기를 잘 다듬었니?' 며느리와 딸이 대답한다. "네, 깨끗이 다듬었어요." 철저하달 수밖에 없는 이 다듬는 일은 확인 사살 같은 고문으로 다시 점검된다. 홀랑 벗겨져 진물 흐르는 "파" 입장에서 보면 참으로 가공하다. 다듬기로 상징하는 건 파만이 아니다. 볼품을 위해 겪어내는 동물의 성형도 그 범주를 벗어나지 않는다. "파"의 눈으로 점묘해낸 안목에 사람의 눈물도 보태진다. 그러나 그 눈물은 스스로가 흘린 게 아니다. 사물에 대해 앵글이 어떻게 방향을 트느냐에 따라 독법도 다르다는 것을 깨닫는다.

> A4 용지 한 장 잡아빼다가
> 손가락을 베었다
>
> 나도 모르는 사이
> 언제 저렇게 날을 세우고
> 있었을까
>
> 시답잖은 백지 한 장의
> 놀라운 적의(敵意)
>
>   — 전원범, 「A4 용지」 전문

린위탕(林語堂, 1895~1976)이 쓴 「생활의 발견」이란 에세이를 읽던 날이 있었다. 일상에 대한 소소한 발견 거리를 찾아 여유를 부린 때였다. 이 시도 작은 "용지"로부터 "적의"를 발견한 일에 착안한 '생활의 발견'식 작품이다. 종이가 준 저의와 적의를 얻어낸 지혜가 한 줄에 함축된다. 층층

쌓인 "A4 용지"를 어느 날 갑작스레 "잡아빼다가 손가락을 베었다"에서, "날을 세우고 있었을" 종이의 "적의"를 발견하는 것은 흔하지만 비범한 사유의 산물이다. "시답지 않은 백지 한 장"이라는 마무리도 생각하기에 따라서는 맛나는 구절로 읽을 수 있다. "시답지 않다"는 것은 화자가 종이를 인식하듯 얕보는 일도 되지만, 가역적 상황엔 종이가 화자를 같잖게 여기는 태도로도 보인다. 시답잖은 "시"를 쓰고자 잡아 뺀 종이의 반란이 곧 상처를 주었다고 볼 수 있다. 왜일까. 게으름 피우는 화자의 자성을 위해 종이가 오히려 깨달음의 상처를 준다는 동기 때문이다. 노출된 일상적 상징어에 중의적인 의미를 건져내는 일이 곧 시임을 알게 해준다.

하늘 길
눈 시린 만리
서둘러 머리 숙이는

뵈는가,
허연 선지 선지(宣紙)
길게 흰 푸른 젖줄

일제히
그 쉼터를 찾아
곤히 나래 접고 있는.

*

돌아보매 하늘절벽 목목이 새내기 울음
꼭두쇠 깃털에 서린, 누대(累代) 쇠기침 소리

마침내 난장에 든 듯, 붉은 장인(掌印) 붐비는.

— 송선영, 「겨울새떼」 전문

    정서의 함축이 시를 아름답게 점령하는 일을 두고 '미학'이라고 한다. 시조 흐름이 거대하고 인상적이다. 새떼가 비상하는 황홀한 지점에 화자의 조리개도 열린다. "겨울새떼"가 회오리처럼 일어난 군무가 전진기지를 장악한다. 화자에게 "뵈는가/허연 선지(宣紙)/길게 흰 푸른 젖줄"이라는 감각적 시어가 꽂혔다. 스스로 묻고 답하는 독안(獨眼)에 자신의 답안을 말 대신 그림으로 붓칠해낸 작품이다. 첫째 수에서 "겨울새떼"의 비상을 묘사했다면, 둘째 수에서는 그 새떼의 비상을 "하늘선지"에 담고 있다. 결장에서 "마침내 난장에 든 듯, 붉은 장인(掌印) 붐비는" 새떼의 파닥임. 그게 "하늘"이라는 선지(宣紙)에 손바닥 도장으로 찍어낸 인상과 대비한다. 날선 비유에 가차 없다. 각 음보의 종결 부분을 "머리 숙이는", "나래 접고 있는", "장인 붐비는" 등의 수식어식의 결미, 그리고 명사형으로 종결사를 대신한 "푸른 젖줄", "새내기 울음", "쇠기침 소리"의 갈무리가 선지의 노을에 한 줌 먹빛처럼 담겼다. 그래서 장엄미 속의 여백의 미가 조화롭다는 말은 이 시에서만 가능하다.

태어나면서부터 우리는
한 작품의 완성을 위해
줄곧 그림을 그린다
스케치 다 되면 그 위에
색깔 다른 만남이 되게
형태 다른 웃음이 되게
틀 밖의 새로운 창을 하나 내면

그림의 조각을 맞추어간다
풀이 다 되면 풀 아닌 신념으로
가위가 다 되면 가위 아닌 채널로
한 작품의 완성을 위해서
길 밖으로 갈등 아닌 샛길로 나간다
누구는 심장에 와서 완성이 되고
누구는 뇌에 와서 완성을 이루고
한 작품이 거의 다 마치게 되면
화장장에서 모든 삶을 태우면 그 때
드디어 만들고 싶은 걸작이 완성된다
결과물의 전시는 오직 그 자손의 몫이다
벽에다 걸어도, 산에다 걸어도
나무 밑에 두어도, 푸른 강물에 걸어도 된다
오늘 무등화장장 굴뚝에서 작품 완성이 타오르고 있다
신호기 서쪽으로 길게 나간다
지금도 누군가는 한 작품씩 완성을 위해서
불 곁으로 조금씩 조금씩 걸어가며 줄을 타고 있다
　　　　　　— 강진형, 「삶이 완성되는 날−갈등 131」 전문

　탄생으로부터 시작되는 생태적 귀결이 "죽음"이다. 인간은 "태어나면서부터" 마지막 "작품"과 같이 "죽음"에 이르는 길을 간다. "죽음"이라는 유작을 "완성"하기 위해 자기만의 "그림을 그려" 나간다는 화자의 역설이 와 닿는다. 이 시는 탄생과 죽음의 도정에 "갈등"을 앓는 문제를 다루지만 칙칙한 감상이 제거된, 그래서 아이러니 같은 슬픔을 솟아나게 한다. 산다는 건 죽음의 길임을 이미 키에르케고르가 언칭한 바도 있었다. 화장장 연기 "신호가 서쪽으로" 향할 때 주검은 태워진다. 지상의 고난과 결별하며 뽑는 삶의 완성. 첫 행부터 상징이 압축된다. 압축은 압득이다. 깨우쳐오는 이마의 단단함이 그렇다. 화자는 장지(葬地)에서 본 "무등 화장장"의 "굴뚝에서"도 죽음은 "완성"되듯 "타올"랐다고 했다. 동반자의 감정마저도 절제감으로 "작품"이라고 이름된 "죽음"은 냉철하게 읽힌다. 생과 사를 연유한 철학적 매듭도 도톨하게 만져진다. "갈등"의 통과예의로 인생에 남는 "작품"을 "죽음"으로까지 대체한 거시적 비유의 서술의 그 미학이 돋보인다.

지면이 용서한다면 주전이의 「백조들의 음악노트 6」과 강경호의 「잘못든 새가 길을 낸다」도 세우려 했다. 김석문의 「파계」나 박정호의 「산동네」도 구색(具色)을 입혔으면 좋았을 것이다. 특히 박정호와 조민희에 대해선 썼다가 지웠다. 아쉽지만 원고의 제한선을 넘지 말자고 약속했기 때문이다. 혹, 벗어날까 저어하며 결심하듯 '예라 잉!' 탈고를 서둘렀다.

(『광주문학』, 2014년 봄호)

은유적 매력과 시학의 기틀

"시인에게 필요한 것은 오성이야. 그게 결여된 열정은 무용하고 위험한 거야. 시인 스스로가 기적을 보고 놀란다면 그는 기적을 표현할 수가 없어."

— 노발리스, 『푸른 꽃』,
클링스오르가 마틸데에게 주는 말 중에서

바야흐로 봄이다. 봄의 시학은 은유(Metaphors)의 속셈이다. 시인이 감추어둔 내밀한 시학의 초석이란, 다름 아닌 주제의 대들보를 위해 기초한 은유의 기술이다. 그럴진대, 은유는 시적 절정에 도달하는 정의(定義)의 피날레라 할 만하다. 그래서일까. '시는 곧 은유'라는 인식이 주요 뼈대로 자리 잡는다. 영화〈일포스티노〉에서 파블로 네루다(Pablo Neruda)가 우편배달부에게 시를 설명했던 한마디가 "시인의 생각은 바람처럼 스쳐 지나가는 일상의 짧은 시간에도 머릿속 곳곳에 숨겨놓은 은유들을 상황에 맞추어 끄집어내는 능력"이었다. 노발리스(Heinrich von Ofterdingen, Novalis)의 소설『푸른 꽃』은 시인이 주는 시 창작법의 언사로 가득찬 독일 낭만주의를 대변하는 작품이다. 1799년부터 1800년까지 광산업에 종사하며 시를 쓴 노발리스가 29세 때 그만의 노하우를 담화체로 전한다. 그러나 안타깝게 소설을 미완성으로 남기고 세상을 뜬다.

지금도 은유의 기술적 연마를 위해 시인들은 잠들지 못한 채 부심(腐心)

한다. 기법으로부터 능히 자유롭지 못한 아킬레스건을 가지고 있다. 함부로 작품을 양산하고 상투적인 비유로 시를 오히려 진구렁에 빠뜨리는 시인들이 많다. 한심한 일이지만, 참신하고 놀라운 은유를 캐내기란 갈수록 어려워지는 현실이다. 대다수 시인들은 언어의 광산에서 빛을 낼만한 새 은유를 이미 다 캐거나 써먹어버렸기 때문에 남아 있는 비유의 금광석을 찾기 위해서 이제는 더 넓고 깊게 파지 않으면 안 되게 되었다. 폐광이 된 곳에서 좋은 금광석을 찾을 수 없지 않은가. 그래서 신춘문예를 준비하는 사람들은 남이 쓰지 않은 은유를 찾느라 해를 거듭할수록 고통을 쥐어짜며 밤과 낮을 보듬고 있다. 예컨대 '사랑은 장미꽃', '봄은 고양이', '내 마음은 호수'라는 근대적 은유로 시를 운위할 청춘들은 이제 없지 않은가. 대상 앞에 시인이 무턱대고 감동적인 감정에만 흥분한다면 작품에서의 객관적 은유는 불가능하다. 자신의 체험에 입각해서 우러나올 은유를 개발해야 한다는 집요한 칼날이, 어쩌면 이 한밤중 복면강도의 조급증처럼 눈앞을 점령해 온다는 사실에 경악한다.

『광주문학』 겨울호를 읽으며 은유가 비교적 섬세한 작품들을 고르고자 부젓가락으로 화로 속을 뒤져 불씨를 찾는 기분으로 헤집었다.

우리들은
나무 곁에 서면 나무가 된다
가까이 더 가까이 나무 곁에 서면
나무가 된다. 나무는 사람이다.

나무 수액이 오르고 내리듯
내 마음 치밀어 오르고 내리면서

가슴 솟구침
멈출 수 없는 황홀한 숨소리가 모여
허허청청(虛虛青青) 푸른 나무가 된다

햇살이 쏟아질 때
바람소리 물소리 토해내면서
손을 내밀 듯 나뭇가지 정답게 흔들면서
바른 마음 곧은 길 마음에 담아
짙은 나무향기 하늘빛으로 풍기면서
숨 쉬는 나무가 된다.

나무는 나무가 좋아
서로 기대고 웃고 비비듯 햇살이 동동 굴러가듯
바람에 흔들리면서
나무 그늘 밝음을 말하며
악취 펄펄 나는 세상에서
짙은 나무향기 펑펑 뿌리까지 쏟아 내면서
껍데기에 다닥다닥 묻힌 세월의 향기까지
보여주고 풍기며 산다.

— 손광은, 「나무는 사람이다」 전문

이 시는 생태주의를 표방한다. 표출된 '나무=사람'이라는 등식은 유다른 것은 아니다. 은유의 법칙 속에 자연과 인간의 관계를 다루었으되, '우리=나무'라는 동체적 존재 망이란 점에서 깊은 사려성을 짚어 볼 수 있다. '우리-나무-사람'의 관계를 단계적으로 추구하여 나무에의 접근을 자연스럽게 열어놓는다. '나무=사람'에서 '사람=나무'로 변환되고, 독자가 '나=나무'로 인식하도록 장치한다. '나=나무'가 되기 위해 '나무의 수액'은 '가슴 솟구침'으로 '나'에게 치환된다. 이때 '나=나무'에는 전제 조건이 있다. 조건이란 서로 한 몸이기 위해서 피돌기가 같아야 하듯, 나무와 나는 '멈출 수 없는 황홀한 숨소리'로 한 몸을 이루는 것이다. 생태주의 시인 정현종은 「사물의 꿈·1−나무의 꿈」에서 "나무는 소리 내어 그의 피를 꿈꾸고/자기 생이 흔들리는 소리를 듣는"다고 한 바 있는데, 이 시에서도 단순히 보이는 나무에 대한 인식의 범주를, 일체를 이루는 관점으로 화자와 나무가 융합되도록 배치한다. 결국 '나'는 한 그루 '허허청청 나무'가 되는 도(道)에 이른다. 만년의 화자가 지향하는 나무란 곧 자신이다. '나무 향기'는 '펑펑 뿌리까지 쏟아'낸다. 뿌리로부터 끌어올려 '껍데기에 다닥다닥 묻힌 세월'마저 '보여주고'자 한다. 비움의 철학이 은유로 포착된 시라 할 수 있다. 일견, 시인이 말한 '나=나무'라는 등식엔, 김현승 시인의 "너의 뿌리 깊이에/영혼을 불어넣고 가도 좋을" 「플라타너스」에서 구가된 바, 뿌리가 같게 하는 즉 근본이 통하는 동체를 말한다. 즉 나무와 자신이 감정이입으로 뭉쳐짐을 강조한다. 아마 시인 스스로가 김현승 시인의 제자로서 닮아가려는 의지를 무의식에 두고 있다는 반증일지도 모른다.

소리 없이 쏟아내는 하얀 문자
시가 되어 내 앞에 내린다

조붓한 마음 한 소절
음표 붙여 읊어 보면
손 시려 발 시려
통 통 통 소리를 낸다

덮어버려라,

씻어버려라,
녹아보아라
줄줄이 풀어지는 말간 언어

한 줄은 빈 가지에
한 줄은 마른 땅에
쏟아 놓은 하늘의 묵시록

잠자는 초록 눈 하나
뜨락에 앉으면
쉼표로 마침표로
행 가르고 연 갈라서
생의 습작에 앉은 하얀 시

— 윤하연, 「하얀 시」 전문

　자고로 시인들은 은유를 많이 써왔다. 은유의 대표 사례는 대상에 주
는 경구(警句)나 비명(碑銘)과 같다. 예는 '마이너 포엠(minor poem)' 유형
에서 찾을 수 있다. 16세기 영미시에서부터 다루 온 잠언(箴言) 같은 짧은
시[短詩]가 그렇다. 「하얀 시」는 단시 형태는 아니지만 동원된 은유는 단
시적이다. "하얀 문자"가 "시가 되어" 눈처럼 내리는 모습에서 "하늘의 묵
시록"이란 은유를 짚어낸다. 시를 상징하는 "잠자는 초록 눈"이 원고지로
비유된 "뜨락"에 놓이게 되고, 여기에 "쉼표", "마침표", "행", "연" 등의 형
식이 종합되어 "생의 습작"이 되고, "하얀 시"가 된다. 고백시(告白詩)로
귀결된다.

　「하얀 시」에는 시인의 습작 과정이 노정된다. 자신의 시가 부분적으로
세분되어 "손 시려 발 시려 통 통 통 소리를 내고" 또한 내용이 "줄줄이 풀

어져" 있기에 '덮어버려라 씻어버려라 녹아보아라'고 충고한다. 압축되지 않고 늘어지려하는 자신의 시작(詩作) 버릇에 명령적인 꾸지람이다. 시란 무릇 자신이 간절히 감동한 것을 쓸 수밖에 없는 동기가 중요하다. 서술의 완벽성, 기승전결의 구조, 구성의 재미를 고구하며 고치는 절차도 필요하리라. 습작에서 일어나는 진부한 표현에 대한 시인의 갈등을 고백시로 나타낸 작품으로 창작에의 발전이 기대된다.

넘치는 그릇보다
빈 그릇이 아름다워

바람도 담아 보고
달빛도 담아 보고

청정(淸淨)한
저 하늘까지도
담아 볼 수 있기에.

— 김옥중, 「빈 그릇」 전문

시의 감동은 서사에만 있는 게 아니다. 감동은 필연적으로 미적 밀도를 수반해야 한다. 밀도가 촘촘한 속이라면, 상대적으로 충만함도 비우게 한다. 이 시조는 여백과 청빈이 빛나는 단수(短首)의 묘미를 한껏 살렸다. 동안, 김옥중 시인의 시조는 순수시, 여백시를 지향하면서 단수 그릇에 담는 순수미를 표방해 왔다. 순수시란 폴 발레리가 언어의 음악성을 강조한 데서 더 본격화되었다. 오언시나 칠언시의 율시적 형태를 발전시킨 중국의 두보, 이백, 도연명 등의 시에서도 여백의 미를 추구하여 미적 완성도를 높인 작품이 많다. 이 시조는 "청정한 저 하늘까지도 담아볼 수 있"는 주정주의(主情主義)의 "빈 그릇"에 화자의 넉넉함을 채운다. 담백한 그릇처럼 시가 오롯하다. 함에도, 세상엔 "넘치는 그릇"들이 너무 많다. 풍요를 떠나 이젠 오욕과 검은 뱃속처럼 범죄의 그릇들은 많아진다. "빈 그릇"을 늘려 "바람", "달빛", "하늘까지"도 담아볼 수 있는 여유를 가진다면 그만큼 베푸는 삶이 될 게다.

혼이 스미지 않으면 금박 입힌 이름도
닳아 바스라지는 한 아름의 종이꽃

기둥에 매인 연처럼 허명을 나부끼네
— 서연정, 「고가(古家)에서」 전문

혹자들은 고가(古家)를 고아미(古雅美)로 미화하여 노래하는 수가 많았다. 어쩌면 사라지는 옛집에 대한 아쉬움이 불러온 상대적 욕구였는지 모른다. "혼이 스미지 않"은 "고가"는 사람이 산 지 오래된 빈집일 게다. 한때 이웃들의 부러움을 산 두껍던 금박 문패는 세월 풍상에 벗겨져 도톨도톨하게 일어나 "종이꽃"으로 피었다. "문패=종이꽃"의 상징에서 화자의 섬세한 관찰이 보인다. 고가의 처량함이 "나부끼"는 "허명"처럼 시각화한 예는 서연정 시인이 처음이지 않을까 싶다. 아무도 돌보지 않은 사람들의 현실에 능숙한 시선과 그것을 보듬어주듯 하면서도 객관적 거리로 고가를 보는 눈에 역설을 읽을 수 있다. "닳아 바스라지는 한 아름의 종이꽃"으로 상징된 중장이 그렇다. 대상으로서 고가를 보았으되, "기둥에 매인 연"으로 "허명"을 일으키는 기미(機微)를 전함으로써 버려진 "고가"를 길

라잡이한다. 보이지 않으나 허무와 허망, 흥망성쇠의 일조일락의 정서도 담겨져 온다. 커니와, 좋은 시에는 반드시 '시의 눈(詩眼)'이 있으렷다. 시의 초점이란 게 그것이다. 텍스트의 매혹적 실체를 향해 집결되는 곳으로 중핵이 연결되어 있다. 이 시조는 고가의 현주소를 상징하면서 날지 못하는 "연"으로 안타까운 화자의 속내를 우련 비치기도 한다. 은유의 자리가 화자의 정서로 전이되는 서정을 그리듯 보여주는 수작이다.

발표된 시에 나타난 은유를 보며 느낀 바는, 깊은 맛을 위해서는 묵은 김치처럼 발효되는 기간이 필요하다는 점이다. "시지도 않은 게 군둥내부터 낸다"는 속담이 시작(詩作) 교훈에 적용된다면 좋을 것이다. 뜸을 들이지도 않았는데 갑자기 좋은 시가 나오기는 어렵다. 오래 생각하는 과정에서 은유는 숙성되기 마련이다. 기다림이 오히려 즐거움이 될 때, 좋은 시가 다가온다. 앞으로 은유를 공부해야 한다면, 노발리스의 『푸른 꽃』을 읽는 게 좋을 성싶다.

추위가 잦아들자 기어이 봄이 왔다. 눈 많은 겨울을 보낸 후일까. 좋은 시가 있어 읽을 만했다. 예를 들면, 강대선의 「봄의 쉼표」, 박형동의 「어쩌다가」, 이경남의 「가방」, 이인우의 「낙엽」 등이었다. 마침 겨울 이불을 널었다. 시인들의 작품을 들고 이제 매화 벙그는 봄 둔덕으로 나갈 참이다. "시가 내게로 오는" 날이 바로 오늘이기 때문이다.

(『광주문학』, 2015년 봄호)

사랑 또는 생명력의 미학

1.

시를 쓰는 동안 시인은 소기의 성취를 위해 질주해 가듯, 그는 자신의 시상을 원고지 벌판 속으로 누벼 간다. 이 순간만큼은 누가 뭐래도 행복한 순간이리라. 배고픈 아이에게 수유(授乳)하는 어머니처럼, 또는 지난한 겨울을 이긴 보리싹에게 거름을 주는 농부의 시혜(施惠)처럼, 시인은 시를 갈구하는 대상에게 자신의 사상과 정서를 젖 빨려준다. 시인의 사유는 물결에 유영하듯 시의 바다로 나긋나긋 헤엄쳐 나간다. 이를 지속시키기 위해선 살아 있는 이미지를 구사하는 힘을 비축하고 있어야만 한다. 언제 어디서든 시가 존재한다는 것은 시의 율조가 사람 속에 들어가 숨을 쉬고 있음을 의미한다. 하여, 대상에게 생명력을 부여하는 작업이 시 쓰기에서 꼭 필요하다.

오늘날에 유행하는 '서정시'란 과거에는 낭만주의를 꽃피우게 한 사랑 노래의 한 장르였다. 지금은 시의 일반적 개념으로 통용되었지만 '서정'이란 곧 사물에게 생명을 부여하는 의미로 쓰인다.[1] 서정 양식 '디튀람 보스(Dithyambos)'는 신에게 절대적 생명을 넣어주는 노래란 뜻이다. 에 밀 슈타이거(E. Staiger)는 『시학의 기본개념』에서 서정시의 성격과 원리 를 자아와 세계와의 동화인 '회감(回感)'에 두고, 시의 원형을 음악에 견주 어 리듬, 정조, 분위기 등을 서정시의 요소로 분류한 바 있다. 시가 사물 의 특징과 개성을 압축과 상징으로 변화시키는 주요 정보라는 이유에서 였다.

시의 목적은 시인의 자아 표현에 있다. 자신의 사상이나 감정, 특수한 체험을 시에 대입하고 비유하여 감정을 드러낸다. 시 속의 사물이란 시인 의 주관적 정서가 윤색된 세계라고 할 수 있다. '세계의 자아화'라는 말은 시인이 세계를 자기의 개성에 따라 주관화(主觀化)한다는 뜻이다. 서정시 란 세계의 자아화에 의한 정신 또는 세계관으로부터 자아낸 상상의 일체 이다. 이때 시 정신이란 시적 자아와 세계의 동일성을 추구한다. 자아와 세계와의 동일성은 시인의 상상력의 작용으로부터 기인한다. 시인의 상 상력은 여러 사물 간의 유사성을 발견하고, 이들을 결합해서 전체를 구성 하고 창조하는 능력이다. 이 상상력에 의해 서정시가 표징적으로 나타나 게 된다. 자아와 세계의 동일성은 시의 원래 모습이며, 이런 자아를 특히 '서정적(抒情的) 자아(自我)'라 일컫는다.

---

1   예부터 서정 양식인 '디튀람보스(Dithyambos)'는 일종의 '신을 위한 찬가(讚歌)' 였다. 신에게 절대적 생명을 불어넣어주는 노래란 뜻이다. 에밀 슈타이거(E. Staiger)는 자아와 동화에 리듬, 정조, 분위기 등이 시의 생명력을 구가하는 데에 결정적 역할을 한다고 보았다.

2.

발표된 시를 일별해보니, 대상에 대한 현상적 풍경과 그 풍경에 깃든 생명력, 또는 적요함을 묘사한 시편들이 돋보였다. 서정에 충일한 독자의 감정으로 돌아가 규칙적인 운율을 일깨워주는 시였다. 시에서 리듬을 살린 규칙성이 서정시의 요소라는 것을 재삼 인식시킨 정보였다. 사람의 정감을 가시적으로 돋우기 위해 시인은 흔히 외형률이란 리듬과 규칙을 기초로 이미지 다듬기와 운율적 기법을 즐겨 다룬다.

이번에는 그런 시편들을 골라, 고요와 사랑이란 서정에 접속해본다.

세속의 삶은
저만치 밀어두고
산사의 처마 끝에서
달그랑 달그랑

미풍만 지나가도
몸 흔들어 반겨주고
언제나 눈 맑은 채
달그랑 달그랑

욕심은 비워두고
자비심만 가득 담아
들릴 듯 말 듯
달그랑 달그랑

공허한 세상을
허공에 매달고

깨달음의 소리로
달그랑 달그랑

— 양봉모, 「풍경소리」 전문

절간의 맑은 풍경 소리를 듣고 노래한 시이다. 미풍에 들리는 풍경 소리가 청빈하게 살아가는 화자에게는 상쾌한 음악을 결구해낸다. 풍경은 절제된 음률로 다가온다. 화자의 정신적 여유가 각 연의 1, 2행에 스며 있다. 문명 생활이 복잡하여 스트레스를 쌓게 하는 "세속의 삶은 저만치 밀어두고" 다만 "공허한 세상을 허공에 매달고 명상하는" 자세로 앉아 있다. 화자는 "욕심은 비워두고 자비심만"을 "담는" 풍경 소리를 접한다. 그는 언제나처럼 빈 마음이다. 말하자면 소유하기보다는 비우는 여유를 즐기는 것이리라. 기저 마음을 청빈함 속에 두고 청아하게 귀를 적시는 풍경이 흐릿한 산수화 모습처럼 한가롭다. 그것이 자연주의적 관심과 생태주의적 행동이리라.

역사를 거슬러 가보면 이 여유로운 시풍은 가사문학(歌辭文學)의 시발격인 송순(宋純)의 「면앙정가(俛仰亭歌)」에 닿아 있다. 송순은 관용과 대도의 삶을 바탕으로 「면앙정삼언가(俛仰亭三言歌)」를 썼다. 그가 노래한 시는 자연 합일을 노래한 강호시가(江湖詩歌)들이 대부분이다. 역시 욕심을 버리고 자비로운 마음을 채우는 청빈한 삶을 구가하는 시들이었다.[2]

---

2   송순의 시 「俛仰亭三言歌」에 "俯有地 仰有天 亭其中 興浩然 招風月 挹山川 扶藜杖 送百年(굽어서는 땅이요 우러러는 하늘이라, 이 중에 정자 서니 흥취가 호연하네, 풍월을 불러들이고 산천을 끌어들여 명아주로 지팡이 삼아 한평생을 보내리라)."라고 하였다. 송순의 시문은 『俛仰集』에 한시가 약 560여 수, 한글시가 약 30여 수 정리되어 있다.(김성기, 「면앙정송순 선생의 시가와 사림간의 교량」, 한국사상문화원 편, 『호남학의 세계』, 한국사상문화원, 2006, 272쪽 참조)

위의「풍경소리」는 규칙적인 운율의 틀로 외형률을 밟고 있다. 네 개의 연 모두 끝에 "달그랑 달그랑"이라는 의성어를 배치하여 시적 운율을 돋 우고도 있다. 시가 단조롭다는 느낌이 있지만, 화자의 전달이 확실하게 전언되는 장점도 지닌다.

「풍경소리」가 소리의 반복으로 사물의 리듬감을 돋우는 시라면, 다음 시는 "함께 눕는" 과정을 반복한다. 사랑할 때 눕히는 신체적 움직임으로 차례화한다. 의미 있는 시간의 분위기에 '사랑'을 맞춤으로써 시의 생명 력을 은연중 드러낸 경우이다.

> 사랑은
> 둘이
> 함께 눕는 것
>
> 나뭇잎 물드는 석양
> 첫눈 내리는 저녁
> 벚꽃 쏟아지는 새벽에도
>
> 사랑은
> 둘이
> 함께 눕고 싶은 것
>
> 주룩주룩 비가 내리는 밤
> 댓잎 깨어나는 새벽
> 까마귀 한숨 나는 낮에도
>
> 사랑은
> 둘이

함께 눕고 마는 것

— 박신종, 「사랑은 함께 눕는 것」 전문

사랑은 "둘이 함께"하는 것만으로는 부족할지 모른다. 둘이 함께 눕고 말아야 직성이 풀리는 것인가. 사랑에 대하여 정의하는 화자의 뜻은 어떤 심오한 철학이 아니다. 사랑은 두 사람이 "함께 눕는다"는 자연스러운 발상에 보편적인 가치를 놓고 머물러 있을 뿐이다. 그래서 사랑의 자연법칙과 심상의 반복율을 적용시킨다.

시에서, 사랑이란 '함께 눕는 것→함께 눕고 싶은 것→함께 눕고 마는 것'으로 귀결 짓는다. 육체적인 결합 이미지를 제시하여 사랑 앞에 남녀가 "함께 무너짐"을 미화하고 있다. 둘이 눕는 행위는 특별한 날과 시간이 있는 게 아니지만 분위기에 맞는 날은, "나뭇잎 물드는 석양"이어도 좋고, "첫눈 내리는 저녁" 때여도 상관없다. 애애한 봄밤을 지나 "벚꽃 쏟아지는 새벽"에도 "함께 눕기"는 더 알맞은 시간이리라. 눕거나 눕히고 싶을 때는 사랑의 충동에서 나온다. 바로 "비가 내리는 밤"이거나, "댓잎 깨어나는 새벽", 그리고 "까마귀 한숨 나는 낮"에는 더욱 그러할 것이다. 그 시간에는 참지 못하고 연인과 둘이서 "함께 눕"는 일에서 탐미적인 감상을 보인다. 발전적 이미지에 사랑을 날씨 모티프와 연계한 예라고 할 수 있다.

다음 시는 주검을 묻은 고인돌을 무덤으로 보지 않고 부활과 탄생으로 고요함 속에 돌의 생명력을 재생시킨 경우다.

밤이다
칠흑 같은 밤이다
달도

별도
인가의 불빛들도
잠이 들었다.

어둠을 삼키고
새벽 하늘이
해를 토한다
나뭇가지 연해지고
잎새들이
눈을 틔운다
깨어진 돌무덤
화려한
부활의 아침이다.

돌이다
고인돌이다
새 생명이다.

— 강성효, 「고인돌 · 4」 부분

고인돌에서 태어나는 생은 시대를 거슬러 간다. 죽은 무덤에서 "화려한 부활"과 "새 생명"에 대한 의식을 저변으로부터 읽어낸다. 생명체를 인식하는 마지막 대목은 고인돌에 대한 의지의 절정과 만나는 지점이다. "달도 별도 인가의 불빛들도 잠이 든" 때에 정적을 헤치고 생명을 잉태한다. 이곳 분위기는 "사방천지 절대 적정(寂靜)"의 고요함으로 "대지의 자궁이 쏟아내는 숨결"을 듣게 한다. 고인돌은 비록 "돌무덤"이지만 "화려한 부활"을 내재한다. "하늘"과 "해", "잎새"의 적요함에 "고인돌"을 오버랩 시켜 죽음으로부터 부활하는 역동적인 서정을 보인다.

'부활의 서정'이란, 프랑스의 기호학자 베르나르 투생(Bernard Tous-saint, 1947~)에 의해 제기된 바, 자연발생적인 음소들로 이루어진 자연음(自然音)에 도달한 그 귀결점에 맺힌 이슬과 같은 서정이다. 언어학자들이 이른바 '원형음소(原型音素, archiphoneme)'라고 명명하는 게 그것이다. 단 몇 번의 활용만으로도 그 효과를 배가할 수 있다.

한편 이 시에서는 "생명"이란 어휘를 과다 사용함이 거슬린다. 생명미학이란 알게 모르게 드러내는 무언의 표현이어야 한다.[3] 필요 이상으로 연과 행을 늘려 잡은 것도 흠이다. 상을 압축적으로 묘사했다면 감동도 클 것이다.

3.

시는 언제나 생명력을 얻고 싶어 한다. 생명력 추구는 시가 의도하는 기본적 미학이다. 어떤 시인을 만나든 시는 생명의 미학을 요구한다. 시가 독자에게 살아 있음을 증명해야 하기 때문이다. 앞에 인용한 시들은 대체로 대상에 대한 그런 생명력을 획득하기 위한 몸부림으로 표현된 점에서 서정 미학적 시의 공통성을 읽을 수 있다.

미국의 아치볼드 매클리시(Archibald Macleish)는 「시법(詩法)」에서, 난

---

3 시에서 주제를 간접적으로 드러내지 않고 화자가 전면에 나타나 직접적인 주제를 드러내어 독자가 읽기에 피곤함을 끼치는 시가 있다. 이런 시는 결코 좋은 표현 방법을 선택했다고는 볼 수 없다. 이는 직접 화법으로 시인의 발화로부터 느끼는 부담이 크기 때문만은 아니다. 표현이 서투른 사람일수록 원시적 감탄이나 폭력과 같은 언어를 구사하는 현상이 나타난다.

삽한 용어로 설명한 기존 창작 입문서보다는 농축된 의미 전달 체계를 만나는 일이 단번에 시가 어떠해야 함을 알아차리는 계기가 된다고 했다. 그러면서 그는 "시는 의미하지 않고 존재해야 한다(A poem should not But be)."고 하였다. 이는 시적 대상에 생명력을 부여하여 존재하도록 해야 하는 것이 시인의 일차적 일임을 드러낸 말이다.

매번 강조하지만, 시는 내용과 이미지를 압축하여 독자에게 감동적으로 드러내는 산물임을 명심하자. 시의 기본이 부족한 사람이 형식을 함부로 깨버리는 것은 위험하다. 마치 데생의 기본 화법을 거치지 않고 구상화보다는 먼저 비구상화를 그리려는 우(愚)와도 같다. 시와 산문을 구별하는 벽을 무너지게 하는 것도 마찬가지이다. 시의 존재와 거기 담긴 생명을 존중해주고 배려하는 것이 시에 대한 시인의 아름다운 도리이다.

(『한국시』, 2006년 6월호)

과거 미화의 시와 현실 비판의 시
― 속(續) 수용과 관심

1.

최근엔 사랑 때문에 눈물의 흔적을 지울 수 없는 짙은 슬픔을 표현한 비가식(悲歌式) 노래가 많다. 이들 시의 주제란 물론 그리움이다.

다음의 시에서, 그리워하는 대상에 대해 "얼굴 하나 볼 수 있는 눈이 있다면" 화자는 그것으로 만족할 수 있으리라. "한순간 불타는 거대한 단풍" 그리고 "살 저미는 솔베이지 선율에 얼굴 묻고 흐느끼던" 그대 모습을 새기며, "잠을 못 이루는" 화자의 심정은 그야말로 지고한 염원과 기원의 그리움에 차 있다. 사랑을 모티프로 하여 "나뉨의 아픔"처럼 저린 슬픔을 시인의 옛 사랑 이야기로 환치시킨 작품으로 읽힌다. 그러나 화자의 이야기가 너무 지루한 것이 흠이다. 시에서 주제는 소재나 제재에 대한 시인의 인식, 또는 그 해석에서 탄생한다. 아무리 긴 시라 하더라도 주제는 늘 하나여야 한다. 또 하나의 짧은 시에서도 긴 주제가 있을 수 있다. 산문에서는 작자의 인생관과 세계관이라 하여 무엇보다 주제가 중시된다. 그러나 시에서의 주제는 이미지나 다른 상징 요소와 통합되어 겉으로는 잘 드러나지 않는다. 오히려 사상성을 강하게 드러낸 주제 의식 일변도의 작품은 독자의 거부감을 사기에 알맞다. 시가 다른 장르와는 달리 사상적 전달보다는 압축된 정서에 큰 비중을 두고 있기 때문이다. 이 시에서도 '그리움'에 대한 주제 의식이 필요 이상으로 길게 노출되어 그만 압축미를 반감시키고 있다. 또 '그리움의 아픔'이란 화자의 심정이 시의 길이에 비해 단순하다는 지적도 면치 못한다.

> 지혜의 신 오르페우스처럼
> 짙은 흑암 속에서도
> 생기 잃은 당신의 창백한
> 얼굴 하나 볼 수 있는 눈이 있다면
> 가슴에 묻은 또렷한 눈물 흔적
> 지울 수 있을까.
>
> — 엄창섭, 「나뉨의 아픔」 부분

시상을 가다듬어 진술하는 법을 익히거나 평이한 화자와 화법을 바꾸면 그런 함정에서 빠져나올 수 있을 것이다. 다음 시도 슬픈 감정을 빌려와 아름다움으로 접목시킨 한 예를 보여준다.

> 찬란하지 않아도
> 목이 있는 것들의 노래는
> 한결같이 아름답다.
> 뻣뻣하다 못해 경직된
> 템즈, 세느, 머시드강의 목.
> 그러나

그들이 부르는 노래는
참으로 아름답다.

— 류선희, 「목」 부분

인간의 삶은 결코 금력이나 식생활에 좌우되는 것은 아니다. 아름다움을 추구하고 무엇보다 서로 사랑을 나눌 때 더 값진 생이 약속된다. 또한 희망과 이상을 버려서도 안 된다. 이것이 바로 참다운 삶, 바른 인생길이 아닌가. 이 인생을 위해 시는 가치와 효용을 가진 지고지선(至高至善)의 예술인 셈이다. 그러나 이처럼 아름다운 노래는 사람들이 들을 수 있을 때에만 아름다운 법이다. 만일 "스스로 잘라버려 목이 없는 짐승"이라면, 그래서 사람들이 "울 밖에서 도무지 따라 부를 수 없는" 노래라면, 그 노래가 아무리 아름답다 하더라도 가치적 매김은 되지 않는다. 그들은 비극적인 노래를 들으며, "울 안에서보다 더 슬피 울게" 될 것이다. 화자의 이 같은 슬픈 감정 표현은 그동안 쌓인 제한성과 구속성에 대한 배설의 카타르시스를 느끼게 하는 효과를 준다.

2.

이제, 농익은 맛이 나는 시, "적성산"에 대한 검토를 해본다. 이 시에서는 전환과 비유의 형상 기법을 눈여겨 읽어두어야 할 필요가 있다. 전주에서 오랫동안 시업을 이끌어온 시인의 꾸밈없는 순수와 인생관이 고향의 산 "적성산"을 바라보는 눈에 병풍처럼 펼쳐져 있고, 거기 환호성이 판소리처럼 들려옴을 감지하게 한다.

삼십년 전
아내가 입은
분홍 치맛자락이
연초록 물감으로
다시 피어나는 계곡
병풍 두른 안방인 듯
고요한 환호성으로
어우러지는 판소리 다섯마당

― 노진선, 「적성산에서」 부분

아내의 화신(化身), 즉 "삼십년 전 분홍 치맛자락"이 "연초록 물감"으로 변화되는 시점에서 "적성산"을 바라보는 그 비유와 상징적 시선이 새롭고도 감동적이다. "아내의 치맛자락" 같은 봄은 "연초록"으로 피어나고, 잔칫날 "환호성으로 어우러지는 판소리 마당"이 눈아래 여실하다. 화자의 "병풍 두른 안방"으로 끌어와 보는 대목에서는 대상의 자기화가 자연스럽게 전개된다. 그래서 읽는 이에게 뜻 모를 부담을 주지 않는다. 아마 갑년을 맞는 잔치에서 느끼는 비유의 변화적 시점일 것 같고, 그 적성산 표현의 중추도가 적확하다. 또 시간과 공간 묘사가 교직된 입체적 구성, 시어에 적절한 긴장감을 부여하는 등 스스로 완벽함을 추구한다. 이제 이 작품의 짜임을 구조도로 도식화하면 다음의 발전 맥락에 수긍하게 될 것이다.

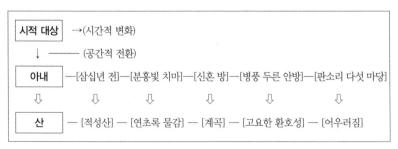

3.

이제, 앞서 언급한 '아름다움의 시', '과거 미화의 시'를 접고, 논의를 바꾸어 '현실 비판의 시'를 몇 편 살펴보기로 한다. 앞서 설명한 바와 같이 현대로 올수록 현실과 상황의 비판적 시들이 하나의 장르를 형성하고 있음에도 주목할 필요가 있다.

> 지지리도 가난한 손엔
> 아직도 허기진 몽당빗자루 하나
> 티끌 한 톨 무심코 버리지 못해
> 보시는 커녕 곰살가운 손길 한 번 못 주는 북덕갈쿠리
> 애써서 버성긴 합장에다
> 쓰레받기 목탁삼아
> 속으로만 외는 염불
> 그대도록 미치고겨!
> 그대 따라 살고지고!
> 날마다 닮아가는 꼬락서니로
> 나무 휴지불!
> 나무 휴지불!
> 나무 마하 휴지나부랭이 佛!
>
> — 정상문, 「땡추의 염불」 부분

현실 비판이란 아이러니와 같은 것이다. '과거 미화의 시'에서는 옛 풍경 묘사 또는 옛 사랑 행위 등 과거 사물이나 현상을 아름답게 본 것임에 비하여, 이 시는 화자가 사회 현상을 비판적으로 인식한 예이다. 현대시는 현실과 상황에 대한 비판적 화자가 많다. 이 시는 "땡추"라는 청소부

가 겪는 애환을 유머나 아이러니로 풍자한 것이다. 화자에게는 "미화원"이라는 이름부터가 왠지 거부감이 있다. 그래서 그는 "빛 좋은 미화원"이라는 표현을 서슴없이 한다. "미화원"인 자신을 "땡중"이라는 속세 이름으로 바꾸고, 다시 "땡추"라는 이름으로 희화하여 부르기도 한다. 사람들은 그에게 듣기 좋게 또는 말하기 좋게 "환경 미화"나 "쾌적한 삶의 창출"이라는 등, 그럴듯한 옷을 입히고 있다. 뿐만 아니라 "인류 복지에 헌신적인 봉사"라는 황홀하기 짝이 없는 추상적 미사어구까지 붙여준다. 그러나 그는 "무슨化, …化 하는 낮도깨비에 느닷없이 쫓겨난 농토産"이라고 꼬집는다. 즉 지금 세계화나 정보화라며 떠들고 있지만, 모두 낮도깨비 같은 수작들이며, 이런 운동 등쌀에 "쫓겨난" 사람들은 다름 아닌 "농토산이들"뿐이라는 것이다. 그러므로 그는 "찬밥 더운밥 가릴 새"가 없는 사람이다. 어디서든 "밥줄만 있다면 그게 구세주"라는 생각으로 열심히 일한다. 남들이 버리는 휴지 때문에도 화자는 그의 밥줄이 생긴다는 아이러니, 그러나 그 입살이 전혀 어색하지가 않다. 그렇기에 그는 휴지에게, "어시호! 미쁘도소이다 휴지님하!"라고 극존칭을 아니 쓸 수밖에 없는 것이다. 시의 호흡이 막히지 않고 자연스럽게 전개되는 것도 이 시가 잘 읽히는 상보적 요인이 되고 있다.

> 코뚜레 없는 소는
> 혼돈으로 돌아갔는지
> 희생되었는지
> 도무지
> 찾을 길이 없다

심장에 털난 양반들
참 많구나
서울 여의도에도
부산 중앙동에도

— 한점열, 「심장에 털난 양반들」 부분

　부정을 저지르고도 양심의 가책을 느끼지 못하고 살아가는 현대인, 그들은 모두 "심장에 털난 양반들"이다. 지금은 필자를 포함하여 누구도 결백할 수 없는 총체적 부정에 휘말리고 있다. 누가 누구를 탓하는 것 자체도 모두 식상해져버렸다. 오히려 탓하는 쪽이 더 구린내를 풍긴다고 비꼬기도 한다. 산업화, 정보화를 넘어 자동화 기술로 치닫고 있는 현실에서 우리의 양심까지도 이미 기계화가 되었다. 인간의 양심에 호소하지 않고도 스스로 돌아가는 무인 공장, 지능형 빌딩, 산업 지능 플랜트, 원격 감시 제어 기능 등 앞으로 '양심 지키기'라는 명목 아래 인공지능은 얼마나 발전 범위를 확대해 갈 것인가. 가능성의 한계란 없을 것이다. 그래, 첨단 과학은 무한하다. 조스처럼 모든 인간을 잡아 삼키는 험한 시대를 사는 우리에게는 옛날과 같은 다사로움도 오붓함도 단란함도 약속되지 않는다. 참다운 인간성 상실의 시대에 이제 모든 것은 인간을 편리하게, 그리고 이익만 따지게 만들고 있고, 그 심저에 놓인 우리의 양심, 인간성, 진실한 사랑 등은 아쉽게도 점점 마멸의 길을 걷고 있을 뿐이다.

4.

　이상에서 언급한 작품 외에도 필자의 견해를 내놓도록 옷소매를 당기

과거 미화의 시와 현실 비판의 시

는 작품이 많았다. 예컨대, 산문적 화자를 등장시킨 김성계의 「도강(渡江)」과 김옥재의 「조용한 갈망」, 짧은 풍자로 촌철살인적 기법을 구사한 박상일의 「윗것들에게」와 「컴퓨터」, 수해 현장을 비판적 풍자의 안목으로 실핀 이만주의 「수해」, 화엄사 가는 길에서 후두둑 떨어지는 삶의 비늘을 발견하듯 시어를 아끼고 다듬어 쓰는 전재복의 「화엄사 가는 산길에서」, 그리고 소의 슬픔을 칭송한 정정부의 「우공(牛公)에 대하여」 등이었다.

이 중에서 어떤 시는 주제가 하나가 아니라, 각 연마다 상이한 주제를 표현하고 있다는 점에서 감동이 반감되는 수도 있었다. 또 주제의식은 파탄되지 않았으나, 대상에 대한 사랑과 관심, 그래서 칭찬하는 식의 노골화된 주제 표현도 있었다. 그러나 앞에서 지적한 대로 지루하거나 산만한 진술로 시 본연의 압축적 효과를 내지 못하고 있다는 것이 흠이었다.

현대에서는 시라는 것도 그냥 초연해야 할 입장만은 아니다. "막가파"가 저지른 "지존적" 살인의 대상처럼 멸망의 구렁텅이로 침몰하지 않기 위해서는 시인 스스로가 죽자 살자 자기 목소리를 내려는 노력을 하는 수밖에 없을 것이다. 위에서 살펴본 '과거 미화의 시'와 '현실 비판의 시'는 우리 시단에서 당분간 중요한 자리들을 차지할 것으로 보인다. 60년대 문학에서 순수 추구와 현실 참여의 지난한 싸움처럼 서로를 공격하면서도 공존시키려는 노력이 필요하다. 이 글 첫 부분에서 살핀 대로 그것은 '수용'과 '관심'의 또 다른 이름이다. 수용의 시는 미적 소재를 가지고 요리를 하며, 관심의 시는 아이러니를 주 양분으로 섭취한다. 그래서 그들이 탄생시키는 아이들이 바로 회상 기법을 적용한 '과거 미화의 시'와 풍자 기법을 적용한 '현실 비판의 시'이다.

이제, 그러한 작품을 직접 독자가 스스로 찾아 읽고, 나름대로 시적 가치에 대한 자리 매김을 해볼 필요도 있다. 이것이 21세기를 살아가는 시인과 독자의 오긋한 삶의 공유 면적이 아닐까.

(『한국시』, 1996년 12월호)

그대에게 내비치는 우련의 선물, 시

> 내가 문을 열었다. 문턱에 누군가가 와 있었다. 눈을 하얗게 뒤집어쓰고 고약한 날씨에 몸을 감싼다고 어찌나 두껍게 털옷을 껴입었는지 사람의 형상이 아니었다. 내가 그 얼굴을 덮고 있는 목도리를 끌어내렸다. 그건 분명히 클레르의 푸른 두 눈, 기뻐서 춤이라도 출 듯한 두 눈이었다. 그는 옆구리에 작은 꾸러미 하나를 끼고 있었다!
>
> ─ 가브리엘 루아, 「성탄절의 아이」,
>
> 『내 생애의 아이들』 중에서

엇쭈, 열병을 앓던 시 읽기가 최근엔 꼴 보기도 싫은, 그래서 말도 안 되는 나태증(懶怠症)에 휘덮였다. 접은 채 둔 시집이 서간(書束)에 시루떡 두름처럼 첩첩했고, 문예지 무더기엔 골동품 얹힌 선반처럼 먼지 더께조차 누랬으니. 헌데 별꼴이 밤하늘에만 있는 게 아니었다. 사실 이 증후군은 엉뚱한 데서 치유되었다. 간밤 꿈에, 수도가 터져 살림살이들이 대책 없이 잠기고 잠금 밸브는 찾을 수 없었다. 물에 표류하다 도착한 아침이 생생했다. 이후 시가 시시콜콜 시나브로 시끌벅적 떠들다 시시함이 왔고, 시감(詩感)이 사라졌다. 시를 소원(疏遠)해하던 죄를 묻는 물의 벌이었을까. 골방에서 이덕무(李德懋)의 「간서치전(看書痴傳)」을 읽으며, 토마스 만(Thomas Mann)의 『마의 산』, 미시오 유키오(三島由紀夫)의 『금각사』에 담긴 유미주의와, 아니면 전상국의 『온 생애의 한순간』에 마음 결 겹겹을 넘기다 나도 몰래 몸을 치떨었다. 순간 시가 빨렸다! 노아의 홍수처럼 밀려왔다. 아니, 아니다. 반사실적인 조각품처럼 아름다운 문장을 보고자 캐나다 문학의 표상인 가브리엘 루아(Gabrielle Roy, 1909~1983)를 읽는 야밤에 그가 정식으로 왔다. MBC의 책 프로그램 〈느낌표〉도 한 이유이겠다. 그녀의 자전적인 소설 『내 생애의 아이들』이 그렇게 몰두 앞에 섰다. 사범학교를 갓나온 풋내기 여교사와 어린이의 이야기가 전해오는 담화들은 시적인 듯 세련되어 있다. 황량 광대한 평원을 무대로 자연환경에 순응하는 가난한 아이들과 그 부모들이 전하는 휴머니티는 강고한 추위조차 덥힌다. 난로도 없는 교실에 아이들의 수업 또한 인과적이다. 수십 마일 밖, 영하 30도의 보이지도 않은 폭설의 길을 걸어와 글과 선물을 주는 위의 크리스마스 이브의 대목은 극적이다 못해 내게 울음 같은 먹먹함이 치고 받쳤다.

봄은 곧 시의 터널이고 여름은 시의 장엄이다. 상추 씨앗을 넣을 어머니의 광주리[筐] 속셈과 같은 비알 밭, 둔덕의 자갈을 고르다 싹을 보듯 시의 노트가 바뀌는 데에 나도 놀란다. 퇴비를 흩뿌릴 재송쿠리를 보는 대신 테를 붙잡은 어머니의 새끼손가락, 그 꺾이고 거친 손을 보게 된 고통의 시학이다. 일견 자애의 서정이기도 한. 하여, 조금 무거운 시에 젖기도 하리라. 그런 다짐 뒤에, '시는 아이디어로 쓴다'는 믿음으로부터 탁월한 이미지가 있는 시를 몇 얻게 되었다.

어느 고승의 법장 밑에서
너는 놀래어 움츠렸을 것이다
엉거시과 쑥과 더불어
고향의 흉년을 지켰던 쑥부쟁이

머슴의 접낫 끝에서
너는 상냥스레 비명을 질렀지

배고픈 언년이 쑥바구니 끼고 찾아와
너를 찾던 그 까만 눈동자
가만가만 속삭였지
허기진 삼월 하늘 아래서
너는 뻐꾸기 오기 전
산골동네 꽁꽁 숨어 귀양 살았지

밥상이 약상, 머슴의
개다리상 보리밥 옆에 가서
쑥부쟁이 너는 불로초다
알뜰히 더 반가운 눈부신 희망초
활짝 갠 하늘 밑에서 우릴 반겼어

오늘, 누가 너더러 잡초라 비켜라
쑥부쟁이 못났다 얕잡아 보는가
'나는 구황식품이다' 감히
깽변이나 진털 밭
찔레꽃 나무 밑에 뱀이 살아도

봄을 캐고 꿈을 캐고
사랑을 캐던 아가씨야
쑥부쟁이 그 사랑 잊지 못하니
살아남은 그 사랑 풀뿌리 사랑
강 언덕 희망초는 우릴 울렸지
고승의 법장 밑에서 납작 엎드렸지.

— 문병란, 「쑥부쟁이의 노래」 전문

민초의 생태는 그것을 특별한 장소에서 구현할 때 빛나는 법이다. 잡초의 대변자 "쑥부쟁이"는 "고승의 법장 밑에" 몰래 "납작 엎드"려 눈에 잘 띄지도 않지만, 화자에겐 유다른 존재로 보인다. 칭송법(稱誦法) "쑥부쟁이"라는 상징은 랑그(langue)와 파롤(parole)에 모두 닿아 있다. 구황시대(救荒時代)를 살아온 독자와 민중을 울릴 법한, 봄빛에 처절하고 지천에 깔린 쑥부쟁이는, ① '상냥스레 비명을 지름' → ② '산골동네 꽁꽁 숨어 귀양을 삶' → ③ '활짝 갠 하늘 밑에서 반김' → ④ '고승의 법장 밑에 납작 엎드림' 등, 소외적 존재와 말에서 구현된다. 농가지고 매동그려진 화자의 입담은 더 생동적이다. 예를 들어 "고승의 법장", "머슴의 접낫", "배고픈 언년이", "뻐꾸기", "산골동네", "개다리상 보리밥", "깽변이나 진털 밭", "찔레나무 밑" 등의 생태언어로 현현(顯現)되어 구미를 당겨 온다. 가난한 시대 쑥부쟁이는 "눈부신 희망초"였고, "구황식품"이었다. 갑오년을 지나며 우리를 "살아남"게 한 식량이자, "풀뿌리 사랑"으로 길 바람이 만져준 머리털이기도 하다. 토속어와 형태어를 버무린 퓨전 비빔밥이랄까. 비판적 관점을 박아 "누가 너더러 잡초라 하더냐", "못났다 얕잡아 보는가" 등 가치를 재평가하는 알레고리를 내비치고도 있다. "불로초", "희망초", "구황식품"으로 "쑥부쟁이"는 이제 "머슴의 개다리상"에 놓인 게 아니다. 모진 현대를 살아가는 두레상에 담아내어 공동체적 소생을 의도하는 치유의 가치도 알려주고 있다.

　　　그림자는 몸을 아름답게 움직인 흔적이다
　　　사뿐히 일어서 시간을 밟고 간다
　　　그늘이 발끝에서 길어지고 있다
　　　땅을 보고 알았다

한 번의 착지를 위한 추락
발끝에 멍들어 얼룩져 자리 잡고 있었다
팔을 따라 손가락이 리듬을 주고
온몸으로 서로에게 저물어 가는 행복
처음 춤이라 하였다
그것은 가슴이 내려주는 흔적
그리워지고 싶을 때 얼굴 내밀고
몸으로 글을 쓴다.
밤 새 발끝이 몰래 움직일 때
수족관에서 헤엄치는 돌고래가 물었다
힘들지 않느냐고
그것은 아티튀드(Attitude)
끝내 내가 당도한 그곳
길이 반짝이고 있다

— 정관웅, 「발레리나」 전문

　발레는 몸의 언어로 쓰는 시다. 몸의 기법과 짧은 호흡으로 구사한 작품이다. 한 발로 지탱하고 한 발은 90도로 굽힌 "아티튀드(Attitude)"의 고난도 기교에 "당도한 그곳"에 서 있는 한 "발레리나"가 있다. 이미지의 점층인 비계(飛階)를 설정한 것도 돋보인다. "그림자는 몸을 아름답게 움직인 흔적"이라는 명제적 진술에서는 "발레리나"가 구현하는 몸의 언어를 압착해 보인다. 의도한 비계는 곧 '그림자=몸=흔적'으로 이르는 등식이다. 시는, "한 번의 착지를 위한 추락", "온몸으로 서로에게 저물어가는 행복", 나아가 "그리워지고 싶을 때 얼굴 내밀고 몸으로 글을 쓴다"는 발레의 미를 절정으로 올려놓는다. 궁극적으로 시는 연가(戀歌)나 애가(哀歌)라는 말이 있듯, 발레리나의 초인적 견지와 아우라를 통하여 피나는 동작을 몸의 "흔적", 몸의 "글"이라는 미학으로 채련한 작품이다.

> 붓 하나 묵분오색(墨分五色)하고
> 해는 멸지완원(滅肢完圓)하느니
>
> 난 내 그림자나 지우려
>
> — 진헌성, 「오체투지」 전문

오체투지는 고통을 축복으로 실현하는 직설(直說)이다. 온몸을 불사조처럼 내던지며 태양 아래 검은 땅을 자비로 음미해간다. 뜨거운 "붓 하나"로 세운 몸뚱이 그 "묵"을 분질러 그리듯 진한 "오색"을 칠해간다. 사지가 닳아져 없어질 때까지 원을 완성하는 "멸지완원", 땅바닥으로 글을 쓰는 "오체투지"가 "묵분오색"과 "멸지완원"이란 극한으로 상징됨이 무절하고도 처절하다. 언어 공교(工巧)의 미학이 척박(瘠薄)과 사투할 때 시의 원형은 비로소 체구(體軀)되는 법이다. "오체투지"하는 "그림자"조차 "지우려"하는 화자의 마음엔 "멸지"보다 극력이 보인다.

공자는 "측은지심(惻隱之心)이면 인지단야(仁之端也)"라고 하여 치유적 글발이 '인'의 단초임을 설명한 바 있다. 만물을 측은히 여기는 맘이 곧 '인(仁)'을 실행하는 포용임을 역설한다. 수많은 고뇌 후, 시상(詩想)을 잡는 시인의 "붓 하나"는 기필코 "멸지완원"에 실린다. 그래, 점증점강(漸增漸强)과 돈오점증(頓悟漸增)처럼 읽을수록 뜨거워지는 그것은 심장이 타도록 서정을 깊이 파내어 완원(完圓)에 이르는 일이다. 시행(詩行)을 씀에 다다를 '붓→해→그림자'로의 '멸지'를 주문하는 바, 돈오(頓悟)를 거듭한다.

시가 되었다

노래 같은 너로 하여/노래가 되고 싶은
심음(沈音)의 노래가 된다

진실 밖은 어둠을 삼키는 눈물이라는 것
수심(愁心)까지 내려간 울음도 노래라 한다

잡히지 않은 불협화음의 결들이 풀려갔다
스스로의 결박을 더듬는 틈새
다독이지 않는 데도 바람 한 자락
꽃배를 띄운다

한목숨으로 푸른 물길을 낸다
강물이듯 흐르는/선연한 길

비로소 눈부신 맨발로 서는

처음부터 없었던 너

— 김경선, 「매듭 풀기」 전문

    시의 기법 중 비약법은 결(結)을 어떻게 매조지하는가를 말한다. 그건
궁리된 표현법이 찾아낸 것 즉 "매듭"과도 같다. "비로소 눈부신 맨발로
서는, 처음부터 없었던 너"라는 건 "매듭"의 존재를 인정하지 않으려는 거
부의 몸짓이리라. "매듭풀기"가 지시하듯 원래 지상엔 "매듭"이 없었다.
다만 필요에 의해 힘 있는 인간이 그 끝을 묶었을 뿐이다. 매듭을 푸는 일
에는 속성대로 결자해지(結者解之)라는 과제가 내재된다. 매듭이란 해지

(解之)를 꿈꾼다. 해서, 화자는 구속을 풀고 "노래가 되고 싶"은 자유를 얻고자 한다. 풀기 어려운 현실이지만, "수심까지 내려간" 낮춤의 결과일까. 마침내 "불협화음" 같은 매듭을 싼 "결들이" 차츰차츰 "풀려" 나가기 시작한다. 그러자 "스스로 결박을 더듬"어 "바람 한 자락"과 같은 "꽃배를 띄우"는 마무리에 이른다. 매듭은 풀렸다. 그러자 "강물이듯 흐르는 선연한 길"이 보인다. 주변을 구속하는 인습을 해방한 "맨발"의 가벼움과 편함을 발견한다. 사실은 "처음부터 없었던" 현존을 확인한 셈이다. 일상에 맺힌 오해나 오류의 결과는 해지의 원상회복에 의해 치유된다는 인사의 근본을 다룬 작품이다.

벗은 가지 가지 끝마다
울긋불긋 상처를 내고

뚝뚝 지는 그 선혈로
환쳐 놓은 꽃그늘 속에

온갖 새
울리는 그 놈
네가 아마 봄이렸다

'짝궁 짝궁 내 짝궁'
'꽃 피면 곧장 진다'

들노랜지 산울음인지
꽃가지 흔드는 새소리

온산천

그대에게 내비치는 우련의 선물, 시

설치는 저 놈
네가 정녕 봄이렸다

속아도 속아도 좋다
네가 날 속여도 좋다

꿈만 같던 절은 날의
그이를 데불고 다시 올 듯

내 속을
뒤집는 이놈
네가 정녕 봄이렸다

— 오재열, 「네가 정녕 봄이렸다」 전문

　　겨울을 돌아온 봄이 좋기만 하는 건 아니다. 세월에 묻히는 자아의 아쉬움이 한숨에 실린다. 봄을 한탄한 옛 시구는 대체로 탄로(嘆老) 정서에 닿아 있다. 벗은 가지에 "울긋불긋 상처를 내"며, "꽃가지"를 "흔드는 새소리"와 함께 봄은 온다. 봄의 몸짓이란 "온갖 새"를 "울리는 놈"이자, "온 산천"을 "설치는 놈"이다. 결국 "내 속"마저 "뒤집는 놈"이기도 하다. 그놈이란 봄이 의인화된 비유로 그놈, 저놈, 이놈을 대칭법을 기준으로 배치했다. "－이렸다"고 추측적 확인을 불러 봄을 능멸 죄인으로 몰아도 세운다. 나무에 꽃을 피워 "상처를 내고", 곧장 그걸 지게 하는 봄. 해서 봄은 밉지만, 실은 그 아름다움에 설복되는 역설을 노래한다. "꿈만 같던 젊은 날"에 "그이를 데불고 다시 올 듯"한 청춘이었는데 끝내 오질 않는다. 오려는 듯 "속여도 좋"을 봄을 화자는 그만 용서하기로 한다. 어쩔 것인가. "내 속을 뒤집는 이놈"이 "정녕 봄이" 아니고 무엇이랴. 봄은 우리 곁을 지나는 텅 빈 바람이다. 생을 싣고 가는 봄에게 속절없음으로 추연하는 역설이 풍자와 보태져 있다.

　나름 시 공부를 심화하거나 학생들에게 운율(韻律)과 대구(對句)를 운위하면서 부딪치는 쾌감을 묻혀 나른 지 꽤 되었다. 수백 시집의 갈피에 내 집게와 검지의 지문을 닳쳤다. 나도 한때 내노라 하는 문사(文士)를 꿈꿨다. 이제는 한낱 우사(牛士)가 된 외양간지기라도 저어함 없이 감사할 뿐. 하지만 맹랑한, 언감생심(焉敢生心)이었다. 낡은 성 앞에 그만 꺾인 '돈키호테의 창'처럼, 필리핀 원주민과 교전 중 사망한 '마젤란의 최후'처럼, 가당찮아 퍼소나를 고쳐 쓴다. 서적만 쌓을 줄 알지 시금석을 캐내지 못하는 내 둔독(鈍讀)을 자책하는 매양이다.

　각론하고, 시란 "최소의 언어로 최대의 의미와 철학을 담아내는 그릇"이라는 칸트의 언어 경제적 지고의 논리에 고개를 꺾으며, 동안 읽어준 독자에게 감사드린다. 시장에 내놓을 만한 시가 있다면 더불어 살 사람도 있으면 좋을지 싶다. 오일장 입구부터 또아리째 낚아채 가는 마른 깨와 고추 파는 눈썰미 좋은 명주댁 아주머니가 오늘에 있다면야!

　탈고를 미루며 필자를 주저케 한 작품으로는, 장영길의 「달을 덮치다」, 김숙희의 「화합」, 문재철의 「꽃바람」, 박행자의 「그날」, 조성숙의 「운명」, 김신덕의 「세한삼우」 등이었다. 신입 회원 특집에 솔깃하여, 김윤묵의 「백무동을 오르며」, 임해원의 「다듬잇돌」 등에도 시선을 베일 뻔했다.

　이제, 평판의 이어달리기는 보다 새로워지리라. 진땀 묻었던 흙손을 내리고 시렁 위에 서책과 원고를 올린다. 꼭지들은 내후년 월동이 끝나면

평론집에 갈무리할 참이다. 속담에 '남의 염병보다 내 고뿔이 더 아프다' 했듯, 이젠 자신의 이야기에 충실하며 나도 좀비처럼 제법 시를 뽐내기도 하리라. 이문열이 「시인과 도둑」에서 갈파한 "구름 앞에 이르면 구름처럼 흐르고 바람 앞에 서면 바람에 밀리며" 시를 솟구치는 천상 시인으로 나 돌아가리라. 폭설 속 황야의 아이 '클레르'처럼 두꺼운 외투 속에 가지고 온 뜨끈한 시를 한 여인에게 바치리라.

(『광주문학』, 2015년 여름호)

제3부

비약에서 생명력을 보다

압축과 비약의 기법
— 이동주론

1. 시인과 해남, 그리고 나

70년대를 가을 대낮처럼 따갑게 살다 간, 나의 K님!

산 구릉과 강 구비가 네 번이나 몸을 바꾼 40년이 지났지만, 생각은 그대를 햇빛 부신 산비알 밭에 놓아두고 돌아서던 깨질 듯 맑은 그해의 가을처럼 오늘도 여전히 투명하군요. 그렇듯 K님의 눈동자는 늘 밝았지요. 지금이 추수기라면 체로금풍(體露金風)의 풍요가 예감되겠지만, 수업 일정과 평가 준비로 동분서주하다가 결국 내 마음엔, 황금 벼는커녕 회의 자료의 문서와 통계 처리 등 각다귀 같은 브리핑 자료로 온몸이 찔어버린 채, 나는 장마철 비료 포대에 풀칠하여 덕지덕지 바른 누추한 벽지처럼 그만 곰팡이로 퀴퀴하게 찌들고 말았지요. 이렇듯 공직이란 복잡하고 행정적인 서류 작업과 현장 확인의 진저리 같은 게지요. 추진하는 시책의 말미가 시작되는가 하면 곧 그게 끝나고 그 시작이 다시 오는 진구렁이 일상입니다. 그런 한 주일이 지난 가을날이었어요. 추야장 항구에서 맛보는 이별의 스산함 같이 추적이는 눅눅한 가을 장마에, 음울한 빗물 사이를 이리저리 헤아려 젖다 보니, 그래 어느새 비는 개고 들판 천지에 보래기, 명아주, 쇠비름, 방동사니 같은 들풀이 햇볕에 그을려 땅 색으로 물들이기에 아우성이 한창이었지요. 참으로 간만에 날아오르듯 푸르고 청명한 10월, 그러니까 한낮 들녘의 물결은 물론 때알밭의 흰 콩, 녹두콩 잎들까지도 하늘로만 빨려갈 듯이 일렁이는 산마루였는데, 설레게도 그날 내겐 30년 만의 문학적인 외출이 있었지요. 뭐 20년 만에 고향을 찾아가는 「귀거래사(歸去來辭)」의 소동파(蘇東坡)나 15년 지기(知己)를 만나 시담(詩談)을 나누는 두보(杜甫)의 애릿한 감정 같은 것이었다고 한다면, 바쁜 통에 웬 여유를 읊고 즐기는 일이냐며 사치스런 짓거리라 비판받을 일인지도 모르지만요. 아, 그런데 K님, 어쩌요. 그렇게 보고 싶게시리 좋은 당신이 있던 70년대와 80년대를 일깨우는 해남행이라니요.

난 행사 주관과 회의 진행, 민원 처리 등으로 24시간을 긴장해야 하는 교육청에 몸담고 있던 까닭에, 열흘 굶은 초상집 개처럼 흥버릇 없게도 먹고살기에도 저 바빠져서, 하, 문단의 은사인 이동주 선생님을 오래도록 너무 잊었더랬습니다. 70년대 중반의 궁핍한 시절을 지나 추억의 막연한 세대에 이르고 마침내 채탄굴의 막장 같은 암흑에 갇혀서 혼미와 혼돈의 정치적 시대를 헤치며 깨달아간 게, 저리 늦은 사유라고 한다면 좀 시건방을 떠는 건지도 모르지만요.

흰 보조개 사이 늘 웃음을 물고 있던 K님!

그날 나는, 이동주 선생님에 대해 30년 동안이나 진 빚에 대해 해남행을 느긋하게나마 서두르며 참으로 늦게야 갚기 시작한다고 생각했습니다. 솔직히 말하면 무작정 가출한 철부지 시절을 넘기고 나서야 고향 부모님을 찾아가는 부끄러움 같은 거였지요. 아니지요. 이동주 선생님께는 지금도 갖고 있고, 앞으로도 갚아가야 할 소임으로 나는 이 글을 쓰지만요, 참 면목 없는 일, 막된 철면피지 무엇인가요. 철부지 제자들은 곧잘 지상에서 만나보지 못한 스승들을 위해 애석한 정감을 뒤늦게 뿌리곤 한답니다. 딴은 내게도 그랬지요. 이동주 선생님이 나에게 그런 존재라면, 질투심 많은 K님은 사랑하는 나를 놔두고 너무한다는 잔 투정도 애부릴 겁니다. 크. 하지만 36년이 흐른 오늘, 아직도 선생님에 대한 말 못 할 흰 고백의 반점 같은 게 아직 내 가슴에 팡이로 남아 있지요. 내 사랑하는 K님은 모르겠지만. 아님 알고도 모른 체하겠지만요.

이동주 선생님 생각에, '이제다!' 하고, 10월 세 번째 휴일날에 '아, 뭉클!' 집을 떠나와 하냥 고갯짓만 하는 벼이삭을 뒤로하며 2시간여의 드라이브를 했습니다. 함께해야 할 세상에 지금 K님이 없어 또 다른 우울함으로 나는 절사 곡절했지요. 셀린 디온과 시셀, 블루밍 선데이나 김광석의 곡을 카 오디오에 넣고 말입니다. 그런 끝에 도달한 해남은 아리송했습니다. 소나무 산이 회색 도회지로 변한 상전벽해(桑田碧海)보다 더한 송전회도(松田灰都)가 되어 있어서 영 길 찾기가 쉽지 않았으니까요. 난 그곳에서 1971년부터 1980년까지 10년 간 학교 근무를 했습니다. 딴은 보릿고개도 넘고, 가벼운 아이를 들판에 날려버린 태풍도 만나고, 우리나라 최고의 미곡 생산량의 풍작에 벼 베기 동원에 함께하기도 했지요. 가르치는 일과 학교 업무에 부대끼며 우수영에서 성전까지 자전거 여행을 했고, 남창만에서 해창만으로 잇는 도보 이동을 하며 삶의 지절이듯 짭조름한 조수의 차도 지켜봤으니, 뭐 K님이 뭐라든 제2의 고향이라고 해야 할 것 같군요. 그 무렵 K님은 붉게 물든 가을 산이 좋아 내가 하숙하던 화산면 마명리에 두 차례 왔었지요. 당신이 왔다 가면 당신의 훈향이 일었지만, 떠난 이후는 하냥 기다림의 세월이었습니다. 장군봉 너머 저녁놀이 자지러지고 고천암을 두른 망망한 갯벌 밭 너머 들리는 갈대숲의 서걱이는 소리 같은 그 마음이었지요. 우리는 다음을 기약해도 서로의 오해 같은 걸로 재회가 쉽지 않았지요. 하지만 잘못은 늘 내게 있었어요. 내가 해남읍으로 옮겨왔을 때 당신은 두 차례나 내게 왔었지요. 그때, K님의 뜨거운 포옹과 키스, 그런데도 난 밤이 두려웠지요. 이튿날은 그대가 가야 하므로 그 밤을 놓칠 수 없었고, 어찌된 일인지 말을 할 수가 없었지요. 좌충우돌 20대를 지나 깨우쳐보니 그게 사랑이었어요. 흔한 사랑 이야기를 뭐 좀 흔하게 하렵니다. 신파조라 하더라도 내숭 떠는 짓거린 남지요. 대흥사 계곡에 네 발을 나란히 담그고 시를 생각하며 서툴게 또는 아름답게 읊던 고 작은 K님의 입술, 이동주 선생님의 「새댁」, 「혼야」, 「북암」 등을 외우던 K님을 어찌 잊겠어요. 그 후 우린 가슴 애린 이별이 있었지요. 그대의 죽음, 그대가 남기고 간 향기 나는 입술, 그대의 혀와 입속에서 노닐던 이동주 선생님에 대한 시의 몸을 내 어찌 기억에서 지우겠어요. 나는 남몰래 3년은 더 반추했으니까요. 아뿔뿔! 그런 쓰라림이 있었습니다. 사내의 가슴이지만 그것으로 당신이 새삼 자질스러웠는데 세상은 참 꾸질하고 무던던했던지요, 뭐. 배탈이 난 뒤, 익모초 즙을 마시듯 쓰디쓴 마음에 돋은 그대라는 종기를 치유하며 10년을 살았지요. 하. 암담한 당시의 사회구조 못지않게 내 마음은 K님에 대한 우울한 그늘로 뒤덮이기 시작했습니다.

내게 해남 시절은, 오후 수업을 끝내고 퇴근길이면 어김없이 개근했던 목로집, 홍교집, 그리고 통금 사이렌이 불 땐 평동 골목길 럭키슈퍼로 숨어 들어가서 습관처럼 입가심하던 맥주 몇 타로 세상의 오염을 털어내듯 하며, 해 오름의 바다 같은 거품까지도 좍좍 마시던 그런 시간이었지요. K님과 이동주 시를 주고받은 낮밤이 가고, 잊기 위해 술과 고뇌의 시절을 보내던 그런 내게『광주일보』신춘문예 당선은 허무주의에 빠진 나의 세월의 얼마간을 시제「일출」처럼 외롭지 않게도 했습니다. 그게 내 시에서 일컬은 바 "끈끈히 밀어 올리는 힘"이 되었지요. 하지만, 일견 아쉬운 일이기도 했습니다.『현대시학』에 작품을 발표하면서 중앙의 메이저 신문의 신춘문예에 문을 두드리다가 늦게야 낚아서 건져 올린 자리돔, 아니 흑돔 같은 것이었으니까요. 그 무렵 선생님은 병원에서 생사를 오가는 투병 중에 내 작품을 당선작으로 선정해놓고 그달 28일에 그만 타계하고 말았습니다. 참 안타깝기 짝이 없는 일이었지요. 난 감사하단 인사도 제대로 드리지 못하고 어물쩡하니 1월의 끝자락에서 서성이고 있을 뿐이었지요. 상을 받고 나서야 선생님의 임종 소식이 실감 났지요. 서울 병원까지 가지도 못하고 남도의 끝 작은 셋방에서 혼자 속을 태우며 그 겨울 삭아 빠진 석유 곤로와 함께 있었지요. 막막했습니다. 뭐, 문단의 복이 없나 봐요. 모처럼 얻은 문학 스승이던 나에게 다시 선생님을 잃었다는 갑작스런 시련이 닥쳐왔으니까요. 선생님은 심사평에 그것을 다음과 같이 기술했어요.

> 뽑고 나서 한 잠을 잤다. 견딜 수 없는 통증이 왔기 때문이다. 정신은 몽롱해지고 다시 눈을 떴을 때, 아 내가 다시 살아 있구나 하는 생각이 들었다.

오죽하셨으면 심사평 자리에 당신의 통증을 하소연했을까요. 이젠 가고 없는 K님의 언어처럼, 심사의 글편이 선생님의 유고로 되어버린 것이니 무상한 세상이지요. 이때부터 나는 시를 쓰며, 지금도 선생님의 손끝과 마주한다는 생각으로 임합니다. 선생님은 견디지 못할 아픔에도 불구하고 작품을 매만지는 창작열이 있었는데 그것이 내게 전달되도록 나 스스로 느끼는 것이지요.

사실 난 선생님으로부터 예전에 시를 딴 곳에서 추천을 받은 바도 있었지요. 내가 막 교직에 들어와서 쓴 작품으로『교육평론』1972년 1월호에「거울 앞에서」란 시였지요. 내가 무거울 앞에 서면 자꾸 발가벗겨지는 자의식을 묘사한 갓 20대의 애송이 시였거든요. 그때 선생님의 선후평이 거울과 자의식의 관계를 묘사함에 관념적인 시어가 거슬린다는 지적을 주셨던 걸로 기억합니다.

2. 생애와 나와 쥐라기

바람결에 긴 생머리채를 흔들며 다가오던 나의 K님!

이 밤, 그대의 눈망울이 새삼 나를 찾고 있을까요. 난 그 무렵 선생님에 대해 좀 더 알아보았더라면 이 글을 쓰는 데에도 더 편했을 텐데, 어림없는 초심의 펜 놀림이었지요. 지금이라고 나아진 건 없어요. 오히려 가슴에 불 지르던 시심도 식어가고, 백지 위에 달리던 펜은 장작 패다 묵혀둔 녹슨 도끼날처럼 무디어지고, 안테나 촉수는 심하게 꺾인 채 케케묵거나 낡아빠지도록 정보를 방치하여 결국 아무것도 쥐고 있지 않다는 생각일 뿐입니다. 세월이란 도둑은 쌓은 경륜마저 글 앞에 용감한 무기가 되지 못하게 하는가 봐요. 암담하더군요. 이 지랄, 힘없는 조그만 아이가 덩치 큰 놈에게 달려들 득달 같은 만용이라도 있었으면 했어요. 무렵 난, 무릇 멍하게 높아져 오르는 참으로 가없는 눈을 하고, 우슬재 금강골 산자락에 멋대로 키 큰 송림과 연동의 비자나무 숲을 바라보다가 곧 시를 포기하곤 했습니다. 떨어지는 시선이 볼 게 없는 게 아닌, 의욕과 용기가 사라진, 그 지지리도 못난 심보 탓으로 돌렸습니다.

저세상으로 간 지 40주년이 되는 오늘의 K님!

이제, 그 시절 그대가 적어준 노트를 참고로 이동주 선생님을 소개할까 합니다. 내 알기로 심호(心湖) 이동주(李東柱) 선생님은 대갓집에서 났더랬습니다. 1920년 2월 28일 해남군 현산면 읍호리에서 참판을 지냈던 이재범의 증손자로 태어났었지요. 당시는 집 한 채 끝에 올린 용마루처럼 양양하여 부러울 게 없었겠죠. 조부 때만 하더라도 사대부의 위세가 이어졌으나 선친 대에 이르러 점차 살림이 태풍 맞은 키 큰 가로수처럼 기울기 시작했고, 선생님이 보통학교를 다닐 무렵에는 어머니의 삯바느질로 생계를 꾸려나가지 않으면 안 될 정도로 궁핍했다는군요. 선생님은 1942년 혜화전문학교(惠化專門學校)를 다녔지만 가난 때문에 중퇴할 정도였습니다. 선생님은 일찍부터 문학에 뜻을 두어 1940년 『조광(朝光)』지에 「귀농(歸農)」, 「상열(喪列)」 등을 발표하면서 활동을 시작했습니다. 선생님의 시는 이때부터 우리 전통 가락과 시상을 제대로 추렸다고 봅니다. 1950년 서정주 시인의 추천을 받아 『문예(文藝)』지에 「황혼」, 「새댁」, 「혼야(婚夜)」 등을 발표하면서부터, 무릇 작품성이 돋보이고 시어가 심오한 시들을 줄줄이 내놓았습니다. 특히 선생님은 맛깔스런 고유어와 서정성을 띤 정제된 언어들을 독특한 절제미의 그릇에 담아내고 있었습니다. 실로 아픈 밤을 새우며 저미어낸 절차탁마(切磋琢磨)의 시어들이었지요. 그 대표작으로 「강강술래」 등 해남의 정서가 녹아 든 작품이 많습니다. 그 무렵, 이따금 K님은 이동주 선생님 작품 중에서 「혼야」나 「귀농」 「강강술래」 등을 예쁜 컷과 글씨로 적어 보내주기도 했지요. 내가 신춘문예에 당선한 뒤 이동주 선생님에 대한 K님의 배려는 늦둥이를 본 40대 엄마처럼 내게 과분하게 격식을 차린 것이었지요.

한때 선생님은 호남신문사에서 기자 생활을 하면서, 숭실대, 성신여사대, 서라벌예대 등에 출강하기도 했으나, 시를 주무르면서 바람처럼 떠도느라 차분히 한 직장에 매여 있지 못한 처지였다고 합니다. 선생님의 심사를 받고 신춘문예 당선한 그달, 선생님은 1979년 1월 28일 지병으로 서울 역촌동에서, 밀린 일을 덜 끝낸 농부가 얼굴도 펴지 못하고 아쉬워하듯 세상을 떴습니다.

그리고, 그리고 말입니다. 슬프게도 그 봄이 오기도 전에 K님이 이 세상에 없었지요. 사랑하는 K님, 마음의 둥지 역할을 해주었던 K님이 없는 세상이 무슨 의미가 있겠어요. 시쳇말로 앙꼬 없는 찐빵이고, 물 없는 호수에 돛 꺾인 배였지요. 내 정신의, 그대 애정의, 마주한 두 사람 사이에 사랑을 잃어버리는 나는 로미오와 줄리엣처럼 정신을 다아 놓을 뻔했습니다. 자전거를 타고 가다 사고를 낸 것도 그날이었지요. 봄바람에 스러지는 눈발의 절망 같은 게 일고, 이마에는 불터처럼 K님의 입김이 흩날려왔지요. 그리고 아무 말도 하지 않았습니다. 그 무렵, 당분간, 절망했던, 사랑했던, 그 전혜린처럼.

그때는 사랑하는, 그리고 지금은 사랑했었던 K님!

그 후, 휘날리는 갈대 줄기 사이로 세월이 층층이 우는 갯바람처럼 무지 흘렀지요. 사람이 세대를 넘어서 겪어내는 전후(前後)란 경계를 힘들여 쌓기도 하고 쉽게 허물기도 한다는 것을 알기까지, 사이에 문득 외롭다는 생각과 더불어 하필 시가 쏟아져 나왔습니다. 코피를 흘리며 못할소리처럼 써 젖혔지요. 내겐 문학이, 시가 왔어요. 하니, 초창기엔 나는 난해했더랬어요. 삶과 전쟁, 그 전전과 전후에 이어지는 차이가 작품 구성을 대바구니 엮어 짜듯 주도했나 봐요. 이동주 선생님을 글로 만난 때부터, 아니 정확히는 심사평을 읽고 나서, 내 시가 사실 구체성을 띠었어요. 난 소감에 밝힌 대로 "깡마른 안주에 소주를 마시"는 기분으로 가급적 수사를 생략해버릴 심산이었지요. 타고 싶었지만 보내버린 기차처럼 안타깝게 놓친 세월을 보상받을까를 생각하며, 난 이동주 선생님의 작품을 일별하기 시작했습니다.

그런데, 피멍 든 팔을 치료하지 않고 견디는 것처럼 힘이 들었어요. 예컨대, 마이클 크라이튼 원작에 스필버그 감독의 〈쥬라기 공원〉에서도 이동주 선생님의 생에 비춘 좀 색다른 연관성을 읽을 수 있었지요. 공룡들의 습격으로 죽을 고비를 견디다 마침내 탈출하는 헬기 속에서 느끼듯이, 공룡과의 겨루기를 끝내고 멀찌감치서 자행하는 헛공격을 보면서 국면이 전환되는 것을 두고 이르른 생각이지요. 이동주 선생님이 떠도는 바람과 운명 앞에 집중했던 창작의 공간과 시간은 공룡이 득세한 세상이었지요. 하지만 「강강술래」, 「혼야」, 「북악」 같은 시적 생산기는, 공룡들의 한 세상 쥐라기에서 빠져나와 연구소 버팀목의 나사처럼 조였던 긴장이 풀리던 무렵이 아니었을까 해요. 왜냐하면 「산조」의 리듬처럼 풀려오는 소리의 평화가 '남도창'처럼 흐르고 있었으니까요. 물살을 거슬러 오는 리듬으로 지금 선생님의 시를 옛 찻독 속에 둔 홍시처럼 맛보며 읽는 것이지요. 민족의 가슴에 정한으로 감추어둔 그 은유의 결에 함께 휩쓸려 가보는 거랄까. 뭐 그런 것이요. 그게 어쩌면 K님이 편지에다 얘기했던 열정적인 우리들 사랑도 같은 것이라면, 지하에서 흰 눈을 흘길는지요.

나를 사랑했던 나머지, 내 노트를 열렬히 가지고자 했던 K님!
하나 미안하지만, 노트를 줄 수는 없었지요. 나만의 기록이었으니까요. 딴은 부끄러웠거든요. 못 쓰는 내 글을 당신의 아름다운 눈과 거울에 비춰내는 거였으니까요. 내 노트 대신 당신은 다른 영어 선생님의 책을 그만 가져와버렸지요. 분홍색 표지의 영어 참고서였지요. 『에이스』라는, 그 속에 무슨 이야기가 씌어 있었는지는 알 수 있었나요. 하지만 그 선생님의 편지가, 아니 당신의 편지를, 넣어두고 싶어서 살짝 훔쳐온 책이라니 놀라운 사건이었지요. 그렇다면 노트를 차라리 내가 줄걸 그랬다 싶었어요. 왜 사랑의 요구 조건이 다른 사람에게 미쳤을까 지금도 미궁이군요. 사건은 온 학교에 퍼졌지요. 그리고 조용한 날, 빗물 진 후에 구름 머금은 연못만큼 사건은 잠잠해졌지요. 간혹 사연을 아는 구름만이 떠올랐지요. 난 그 구름만 보았구요, 속절없이요.
하지만 오래전 그게 이동주 선생님의 시에 대한 전경 효과를 탑재한, 그런 앵글로 나를 바라보는, 당신의 분석적인 메시지가 아닐까라고, 다른 추념에 사로잡힌답니다. 전말(顚末)과는 전혀 관계가 없는 불필요한 무슨 관계벽(關係癖)인지도 모르지요. 루이스 캐럴의『이상한 나라의 앨리스』처럼 판타지 속으로 들어가 미묘하게 거들먹거리는 지상과 환상의 애매한 관계 말입니다.

고고학자 말콤도 그랬지요. 쥐라기 공원의 개장을 앞두고, 가족을 초대할 때부터 달떠 있는 마음이었지만 전경 효과의 위험은 예고되고 있었지요. 배밭의 주인이 보는 앞에서 까마귀가 날자 배가 떨어진다고 그날 하필 안전 시스템이 마비됩니다. 순간, 모든 방문객은 철책을 부수고 나온 공룡의 습격을 받아 흩어지고, 아수라장은 마치 얼음장이 연거푸 깨져서 나오지 못하는 도미노처럼 악화되지요. 유전학자나 생의학자 할 것 없이 공원 사무실에서 작업 중이던 사람들은 비상구로 생사를 담보하는 숨 막힌 도주를 하게 됩니다. 영화는 극적 모티프를 여기서 잡았다는 듯이 카메라가 미친 이처럼 뛰고 날지요. 결국 공룡을 따돌리고 헬기의 구조로 공원을 탈출하게 됩니다. 노트에 쓰인 세세한 기록처럼, "자기 욕망에 유전자를 담는 사람"이란 쥐라기 실험실의 담론은 압축적이지자 너무도 시적이지요. 내 노트도 그랬어요. 고통과 고민과 탈출의 실험들이 꽉 차 있는데, 누가 볼까 저어하게 되어, 결국 자물쇠를 잠가둔 채 서랍 속에 낡아갔지요.

생각해보니, 이동주 선생님의 삶과 죽음도 쥐라기 공원처럼 축압된 생이었다고 생각됩니다. 시에 쫓기며, 세상을 풍자하며, 시대의 비극을 감내하며, 가장으로서 혼신을 다한 일생 말입니다. 이상향 같은 '쥐라기'를 꾸미고자 한 공원에 오로지 시를 위해 살다가 멈춘 그였지 않은가요. 그러다 선생님은 가장 추운 날 밤에 하필 촉 나간 전기 볼트처럼 짧게 스러진 게지요. 하지만 어떤가요. 오늘 읽어가는 선생님의 시편은 평화롭고 고요하고 운율에 젖은 헬기 안에 참 세상 모르게 잠든 말콤 아이 모습인지요.

1979년 12월 말에 내 작품을 읽다가 의식을 잃었다가 다시 머리맡에서 읽어보는 고통의 읽기를 행한, 그런 생사를 오가며 병석에서 건져낸 시인이 바로 '나'라는 사람이라고 하신 선생님의 심사평을 생각하면, 느슨한 요즘도 기어이 살아남아야겠다는 생각으로 글을 쓰게 됩니다. 그만큼 선생님의 평은 자조 의식으로 내게 힘이 됩니다. 하지만 선생님의 그늘 아래 정신 차리지 못하고 작품다운 걸 내놓지 못하는 자책감에 때로 진저리를 치기도 합니다. 나는 공룡 알이라도 되는 양 대작이라고 낳았지만 헬기 위에서 내려다보는 내 시의 세계가 터무니없게도 작고 초라합니다. 하니, 난 지지리도 못난 시적 틀을 가진 게지요. 탈출한다며 뭇 날갯짓을 셈하며 위로 치솟았지만 다시 쥐라기 공원의 세계에 갇힌 데 지나지 않으니까요. 선생님의 공중 부양 앞에 내 시는 아직도 공룡에 쫓기는 형국이군요, 참.

3. 대표시와 전통과 가락

눈처럼 희게, 그렇게 다가오는 K님!

대학 1학년 겨울방학이었지요. 고향에 갔을 때, 그리고 군관산(軍官山)을 등진 밭에서 일을 마치고 돌아왔을 때, 분홍 외투를 걸치고 나를 찾아온 흰 눈발 속의 당신을 잊는다는 건 세월의 절벽을 오르다 거꾸러지더라도 마지막에 각인된 영상으로 영원히 남아 있지요. 당신이 우리 부모님 반대로 멀리 걸어갔을 길을 뛰어갔던, 그때 무지개의 시는 사라지고 잡초 속의 헐거운 지게처럼 소설만 남았습니다.

그러나 무지개의 시로 돌아갈 차비는 언제나 예비되어 있어요 K님. 이동주 선생님의 「북악」을 놓고 간 K님의 편지를 읽는 마음은 너덜거리지도 못하고 목구멍 안에 매여 있었지요. 몰려오는 격정을 격투처럼 끝내고 긴장이 이완되었을 때 평화로운 시가 뱉어지듯이 서정의 진수는 곧 선생님의 시가 비춰내는 하나의 거울이라 할 수 있습니다. 어떤 이들은 전쟁 전후의 긴박한 형편을 외면한 시라고 비판도 합니다만 작품이란 다양함에 목적이 있는 것이지 이데올로기 목적 자체에 있는 게 아니지요. 그러므로 우리 고유의 서정은 이를테면 '무위' 같은 '평화'라 할 수 있습니다. 환경이 안정된 후에 등장하는 정서로 「강강술래」나 「혼야」와 같은 평화스러운 분위기 말입니다. 그게 진정한 의미의 고유 서정이 아닐까 하고 해남의 정신을 소화했다는 생각이 듭니다.

사랑했던, 그리고 다시 사랑하는 K님!

시가 좋아 그대를 사랑하게 되고 시를 음미하고자 K님을 찾았던 때. 당신의 덕에 이동주 선생님을 알았던 시대가 내게는 참 행복했었지요. 선생님의 성향은 우리의 고유 가락에다 당신만의 절절한 운율과 향토적인 터를 다잡고 있습니다. 특히 「강강술래」와 같은 작품은 거문고와 장고를 울리는 것처럼 흥을 돋우는 시어로 엮어져 있지요. 그래서 눈 오는 밤 초가집 방안에 램프 같은 마음의 심지를 돋우지요. 시나위나 판소리, 민요 가락 같은 악보를 미적 체험의 질료(質料)로도 삼고 있습니다. 가을 고구마 넝쿨 줄기를 젖혀가듯 각 시구(詩句)들은 파장들을 두루마리째 걷어내는 특징들이 있지요. 향토적 서정성이 드센, 거무튀튀한 구릿빛의, 그리고 흰 고의 적삼 속의 부드러운 젖몸 같은 아낙의 정을 표징한 작품이지요. 말하지면 해남의 어머니 상이지요. 그것은 밤중 창호에 비치는 휘움한 달

압축과 비약의 기법

빛처럼 내밀한 비밀을 건네주고 있습니다. 또한 서정성과 인간애를 종횡으로 엮어 미학적, 은유적 효과를 높였다고 봅니다. 선생님의 시집에는 『혼야(婚夜)』, 『강강수월래』, 유고집으로 시선집 『산조여록(散調餘錄)』, 그리고 소설집 『빛에 싸인 군무(群舞)』 등이 있습니다만, 경우의 수(數)와 같이 정서의 고양과 압축의 미학이 편편에 가득 차 있습니다.

왼쪽부터 이동주의 첫 시집 『혼야』

그래요, 미소로 가득 찼던 K님!

1978년 봄이 가고 여름의 문턱에서, 난 보리베기 동원을 나갔다가, 눈부신 분홍빛 원피스로 단장한 사진과 함께 K님이 보내준 이동주 선생님의 시를 읽었던 생각이 떠오릅니다. 그리고 보니 당신은 늘 내게 분홍색의 이미지를 가져다주었어요. 그날 저녁은 설렘 때문에 눈을 전혀 붙일 수가 없었지요. 선생님이 쓴 「새댁」과 K님의 모습을 비교하고 반추하느라고 가슴은 벅차올라 터질 것만 같았지요. 이제야 고백컨대, 어리석게도 내 어머니의 반대에 대하여 어떤 변명 같은 걸 준비하며 나는 「칼의 연가」라는 시를 썼더랬어요. 그때의 시절로 가서 새로운 시선으로 이제 「새댁」을 읽어봅니다.

새댁은 고스란히 말을 잃었다.

친정에 가서는 자랑이 꽃처럼 피다가도
돌아오면 입봉하고 나붓이 절만하는 호접(胡蝶)

눈물은 깨물어 옷고름에 접고
웃음일랑 조용히 돌아서서 손등에 배앝는 것.

큰 기침 뜰에 오르면
공수(拱手)로 잘잘 치마를 끌어
문설주 반만 그림이 되며

세차게 사박스런 작은 아씨 앞에도
너그러움 늘 자모(慈母)였다.

애정은 법으로 묶고
이내 돌아오지 않는 남편에게
궁체(宮體)로 얌전히 상장을 쓰는……

머리가 무릇같이 단정하던 새댁
지금은 바늘귀 헛보시는 어머니.

아들은 뜬 구름인데도
바라고 바람은 태산이라

조용한 임종처럼
기다리는 새댁.

—「새댁」 전문

그땐 쓰지 못했는데, 편지에서 보는, 다시 K님!

편지를 찾아 읽어보니, 빛바랜 양면괘지가 석 장이 넘치도록 썼군요. 그

래요. K님이 말했듯이 「새댁」은 선생님의 대표작 중에 하나이지요. '새댁'
이라면 너무 아름다운 생을 이제 막 시작하는 꽃피울 시대를 사는 여인이
지요. '새댁'에 대한 애틋함을 화자는 "조용한 임종처럼 기다리는" 여인으
로 상징하고 있습니다. 축하를 받으며 새로운 의욕으로 충만할 새댁이 어
찌하여 조용히 임종처럼 기다리는 여인으로 형상화되었을까요. 이에 조
선 여인의 슬픔이 보입니다. 부푼 가슴을 눌러 죽이는 내면의 고통도 엿
보입니다. 화자는 마음이 안 놓이는지 "친정에 가서는 자랑이 꽃처럼 피
다가도" 시댁으로 "돌아오면 입봉하고 나붓이 절만하는 호접(胡蝶)"인 새
댁을 설정해놓고도 있습니다. 속병이 안으로 잦아들 듯 새댁이 앓는 심리
가 돋보이는군요. 새댁 스스로가 느끼는 한국적 정한이 "호접"이라는 이
미지로 내 좁은 이마에까지 다소곳 떠올려집니다. 그래요. 슬픈 시집살이
로 "눈물은 깨물어 옷고름에 접"은 새댁이지요. 아무리 기쁜 일이 있어도
"웃음일랑 조용히 돌아서서 손등에 배앝는" 여자이군요. 그렇듯이 새댁은
운명과 삶의 풍파를 견디어냅니다. 옛날 "머리가 무릇같이 단정하던 새
댁"의 모습은 이제 "바늘귀 헛보시는 어머니"로 바뀌었네요.

　그러고 보니 이 시의 화자는 곧 '어머니'였어요. 밀려오는 K님의 사랑과
같은 가슴으로 설레며 읽었는데, 참 그게 어머니의 새댁 시절 이야기였군
요. "아들은 뜬 구름"처럼 떠도는 존재인데도 어머니의 "바람은 태산"으로
키우고자 합니다. 새댁이었던 어머니는 이제 삶의 오랜 무게를 "조용한
임종처럼 기다리"고 있습니다. 새댁을 통해 어머니의 현재를 읽어내고 마
침내 어머니의 임종, 그러니까 어머니가 다시 '새댁'으로 돌아가는 시점
에서 시를 종료합니다. 생의 환류가 섭리의 이법으로 순환되고 있는 것이
지요.

새댁으로 영원히 남은, 사랑하는 K님!

그대가 해남에 와, 어느 봄날 아침 일찍 다시 읽어준 「새댁」이 오늘은 가을비처럼 가슴을 저리게 하는 까닭이 거기 있었군요. 그게 참 당신의 '어머니'로 귀환되어 있다니요. 그러지요. 세상사는 이의 모두는 '어머니'로 귀착됩니다. 새댁의 여성성이, 그리고 후일 그 모성이, 아이를 가지게 되는 모태를 만나면, 우리는 모두 임종처럼 인류 시초로 회귀하며 자릴 바꾸는 게지요. 그 섭리로 다가가는 게지요, 뭐.

4. 시인의 시비와 나

남도 해남의 미풍 속의 K님!

당신이 이동주 선생님의 시비(詩碑)에 새겨진 내 글귀를 보고 싶다고 먼 길을 온 때가 있었지요. 붉은 단풍이 소리소리 치던 11월 중순, 시월 단풍은 꽃보다 곱다는 가을 저녁에, 그대가 정말로 왔었지요. 아, 은은한 갈색 투피스 차림에 긴 생머리를 하고. 그래요, 대흥사 입구에 세워진 이동주 선생님의 시비엔 내가 쓴 글이 있지요. 그게 "저녁 벤치 위에서 읽은 사랑의 장"입니다. 이 글 서두에

이동주 시비. 대흥사 입구 장춘교 바로 앞, 옛날 여관이 있던 자리에 세워졌다.

서 말한 바, 오랜만에 이동주 선생님의 고향인 해남을 찾아간 게 바로 이 시비 때문이었습니다. 그땐 선생님을 추억하며 쓴 30대 초반의 행이었는데 그 뜻은 지금도 여일(如一)하다고 생각하지요. 남도 가락에 민족의 전통적인 정한을 실어 노래했던 선생님을 이 자리에서 회고하니, 그게 일말(一抹)의 정을 표하고자 한, 하지만 참으로 늦은 도달이었지요. 해남의 빛나는 역사가 잦아 깃든 곳이 바로 두륜산인데, 그 계곡에 선 시비(詩碑)를 보면 선생님에 대한 해남 사람들의 사랑이 얼마나 큰지, 그리고 이러한 대접이 결코 과장이 아님을 알 수 있습니다.

선생님의 시「강강술래」는 무기교의 기교가 최고라는 창작 태도를 대변해준 작품으로 소개되어왔습니다. 1980년 한국문인협회가 세운 것으로 대흥사 입구에 서 있습니다. 시비에 아침해가 비치면 장관이지요. 선생님은 무기교로 잉태되는 시만이 훌륭한 시라면서, 물질문명의 시대에 따스한 인정과 정서가 밴 남도 가락을 몸에 담고 살았지요. 한편, 이 시는 이복남이 작곡하고 소프라노 이병렬이 부른 가곡으로도 알려져 있습니다.

불러도 대답 없는, 이젠 '초혼' 같은 K님!

내가 알기로 당신의 어머니는 누구보다도 희생하는 분이었지요. 옛날 어머니들은 다 그랬습니다만. 특히 당신의 어머니가 나를 찾아온 날 그날은 술에 취해서 늦게 하숙집으로 왔는데, 아, 그대 어머니가, 아뿔싸. 나는 술이 확 깼지요. 일생을 바느질과 화초 가꾸기로 보내시는 것으로 알고 있었는데, 나에 대해 너무도 자상히 알고 있는 당신의 어머니였지요. 그날 밤, 다감하게 물으셨지요. 당신을 진정으로 사랑하느냐고.

이동주 선생님에게도 인종의 과거사를 보려면 그 어머니를 알아야 할 일이지요. 선생님에겐 어머니가 어떤 존재였을까요. 너무 식상한 질문이지만요. 이동주 선생님이 노래한 「사모곡」은 시인과 동시대, 이 땅 어머니들의 보편적 삶을 전형으로 그려내고 있지요. 해남이라는 남도의 끝자락은 한반도 전체를 대변하는 공간성으로 확대되며, 시인의 어머니가 겪었던 일생 또한 동시대 어머니들의 일반적인 모습이었습니다. 남편의 바람기, 가문의 쇠퇴, 시부모의 구박, 자나 깨나 밀려와 덮치는 삶의 둔중한 무게 등, 시인의 어머니가 맞닥뜨린 세월이, 등이 휠 것 같은 그 시집살이가 어찌 혼자만의 일이었을까요.

이 시는 자전적인 작품이랄 수 있겠지요. 전형적인 배경, 전형적인 인물, 전형적인 사건을 통한 현실 비판의 시로 평가됩니다. 모두 5장 220여 행으로 된 산문시 「사모곡」을 보면 그의 어린 시절과 함께 양반 댁 며느리로서 현숙한 어머니의 모습이 나타나 있습니다. 그에 비해 그의 아버지는 "돈을 청루에 뿌리고/지쳐 돌아와 몸살이 풀리면 어디론가 떠나가는" 바람과 같은 존재였지요.

이동주 선생님은 이러한 어머니로부터 문학적 소양을, 아버지로부터는 방랑벽을 이어받아 그 자신 평생 한 곳에 안주 못 하고 팔도를 내 집 삼아 표표히 떠돌아다니는 방랑객이었습니다. 「북암」을 읽어보면 그게 내비치지요. 외롭지만 선생님은 낙천가였지요. 열세 살 되던 해 외가가 있는 충남 공주로 가서 보통학교를 마친 그는 상경하여 고향 친구와 함께 자취를 하면서 한국외국어학교를 다녔습니다. 이 무렵 이동주 선생의 어머니는 읍호리에서 '공북'이라는 마을로 이사하여 삯바느질과 길쌈을 하면서 혼자 지내야 했고, 선생님은 서울에서 빵 장사, 신문팔이 등을 하면서 중학 과정을 마쳐야 했던 아픈 고학 시절로 이어졌습니다. 스무 살 되던 해인

1940년, 조지훈의 시 「승무」를 읽고 인간미와 그의 시에 심취하여 혜화전문학교 불교과에 입학했으나 살림 때문에 곧 중퇴했습니다.

당신이 알려준 대로 이동주 선생님은 윤선도 이후 해남을 대표할 시인입니다. 한문 시인들과는 달리 우리글로 우리 뜻을 아름답게 표현한 문학가였지요. 해방 후 끊긴 순수한 우리의 언어와 문학을 이어가기 시작했으니까요. 그의 시 세계는 전통적인 음악성에 의존한 고전적 세계를 그려 민족의 서정을 형상화한 대가로 인정받았습니다. 민족적 감흥이 한껏 배어 독보적인 시 세계를 그리고 있으니까요.

5. 시로 쓴 '남도창'

그리워 다시 보고픈 K님!

이제 그대가 존경한 이동주 선생님에 대한 문단 이력을 살펴볼 차례가 된 것 같군요. 당시 이동주 선생님이 문단에 나오게 한 『문예(文藝)』는

이동주의 등단 작품 수록지 『문예』

6 · 25 직전에 나와 전쟁 전후의 우리 문단에 크게 공헌을 했었습니다. 발행인 모윤숙, 편집인 김동리, 조연현으로 1949년부터 1954년 3월 폐간까지 통권 21호까지 냈으니 5년 동안 생명을 부지했지요. 그 시대 상황에 비추어보면 잡지 수명이 긴 편이었지요. 이 잡지로 등단한 시인으로 손동인, 이동주, 송욱, 전봉건, 천상병, 이형기 등이 있고, 소설가로는 강신재, 장용학, 최일남, 서근배 등이

있습니다. 평론가는 김양수가 있었지요.

이동주 선생님은 순수 서정시풍에 고전주의를 지향하며 향토적이고 전통적인 정서와 가락을 결합된 전아하면서도 서정적 깊이를 지닌 작품을 주로 다루었지요. 그중에서도 대표성을 띤 「남도창」은 선생님이 가장 힘들여 쓴 작품으로 알려져 있지요.

> 발을 구르는 황토길.
> 떴다 잠긴 눈썹달아 가락은 구비 꺾인 강물
> 손뼉을 치면 하늘과 땅이 맷돌을 가는데
> 머리 풀고 재 넘어가네 피를 토한 허허벌판에
> 앞을 막는 눈보라.
>
> ―「남도창」 전문

이동주 선생님은 「남도창」을 얻기 위해 이태 동안 일곱 차례나 고향을 다녀왔을 정도로 작품에 혼을 쏟아부었다고 들었습니다. 그러고도『문예』지에 작품이 발표되면 슬쩍 한 번 훑어보기만 할 뿐, 책을 챙기는 법이 없었다고 합니다. 그와 가까웠던 소설가 이문구 씨가『월간문학』편집장을 하던 무렵의 일화 한 토막이 있습니다.

> "나중에 시집을 내려면 작품을 챙겨야 할 게 아닙니까?"
> "내 시야 다 내 머리 속에 있지요."
> "그래도 잊어버리는 게 있을 게 아닙니까?"
> "잊어버리는 건 내 시가 아닙니다."

도저히 잊을 수 없을 만큼 그는 시 한 편을 만들기 위해 며칠이고 밤을 새우면서 깎고 다듬고 주물렀던 것이지요. 말하자면 습작이 두보(杜甫)와 같았지요. 이러니 시야말로 그의 생활이자 삶의 전부였습니다. 사는 일보다 시를 우선시한 선비였지요. "잊어버리는 건 내 시가 아니다"라는 그의 막다른 단정 앞에서 우린 머리를 조아릴 수밖에 없군요.

이동주 선생님의 가장 큰 장점은 시를 쉽게 쓴다는 것이지요. 훌륭한 자식을 갖기 위해선 어떻게 하면 좋은가요. 이에 대해 그는 굳이 애써 여러 말을 하고 있지 않습니다. 「삼등열차」란 시 또한 "여기는/영웅도 피에로도 없다"고 간명하게 한마디로 삼등열차의 속성을 묘사하고 있습니다.

6. 절창, 그 압축과 절제와 비약

다시, 간절한 K님!

어련히 아시겠지만, 또 앞에서 말한 바 있지만, 이동주 선생님의 시학과 시 정신은 한마디로 정한이군요. 그것을 압축하면서 비약하는 기법이 특징이기도 합니다. 때문에 운율의 보법과 우리 민족의 정서에 닿아 있기에 시가 저절로 읽혀지는 힘을 얻고 있지요. 물론 끝부분 비약하기의 기법으로 현대적인 감각도 일층 살아납니다. 그것을 「눈물」, 「산조」, 「북암」에서 눈여겨 보기로 합니다.

내 살가죽은
매로 다스리지 못한다.

내 쓸개는
黃金 수레에도 실려 가지 않는다.

눈물이면

무너지는 모래城.

손에 쥐었던 구슬도
즐거이 놓치고

기어오르던 묏부리도
사양하여 길을 비친다.

눈물로 떠맡은 빛을
눈물로 풀려났다.

더는 크지도 작지도 못한
내 그릇은
오로지
이 눈물 탓이다.

—「눈물」 전문

어쩌면 다시 볼지도 모를 K님!

당신을 다시 보고 싶습니다. 나아가 이루어질 수 없는 절망을 이기는 내 희망입니다. 당신을 다시 보고 싶고 사랑하고 싶다는 이 터무니가 지금도 불붙고 있습니다.

어떤 사람이나 참회의 눈물은 흘리게 되어 있지요. 바르게 살았거나 그러지 않았던 사람은 모두 스스로 삶에 대한 반성을 가집니다. 그것이 주어진 가장 인간적인 모습이지요. 때문에 사람은 용서라는 것을 배우고, 배려라는 말을 알고, 사랑이라는 마음을 갖게 됩니다. 눈물은 그 삶의 길을 닦아내는 샘물 같은 것이라고나 할까요. 삶의 갈증을 풀어내는가 하면 분노의 불길을 꺼주는 역할도 해줍니다. 시에서 눈물은 "더는 크지도 작지도 못한/내 그릇"이라 하였습니다. 눈물이 많다는 것은 마음이 넓고 따뜻하다는 것에 다름 아닙니다. 마음의 온기가 넘쳐 작은 아픔과 슬픔에 흔들려 대상을 살펴야 한다는 때문이지요. 눈물이 없는 사람은 사람을 사람과 같은 사람으로 바라보지 않는다는 것도 같은 맥락의 말이구요. 스스로 다스리는 마음을 지닌다는 것은 스스로에게 수만 번 더 가혹한 채찍을 가해야 한다는 것입니다. 눈물은 그 채찍의 샘물입니다. 바르게 살고자 하는 그 양심이 거울과 같은 게지요.

K님 땜에 더 잘 알 수 있었던 시인!

이동주 선생님, 그를 훌륭한 시인으로 칭송하는 이유는 다름 아닌 시의 선비다운 깔끔함과 평이함에 있지요. 「혼야」만 보더라도 바로 우리 어머니와 아버지의 지나간 청춘 이야기가 아닌가요. 시인의 다른 매력은 절제미에 있습니다. 말이라는 연료는 가급적 줄이되, 열기의 효과는 최대한 얻겠다는 그의 야무진 언어 경제성을 고구한 창작 태도는 한 줄 또는 두 줄로 이루어진 연 구성의 시를 즐겼습니다. 「새댁」의 첫 연은 "새댁은 고스란히 말을 잃었다"에서 보듯 사뭇 선언적이지요. 갓 시집 온 새댁의 입장과 처지를 이 한 줄에 담았습니다. 철부지 신부, 친정에 가면 갖은 말로 꽃 사설을 펼칠 나이건만, 시댁이 뭐길래 이래저래 낯선 세계에 부닥쳐 그저 할 말을 잃고 나붓이 나비처럼 절만 해댈 뿐입니다. 고등학교 때 김사현 선생님으로부터 이동주 선생님의 「혼야」와 「새댁」을 배웠던 경험이 새롭습니다. 선생님은 남도의 정한을 가장 잘 표현한 시인이라는 설명도 해주셨습니다.

언어의 절제, 그 속에 피어나는 함축의 향연, 우리말에 진지한 사랑을 가졌던 시인, 우리말을 사랑했기에 말은 아꼈으되 그만큼 여운은 진하게 흐르게 한, 그래서 정이 넘쳤던 시인이지요. 남도의 가락에 질박한 호소력까지 보태어 담았으니, 그의 절규가 어찌 남녘만을 울렸겠는가요.

자연을 사랑하고 사람을 사랑했던 시인 이동주, 그는 서정주, 김영랑 등 문인, 화가 17명의 일대기를 소설화했습니다. 실명소설(實名小說)로 분류되는 『빛에 싸인 군무』는 문학과 예술의 이해에 기여한 공이 큰 작업입니다. 실명소설의 원조가 되었으니까요. 『문학춘추』에 발표했던 「현대시와 서정의 문제」라는 평론은 그를 유명하게 만들기도 했습니다. 그가 주장한 서정의 힘은 아무래도 고향과 어머니 곧 민족에 바탕을 둔 것으로 생각됩니다.

> 마른 잎 쓸어 모아 구들을 달구고
> 가얏고 솔바람을 제대로 울리자
>
> 풍류야 붉은 다락
> 좀먹기 전일랬다
>
> 진양조 이글이글 달이 솟아
> 중머리 중중머리 춤을 추는데
> 휘몰이로 배꽃 같은 눈이 내리네
>
> 당! 흥……
> 물레로 감은 어혈(瘀血) 열두 줄에 푼들
> 강물에 띄운 정이 고개 숙일 리야
>
> 학(鶴)도 죽지는 접지 않은 원통한 강산

웃음을 얼려

허튼 가락에 녹혀 보라
이웃은 가시담에 귀가 멀어
홀로 갇힌 하늘인데

밤새 내 가얏고 운다.

—「산조(散調)」 전문

　아름다운, 나의 K님!

　역시 고등학교 시절, 국어 선생님이 교과서 외의 시들을 들려주곤 했는데, 진저리나게 분석만 했던 텍스트와는 달랐던 시였습니다. 이 시는 여타의 시와는 다른 공격과 호기심의 창을 던지고 있습니다. 무조건 읽기만 해도 좋았던 「산조(散調)」가 그때 소개받은 시였지요. 지금도 생각하건대 「강강술래」나 「새댁」, 「혼야」보다도 선생님의 대표작으로 꼽고 싶은 작품이라는 것은 국어 선생님이 추천해서만은 아닙니다. 개인적으로도 무릎을 칠 만큼 맞춘 감동이 되살아 돌아오는 중머리와 중중머리 휘모리가 돌아 젓대같이 가슴의 파장을 울렁이도록 돋우고 있으니까요. 선생님의 시는 보통으로 거니는 보법이 아닙니다. 진양조다운 가락과 휘모리 같은 게 시어의 마당에서 덩실덩실 짚신에 밟히듯 구사되지요. 그런 구절은 특히, "마른 잎 쓸어 모아 구름을 달구고", "풍류야 붉은 다락/좀먹기 전일렀다", "진양조 이글이글 달이 솟아", "물레로 감은 어혈 열두 줄에 푼들", "원통한 강산/웃음을 얼려", "이웃은 가시담에 귀가 멀어 홀로 갇힌 하늘인데" 등의 시구는 읽는 이로 하여금 이 작품의 완성도를 정신의 육감으로 감지하게 합니다. 동원된 산조 가락은 일상에 낀 번민과 잡념을 몰아

내도록 신선한 발걸음으로 다가옵니다. 종결 부분 "밤새 내 가얏고 운다"에서 보이듯 조사가 생략되어 있으면서도 감정의 파고는 더 높이 쳐들어오지요. 하여, 압축과 은유가 튀는 물방울을 타고, 축약과 비약의 시선이 날아올라 어우러집니다.

> 한 달이면, 보름은
> 구름에 묻혀 산다.
>
> 뜯지 않은 서울편지로
> 차(茶)를 달인다.
>
> 아내는 왔다
> 문밖에서 돌아섰고
>
> 나는
> 더덕에 취해 잠이 들었다.
>
> 꽃은 피어서
> 눈처럼 날리는데
>
> 詩를 쓰는 스님에게
> 술을 권했지.
>
> 달이 업힌 늙은 소나무 아래
> 산짐승의
> 등을 쓸어 준다.
>
> ─「북암(北菴)」 전문

지금은, 더 사랑해야 할 K님!

1979년 가을이었지요. 장맛비가 넘쳐나는 개울을 건너며 하교하는 아이를 건네주다 얻은 몸살과 고열로 몹시 아팠던 한 주일을 보내고, 광주에서 해남으로 오는 버스를 마중하며 문득 그대가 내게 적어준 시군요.

당시엔 주머니에 넣고 다니며 읽었었는데 요즘 선생님에 관한 글을 쓰면서 다시 읽게 됩니다. K님이 말한 대로 시가 새로운 멋으로 풍각됩니다. 그래요. 사람들은 이동주 선생님의 시를 말하라면 「혼야」나 「강강술래」 같은 작품을 들지만 「북암」은 「산조」와 함께 가장 시다움을 토로한 작품이라 봅니다. 「북암(北菴)」이란 시를 읽으며 꼭 요즘 같은 날에 쓰였겠다라는 생각을 하게 되는 건 무슨 이유일까요. 북쪽의 암자에서 홀로 지내는 이야기를 "한 달이면, 보름은/구름에 묻혀 산다"는 구절부터 "달이 업힌 늙은 소나무 아래//산짐승의 등을 쓸어 준다"는 과정, 즉 욕심없이 자연적인 삶과 산짐승을 배려하는 마음에서 무욕의 정신을 느끼지요. 서정적 감정이 참았다 던지는 물길처럼 막막히 차오르며 치솟는 시입니다. 정신없이 살아가는 요즘 세상에서는 백 년 전쯤 되는 이야기로만 비추어집니다. 그러한 비경은 사실 많습니다. 더덕 향 풍기는 산마루에 다소곳 앉아 있는 암자처럼, 사람의 일생도 한 채의 집을 마음에 짓고 사는 아름다운 때가 있습니다.

7. 마무리, 두 죽음의 아이러니

죽음 앞에 더 아름다웠던 K님!

시가 사람을 원하는 대로 구원하지는 않으나, 꺾이고 울분을 쌓은 사람의 정신을 일으키는 순화의 힘은 되지요. 언젠가 그대가 추천해준 '존 보인'이란 작가가 쓴 실화소설(實話小說)이 있었지요. 영화로도 봤지요. 지하에서도 기억하시나요. 당신이 못 견디게 생각나는 나머지 최근에 난 그걸 다시 읽었어요. 그래요, 『줄무늬 파자마를 입은 소년』입니다. 〈쉰들러 리스트〉와 같은 나치 학살 시대에 일어난 휴머니즘을 다룬 소설이지요. 〈쉰들러리스트〉는 나치와 유대인 그러니까 반대편에 선 어른들의 교감을 다루었는 데 비해, 『줄무늬 파자마를 입은 소년』은 나치와 그에 속박된 수용소의 유대인 아이와의 교감을 통한 우정을 그렸지요. 폴란드의 나치 수용소의 한 어린이와 독일 장교의 아이가 어른들의 전쟁과는 상관없이 자신들의 이야기를 나누고 아버지를 구하기 위해 궁리하게 되지요. 그래서 어린 '브루노'가 유대인 소년 '슈미엘'의 아버지를 찾아 돕기 위해 철조망 밑을 파고 들어갔겠지요.

결국 수용소로 들어가게 되고 행렬을 따라 가스실로 들어 가 죽게 되는 이야기입니다. 슈미엘과 브루노, 브루노의 아버지는 나치의 총경으로 유대인을 학살하는 책임자였지요. 자신의 아들이 유대인들과 함께 희생물이 되었던 것이라니, 이 심각한 아이러니와 비극. 그러나 영화를 통해 전해진 휴머니즘은 영원하지요. 이동주 선생님이 추구한 자연과의 인간의 교섭 작용도 마찬가지입니다.

지금도 웃는 실루엣, 나의 K님!

이동주 선생님의 작품을 읽으며, 아름답게 다가오며 웃는 실루엣, 당신이 담은 서정과, 선생님의 정한(情恨)에 어떤 반란이라도 하듯, 몰강스럽게 비칭되는 학살 전쟁이, 그러니까 유대인에 대한 독일 나치의 편견이 생각나는 것은 왜일까요. 영화를 금년 일요일에 둘째 딸의 권유로 보았지요. 영화를 보고, 죽음에 대한, 그리고 사랑에 대한 당신의 생각도 바로 그랬었다는 공통점을 알게 되었지요. 내가 그 무렵 「암살자의 편지」란 시를 쓰던 무렵이었지요. 70년대 말이면 군사 정권이 끝나고 다시 신군부가 강탈한 세상에서 한국 문단은 암흑과 테러에 저당 잡히고 사람들은 민주화를 갈망하며 몸부림치는 시대였습니다. 빛을 향하려 했지만 오래 조준한 화살이 오히려 빗나가듯 의지가 굳건한 이들은 그렇게 황황해졌습니다. 대도시와 읍 시가지의 사위가 잇다가도 경찰과 군부의 통제로 통금의 밤처럼 고요했습니다. 그 무렵 이동주 선생님의 절제의 시학을 읽고 있었기에 해남의 한 상하 방에서 견디어낼 수 있었습니다. 그러다 사회를 비관하며 민신창이로 술 마신 뒷날의 출근길, 평동 보르네오가구점 앞을 지나다 10·26을 들었습니다. 그리고 80년이 시작되었습니다.

사랑했던, 그렇지만 또 사랑할 나의 K님!

아직도 나는 그걸 견디어야 하는지도 모르겠습니다, 당신의 죽음에 다가가지 못하고 전해오는 이야기뿐인 나의 당신.

오늘 밤, '새댁'과 '북악'에 마주 앉아 '산조'를 들으며 이동주 선생님과 당신을 위하여 '강강술래' 같은 윤배를 나누려 합니다. 선생님께서, 독자와 더불어 내 민망한 당신과의 사랑 이야기에 끝까지 동참해주셔서 감사합니다.

이동주 연보

1920년 음력 2월28일 전남 해남군 현산면 읍호리에서 이해영과 이현숙의 외아들로
　　　　출생(본관 : 전주, 아호: 심호). 가산이 기울어 12세 때 외가인 공주로 이사.

1927년 달산학교(현 현산초등학교) 입학. 달산학교는 증조부(이재범)이 사재로 세
　　　　운 학교.

1932년 달산학교 졸업.

1933년 공주고등보통학교 입학.

1937년 공주고등보통학교 졸업. 어머니가 염소를 팔아 준 7환을 가지고 상경.

1940년 혜화전문학교 불교과 입학. 윤길구, 송영철과 함께 기거하면서 고학.

1942년 혜화전문학교 2년을 중퇴하고 고향(해남)으로 귀향.

1943년 목포시청 근무.

1945년 해남군 황산면사무소 근무

1946년 좌경단체인 목포예술문화동맹에 가담. 광주 호남신문 문화부장 취임.
　　　　오덕, 심인섭, 정철 등과 공동시집『네 동무』간행.

1948년 좌경문학활동 중단 후 상경. '신사조사' 취업. 서울연합신문 문화부 차장.

1951년 첫 시집『혼야』간행. 전라남도 문화상 수상.

1952년 차재석 중심 시 동인지『시정신』을 목포
　　　　에서 간행. 전라남도 문화상 수상.

1955년 시집『강강술래』간행.

1959년 전북 이리로 이사. 남성고 교사로 부임.
　　　　원광대, 전북대 출강.

1960년 한국문인협회상 수상.

1965년 한국문협 이사로 취임. 제4회 문예상 장
　　　　려상 수상. 숭실대 출강.

1967년 서라벌예대 출강.

1969년 한국문협 시분과위원장 취임.

1970년 『월간문학』상임 편집위원. '불교문협'
　　　　결성 후 운영위원으로 선임.

2010년 간행된 이동주 시전집

1971년 주월한국군사령부 초청으로 월남 방문.

1972년 시 전문지『풀과별』발간에 참여.

1973년 문인협회 사업 간사로 취임.

1977년 문인협회 부이사장으로 취임.

1978년 문인협회 이사장(서정주)의 세계 일주로 이사장 대행.

　　　　한양대 부속병원에서 위암 수술을 받음.

1978년 12월 전남일보(현 광주일보) 신춘문예 심사(노창수 시 당선)

　　　　생애 마지막 심사

1979년 1월 28일 서울시 은평구 역촌동 1번지에서 위암으로 귀천.

　　　　장례는 문인협회장으로 거행(경기도 장흥 신세계 공원묘지에 안장).

　　　　시집『산조』, 실명소설집『빛에 싸인 군무』간행.

1980년 아들(우선)이 유고집『산조어론』출간. 대흥사 입구 이동주 시비를 세움.

1982년 수필집『그 두려운 영원에서』간행.

1987년『이동주 시집』간행.

1993년 실명소설집『실명소설로 읽는 현대문학사』간행.

2010년『이동주 시전집』간행.

　　　　　　　　　　(해남문협 주최 '심호 이동주 문학제' 주제발표, 2015.10.24.)

님 그리기, 사랑시와 기원시
― 김계룡론

1. 글머리

호숫가 오솔길로 한 여인이 걸어간다. 그녀는 산그늘처럼 그윽한 사념에 젖어 있다, 아름다운 그리고 수수한. 우리 시대 이런 모습에 '그리움'이란 말로 한 자락 미풍처럼 쐬는 일은 그닥 흔한 일은 아니다. 겉이 순수해 보여도 속은 늘 현실적이라는 데에 놀란다. 생각으론 순후함을 떠올리면서도 실제로는 현실적 이기주의에 물든 사람들. 가령 스핑크스는 머리와 몸체가 다른 외현적 모순상이라 한다면, 현대인은 사고와 행동이 다른 이율배반의 내면적 모순상을 드러내는 것이다. 왜 이런 부조리한 모습이 현대에 많을까. 기성세대의 끈끈한 고독과 사랑이 영악한 신세대에게는 거추장스럽거나 불편한 감정이 되기 때문인지도 모른다. 아니면 사색을 곱씹으며 즐기는 구세대, 그리고 단말마적으로 튀는 신세대들이 부리는 현시적 욕구이기도 할 것이다. 혼자 거닐며 궁구하는 사색이 구세대의 낡은 감상적 배설일지라도 시인은 이를 정신의 가보처럼 행하는 필요는 있겠다. 모종의 사연과 투박한 문학 정신이 거기 연유하는 이유에서이다. 프랑스 소설가 로맹 롤랑(Romain Rolland, 1904~1912)은 "영속할 행복이란 서로를 사랑하며 이해하는 것"이라 했고, 그의 전기적 소설『장 크리스토프(Jean Christophe)』에서 "사랑은 삶과 죽음에 가로놓인 심연을 비춰주는 유일한 빛"이라고도 했다.[1] 이처럼 지고한 사랑이란 뱃길을 안내하는 등대처럼 어둠에 묻힌 생을 씻어내는 쇄락적 치유법을 지녔다.

김계룡 시인의 시집『푸르른 날의 엽서』는, 한마디로 최근 쏟아지는 포스트모던풍의 몸살을 조용히 다스리는 정제알 같은 약효를 보인다. 제목처럼 그리운 님에게 사랑의 편지를 보내는 메시지로 엮어진다. 시적 구조 또한 사랑과 치유의 직조적 감정이 은근 흐른다. 그는 독자를 이해하기 난한 곳으로 빠뜨리지 않은 거의 쉬운 시를 실천하고 있다. 시인이 다루는 사랑의 플라토닉 기법이 하프 선율처럼 내면에 적셔 온다. 이제 시집 첫머리에 나온 서시 한 구절을 읽어본다.

> 임에게 드립니다
> 이 선물을
> 처음이자 마지막으로
> 내 마음 쏟아서
>
> 반육갑 푸른 절개
> 반육갑 쌓인 진실

---

1 로맹 롤랑의『장 크리스토프』는 주인공 크리스토프의 소년, 청년, 장년 시절의 파리 생활과 그 환경 등, 생애의 완성기를 3장으로 구성하여 크리스토프가 어떤 역경에도 절망하거나 꺾이지 않고 인간 완성을 목표로 하여 악전고투하는 과정이 사랑의 힘으로 가능하다는 것을 리얼하게 그렸다.

반육갑 그린 마음

고이 담아 드립니다

　　　　　　　　　　　　　　　—「서시」부분

첫머리에 님에 대한 그리움 때문에 사랑시를 쓰는 입장이 드러난다. 진실한 사유가 일으키는 정서이자 그리움에 절절한 귀결이리라. 그는 번쩍거리는 문명과 야합하거나 현실적 재치를 부리지도 않는다. 사랑에 달떠 긴장을 고조시키고 독자를 열나게도 하지 않는다. 평이한 감각으로 노래하되, 곰삭혀놓은 그리움의 "반육갑"에다 "절개", "진실", "마음" 등의 모티프를 궁굴려 담아낸다. 그가 사랑하는 님과 사이에의 작업은 단단한 인연 축을 세우는 일이다. 시인의 마음에 오래 간직되다 화자 목소리에 실려 나온 님의 부름, 그래서 세상 오욕을 거부한 청순한 이미지들로 시에 가득 넘친다. 산골 산수유나 야생화 향 같은 청초함이 내내 흐른다.

2. 사랑시와 기원시

김계룡 시인은 문향(文鄕)으로 일컫는 장흥 출신으로 중고교 시절부터 문학 소년이었다. 교직에 재직 중에도 관련된 여러 권의 저서를 이미 출간한 바 있다. 초등학교 교장으로 퇴임한 후부터 왕성한 작품 활동과 시조 운동을 하고 있다. 그는 『문학세계』 시 부문 신인상, 『시조문학』 시조 천료를 통하여 등단했으며, 『수필문학』 신인상에도 당선되는 등, 시와 시조, 수필 등 다양한 장르로 출발한 시인이다. 교직에 근무하는 동안 교단 수첩식의 저서, 『허물 없는 대화』, 『꽃이 피려면』, 『마음의 벗에게』, 『스승의 길을 간다』, 『행복의 손짓』 등의 수필집을 펴내어 이미 문학적 반석을

공고히 하기도 했다. 이제 그의 기다림을 주제로 한 작품 「칸나의 마음」을
보자.

> 누구를 기다리는지
> 누구를 반기려는지
> 발돋음 기린목으로
> 외홀로 서
> 때없이 밤낮
> 동구 밖을
> 갸웃거리네
>
> 기다리는 수줍음에
> 얼굴 붉히고
> 반기려는 부끄러움에
> 마음 빨개져
> 언제나 오시려는지
> 섰기만 하네

— 「칸나의 마음」 부분

한 기다림이 망부화(望夫花)로 상징된 시이다. 화자는 칸나를 보려고
"발돋음"을 한다. 하지만 부끄러워하는 칸나. 이 칸나뿐만 아니라 화자도
부끄러워하기는 마찬가지다. 그래서일까, 칸나는 "발돋음 기린목으로 외
홀로 서 때없이 밤낮 갸웃거리고"만 있다. "반기려는 부끄러움에" 마음마
저 "빨개져" 어쩌지 못한다. "언제나 오시려는지" 상대가 자신을 찾아와
주기만을 기다린다. 캔버스에 칸나와 화자는 그리움이란 붓으로 강하게
터치된다. 칸나의 "수줍음 담긴 얼굴"과, 화자의 "정열이 탄 가슴"은 대칭

적 열정에 충만해 있다. 칸나와 화자의 기다림에 대한 구조망을 읽어가는 맛을 즐길 수 있다.

나는 물입니다
임의 마음따라
둥근 그릇에도 담겨지리다
모난 그릇에도 담겨지리다
큰 그릇 작은 그릇에도 담겨지리다
임이 갈증나 마실 땐
토실토실
임의 볼에 살이 되어지리다

나는 진흙입니다
임의 부드러운 손 끝따라
둥글게도 되오리다
모나게도 되오리다
길게 짧게도 되오리다
임이 문지르면 반짝반짝
빛도 내오리다

— 「나는 물 나는 흙」 전문

언뜻 보니, 한용운(韓龍雲 1879~1944)의 '님'을 연상케 하는 시이다. 대구(對句)의 논리에 따라 "님의 마음"이 지시하는 대로 읽어보면, 결국 "토실토실한 살"로 님을 살찌우고, "반짝반짝한 빛"으로 님을 빛나게 할 것이라는 봉공(捧供)의 지성(至誠)과 불자(佛子)의 혜량(惠諒)하기의 귀결로 다가온다. 이 융합관은 다분히 의고적이며, 님을 섬기고자 하는 '살생보시(殺生布施)'의 불교적 이데올로기로 무장되어 있다. 이제 이 시를 구조화해보면 다음과 같다.

물	→[형태] 둥근 그릇, 모난 그릇, 큰 그릇, 작은 그릇 ▷**담아내기**
	[의도] 토실토실한 살 ▶**[사랑하는 쪽]**
진흙	→[형태] 둥글게, 모나게, 길게, 짧게 ▷**빚어내기**
	[의도] 반짝반짝한 빛 ▶**[사랑하는 쪽]**

　한용운의 '님'은 '실제 사랑하는 님'을 포함하여 '조국', '부처' 등 모든 대상을 포용하여 상징한다고 볼 수 있다. 혜안(慧眼)의 조리개를 통하여 '님'을 함축적으로 받아들인다. 시인은 사랑의 다의적인 법리와 만난다. 무엇을 직접 설명하려 들지 않고 있다. 본질에 접근하도록 우리의 호기심의 손을 잡아 줄 뿐이다. 오래전부터 이 같은 다의적 특징이 시를 존재케 했다는 주장이 있는데, 이 다의성은 일견 애매성(曖昧性, ambiguity)이라고도 일컫는다. 오스카 와일드(Oscar Wilde, 1854~1900)[2]는 사랑에 대하여, "영혼의 사랑, 그 높은 사상적 사랑은 그것이 존재하는 자체가 외로운 것"이라고 하여 플라토닉 사랑이 인간의 고독감에서 비롯된 것임을 확인한 바 있다. 또 시인 릴케(Rainer Maria Rilke, 1875~1926)는 "사랑하는 것은 램프의 아름다운 불빛, 사랑받는 것은 그것이 꺼지는 것을 뜻하지만, 사

2　오스카 와일드 : 영국의 시인, 소설가, 극작가. 아일랜드 더블린 출생. 더블린의 트리니티 칼리지와 옥스퍼드대학에서 공부하였고 젊었을 때부터 재기(才氣)와 화려한 행동으로 세간의 주목을 끌었다. 경구(驚句)로 가득한 희극으로 수많은 관객들을 감동시켜 '어록 제조기(語錄製造機)'라는 별명을 얻었으며 특히 좌담·강연에 능했다. 여기 명언은 그의 희곡 「옥중기」에 나온 말이다.

랑하는 것은 지속을 뜻한다"고 했다.[3] 제론하고 김계룡 시인의 '사랑시'는
대체로 사랑을 받는 쪽보다는 사랑을 주는 쪽의 정서라고 할 수 있겠다.
주는 편의 메시지는 늘 즐겁고 항구성을 유지하는 법이다. 그 사랑은 릴
케의 말대로 꺼지지 않는 불빛 같은 사랑임이 분명하다.

> 사랑이 방울방울
> 호수가 된
> 이 가슴
>
> 깊다 보니 푸르고
> 넓다 보니 하얀색
> 맑다 보니 명경지수
> 고요 넘실 양지쪽
> 달빛도 쉬어 가는 호수가에
> 가슴 벌려 기다리는
> 임 실은 빈 배 한 척
>
> ──「호수」 부분

시인은 '님'의 모습에 완충적 반응을 보인다. 호수의 경관을 두고 "사랑
이 방울방울 호수가 된 가슴"이라고 대체함은, 달관된 정서에 감정적 깊
이가 더해짐을 알게 해준다. 이 시는 객관적 대상인 호수를 사랑으로 정
념화한다. 사랑이 충만한 가슴, 그것은 눈물과 기쁨이 물로 흘러 호수가
된 가슴이다. 이 가슴에 "님 실은 배 한 척"이란 얼마나 여유로운가. 이렇

---

3 이 말은 "누군가를 사랑한다는 것은 우리 인생 과업 중에 가장 어려운 마지막 시
   험이다. 다른 모든 것은 그 준비 작업에 불과하다"고 역설한 후 나온 사랑에 대
   한 아포리즘이다.(릴케의 『젊은 시인에게 주는 편지』 중에서)

게 사랑의 이미지로 그려내는 것은 진실한 사랑에 몸을 떨어본 경험이 없고서야 빚어낼 수 없는 일이다. 시에서 '깊다→푸른색', '넓다→하얀색', '맑다→명경지수'의 분위기와 어울리는 색채어를 배치한 것도 의미적 점층화로 읽어볼 만하다. 여러 색깔이 어우러지는 호수에, "님 실은 배 한 척"이 "때 없이" 노를 "젓다 가"는 환상을 본다. 못 잊는 마음에 띄운 배처럼 님의 뜻대로 흐르리라는 화자 언약도 전해진다. 다시, 릴케는 "사람은 누군가를 사랑하는 것 때문에 존재하며, 사랑으로 위로받은 사람은 어떤 일에도 두려워 않는다"고 했다. 헤르만 헤세(Herman Hesse, 1877~1962)도 『데미안』에서 "사랑이란 우리를 행복하게 하는 게 아니라, 고뇌 속에서 얼마만큼 강할 수가 있는가를 시험하기 위하여 있는 것"이라 쓴 바 있다. 김계룡 시인의 화법은 호수처럼 고요하지만 전하는 메시지는 태양처럼 빛나고 삼끈처럼 질긴 사랑의 이미지를 지녔다.

3. 젊음에의 회귀 의식과 인연

이제 그의 시 가운데서 "객창에 홀로 누워" 외로움을 달래는 심정, 그 젊은 시절의 감상을 보자. 생의 뒤안으로 한 아름다운 추억이 돌아가는 영상에서 두터운 인연을 맺는다.

> 객창에 누우면
> 마음은 외로이
> 강물로 흘러
> 필름이 돈다
> 인연의 계곡으로부터

서른 해 거슬러
무성 영화

젊음을 더듬어
아름다움 찾아
칠순의 변두리
마음은 아직
푸른 강변을 걷는다

　　　　　　　　　　　　　　　　　—「밤의 영상」 전문

　지나온 세월로 모천회귀(母川回歸)의 연어처럼 거슬러 간다는 것, 그것
은 긴 세상을 헤쳐가본 사람만이 느끼는 젊음에의 진력이다. 영원성의 의
식. 이 의식이 없다면 생은 전혀 새롭지 않을 수도 있다. 인간은 나이 먹
을수록 되새길 추억이 많은 법이다. 추억은 소리 없이 울리는 한 편의 무
성영화이다. 화자는 추억의 영화를 따라오다 어느새 칠순 변두리를 간다.
그러나 그는 나이를 과시하기보다는 새로운 추억을 장만하기 위해 노력
한다. 시에 나타난 바, "강변을 걷는" 몸과 생각이 "아름다움을 찾아"가듯
젊고 팽팽하다. 삶에의 진정한 기구(祈求)도 생긴다. 님에 대한 절대적 사
랑이 연유되는 감정이 아직 젊어 있다는 증거이다. 나이 들면 사람은 부
서진 빈집처럼 고독하다. 몸과 생각이 그렇고 사랑하는 상대 또한 차츰
귀해지는 이유에서이다. 『명심보감』 교우편(交友編)의 "서로 얼굴로 아는
사람은 세상에 가득하지만 늦게까지 마음을 알 수 있는 사람은 몇이나 되
겠는가?(相識滿天下 知心能幾人)"라는 구절은, 최후 진실한 사랑이 얼마나
중요한지를 반문적으로 일깨워준다. 이 시에서 마무리 짓는 대목은 더욱
인상적이다. 즉 "마음은 아직 푸른 강변을 걷는다" 하여, '상식(相識)'보다

는 '지심(知心)'의 의미를 강조한다. 아직 젊음과 사랑이 무궁하다는 시위일 것이다.

> 넓고 넓은 이 땅 위에
> 당신과의 만남
> 뜻이 있어라
> 정이 있어라
>
> 만남으로 이루어지는
> 인생길
> 정두고 뜻두고
> 영원히 이어지는
> 마음의 새끼줄
> 한길로 가는 쌍두마차
>
> ─「인연」 부분

넓은 "땅 위의 만남"은 곧 "당신과 나의 만남"이다. "인생길"에서 이루어지는 만남은 "마음의 새끼줄"로 연결되고, "인연"이란 짝을 찾아 마주 달리는 "쌍두마차"에 비유되기도 한다. "강의 만남"은 곧 물의 인연이다. "실개천이 모여 큰 강"을 이루듯, 만남에 대한 연원성(淵源性)이 확대된다. "강"과의 "만남"에 앞서, "조각구름"이 발전하여 "뭉게구름을 이루"어가는 모습으로 발생적 연원으로서의 물을 강조한다. 구름이 "하늘에 솟고" 그것은 "단비"로 내리게 된다. 그 "뜻"과 "정"은 바로 강의 인연이자 인생의 순환적 관계이다. 시에서 연분 따져 연원을 캐는 추리식으로 각 항을 묶어보고 그 구조적 흐름을 보자.

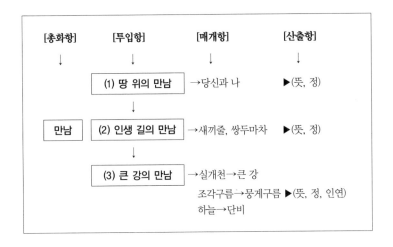

[총화항]	[투입항]	[매개항]	[산출항]
↓	↓	↓	↓
	(1) 땅 위의 만남	→당신과 나	▶(뜻, 정)
	↓		
만남	(2) 인생 길의 만남	→새끼줄, 쌍두마차	▶(뜻, 정)
	↓		
	(3) 큰 강의 만남	→실개천→큰 강 조각구름→뭉게구름 ▶(뜻, 정, 인연) 하늘→단비	

흔히 과정은 종(種)을 존재하게 하고, 뜻과 정에서 인연을 낳는다는 수순이 중심 내용이다. 그것은 예컨대 땅, 인생, 강으로 통한다. 이렇듯 화자가 느끼는 인연의 차례화는 만남으로써 이루어지고, 존재 또한 그 인연을 통하여 힘을 얻게 된다는 인과적 순환 논리를 추구한다.

4. 사랑의 다의적 구조

시인은 사물의 의미를 정서적으로 대변한다. 『명심보감』 성심편(誠心編)에는 옛 야부도천(冶父道川)[4] 선사(禪師)의 시 한 편이 소개되어 있다. 즉

---

4   야부도천(冶父道川, 1127~1130) : 속성은 추(秋)씨, 이름은 삼(三). 송나라 사람으로 군의 집방직(執方職)에 있다가 재동(齋東)의 도겸(道謙)선사에게 도천(道川)이라는 칭호를 받았고 정인계성(淨因繼成)의 인가를 얻어 임제(臨濟)의 6세손이 된다. '야부(야보)'라는 호에 대해선 정확한 기록이 발견되지 않았다. 그의 게송(偈頌)이 한 경지를 뛰어넘은 선의 극치를 표현하는데, 그중에서도 『금강경오가해(金

넘 그리기, 사랑시와 기원시

"사향을 가졌으면 저절로 향기가 날 것이니 어찌 바람 부는 데서 그것이 풍기기를 바랄 것인가?(有麝香自然香 何必當風立)"라는 구절이다. 김계룡 시인은 바로 이런 사향(麝香)을 지닌 시인이다. 대부분 사향을 바람 부는 데에서 일부러 자랑하듯 일어나게 하는 것을 종종 본다. 시를 신비주의에서 벗어나게 하면 메마른 시가 될 수밖에 없을 것이다. 시인은 간직한 목적과 비유의 사향이 은은히 풍기도록 품에 잘 감추어야만 한다. 독자 스스로 향기 난 곳을 찾으려는 탐구심을 자극하는 것이다. 그것이 시의 다의성에 다가가는 일이다. 이런 관점에서 다음 「폭포」를 읽어보자.

넓다란
푸른 가슴
내리꽂는 하얀 순정

돌가슴
깊이 뚫어
파란 소를 만들었다

주어도
주고만 싶어
내려 짓는 정 정 정

거친 들
물기 돌아
오곡백과 푸르른데

剛經五家解)』에 "밥이 오면 밥을 먹고, 잠이 오면 잠을 잔다(飯來開口睡來合眼)"라는 평범하지만 유명한 명구를 남겼다.

받기만 하고
줄 수 없는 정
나는 어쩌란 말인가

고인 정
안고 지새는 밤낮
쳐다만 보는 가슴 앓이

—「폭포」전문

애매성 입장에서 보면「폭포」는 다른 분위기로 읽힌다. 퍼즐 맞추듯 시의 각 부분들을 구성해보자. "폭포"는 "넓다란 가슴 내리꽂는" 순정으로 시작한다. "돌가슴 뚫어 소를 만드는 게" 폭포의 목적이다. 한 줄기 폭포가 되기까지의 차례화를 보면 ① 흐르는 모습→② 뒤돌아보는 모습→③ 말없이 내려가기→④ 침잠하기→⑤ 가슴앓이의 과정이 된다. 폭포를 화자가 "가슴앓이"로 인식하기까지의 노력이 이처럼 다양하고 섬세하게 묘사된다는 것은 폭포에 대한 아름다움 그 자체에서 나온다. 따라서「폭포」는 총화항에서 산출항까지 감정과 매개 고리가 사슬처럼 연결되어 폭포를 총체적 존재로 상징하고 있음을 알 수 있다.

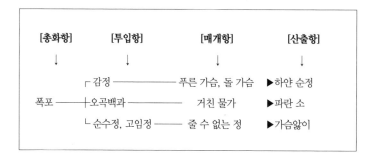

시 「폭포」는 자연적 주축이나 구조미학이 돋보이는 시이다. 이같이 시인은 살아 있는 자연의 한 부분으로서의 폭포에서 순정이나 가슴앓이 등을 스스로 꺼내어 독자 앞에 내놓을 수 있다.

5. 마무리

이상에서 김계룡 시인의 작품의 면면을 살펴보았다. 그는 우리가 자칫 잊기 쉬운 진솔한 사랑에 뿌리를 두고 자신의 님을 내면의 열정으로 삭혀 노래하는 시인이다. 그는 님에 대한 만남에서 이루어지는 사랑의 미학을, 칸나, 호수, 폭포 등의 자연 속에서 끌어내려는 무공해 시인이다. 오염된 진창길 세상에도 전혀 때묻지 않고 살아가는, 그래서 목가적, 연가적인 시인과 같은 사람을 만난다는 것은 얼마나 다행한 일인가.

여기 겉껍질 벗기기식의 해설은 그가 남모르게 사랑을 자책하며 살아온 삶에 비하면 구차스런 사족이 될지도 모른다. 책상머리 구상에만 사로잡히는 말하기는 아닐까. 그러나 그 오류에서 돈키호테식으로 덤비는 바가 뜻밖에 시인을 새 각오로 몰아 세우는 수도 있을 것이다.

앞으로 김계룡 시인이 추구해온 님에 대한 사랑시는 지나온 형극(荊棘)의 과정을 단순한 서정적 체계가 아닌 현실적 삶 체계에 어떻게 승화시키느냐 하는 문제가 남아 있다. 앞서 언급한 것처럼 이율배반의 사회를 사는 현대인에게 감로수의 청량한 시를 먹여줄 것인가. 이는 김계룡 시인뿐만 아니라 숙원 사업이듯, 이 시대를 사는 모든 시인들에게 공통적으로 부과된 과제이다. 사랑의 뿌리가 깊으면 깊을수록 그것을 지키려는 삶은 더욱 버거운 법이다. 이를 극복하는 시작(詩作)의 보법이야말로 김계룡 시인의 성취적 출발점이 될 수 있을 것이다. 이번 시집을 계기로, 사랑시, 새로운 기원시, 부담 없는 쉬운 시에 대한 발돋음질이 지속되기를 바란다.

(시집『푸르른 날의 엽서』발문, 한림, 1997.9)

자성적 의지와 지조의 시학
― 이이행론

1. 들어가는 말

사실 기계화가 되긴 했지만 지금도 농사는 여전히 힘이 든다. 그것은 칠팔월 뜨거운 벼논의 호락질처럼 팍팍하기 짝이 없다. 농촌의 경제적 궁핍은 아직도 미해결의 장에 덮여 있고, 악조건의 기상 속에서도 때맞춰 일하지 않으면 추수와 생산이 보장되지 않는다. 이래저래 농촌은 피폐해지고 빚더미에 시달리는 것이 현실이다.

이이행 시인도 근근이 살아가는 이러한 이웃들과 마찬가지 농투성이로 사는 한 꾸밈없는 시인이다. 그는 젊을 때부터 지금까지 평생을 농사와 글쓰기로 일관하고 있는 흙처럼 정직하고 바위처럼 단단한 순수 무공해 시인이다.

일상을 괭이와 삽으로 파헤치듯 그는 시와 삶의 논밭 이랑을 오고 간다. 고된 농촌 생활에서도 늦은 밤과 새벽엔 꼭 하는 일이 있다. 좌선에 잠기듯 어김없이 원고지 앞에 앉아 자신만의 고독한 서정의 밭을 갈곤 하는 것이다. 주경야독이지만 그만큼 유유자적하는 시인이다. 순박한 농사꾼답게 그의 시에서는 겸손과 지조로 뭉쳐진 선비적 기질이 빛난다. 자연과 사물의 내면 깊이 묻힌 의지를 캐는 지적 욕구 또한 강하게 배어 있다. 농사와 마찬가지로 글이 잘되든 안되든 그는 크게 불평하는 일이 없다. 그의 많은 시가 긍정적 기원이나 의지적 풍으로 씌어진 것만 보아도 그런 사실을 알 수 있다. 맡겨진 일을 하늘의 업으로 여기고 자기가 쏟는 정성의 부족함을 탓하거나, 아니면 시종 묵묵히 일하는 결의를 남몰래 다지고 있을 뿐이다.

이이행 시인은 1935년 함평 신광의 토박이 출신으로 고향 이야기를 중심으로 시를 쓴다. 1980년에 『시문학』에 추천된 이후 시력 20여 년 동안 수작(秀作)들을 발표하고 있다. 그는 '한국자유시인협회' 이사와 '한국공간문학회' 이사를 역임하고 오랫동안 '시류문학회'에 몸담아 지금은 이 동인회에 핵심 멤버로 활동하고 있다. 이처럼 각 문학 단체마다 중역의 위치에 있는 그다. 1995년 이 고장 시단(詩壇)에서 작품성을 인정받아 '전남시문학상'을 수상하는 등 시업 또한 생업 못지않게 착실한 검증을 거치고 있는 중이다.

그가 연결하는 시적 상관물마다 알알이 익은 석류알처럼 내밀한 신념으로 가득 차 있다. 그의 투철한 의지가 빚어내는 시상(詩想)은 미풍 앞의 나뭇잎처럼 조용히 흔들리며 탄력 있게 조응한다. 그는 서정적인 자연물에 자신의 의지를 궁구하는 시적 묘사에 주안을 두고 있다. 그가 견디어온 삶의 역경 또한 시시포스의 의지와 인내로 극복되는 일이 많았다. 그는 자신의 의지를 표출하기 위하여 대부분의 시적 소재를 예의 자연물로 설정하는데, 예를 들어 '산란', '바위', '강' 등 화자의 의지가 단단한 시적 상관물을 즐겨 활용하는 일이 그러하다. 줄기찬 시 창작 활동을 통하여 그동안 모색해온 서정적 의지 발현이 그의 특별한 집필 철학이라 할 수 있다.

2. 시적 대상의 의지와 지조

그는 농사일에서도 지치지 않은 견고한 정신력을 견지한다. 많은 어려움과 고통을 이겨내며 알곡을 얻는 품세, 자연의 이치에 따라 성취를 위한 자아 성찰적 의지를 강하게 부여하는 것이 그의 시적 특성이다.

이제 "한 점 흐트러지지 않은" 독립주의 시 정신으로 무장한 "산란(山蘭)"에 대한 가편을 읽어보자.

나약한 내 영혼이 뿌리째 흔들릴 때
떳떳하지 못하고 더없이 부끄러울 때
그대 앞에 머리 숙여 눈을 감는다.

한 점 흔들리지 않는
한 점 흐트러짐 없는
올곧은 선비의 그 높은 지조와
기품을 배우고 싶다.

허세로 뻗어만 가던 뭇 잡초들이 목을 꺾고
질펀히 쓰러져 눕는 매운 계절에도
꿋꿋이 하늘 향해 뻗쳐오르는
청청한 그 기상을 배우고 싶다

안으로 오롯이 나를 다스리는 순진무구한
이 영혼 앞에서
숙연히 옷깃을 여미고
무명(無明) 세계를 밝혀 주는 명경지수(明鏡止水)!
그 심오한 경지를 배우고 싶다.

─「산란(山蘭) 앞에서」 전문

산란의 선비적 지조와 기상, 순진무구한 영혼이 극도로 미화된 시이다. 그 산란을 통해 화자가 안으로 향해 가는 철저한 성찰적 의지가 돋보인다. 산란의 자세 그 되새김처럼 반추하는 모습으로 곧추세워져 기상이 뚜렷하다. 시의 전편에 표출된 시적 의지가 정적 속의 빛처럼 강렬하다. 반면 강한 산란 앞에서 자신의 "나약한 영혼"을 용서받는 모습은 진지하다. 산란은 깊고 자신은 얕다. 산란은 크고 자신은 작다. 산란에 비해 자신의 행동이 "떳떳하지 못한" 데에 머리 숙이는 자세, 그것은 결코 튀지 않는 자인적 겸손이다. 화자는 "한 점 흐트러지지 않은" 고고하고도 단아한 산란의 "지조"나 "기품"에 감복하고, 그래서 산란이 지니고 있는 선비적 지조를 "한 점 흐트러지지 않게" 배우고자 한다. 모든 잡초가 생을 마치고 목을 꺾는 계절에도 산란은 변함없이 의지적 줄기를 단단히 받치고 있는 게 아닌가.

산란에서 "꿋꿋하고도 청청한 기상"을 읽어내는 것은 바로 그가 도달하고자 하는 의지로 대변된다. 산골에서 흔히 만나는 산란이지만 화자에게는 이렇게 "심오한 경지"에까지 영향을 미치고 있는 것이다. 그것은 자성의 단련을 깨우치는 교훈적 또는 암시적 시상이다. 그에게 있어서 왜 산란인가. 간단히 말해 강함을 배우고자 하는 의지이다. 산란의 "순진 무구한 영혼" 앞에 화자가 옷깃을 여미게 되는 이유가 여기에 있다.

　산을 오르다가 발견한 산란 꽃은 화자에게 지고지선의 존재이다. 그때 산란의 자세를 알았다는 것, 우리가 일상에서 자기 생을 주사할 만큼 가치 있는 존재를 발견한다는 것, 그것은 또 하나의 가치 있는 행복일 것이다.

> 속계(俗界)의 부질없는 인연
> 아예 단절한 채 등 돌아앉아
> 일체를 함묵으로 지켜온 뼈아픈 응어리
> 고독한 넋이여
>
> 지지(遲遲)한 나날들을
> 사념(思念)의 심연 속에 오롯한 추를 드리우고
> 꽃내음 물씬한 들뜬 바람이
> 가슴을 흔들어대도 끄떡 않고
>
> 은근한 보름달이 추파를 보내와도
> 소쩍새 피울음 소리가 간장을 녹여도
> 마음 한점 풀지 않고
>
> 꽃이 지고 꽃이 피고
> 다시 천년이 흐르는데
> 연륜도 망각해 버리고 천년을 하루같이
> 고른 숨결 오롯한 넋이여.
>
> ─「돌」 전문

　그의 의지적 자세는 위의 시 「돌」에서도 드러난다. 돌이나 바위에 대한 이미지는 유치환의 예가 아니더라도 흔히 시인들에게 신고적(辛苦的) 역경을 딛는 의지의 산물로 비쳐지기 마련이었다. 시인은 길가나 계곡에 놓인 흔한 돌일망정 이처럼 비범한 시상을 다듬어낸다.

시를 읽으면 세월이 흐를수록 더 단단해지고 내심을 다지는 응축물이 "돌임"을 깨닫게 된다. 돌은 온몸의 일체를 "함묵으로 지켜온 뼈아픈 응어리" 자체이다. 이것이 독자의 직관 앞에 곧추세워 온다. 돌에 대한 정서는 곧 "심연 속 오롯한 추"의 존재로 파악된다. 그러나 돌은 고독하다. 아무리 "들뜬 바람"이 그의 "가슴을 흔들어대도" 움직이지 않는다. 그것이 과묵한 화자를 잘 대변해주고 있다. 돌은 "천년이 흘러도 고른 숨결" 그대로임은 화자의 모습을 상징한다. 화자는 "오롯한 넋"으로만 버티는 돌의 삶과 자세를 올바르게 배우고자 한다. 이것이 사물의 빛나는 내면적 의지를 앞세운 화자의 관심이다. 보름달과 소쩍새의 "간장 녹이는" 간절한 몸짓에도 움직이지 않는 돌의 모습 또한 가상하다. 표상으로의 "넋"이 밖의 "속계"와는 "등 돌아앉는" 것, 그 고고한 의지의 시심 그대로가 독자에게 직사된다. 이 외에도 견고한 고독의 의지를 표출한 시는 더 많다.

한마디로 이이행의 작품에 드러난 시적 사상은 사물의 내면층에 자리한 의지를 배우려는 신념 지향적 화자가 주류를 이룬다고 할 수 있다.

3. 시적 사물의 무상과 허무

신의 섭리와 의지는 항상 자연과 더불어 그 신화적 품속에 감추고 있기 마련이다. 이처럼 비장(秘藏)된 자연의 신화를 이이행 시인은 고독과 허무, 그 무상성(無常性)으로 빗대어 캐고 있다. 여기에 초점을 맞춘 생명 의식은 고된 삶과 더불어 간직한 주요 시관이 되고 있다. 그와 같은 관점에서 "어느 무덤"과 "에밀레종"의 무상을 노래한 다음 시를 읽어보자.

황량한 골짜기 뼈 시린 바람이 운다
이승의 고달픈 항해 여기 닻을 내리고
쓸쓸한 묘비 하나 속절없이
세월을 지키고 섰다.

눈에 불을 켜고 발돋움하던 시퍼런 욕망도
핏대를 세우던 아귀다툼도
씻은 듯이 그 드센 바람을 재우고
억겁 무게로 가라앉은 이 적막
무상함이 이리로 뼈저리다.

지그시 눈을 감으면
아련히 이승과 저승을 잇는
허무의 강이 흐른다
끝닿은 데 없는 허무의 강이 흐른다.

―「어느 무덤 앞에서」 전문

　　도입부 "쓸쓸한 묘비 하나 속절없이 세월을 지키고 섰다"는 진술처럼
화자는 자신에게 "무상"과 "허무"의 자의식을 예언하고 있다. 그는 무명의
무덤 앞에서 귀를 기울인다. 평소에 "핏대를 세우던 아귀다툼"도 그 앞에
서는 "씻은 듯이" 없어지고 마주하여 부는 "드센 바람을 재우고" 있다. 따
라서 화자는 "뼈저린 무상"을 느끼는 것이다. 무덤이 주는 "억겁 무게로
가라앉은 적막"이 그만 슬픔으로 환치되기도 한다. 화자는 "이승의 고달
픈 항해"를 하다가 쉴 수 있는 곳에 인생의 조용한 "닻을 내리게" 된다. 무
덤을 통해 무상함이 뼈저려오고 그 느낌이 강으로 역류하는 모습이 인상
적이다.

구천(九泉)을 맴도는 피맺힌 통곡소리
안으로 안으로 응어리진 한을 풀고
가슴 미어지는 통곡소리

지지(遲遲)한 일월(日月)
즈믄 해를 삼키고도 눈감지 못한 기찬 넋이
삼계(三界)를 휘흔드는
저 울부짖음!

에밀레가 운다
강물처럼 목놓아 어린 넋이 운다
울어도 울어도 다함없는 풀어도 풀어도 풀 수 없는
기막힌 사연 호소하는 어린 넋이 운다.

못내 뼈아프게 사무쳐오는 원통함
비분에 복받쳐 피를 토해
천추(千秋)의 원혼이 운다.

　　　　　　　　　　　　　　　　　　—「에밀레 종소리」전문

　종(鐘), 그것은 대체로 평화적 비애를 일으킨다. 종루(鐘樓)는 시간과 회합을 알리는 단순한 기능만 하는 게 아니다. 용해된 쇳물이 금형에 의해 종으로 굳어지고 세공업자에 의해 다듬어져 완성될 때까지 쇠의 정은 긴밀하게 용축되어 있다. 거기 기다리다 울려 나오는 소리야말로 더 많은 에피소드를 숨겨 담는다.

　우리가 전해들은 대로 에밀레종은 슬픈 역사로 이루어졌다. 그 종은 "즈믄 해를 삼키고도 눈감지 못한 기찬 넋"을 대변한다. 종 안에 넋은 분화구처럼 펄펄 살아 있다. 화자의 정감에 따라 기다렸다는 듯이 "삼계를

흔들며" 울부짖는다. 종이 왜 그토록 애절하게 우는가. 누군가의 "응어리
진 한"을 푸는지도 모른다. 종은 울릴 때마다 스스로 "가슴 미어지는 통곡
소리"를 낸다. 그 울음은 강물처럼 "어린 넋으로 울고" 그야말로 "비분에
복받쳐" 피를 토하기도 한다. 그도 부족하여 마침내는 이 지상에 "천추의
원혼"으로 떠도는 것이다.

　종에 대한 화자의 이미지는 앞서 자성적 대상인 "산란"이나 "무덤"과도
같다. 이 시에도 "종소리"에 귀의하고자 하는 화자의 강한 의지가 담겨 있
다. 시인의 자성적 의지나 지조에 좋은 본보기 작품이라고 할 수 있다.

　　　　숨가쁜 오늘을 잠시 비켜서서
　　　　거칠어진 숨결을 재운다.

　　　　풀릴 듯 풀리지 않는 목이 타는 일월(日月)
　　　　안으로 안으로 꼬인 마음을 강물에 풀고나면
　　　　찌든 영혼이 허물을 벗고
　　　　파릇파릇 생기를 찾는다

　　　　마음을 비우고
　　　　강물처럼 여유 있게
　　　　강물처럼 너그럽게
　　　　살다갈 순 없을까

　　　　노을지는 강나루 언덕에 서서
　　　　강물처럼 되돌아 올 수 없는 길을
　　　　흘러 흘러 나도 갈 것을 상상해 본다.
　　　　　　　　　　　　　　　　　—「강가에서」 전문

강을 배경으로 성장해온 사람들에게 강은 어쩌면 먼 세계의 꿈이다. 특히 나이 지긋한 사람들은 더욱 그 같은 정서에 사로잡힌다. 강은 말없이 흘러와 사람들의 의식 속에 자리하며 유구한 세월과 더불어 왔다. 그래서 일상 속에 강의 의식이 자신도 모르게 강처럼 늙게 된다. 마음이 답답할 때 강가로 나와 "마음을 비우고 강물처럼 여유롭고 너그럽게" 살기로 약속한다.

강에 나오면 마음은 언제나 뒤돌아보되 생활 찌꺼기들과 맞닥뜨린다. 혼돈에서 벗어나 지나온 자신을 잠시 반추해보기 때문이다. 그럴 땐 늘 "파릇파릇한 생기"를 진지하게 찾기 마련이다. 회한의 언덕을 멀리하고 강물처럼 "되돌아 올 수 없는 길을 상상하며" 서 있지 아니한가. 그 싱그럽고 아름다움은 먼바다를 항해하다 돌아오는 범선처럼 자신을 의기양양하게 한다.

과거로 되돌아갈 수 없는 길에도 다시 "갈 것을 상상해보는" 정리에서 그 같은 강한 의지가 더 돋보인다.

4. 나오는 말

이상에서 순수 자연주의파의 시인 이이행의 작품을 살펴보았다. 그는 순후의 농사꾼으로 서정의 두레박을 건지며, 오늘도 오직 자연을 배우고자 하는 소박한 시심대로 시를 쓴다. 평생 꾸밈없는 진솔한 서정을 길어 올린 것이 그가 이루어낸 시사적 업적이다.

농촌에서 생활하는 자연의 품세 그대로 시적 상관물에서 배우고자 하는 자성적인 의지와 지조의 태도가 남다르다. 농촌 생활에 부대끼면서도 사물이 지닌 강한 지조 정신을 캐내는 시학을 실천하고 있는 그의 몸가짐, 이것이 바로 지고한 선비적 자세일 것이다.

이번 시집 발간함을 계기로 그의 시심이 충일한 의지에 깊이 도달하게 함으로써 시의 새로운 지평을 열어가기 바란다. 이제 그의 시적 의미체가 넓은 우주를 안아 올려 자신의 고유한 서정에, 그리고 강직한 지조 정신으로 무장한 의지에 푸른빛으로 다다르기를 바라고 많은 독자들이 그와 함께하기를 희망한다.

(시집『織女의 恨』발문, 한림, 2003. 11)

꽃과 불심(佛心)의 시학
— 이양근론

1. 약동하는 봄

오늘날은 순수를 지향하는 자연 경관마저도 상품화의 전략에 지배를 받는다. 사회가 발전하면서 인간관계나 그에 배태된 환경도 이 논리에 종속되고 만다. 문학가들이 작품에 묘사하는 자연도 수요에 맞추어 상품화되는 판이니 말이다. 자연을 그 자체로 인식하지 않고, 영상 속의 산이나 박물관 속의 모형으로 만족하는 수도 있다. 시, 사진, 동영상으로 묘사된 자연이 감동적일 경우도 많다. 그러나 자연은 오로지 자체를 보고 표현할 때 육화된 감흥이 일어나는 법이다. 자연의 미감을 읽어내는 힘은 언제 작용할까. 그건 만물이 약동하는 봄에 더 실감난다. 감각적으로 우리를 일깨워주는 계절이 바로 봄이기 때문이다.

2. 봄 꽃길, 그 현재와 과거의 길

이번 이양근 시인의 시집을 보니, 봄에 대한 감각을 다룬 시들이 많았다. 제목에 '오월'이라는 것과, 꽃 중의 꽃이라는 '모란꽃'을 주요 소재로 삼은 것도 같은 맥락이다. 봄에 대한, 꽃에 대한 사랑이 남다름을 알 수 있겠다. 사계절 중 '봄'이라는 자연 호흡법으로 노래한 시와 무르익은 꽃에 관한 소재는 그 자체가 시적이다.

자연은 인간의 역사보다도 오래된 책이다. 자연이 주는 서정적 미감(美感)을 예술인이 공통으로 배우면서 묘사 · 노래하고 있기에 그렇다.

이제, 시인이 표현한 자연에 관한 노래를 중심으로 서정적 동기들을 답사하기로 한다.

> 벚꽃 길 그늘을 걸으면
> 누구나 상춘객이 된다
> 벚꽃 잎
> 어느새 눈처럼 보도를 덮는다
> 며칠 간의 행복을 위해
> 일년을 기다려야 하는
> 이 꽃길
> 산 위의 구름처럼 화사하다.
>
> 이팝나무 꽃
> 하얗게 피어있는 길
> 시골길 들녘에
> 우리들의 어릴 적 모습 같은
> 여리고 새하얀
> 이팝나무 꽃무더기

몇 천리, 몇 만리
어디를 가더라도
가슴 시린 우리의 고향이 있다.

—「봄꽃 길」 전문

    평범한 "봄꽃 길"에 대한 단상이 수수하다. 봄꽃 중에서도 흔히 보는 "벚꽃"과 "이팝나무꽃"을 비교하여 그 유사성을 말하고 있다. 인생을 살아오면서 자연을 보면 신록과 꽃이 시야에 무차별 노정되는 때가 있다. 호시절에 짙어가는 야청의 색깔로 대지를 물들이는 정점이 바로 봄이다. 자연의 흐름에 대해 무감각하다가도 우리는 봄이면 그 무감각에서 어김없이 벗어난다. 생태 자연주의자 데이비드 소로(Henry David Thoreau, 1817~1862)도 "사람은 깨우치는 자가 될 수 없지만, 자연은 깨우칠 뿐만 아니라 지상에 혜택과 이익을 준다"고 했지 않은가.

    시에서 "벚꽃 길"과 "이팝나무꽃 길"은 잊을 수 없는 길이다. 이 꽃길에 대하여 시적 언어와 색깔이 독자에게 구체적으로 인식된다. 작품 속의 풍경의 모델화에도 한몫을 한다. 지나온 갈래에 놓인 길처럼 화자는 "봄 꽃 길"에 대한 두 가지 대표적인 길을 설정한다. 즉 "벚꽃 길"은 "산 위의 구름처럼 화사한 곳"이고, "이팝나무꽃 길"은 "가슴 시린 고향이 있는 곳"이다. 이 해석이 두 꽃에 대한 관심을 대변해준다. 꽃을 바라보는 위치에서 "상춘객" 즉 나그네 입장은 "벚꽃 길"이고, "어릴 적 모습" 즉 과거 아이로 돌아간 입장은 "이팝나무꽃 길"이다. 어른의 위치에서 보는 벚꽃, 그리고 배고픈 유년에 보던 이팝나무꽃에 대하여, 화자의 생은 이의 대비를 통하여 계기적이라는 사실에 귀결하게 한다. 어른이 된 지금과 아이였던 옛날이, 두 꽃나무의 모습에 연루된 개인사(個人史)로 접속된다.

3. 자연과 불심에 귀의하기

자연과 불심은 이양근 시인이 즐기는 소재이자, 그가 '즐겨찾기'처럼 자주 사용하는 도메인이다. 자연이 화두이고 봄이 주제이며 불심이 그의 사상이다.

「봄날의 만남」은 전생의 꽃들을 상봉하며, "봄 냄새 그윽한 오솔길에서 만난/찔레꽃 향기/한 서린 어버이 흰 옷 같은 꽃" 같은 표현을 통해, 다시 만나는 "어버이"를 "찔레꽃"에 견주고 있다.

또 「백련」은 생과 사에 대한 윤회 문제를 다룬다. 백련이 존재하는 곳은 언제나 "천상과 지상이 공존"하며 "부귀와 영화도 없는 곳"이다. 다만 "무상의 시간"만이 거기를 흐른다. 다음 시를 읽어 보자.

> 꽃피는 봄이 오면
> 반갑게 웃으며 만나리
> 전생의 가족이었던 꽃들
>
> 맨 먼저 천상의 여인
> 백목련이
> 기다림의 문을 연다.
>
> 봄 냄새 그윽한 오솔길에서 만난
> 찔레꽃 향기
> 덩굴로 뻗어 가는 손길
> 한 서린 어버이 흰 옷 같은 꽃
>
> 첫여름
> 감미로운 바람결에 실려오는

아카시아꽃 향기
속 깊은 오라비의 속마음 같은 꽃

산아래 길섶 골짜기에
가슴 시리게 앉아 있는
조팝꽃 나무
어렸을 때 죽은 가엾은 아이였을까.

산자락 들 가에
여리게 웃고 있는
산딸기꽃
애처러운 누이였을까.

—「봄날의 만남」 전문

　어떤 사물에의 "만남"은 창작을 다지는 하나의 키워드다. 만남을 봄에 연계시키는 장면도 표현을 매뉴얼화한다. 화자에 의하면, "봄날의 만남"이란 바로 "전생"에 "가족이었던 꽃들"의 만남을 통해 환치된다. 말하자면 꽃은 전생의 범위에서 벗어나지 않는다는 것이다. 가족 명단이라는 콘텐츠 구성법으로, 백목련은 "천상의 여인"이고, 찔레꽃은 "어버이의 흰 옷", 그리고 아카시아꽃은 "오라버니의 속마음", 조팝나무꽃은 "죽은 아이"로 상징되고 있다. 또 여기에 산딸기꽃은 "애처러운 누이"와 같은 꽃으로 설정된다. 모두 꽃을 모델화하여 한 가족이 환생되는 것이다.

　봄날이면 이러한 여인과 어버이를 비롯하여 오라비, 아이, 누이 등 각기 사연이 있는 꽃 가족들과 만난다. 그 가족은 만발한 웃음에 애틋한 이야기를 간직한 채, 산과 들에 두루 피어나기 마련이다. 이렇게 봄날 만나야 할 꽃들을 화자는 한 가족처럼 주체화하고 배치함으로써 독자에게 아이템을 제공한다.

> 어느 산사
> 광활한 백련지에 왔습니다.
> 백련꽃봉오리
> 피고 지고
> 끝이 없는 생과 사
>
> 천상과 지상이 공존하는 곳
> 슬픔도 기쁨도
> 부귀와 영화도 없는 곳
> 비 오는 여름 한낮
> 무상의 시간이 흐릅니다.
>
> 여기 백련지
> 부처님 계신 곳
> 은은한 향기 머금고
> 피어나는 백련꽃 보며
> 속세의 일상을 뒤돌아보았습니다.
>
> —「백련」 부분

　백련(白蓮)의 생과 사를 소재로 한 시이다. 화자가 말한 대로 백련꽃이 피고 지는 건 "끝이 없는 생과 사"의 과정이다. 불교적 윤회 사상이 깃들어 있다. 연잎에 쏟아지는 빗방울도 백련의 "불심(佛心)"을 적셔내지 못한다. 오랜 흥망성쇠의 바람도 그 향을 밝혀내지 못하듯이. 부처님 계신 곳의 "백련꽃"을 보며 화자는 "속세의 일상"에 머물러 있을 뿐이다.

　백련이 수채화처럼 화폭을 통해 묘화(描畵)된다. 화자는 백련과 함께 "넓고 큰 마음인양/연잎 위에 주룩주룩/빗방울 쏟아지는" 상황을 보고 있다. 그리고 "젖지 않은 불심"으로 받아들인다. 꽃들의 눈부신 잔치를 보며, 화자는 "신록의 산그늘"인 "대웅전"으로 들어간다. 순간 "비구니 스님들"의 예불 드리는 소리가 산 속에 가득 찬다.

「홍천사」에서의 꽃구경도 그러한 정경을 담고 있다. "벚꽃 철쭉꽃 동백꽃 온갖 꽃들/꽃구름 돌담 위로/내려와 앉은" 모습의 파노라마를 압축 제시한다. 이도 또한 불교적 시심과 닮아 있다.

> 태조산 각원사 가는 길
> 개나리 철쭉이 봄인 줄 알고
> 때아닌 꽃송이
> 성급하게 피어 있네.
>
> 호국 불교 도량
> 절 마당 가득 채운
> 웅장한 아미타불
> 아미타불 돌고 돌며
> 축원하는 불자들
> 나무아미타불, 나무아미타불
>
> 대웅보전 법당엔
> 백팔 배 참회 기도
> 울려 퍼지고
> 적막한 산사
> 화강암 계단에
> 보료처럼 쌓인 낙엽 밟으며
> 겸허하게 마음을 비운다.
>
> —「낙엽을 밟으며」 전문

가을인데도 때 아닌 개나리, 철쭉꽃이 어우러진 각원사의 불심이 점묘된 시이다. 화자는 "가을 길"을 걷지만, 만화방창(萬化方暢)의 엔터테인먼트인 "철쭉꽃"을 보기도 한다. 꽃과 더불어 불교 도량이 담긴 절 마당이 사뭇 비좁아 보인다. 아미타불을 축원하는 불자들이 화자를 비추며 가는 모습도 시의 배경 효과를 돕는다. 백팔 배의 참회 기도 모습과, "보료처럼 낙엽을 밟는" 불자들을 오버랩시켜 독자 시야를 적요의 세상으로 밀어내고 있다. 철 아닌 꽃과 낙엽으로부터 겸허함이 마음으로부터 솟아온다. 낙엽이 빚어내는 무욕의 세상이 묻혀지고 있음도 느낀다.

이양근의 시는, 「낙엽을 밟으며」를 비롯하여 「봄날의 만남」, 「홍천사」, 「백련」 등과 같은 작품에서 보듯 계절과 불심을 잇는 서정이 진행 중이다.

시간을 잊은 듯
내초도 앞 바다
영원한 침묵 속에서
해를 바라보고
태고 적부터 살아온 역사여
바닷가 저편에
작은 섬 하나
작은 어선 한 척이
겨울 철새처럼 떠 있구나.

—「겨울 바다」 전문

"겨울 바다"는 고독하다. 이 시는 그런 감정을 화자의 고독감에 겹쳐 읽을 수 있다. 바다를 안은 세월의 겹에 "여기 있다"는 것 자체마저 화자는 잊고 있다. 침묵의 거리에 "내초도"가 보일 듯 잡혀온다. 섬은 "태고 적부터 살아온 역사"로 상징되는, 화자가 아껴 보는 "작은 섬"이다. 고적함이 화자의 시심에 들어와 "작은 어선"과 "겨울 철새" 같은 연상적 심상들을 낳는다. 사실 겨울 바다는 오래 전부터 시인들의 시적 대상이 되어왔다. 이러한 대상에의 고독감을 자신의 정서로 받아낼 때 자연 완상의 가치를 얻게 된다. 화자가 "겨울 바다"를 통하여 자연에 귀의하려 함을 행간에 숨겨 놓을 때, 서정성과 진정성을 같이 깨닫게 된다.

4. 보통 정신을 파기하기

이상에서 이양근 시인의 감성을 봄꽃에 대한 이미지를 중심으로 살펴보았다. 시에서 서정은 감성에 침투시키는 염색 과정이다. 서정의 물감이란 자연에다 시적 감성을 젖어들게 하는 이유에서이다.

이제, 시집 발간을 계기로 이양근 시인은 사물에 대한 서정의 안목을 치밀하게 갈기 바란다. 앞서 말한 자연스러운 "자연"이 시 속에 흘러야 고르게 염색되기 때문이다.

일견, 시인이 추구하는 불교적 시상을 발전시키는 건 좋은 일이지만, 안이한 비유에서 벗어나야 할 필요가 있다. 심오하게 사고하여 비유나 상징을 다듬어야 할 부분도 있다. 사물 존재에 대한 모티프를 독특한 체험으로 재구성하는 것도 고려해야 한다.

러시아 형식주의자들이 이야기한 것처럼, 시는 '보통의 정신'으로 쓰는 일이 아니라 그 이상으로 써야 한다. 문학은 '사회의 반영물'이거나 여러 '사상의 각축장'으로서 정립되는 게 아니다. '언어 예술로서의 시' 그 자체 미학으로 통한다. 그래서 '시인보다는 시'에 더 많은 관심을 두어야 한다고 주장한 R. 야콥슨의 관점을 고구할 필요가 있겠다. 즉 문예학으로서 '문학의 총체'가 아닌 기술로서 '문학작품'에 관심을 더 부여한 바 있는데, 무릇 시인들이 교훈으로 받아들일 만한 말이다.

시는 일상적인 일을 그냥 평이하게 쓰는 데 있지 않다. 그런 문장이라면 시가 발생하지 않았을 것이다. 모름지기 시인은 독특하고 '창의적인 시'를 써야 한다. 하지만 창의적인 시를 썼더라도 갓 뱉어낸 건 아직 시가 아니다. 독자가 그 시를 읽었을 때 진한 감동이 비집고 나와야, 비로소 '시'가 될 수 있는 법이다.

이번 시집이 좋은 시의 발전을 위한 디딤돌 역할을 할 것으로 믿는다. 그렇듯 앞으로 '시인'으로서의 자격보다는 쓰고 있는 '시' 자체의 환골탈태에 역점을 두기를 바라며 글을 맺는다.

(시집 『오월의 창 너머 모란꽃』 발문, 한국시사, 2006. 7)

아름다운 칼집, 그 서정에의 헌사(獻詞)
― 김광론

1. 들어가는 말 : '문(文)'의 의미와 작품

문학에서 '문(文)' 자는 무엇을 의미할까. 한자의 연원(淵源)에 의하면 문(文)은 원래 가슴에 새긴 문신을 형상화했다고 전한다. 고대인들의 가슴엔 '×' 표나 'ˇ' 표, '心' 자 등의 부호가 표기되어 있었다. 이러한 문신을 왜 가슴에 새겼을까. 옛 사람들은 그것을 하나의 죽음으로 보았다. 사람들은 지혜가 깨우쳐지자 목초지를 찾아 옮겨 다니는 유목 생활을 청산하고 한 곳에 정착한 농경 시대를 맞이하게 되었다. 파종(播種)과 성장(成長), 결실(結實), 수확(收穫) 등의 반복적인 노동의 순환을 거치면서 우주의 운행과 질서를 나타내는 진리가 곧 '문(文)'이라고 생각하기에 이르렀다. 그러므로 문의 역사는 길다. 자연과 순환의 원리를 체득한 고대인들은 삶과 죽음에서까지도 문을 사용했다. 만물의 삶과 죽음은 별개의 것이 아닌 하나의 연속된 과정이며, 사람이 죽는다 해도 그 영혼은 문을 통하여 다시 옛집으로 돌아와 환생한다고 믿었다. 이렇게 본다면 '문'은 바로 사람이 죽은 후 영혼이 인간 세상으로 돌아오기 위한 관례라고 할 수 있다. 그 조치에 따라 피 흘리지 않고 자연사(自然死)한 사람의 시신에도 인위적으로 '文'이란 칼집을 내기도 했다. 이렇게 피를 흘리도록 시체에 문신을 새긴 것을 형상화한 것이 곧 문(文)이었다. 초기 때 문(文)은 '무늬를 아로 새기다', '아름다운 무늬', '아름다운 글' 등의 의미로 쓰였고, '죽은 사람'이라는 의미로도 사용되었다. 그래서인지 오늘날에도 자신과 관계 있는 이가 죽으면 뼈를 훑듯 그 슬픔을 가슴 저미는 칼집처럼 상심(傷心)이 오래 남는 것이다.

김광 시인의 작품은 스스로에게 문신을 새기듯 상심으로 형상화된, 그러면서도 정한의 세계로 진입하고 있다. 어린 아들의 죽음을 겪은 아비로서, 상처 받은 그 문(文)을 새긴 칼집을 남기며 반추하는 것이다. 시인은 느닷없이 당한 상심을 섭리로 극복하거나 종교적 귀의로 절대 존재에게 닿고자 한다. 이것이 시인이 지닌 무의식이고 시적 동기라 할 수 있다.

2. 가운데 : 아들과 아비의 시학적 교감

김광 시인의 작품은 형이상학적 정서에 표박된 듯하지만, 사실 중학생이던 아들의 죽음을 맞이했던 당시 아픔과 깊이 연관되어 있다. 그의 시는 자연서정이면서도 한(恨)에 고인 정서, 그리고 몸짓에 새긴 문신처럼 표출된다. 불의의 사고로 자식을 보낸 슬픔을 이기기까지 흘린 피와 눈물은 농도가 진할 수밖에 없을 것이었다. 그가 시를 쓰면서부터, 안타까운 해후와, 치유될 수 없이 아팠던 날의 심리적 블랙홀, 연속된 딜레마에 대해 어떤 대안을 갖고 있었을까. 오래 궁금하던 그의 시편을 한 권의 성서처럼 열었다.

> 가끔은
> 내가 보고 싶을 때
> 촛불 앞에 앉아
> 나를 부르면
> 나는 어디 가고
> 어둠만 앉아 있다.
>
> 내가 더 보고 싶어
> 적막을 포옹하는
> 풀벌레 소리 들으면
> 창밖의 달빛은
> 살짝 엿보다 지나가고
> 소슬한 바람은 시새워
> 촛불만 흘리고 있다.
>
> 정작
> 내가 보고 싶을 때
> 촛불 앞에 앉아
> 나를 찾으면
> 더 깊어간 어둠은
> 작은 소망을 삼키고
> 고요함만 보내고 있다.

—「내가 보고 싶을 때」 전문

화자는 잃은 자식을 보고 싶을 때, 자신을 "촛불 앞에 앉"히고 아들을 불러본다. 하지만 그때마다 화자인 "나"가 "어디 가고" 없는 새삼스러운 존재로 남는다. 그는 "어둠만" 있는 곳에서 홀로 엑스터시한 공허를 느끼기도 한다. 새삼스런 존재 앞에 "소슬한 바람"은 화자를 "시새워"하듯 비춰주는 "촛불"마저 나부껴 "흘리"게 한다. 가까스로 얻은 아들을 키우려는 "작은 소망"마저 운명은 "삼키"어버렸지 않은가. 하지만 그는 세상을 보려는 긍정의 힘이 강하다. 자식을 잃고 오히려 굳어진 의지 때문이리라. 화자가 사로잡힌 자아란 역설적으로 강한 자존 같은 것이 아닐까. 실은 "내가 보고 싶을 때" 늘 보아야 하고 만나야 하는 존재감이 넘쳐 있다. 아들은 지상에 없지만 가슴에는 강하게 자리해 있다.

이 시는 반전보다는 보고 싶다는 대상과의 자아의 혼융이 거세다. 화자의 방 안에 차오르는 "어둠"과 "촛불", 당연히 자신에게 수반되는 "고요"는 "내가 보고 싶은" 대상과는 다르다. "더 깊어간 어둠"과 "작은 소망"으로 이 "고요"에서 이겨내리라는 자신감을 얻는다. "고요함만 보내고 있다"는 진술은 때맞춰 존재를 배경으로 한 투수격의 적시타(適時打)인지 모른다. 번역 투의 구절에서 느끼한 맛이 오히려 존재감이 건재하다는 것을 보여준다. 대상으로서 아들의 힘이 배면 깊이 깔려 있다.

〈1연〉	나는 어디 가고	
	어둠만 앉아 있다	→ [어둠]
〈2연〉	소슬한 바람은 시새워	
	촛불만 흘리고 있다	→ [촛불]
〈3연〉	작은 소망을 삼키고	
	고요함만 보내고 있다	→ [고요]

밝음과 어둠이 숨 쉬는 틈새에서
살아있는 모든 것이

계절을 사랑의 체온으로 바꿔가며
태아를 포옹하는 곳
그런 사랑이 머물고
그림자 없는 하늘을 날기 위해
나만의 둥지를 만들고 있다.

오늘 죽을 수도 있다는 맘으로
온 몸으로 삶을 기도하며
머리 위에
가슴에
손 안에
일상의 가식을 버리고
살아 움직이는 둥지를 만들고 있다.

생명이 머무는 곳
그 안에서 아무렇게나 살고 싶지 않다
오직 아름다운 삶의 모습
다스함이 있는 손길로
모든 사유의 허상을 지우고
진실이라는 말을 외칠 수 있는
나만의 작은 둥지를 만들고 있다.

—「나의 둥지」 전문

    풍파를 겪어온 화자가 삶에 대한 사유로 자신만의 "작은 둥지"를 상징화한 작품이다. 살아가기를 바라는 "둥지"란, 예컨대 "태아를 포옹하는 곳"이며, "가식을 버리는" 자리, 그리고 "다스함"을 나누는 "손길"이 미치는 곳이다. 화자가 부연한 대로 "사유의 허상"을 지워버리고 "진실이라는 말"을 이제 "외칠 수 있는 곳"이다. 그게 조촐한 "둥지"로 현실화된다. 부딪치는 "삶을 기도"하고 그러기 위해서 일상적인 "가식"을 버리기로 한다. 그는 가족의 "둥지"에서도 "아무렇게나 살지" 않겠다는 약속을 한다. 이웃들에게 "다스함이 있는 손길"을 주어 자신이 그르쳐온 "허상"을 극복하고 진실에 다가는 "말"을 하고 싶어 한다. 소망은 "나만의 작은 둥지"를 갖는 일이다. 하면, 그런 둥지를 갖고자 하는 목적은 무엇인가. 그건 "그림자 없는" 투명한 "하늘"로 "날아"가기를 바라는 즉 자유로운 삶이다.

3. 테두리 : 진선미의(眞善美義)의 삶을 위하여

시에서 가치(價値)와 관념은 드러나는 수도 있지만 은연중 숨는 경우도 있다. 「나의 둥지」는 전자의 경우이다. 선(善)과 미(美)와 진(眞)과 의(義)를 한 작품에 소화해내, 예술과 도덕적 가치를 함께 느끼게 한다. 하느님이 주신 귀한 아들을 다시 하느님 곁으로 보낸 아버지의 심정을 묘사한 다음의 시는 선이라는 가치적 반열(班列), 도반(道伴)의 클래스에 놓을 수 있다.

선인이 추구하는 최고의 덕목은 진선미다. 그중에서도 선(善)은 도덕이다. 양(羊) 자가 윗부분에 들어가는 글자로는 선(善), 의(義), 미(美) 등이 있다. 고래로 이 글자는 모두 옳고 그름을 판단함을 뜻했다. 양은 고대인들에게 도움을 주는 이로운 동물이었을 뿐만 아니라, 신성한 제물로 인식되었다. 양은 솟대처럼 바른 장대[丰]인 뿔로 상형했다. 그러기에 양은 신에게 바치는 대표적인 희생양이기도 했지만, 선, 의, 미에 대한 잣대로 옳고 그름을 가릴 수 있는 신수(神獸)이자 길상(吉祥)의 존재였다. 양은 잣대와 솟대를 상형화한 글자로 곧 의(義)다. 원래 선은 '착함'이 아니라 옳고 그름을 분별하는 곧은[¥] 말을 하는 입[口]에 있었다. 이 두 자가 합하여 선(善)이 되었다.

아비로써 마땅히 누려야 할 대상인 아들이 없는 상황이, 그를 대하는 영적 태도에서 선과 의를 나란히 인식하게 한다.

당신께서 보내주신
꽃씨 한 알
우리네 꽃밭에 잘 가꿔
향긋한 꽃내음
막 피우던 시절
꽃 향이 너무 좋아라
당신의 뜰 안에 심으러
움쑥 옮겨 가셨습니다
하늘나라엔 흙이 없어
아름다운 꽃이 없다 하시며

그리도 좋으셨나요
하필이면 그렇게
이 꽃이 보고 싶었나요

곱게 곱게 꽃피우고 싶었는데
당신이 주시고 달라실 때
가슴으로 울부짖다 숨이 막혀
영혼까지도 밤새워 촛불로 탔습니다

당신의 부활을 믿음일까요
하늘의 뜰 안에
더더욱 고운 향기 그윽한

하늘의 꽃으로 피우셨다고
내 아들 보낸 사흘날 꿈길에
빛 따라 소리 따라
전해 주셨습니까

그래도 시시가각
못다 피운 꽃잎이라도
보고 싶을 때는
얼룩거린 눈시울 슬어내리며
오늘 하루만이라도
하늘의 뜰, 땅의 뜰
바꿔 달라고 외치다 보면
움푹 페인 내 가슴의 뜰 안은
지금껏 고인 눈물
샘물 되어 넘친답니다.

　　　　　　　　　　　　　　　 —「나의 꽃, 하늘의 꽃」전문

　아비에게 자식은 꽃이다. 자식은 하늘로 올라가 하느님의 꽃이 되었다. 뜻하지 않은 변고로 아들을 보낸 심정을 진솔하게 드러낸다. 죽음에 대한 시는 시인만이 쓰는 전유물은 아니지만, 슬픔을 극복하며 부활로 상징함은 전유물이라 할 수도 있다. 아들을 잃으면 매의 눈으로 세상을 볼 수밖에 없다. 차츰 세상과 인생이 둥근 어깨로 흘러 땀이 되고 눈물이 되고, 그리고 생의 가시가 비로소 둥근 대궁이처럼 다듬어질 때, 이르러서 죽음은 꽃을 획득했다. 명명(命名)한 바 "하늘의 꽃"이다. 이 흔한 시어가 우리의 가슴을 적시는 이유를 1연의 모습에서 이해할 수 있다.
　자식은 "당신께서 보내주신" 선물이다. "꽃씨 한 알"처럼 장래를 보장하는 존재다. 그 만큼 시인에게는 귀한 아들이었다. 화자가 말하듯 "우리네 꽃밭"에다 "잘 가꿔" 결국 "향긋한 꽃내음"을 "피우던" 그 가족 사랑이 무르익던 "시절"에 낳은 아이였으니까. 그러나 아이는 하늘나라로 갔다. 화자인 아버지는 "꽃 향이 너무 좋아"서 "당신의 뜰 안에 심으러 움쑥 옮겨 가셨다"는 생각으로 하느님의 품안에다 사양한다. "하늘나라엔 흙이 없어 아름다운 꽃이 없다 하시"는 하느님의 환경을 차마 거역하지 않으려는 아름답고도 깊은 아량도 보인다. 아이를 하느님이 데려가시어 "하늘의 꽃"으로 곱게 피우실 것으로 인정하는 겸손의 미학 앞에 우리의 고개가 무너진다.

생은 태어나면서 비극을 안고 있다고도 한다. "태어나지 마라, 죽는 게 괴롭다, 죽지 마라, 태어나는 게 괴롭다"고 「파이돈」에서 소크라테스가 독배를 마시면서 말한 것을 떠올린다.[1] 어쩌면 소크라테스 말대로 차라리 태어나지 않았더라면 부모의 비극은 없었을 것이다. 세상에 없는 아이를 두고 "다시 한 번"이라는 삶은 존재하지 않는다.

꽃이 시들어 추해지는 것은 아름다웠기 때문이고, 옳지 않음으로 질책을 받는 건 옳음의 잣대 때문이다. 생과 사는 천국과 지옥처럼 대립하면서도 동시에 서로 기대어 있다. 육체가 끝나면 무엇이 되어 만날까. 하워드 혹스의 장례식에서 영화인 존 웨인(John Wayne 1907~1976)이 낭독했

---

1 「소크라테스의 변명」에 의하면 소크라테스는 독배를 들기 전 다음과 같이 말했다. "나는 부족한 점이 있어서 유죄 판결을 받았지만 그것이 말의 부족은 아닙니다. 분명히 그렇지 않습니다. 오히려 후안무치하지 못하고 여러분이 듣고 싶어하는 말을 하지 못했기 때문입니다. 눈물을 흘리고 울부짖고 애원하는 등 여러분이 다른 사람들로부터 늘 듣고 있는 많은 행동을 말하지도 행하지도 않았기 때문입니다."

아름다운 칼집, 그 서정에의 헌사(獻詞)

고, 9 · 11테러로 아버지와 가족을 잃은 11세 소녀가 낭독하여 만인을 울렸던 작가 미상인 노래 〈천 개의 바람이 되어(A Thousand Winds)〉[2]가 답을 해주듯이 김광의 시에서 그 답을 찾는 것도 어렵지 않다.

"내 묘지 앞에서 울지 마세요. 나는 그곳에 없습니다. 나는 피어나는 꽃 속에 있습니다. 나는 곡식이 익어가는 들판이고, 당신의 하늘을 맴도는 새입니다."

> 열린 땅이 좋아 고난을 넘어 찾아든
> 기다림의 손짓
>
> 고향의 텃밭에
> 여명의 빛 따라 피어오른 새 생명이다.
>
> 웃는 사람이 좋아 솔깃이 가슴을 더듬으며
> 젖어오는 꽃바람
>
> 아무도 모르게 살포시 보듬고 싶은
> 한 올의 그리움이다.
>
> ─「봄」 전문

---

2   〈천 개의 바람이 되어〉 번역 김성태 : 내 무덤 앞에 서서 울지를 마오./나는 그곳에 없소, 나는 그곳에 잠들지도 않았네./나는 천 개의 바람이 되어 휘날리네./다이아몬드처럼 눈 위를 반짝이고./따뜻한 햇볕이 되어 곡식을 영글게 하네./가을엔 부드러운 비가 되어 땅을 적시네./그대가 아침의 숨결에 깨어나면/나는 조용히 새처럼 둥근 원을 그리며/하늘을 차고 솟아 오르네./그리고 밤하늘의 찬란한 별이 되어 비추네./내 무덤 앞에 서서 울지를 마오./나는 그곳에 없소, 나는 죽지 않았으니까.(인터넷 자료)

"봄"은 많은 시인들이 즐겨 사용하는 때 묻은 말이지만, 언제 들어도 따뜻하고 귀한 품세가 풍겨온다. 그게 서정시의 에센스이다. 봄의 영향에 의해 일상적 정감이 범박하게 구사된다. 전통적 담론에 공식으로 주어지는 오브제로서 봄은 물신주의처럼 자극적이지 않다.

봄에 대한 진술은 시인들이 즐겨 다루었으나 늘 질리지 않은 내음을 지닌다. 가령 "고난을 넘어 찾아온 기다림의 손짓", "여명의 빛 따라 피어오른 새 생명", "웃는 사람이 좋아 젖어오는 꽃바람", "아무도 모르게 보듬고 싶은 한 올의 그리움"은 이 시의 근간을 이루는 뼈대답게 '손짓ー생명ー꽃바람ー그리움'으로 의미망을 확장해간다. 봄이라는 서정의 집을 지탱해주는 단단한 유틸리티이다. 그것은 어쩌면 소셜 네트워크의 속도전(速度戰)에 깃들려는 불안에 어떤 대안으로 나온 해명책이거나 치료적 대체로도 기능할지 모른다.

시를 읽으니, "열린 땅이 좋아 고난을 넘어 찾아든/기다림의 손짓"이라는 첫 연의 절창이 산뜻하게 들어온다. "열린 땅", "고난", 그리고 "기다림" 같은 봄의 언어가 단박에 독자를 활자 밑으로 눕힌다. 이러한 시어에서, 서정성은 카이저가 언급한 '대상성의 내면화'라든가, 바슐라르가 말한 '포에지'의 길, 아니면 벤야민이 강조한 '서정의 아우라'와 같은 동일성에 차츰 귀환하는 서정 미학을 들이대지 않더라도, 그가 말한 "봄"은 쉽게 의미화된다. 이제는, 대상과 나, 화자와의 거리에서 "그리움"이 길어나고, 종국엔 서정의 보편적인 힘으로 작용한다. 그것은 원리처럼 당당하고 또 유효하다. 김광 시인을 비롯한 많은 시인들에게 작용하는 이러한 창작은 안이성을 극복하는 바, 사뭇 자명해질 것이다.

한 밤을 타고 남은 불꽃
천왕봉을 타고 내린 햇살에
골골마다 타오르고 있다.

풀지 못한 역사의
한 서린 넋들의 환생인 듯
아우성과 환호성이 메아리치고
활화산이 되어버린
너의 품에 뛰어든다.

일상에 고단한 영혼
한 줌의 재가 된다하여도
한 마리 새가 되어
자유의 넋이 숨쉬고
평화의 얼이 머문
피아골, 노고단을 날며
또 다른 불꽃을 피우고 있다.

　　　　　　　　　　　　　　　　—「가을, 지리산」 전문

　　누구든 "가을 지리산"에 가보라. 산의 장엄함에 눈을 뜨고, 산의 정치(精
緻)함에 눈물을 내고, 산의 해박함에 머리를 조아리게 된다. 그러나 무엇
보다 산만하고 거칠게 산 선남선녀(善男善女)에게는 무심한 듯 사유를 줄
것이다. 그렇듯 산의 서정은 오랜 시의 역사였다.
　　화자는 "풀지 못한 역사의 한 서린 넋들"을 보고 있다. 그는 "넋들"을 불
러내어 "환생"시키고, 마침내 "아우성과 환호성이 메아리치"게 한다. 그
때의 만산홍엽(滿山紅葉), 절창 같은 산의 피를 불러낸다. 그것이 "자유의
넋"이고, "평화의 얼"이다.

산의 서정에만 시가 국한된 개념이 아님을 이 시를 읽고서 알게 된다. 산을 메타적인 의미로 구체화하는 진폭은 깊었다. 이념이 승한 시임에도 가을 산은 정적인 산이다. 장년기와 노년기의 지층을 딛고 산맥은 영겁처럼 민중에게 호흡 운동을 시켜왔다. 산의 언어로 보면 산 자체가 불가결한 구원이다. 산을 앞에 두고 머리를 괴면, '언어-언어'라는, 나아가 '언어-시'라는, 아니 '시-산'이거나 결국 '산-시'라는 도식에 기반을 두고 귀착된다. 이러한 도달은 산의 언어적 관계망에서 시와 산의 언어적 관계망으로 비집고 들어온 결과이리라. 산의 서정적 자아가 겪은 시간을 화자가 내면화하여 수용함은 어떤 보궁(寶宮)이다. 주관과 객관을 융합한다는 점에서 산의 서정이 통합적으로 작용한다.

이는 에밀 슈타이거(E. Staiger)가 말한 '회감(回感, Erinnerrung)'이란 용어로[3] 설명되기도 한다. 산이라는 조망적 세계와 산의 언어를 투하하는 자아에서 생겨나는 감정 상태가 이 회감이다. 산에 관한 서정적 자아에 대한 진술이고 구조적인 답변서다. 헤겔(Hegel, 1770~1831)은 서정의 핵심을 '내면성(內面性, Innerlichkeit)'이라 했다. 이는 넓은 의미에서 주관,

---

3   에밀 슈타이거는 서정의 본질을 '회감(Erinnerung)'으로 정의한다. 그는 "시인은 자연을 회감하고 자연은 시인을 회감한다"라고 제시한 것처럼 시적 자아에서 분출되는 서정은 자연과 인간, 그리고 사물에 대한 주체의 동일자적 욕망의 산물이라고 본다. 그러므로 동일자의 욕망으로 타자를 응시함으로써 타자를 왜곡시킬 수 있는 점과 타자 중심의 사유를 관통해 공감의 영역을 확장시켜간다. 이 점에 있어 가능성을 유추(類推)할 때, 서정의 양면성이 확인되기에 화자의 존귀한 정신적 산물의 행위로서 묵언의 시학은 '한 순간의 격정과 끓어오르는 분노에 평정을 안겨주고 감미로운 심적 현상을 지탱하는 역동성'의 작위(作爲)에 해당되는 것은 하나의 축복과 즐거움으로 해명되는 것이다.

감정, 감성의 영역에 포섭되지만, 산의 시어에서는 화자의 정서가 함께 부침한다.

  가을 단풍은 물들 때가 절정이 아니고 물든 후에야 절정을 이룬다. 마치 원자의 클리나멘 운동과도 같다고나 할까. 산은 시간의 이탈을 위해 노력하는 중이다. 계절의 엄숙한 순환의 힘에 화자가, 시인이, 아니 우리가, 움직여가는 것은 절정의 색깔로 향하는 거보일 것이다.

  그것은 브람스의 첼로 소나타 제2번을 들을 때, 부드러움을 면사포처럼 두르고 보는 낙엽 지는 광경, 또는 불멸의 라흐마니노프의 피아노 협주곡 제2번이 울릴 즈음에, 노을 진 가을 산을 배경으로 쫓아가는 자작나무처럼 저어지는 흰 손가락과 같은 리듬이다.

            당신의 부스럭거림은
            초조함을 불태우는
            자작나무 소리인가
            모닥불 연기에
            흘리운 듯 흐르는
            눈물 닦음의 소리인가
            아픔을 덜어주는
            보살핌의 손짓
            잔잔한 사랑의 연주이어라

            당신의 부스럭거림은
            쾌유를 위한 조심스런 대화인가
            잠기운 눈 위를 달리는
            소망의 주자(走者)인가
            그 뒤도

헤아릴 수 없는
여심(女心)의 옷깃에 감추인
기도의 소리이어라

당신의 부스럭거림은
빛바랜 삶의 의미를
한 길가 모퉁이에
새 새명으로 꽃 피울
사랑의 숨결이어라.

— 「병상(病床)에서」 전문

    뿌리의 이데올로기를 거론하지 않더라도, 문학은 결핍에서 오는 부가가치를 보여주는 소산물이다. 일반적으로 말한다면 시인은 가난하고 불편해야 좋은 시를 생산해내는 법이다. 병상의 경우도 누구에게나 익숙한 자리는 아니다. 그러나 언젠가부터 병상에 일상을 얹어놓는 일이 빈번해졌다. 시는 병상 가족에 대한 연민을 보여준다. 잠 못 이루고 환자가 "부스럭거리"는 데에 "새 생명으로 꽃 피울 사랑의 숨결"이라고 노래함은 앞서 말한 바, 가족애의 선과 의를 깨닫게 해주는 휴머니티이다. 『논어』 옹야편(饔也篇)에도 '인불감기우(人不堪其憂)'라 하여, 사람은 궁핍하거나 고민이 많은 삶의 근심을 견뎌내지 못한다는 뜻을 전한다. 견뎌낼 수 없는 고통, 근심이 시적 모티프가 됨은 이를 두고 말함이다. 시인은 환경을 극복하면서 시를 생산하는 사람이다. 김광 시인의 경우는 비유하자면 도가 득의한 세계로 보인다. 고통받은 정서를 채우지 못한 결핍을 그가 가족애의 시적 틀로 바꾸고자 하는 시인이기 때문이다.

4. 나오는 말 : 긴장 풀기와 신서정의 지향

지역 문단의 시인일수록 긴장 풀기가 필요한 시점이다. 너무 직접적으로 고착된 서정이 주류를 이루기 때문이다. 식상한 서정으로 시가 죽는 수는 많다. 그러므로 투수와 타자의 헛스윙을 유도하는 유인구(誘引球)를 던지는 것처럼, 드러난 서정의 의도와 목적을 숨기려는 트릭이 일정 부분에 있어야 한다. 시인은 야구 경기에서처럼 독자와의 수 싸움을 즐긴다.

최근에 나온 시마다 소지(島田莊司, 1948~)의 『최후의 일구』는 밑바닥 인생을 산 다케타니와, 반대로 화려한 스포트라이트를 받는 다케치를 대비한 세계를 보여준다. 시도 그렇다면 너무 극적인가. 타자(시인)와 투수(대상)의 심리전을 생동감 있게 그려 박진감을 더해주는 현대적 시가 필요하다.

어떤 시에서는 '당신', '그대' 등을 관습적으로 뱉어내는 성장통(成長痛)에 걸린 의미 없는 캐릭터가 있다. 하염없이 흐르는 눈물처럼 반전이 없다. 저녁의 썰물 소리처럼 소리 소문 없이 사라진 추억을 바라는 공통점은 눈여겨보지 않고도 지나치는 법을 알려주니 식상해 읽혀질 수가 없다. 다만 시인만이 다초점 안경 너머로 흐린 눈 몇을 무심한 풍경 속으로 던질 뿐이다.

김광 시인의 시를 읽으며 자신에 충실한 몸가짐의 시, 그러면서도 가족애에 서정성을 투여하는 헌사의 시, 고독한 현실을 종교적 함의로 이끌어내는 심연의 시, 그래서 자신과 주변에 충일한 시상을 구축하고 있음을 확인한다.

이번 첫 작품집 간행을 계기로, 더욱 고민하고 넓은 서정의 폭에 특별한 상징을 구현하기 바란다. 따라서 자신의 입장을 현대화하는 데 힘을 기울일 일이다. 너무 안이한 서정으로는 시적 승산이 없다는 걸 이해했으면 한다. 이에 대해 프랑스의 철학자 자크 라캉(Jacques Lacan, 1901~1981)은 포스트모더니즘의 전형적 특징인 애매한 용어 사용, 과학의 오남용 등 이름만 건 현대적 '징후(徵候, Sinthome)'를 거부해야 한다고 강조한다. 이제 김광 시인은 새로운 소재를 붙잡고 진부한 표현은 털어내야 할 일이다. 그래서 차제에 서정을 진화시켜 신서정의 주류에도 끼어보는 작업적 경험은 어떨까 권한다.

(시집 『나의 꽃, 하늘의 꽃』 발문, 한림, 2012.9)

제4부

서정과 정서를 읽다

고향 의식 또는 섬마을의 시
— 박형철론

1. 머리말

시는 인간 정신을 표현하는 최초의 문학이며, 그 문학의 첫 번째 장르이다. 시가 인간 정신을 총체적으로 표현하는 유일한 분야는 아니지만, 그것을 현시(顯示)하는 대표적 분야임엔 틀림없다. 원시 종합예술에 반영된 제천의식(祭天儀式)에서 민중이 불렀던 노래가 곧 시라는 점은 이를 증좌하고 있다. 인간의 존재적 의미와 실제적 삶의 문제에 대하여 탁월하게 요약되고 있는 게 시라는 사실을 부인할 사람은 없을 것이다. 이렇듯 인간 삶의 체험을 표현하기 짧은 양식이지만, 그것이 상징하는 바를 효과적으로 읽어들이는 내면이 곧 시라 할 수 있다.

그렇다면 사람의 정신을 대표하는 시 중에서 비교적 많이 표현되는 주제는 무엇일까. 그것은 우리네 정서에 가장 오랫동안 깃들어온 고향 의식일 것이다. 사람은 누구나 고향이 있다. 그리고 어느 시절 그곳에서 보냈던 회귀(回歸)적 추억을 잊지 못한다. 고향은 떠올릴 때마다 새롭고 감미

로운 법이다. 시인들도 고향을 소재로 한 향수시를 많이 남기고 있다. 고
향의 시, 그것은 절실한 감정이든 은근한 정서이든 늘 정념적 향수에 젖
게 하는 맛과 멋이 있다. 시에서 고향 의식은 대부분 화자의 회상적 맥락
으로 이어진다. 그리고 그것은 의식 속의 고향과 화자가 나누는 의사소통
의 한 과정이다. 뿐만 아니라 고향 의식은 단순히 옛날로 돌아가자는 것
이 아니라, 고향의 발자취를 더듬어보고, 오늘에 이른 고향의 사유를 그
리는 정신적·정서적인 바탕을 말한다.

이 자리에 소개하려는 박형철 시인은 한마디로 고향의 시인, 고향 섬마
을을 노래하며 정서를 함축적으로 표현하는 시인이다. 그의 시집『보길도
의 아침』이나『고향에 부는 바람』이 바로 이를 잘 대변해준다.

그의 시 세계를 들여다보는 일은, 복잡다단한 생활에 쫓겨 고향을 잊기
쉬운 요즈음, 이를 반추적으로 되새기는 의미적 계기가 될 것이다. 그는
지금 작품 활동을 한창 활발히 하는 때이므로, 구체적 평가는 시간이 흐
른 뒤에야 이루어져야 할 일이나, 그가 내놓은 시집과 작품으로 볼 때 고
향의 시인이라는 칭호는 별 무리가 없다고 여긴다.

2. 고향 의식의 출발지, 섬

우리 주변에는 수많은 시적 소재들이 있다. 이 소재들은 주로 시인의
유년 시절에 보아두었던 것에 직접적 영향을 받는다고 한다. 여기서 시적
소재는 시인만의 소유이며 그 개성물이다. 따라서 그것은 시인의 특수 체
험인 동시에 인간의 보편적 삶과 일치하는 체험일 것이다.

박형철 시인의 시적 소재는 주로 바다, 섬에 관한 글감들이다. 이는 그

의 태생지나 근무지가 바로 바다와 섬과 밀접해 있다는 것을 의미한다. 상당 기간 보길도에서 미술 교사로 근무하면서, 그곳을 제2의 고향으로 여겨서일까. 몸과 마음으로 사귀었던 바다와 섬의 정경에서 아름다운 고향시를 뽑아낸다. 섬을 묘사하는 데 있어서도 그는 역시 미술가다운 기질을 보여준다. 그는 바다 환경과 사는 과정에서 많은 해양시를 쓰는데, 미술가 출신답게 섬과 그 속에 담긴 이야기를 수채화처럼 그려내는 특징을 갖고 있다. 말하자면 시의 회화적 기능면을 잘 부각시키는 것이다.

일반적으로 한 편의 시가 창작되기까지의 과정은, '소재－매체－표현'의 수순을 밟는다. 여기서 '소재'는 시인의 체험이며, '매체'는 말·글·영상 등 표현을 위한 수단이다. '표현'은 체험 내용인 소재를 구체적으로 나타내는 활동으로 시의 꽃 피우기 그 자체이다.

이제 박형철 시인이 즐겨 다루는 체험으로서의 섬 소재를 어떤 매체로 어떤 꽃을 피우는지, 우선 그의 대표작이라 할 수 있는 연작시 「섬마을」을 살펴보기로 하자.

멀리서 보면
하늘이 모이는 곳
꽉 붙잡아
가슴에 담고 보면
모래알 같이 무너져 내리는
섬.

저 산 너머
외길목
터벅터벅 등대빛 이고 따라가 보면

뜨거운 달빛은
돌담길 골 안으로
고독을 몰고 와
이글이글 타고 있는
가을을 굽고 있다.

　　　　　　　　　　　　　—「섬마을 · B」 전문

　이 시는 아담한 액자 속의 서경적 그림이다. 한 편의 좋은 시는 우리가
늘 갖고 싶어 하는 액세서리와 같다. 그것은 흔히 아이들의 카드나 책갈
피에 도구적으로 꽂혀 실용화 된다. 이 작품은 그처럼 작은 선물의 환경
에 맞는 시가 아닐까.

　「섬마을」은 시의 그릇이 회화적이다. 마치 이젤의 화폭에서 감상할 수
있는 섬의 풍경이 멀리 또는 가까이 눈에 잡힐 듯 다가온다. 1연은 원시
적(遠視的) 구성임에 비하여 2연은 근시적(近視的) 구성이다. 즉 "멀리서
보면 하늘이 모이는 곳"이라는 것은 원시적 구성이고, "외길 터벅터벅 등
대빛 이고 따라가 보면" 이후 장면은 근시적 구성이다. 화자의 시점이 화
가가 그리는 원근법 적용의 한 풍경화와도 같다.

　시 형식에 담겨진 섬 세계는 아름답고 꾸밈 없는 순수성으로 가득 차
있다. 그 순수란, 독자에게 "꽉 붙잡아 가슴에 담고 보면 모래알 같이 무
너져 내리는 섬"이라는 허허로움과 넓은 바다 같은 여유를 갖게 한다. 이
런 이미지 구사에서 바다를 보는 눈이 바로 트임을 느낀다. 풍경을 바라
보는 듯한 거시적 관점에서 구체화된 이미지로 생동적 바다를 조망하는
것이 특징이다. 그가 조망하는 눈은 파도에 의하여 모래성이 지워지는 풍
경을 그려낸다. 또 "뜨거운 달빛"이라는 낯설게 하기의 강한 표현과, 그

바닷가에 "고독을 몰고 와 이글이글 타고 있는 가을을 굽고 있"는 인상주의적 표현은 외로움에 타는 섬마을을 짙게 강조하여 표현하고 있다. 그 외로움으로 인해 심지어 차가운 느낌을 주는 달빛까지도 "뜨겁게" 인식되며, 조용한 가을의 고독마저 "이글이글 타고 있는" 것으로 묘사되고 있다. 그래서 이 시를 통하여, 섬마을의 견딜 수 없는 외로운 모습이 타는 듯 강하게 전해옴을 느낄 수 있다.

이 시에서는 딱딱한 교과서적 지식보다 자연의 교과서적인 섭리를 먼저 배우는 섬사람들의 순수가 부럽게 느껴진다. 그런 분위기에서 시가 빚어지고 있다는 것은 시인만의 행복된 모습일 것이다. 시인이 관찰하는 사람들에 대한 관점은 따뜻한 정감과 그 정감이 빚는 순박함이다. 오늘날 시간과 과중한 업무 무게에 짓눌려 일어나지도 못하는 도시 사람들에 비하면 보길도 사람들의 행복은 우리가 돈을 주고도 살 수 없는 소중한 정서이다.

이 시가 우리의 관심을 끄는 또 하나가 있다. 그것은 섬마을의 순수성을 포착했다는 점도 있지만, 평지로부터의 처음 단계를 밟는 층계처럼 독자의 이해를 보다 쉽게 한 시라는 점이다.

그동안 시단에는 난해시가 얼마나 많았던가. 그리고 그 시가 독자들에게 끼친 해악은 어떠했는가. 시라는 이름을 달고 순후한 독자를 괴롭힌 저의를 난해주의자 시인들은 크게 반성해야 할 것이다. 어려운 시가 읽히지 않는다는 것은 뻔한 이치이다.

그러나 박형철 시인의 시는 늘 쉬운 소재, 쉬운 주제를 쓰고 있어서 시가 독자에게 가깝게 감지되어온다. 궁금한 사물에 관하여 세세하게 설명해주는 친절한 아저씨 같은 친근감이 있다. 그는 시에다 현란한 수식의 옷을 입히지 않는다. 그러면서도 섬마을의 정경과 그곳 사람들의 순박한 생활이 세밀하게 농축되도록 장치하고 있다.

모름지기 우리는 시를 접했던 어려운 기억을 접어두고 새롭고도 쉬운 시를 일으켜 세우는 일에 거듭 힘쓸 일이다. 이에 대하여 문학이론가 로젠블래트는 독자가 시를 쉽게 이해하는 의도적 절차가 중요하다고 역설하였다.

즉 독자는 시를 읽는 동안 텍스트의 경험에 동참하고 시에 등장하는 화자나 인물에 자기를 결부시켜 동일시한다. 화자의 갈등과 느낌을 자기 것인 양 함께 나누고 시인의 입장을 긍정한다. 이와 동시에 독자는 화자와 함께 읽는 활동에 참여하는 데서 오는 기쁨, 귓속으로 속삭이는 희미한 소리의 감각, 거기에는 화자에 대한 동정심 또는 거부감도 있을 수 있으며, 그것이 함께 어우러져 시를 이루는 것이다.

이러한 시 읽기 과정을 통하여 우리는 삶에 대한 기대와 절망을 함께 나눌 수가 있다. 그리고 재창조되고 있는 자기 세계를 지속적으로 누적해갈 수도 있다. 이 시어의 환기적 힘은 그래서 독자에게 또 다른 시 읽기 의욕을 심어주는 데 기여한다.

　　　뜨거운 열기 일어
　　　무리진 원색 물결
　　　산등성이에 출렁거리면

　　　복숭아 꽃잎
　　　다수운 손끝으로 만지던 날

여린 날개 맞부딪치며
장독 위에 동그마니 내려 앉은
고추잠자리
가을을 몰고 온다.

다시
어둠이 깃을 펴고
빛바랜 대지 야위어 갈 때
바람에 쫓긴 섬 애들
때 묻은 이불에 묻혀
가냘픈 바람의 여운을 막고

창문 밑으로 기어드는 달빛
긴 적막을 몰고 와
옛, 옛날 도깨비 이야기로
왠 밤을 지샌다.

―「가을」전문

「가을」에서는 사물과 화자가 정답게 이야기하고 있고, 마치 한 식구들처럼 오순도순 둘러앉아 있다. 그래서 사물과 풍경의 안온한 느낌을 주는 그 전경화가 돋보인다. 작품에서 "다수운 손끝으로 만지던" 봉숭아를 보며, "장독 위에 동그마니 내려 앉는 고추잠자리"가 몰고 오는 "가을을 맞는" 구절은 이 시의 정다운 가락을 뒷받침하고 있는 부분이다. 또 "바람에 쫓긴 섬 애들 때 묻은 이불에 묻혀"라는 대목에서는 가난하지만 순박함을 잃지 않은 섬 아이들의 꿈이 새롭게 보인다. 가을밤 달빛에 깃든 적막을 마치 사진 들여다보듯 상징적으로 나타내고 있다.

　시는 그것을 읽는 독자들에게 정서적 반응을 요구한다. 그 정서적 반응은 즐거움과 안도, 그리고 아늑함을 포괄한다. 시에서 독자는 화자가 말하는 인생에 대해서나 현실 세계에 대해서 생각하고 있는 것과 비슷한 것을 발견하였을 때 안도와 포근함을 느낀다. 그의 삶도 하나의 의미를 가질 수 있다는 것에 대한 포근함이다. 작품이 독자들에게 정서적 반응을 요구하며, 결국은 독자를 작품 속에 끌어들인다는 사실은 시와 독자와의 상관 관계를 자세히 분석케 한다.

> 지금
> 남녘 섬 봉우리엔
> 풀꽃과 싹들이
> 섬 가시내의 가슴처럼 솟아 올라
> 봄 안개 걸쳐
> 꽃 비린내 풍기고 있을 때
>
> 바닷가 잔 물결은
> 살금살금 바위 틈에 모여
> 넘실거리다
> 누나의 치맛자락에 얹히고
>
> 밤새 구어낸 햇빛
> 수억개의 금빛 가루되어
> 막 펼쳐지는 푸른 바다 위에
> 황금빛 비늘로 쏟아내린다.
>
> ―「남녘의 봄」 전문

이 시는 남녘 바다의 갯내음이 "섬 가시내의 가슴처럼 솟아 오른" 섬의 원시적 본능과, 풀꽃과 싹들이 풍기는 "꽃 비린내" 와 "안개"의 이미지를 함께 섞고 있다. 그래서 축축하고도 눅눅한 성적 분위기를 안개 낀 바다와 관련지어 상징적으로 나타내고 있다. 일반적으로 바다의 안개는 소설에서 성적 욕구를 채우기 위한 분위기로 자주 상징되어 나타난다. 그러한 분위기는 "살금살금 바위 틈에 모여 넘실거리다 누나의 치맛자락에" 얹히기도 하고, 그것을 본 화자 마음을 젖은 이미지로 들게 하는 것이다. 왜 젖어 있을까. 그것은 "수억 개의 금빛 가루"가 되어 "비늘로 쏟아 내리는" 푸른 바다의 생명력 때문이다. 이 시의 중심 시구인 "푸른 비늘로 쏟아지는" 바다에서 우리는 끈적거리는 생명 의식의 그 풋내 나는 봄을 느낀다. 이때 바다는 모태와도 같으며, 바슐라르가 말한 대로 여성의 성기를 원형으로 상징하는 대상이다. 그러므로 "남녘의 봄"은 "섬 가시내의 가슴－꽃비린내－누나의 치맛자락－황금빛 비늘"로 이어지는 성적 부풂에 따라오며, 이것이 곧 바다의 봄으로 제도하고 있다.

이 시는 남녘으로부터 훈풍 따라 오는 봄이라는 일상적 의미를 거부하고, 우리 전통적 성적 정서를 함축적으로 표현하고 있다. 그래서 시어가 곧 일상어와 구별되는 점을 실증해 보인다. 이처럼 시인의 체험을 기술하는 과정에서 현실을 모방하되, 시인만의 상징적 개연성을 띠는 것이 시이다. 이러한 시를 읽음으로써 우리는 현실 뒤에 숨은 구조성과 상징성에 대해 유추하게 되는데, 이것이 바로 지시적 의미와 함축적 의미를 갈래 짓는 일이다. 「남녘의 봄」에서 보이는 시적 맥락은 바로 성적 비유가 함축되어 있어서, 일상어와 시어의 특별한 차이를 드러낸다. 그래서 시를 읽거나 쓰는 입장에서 '시어는 암시적이다'라는 명제를 쌍방에서 충족시키고자 하는데 이는,

| 시어 | ⇄ | 구조 상징 | ⇄ | 비유 상징 | ⇄ | 암시성 |

과 같은 이해적 흐름의 측면과 그 창작적 역순의 구조에서 그 의미를 찾
을 수 있을 것이다.

계절과 사물에 대한 애정을 단아한 기법으로 보인 작품「겨울·B」를 살
펴보자.

눈꽃 깔린
뜨락
햇살도 숨 죽이고

허리 못 편
고목가지 끝엔
종알종알 영글어 가는
까치 울음

이파리 다 떨군
대추나무는
은빛 종소리 깔고
헐레벌떡 이른 아침을 편다.

—「겨울·B」전문

그의 시에서는 이처럼 정겨운 장면이 많다. 고목나무에는 "종알종알 영
글어 가는 까치 울음"이 매달려 있기에 왠지 추울 것 같지 않은 겨울 기분
이다. 화자는 단란한 분위기에 싸여 사뭇 정적이며, 대상에 대한 화자의
진술 방법이 서경적이다. 특히 대추나무도 "은빛 종소리 깔고 헐레벌떡
이른 아침을 편다"는 정서적 구절은 읽는 이에게 잔잔한 감동을 흘리게

한다.

언어란 의사 전달의 한 기호적 수단이다. 그러기 때문에 다분히 지시적 의미를 갖는다. 그러나 이것만으로는 위에서처럼 "영글어 가는 까치 울음"이나 "은빛 종소리 깔고 아침을 펴는" 장면과 같은 삶의 과정에서 얻은 미묘한 느낌이나 감정을 충분히 표현할 수 없다. 그래서 시가 나타나며 그 장르를 포괄하는 문학이 존재한다. 시를 쓰는 시인이 시어를 함축적, 연상적, 상징적 의미를 갖도록 장치하는 것은, 바로 이와 같은 지시적 의미의 언어 표현에 대한 한계성 때문이다. 이러한 특징은 다른 시인에게서도 목격되지만, 곡진한 고향의 정서, 정으로 맺어지는 고향 풍경을 노래하는 시인, 즉 박형철 시인에게서 특징적으로 볼 수 있는 시 기법 중의 하나이다.

이제 그의 고향시 한 편을 살펴보자.

눈 뜨면
코 베가는 세상이라지만
한 그루 소나무 같이
늘 푸르고 포근한
고향 친구.

어려운 때
먼저 뛰어오고
섭할수록
등 차분히 두들겨 주는
고향 친구.

눈짓 아니라도

크게 소리치지 않더라도
뜨겁게 맞잡을 수 있는
두 손.

편지 없어도
그 가슴 알 수 있고
미소 안 띄우더라도
입김 후후 불어
덥석 껴안을 수 있는
가슴 가슴들.

눈짓으로만 말할 수 있고
편지 없어도
정이
철 철 흘러
큰 강물 이루는
그런 고향 친구.

—「고향 친구」 전문

　그의 고향은 단순한 향수의 대상이 아니라, 그가 처한 현실 상황을 정적으로 머무르게 하는 흡인력을 지닌다. 고향의 확장적 또는 축소적 이미지라 할 수 있는 "고향 친구"에 대한 시적 자아의 눈길이 깊은 연민으로 충만한 데서도 알 수 있듯, 박형철 시인에 있어서 고향은 항상 따뜻한 시적 매개물의 의미를 지닌다.

　이 시는 다음과 같이 이미지가 이어져 고향 친구에 대한 정의 흐름이 잔잔하고도 기운차다.

```
1연 : 푸르고 포근함
2연 : 차분히 두들겨 줌
          ⇩
3연 : 뜨겁게 맞잡는 두 손
4연 : 덥석 껴안을 가슴
          ⇩
5연 : 정이 철철 흘러 큰 강을 이룸
```

즉 친구를 만나는 정서의 흐름을 효과적으로 묘사하고 있는데, 그것은 1연과 2연에서는 친구에 대한 포근하고 잔잔한 정을 표현했으나, 3연과 4연에서는 뜨겁게 껴안고 잡는 격정을 표현하고 있다는 점이다. 그리고 5연에서는 친구와의 만남이 큰 강을 이루듯 변함없는 우정에 대하여 마무리하는 기승전결식 구성을 하고 있다.

이같은 과정을 통하여 결국, "정이 철철 흘러 큰 강을 이루는 그런 고향 친구"에서 보듯이 그의 고향 친구에 대한 관심은 남다른 끈끈한 정으로 구체화하여 맺어짐을 알 수 있다.

시인은 이 정보망의 고속화 시대에도, 죄송하지만 가장 인간적일 수밖에 없는, 옛것에 대한 그리움을 간직하게 되고, 그것을 잠재적으로 드러내기를 즐긴다. 사라지는 전통에의 향수를 현대에 살려내려 애쓴다.

시가 아름다운 형식을 필요로 해야 한다는 것은 사실이다. 그러나 아름다운 형식은 미리 만들어지는 상태로 주어지는 법이 없다. 그것은 형식 자체를 부정하려는 강인한 정신과의 부단한 싸움 속에서 얻어진다. 아름답다는 것은 상투적인, 그리고 우리 앞에 널려 있는 것을 줍는 작업이 아니라, 인간 정신을 좁은 형식 속에 잡아 가두어두려는 악랄한 것과의 싸움에서 얻어지는 보상인 것이다. 그러므로 시가 진실된 내용을 담고 있어야 하는 것이다.

이제 박형철 시인이 정 주고 살았던, 그래서 많은 시적 소재가 된 보길도에 대한 작품을 살펴보기로 한다.

보길도는 그에게 있어서 "옛 설화처럼 돼버린 잊혀져 가는 섬"이 아니다. 세상이 이 섬을 등지려 하는 것이 안타까워서 그는 이렇듯 자조적으로 표현하는 것이다. "세월의 안개에 쌓인 신비의 고장"으로 그의 "뇌리"에다 심어두고자 한다는 사실을 역설적으로 그리고 있다.

> 남으로
> 남으로 남해안 끝까지
> 옛 설화처럼 돼버린
> 보길도
> 잊혀져 가는 섬.
>
> 윤고산 어부사시는
> 뇌리에서 떠나려 하고
>
> 물먹은 동백꽃
> 함초롬히 입 다문데
>
> 세월의 안개에 쌓인
> 신비의 고장
> 보길도.

날씨만큼 을씨년스럽게
지도의 한 귀퉁이에서
파도를 먹으며
벌벌 떨고 있다.

—「보길도 · B」 전문

앞서 이야기한 대로 그는 보길도를 소재로 한 연작시를 썼을 뿐만 아니라, 이 섬에 대한 단편적인 시도 많이 발표해왔다. 따라서 그에게 있어 보길도는 중요한 시적 자산인 셈이다.

그는 보길도와 그 바다를 중심 소재로 쓴 작품들을 한데 묶어 『보길도의 아침』(조일, 1990)이라는 시집을 발간하였다. 그는 이를 통하여, 그는 보길도 섬과 바다에 대한 서정적 인식을 새롭게 하고자 한다. 그리고 시집 『보길도의 아침』 외에도, 보길도에 관한 작품인 「보길도의 봄」(『전남문단』 제13집, 1986.1), 「섬마을 · 2」(『무안문학』 제2호, 1989.12), 「섬」(『무안문학』 제3호, 1990.10), 「보길도 · A」, 「남녘의 봄」, 「해변의 아침」(『시류』 제28집, 1991.11), 「섬마을」(『무안문학』 제8호, 1995.11) 등 많은 작품을 발표한 바 있다. 따라서 그는 보길도를 사랑하며 그 애향 정신으로, 보길도를 고향으로 둔 시인보다 오히려 더 많은 작품을 창작한 셈이다.

3. 이력 그리고 두 가지 길

이제 박형철 시인의 약력을 중심으로 그가 걸어온 예술적 발자취를 살펴보는 차례가 되었다.

그는 무안읍 매곡리 신촌에서 태어났다. 그는 시인이기 전에 미술가,

또는 미술 교육에 몸담은 교육자이다. 1975년 나주미술협회를 창립하여 10여 년간 그 회장직을 역임하였고, 나주미술인장학회를 설립하여 후학들에게 장학금을 수여하였다. 그 수상자들 중 현재 5명이나 현역 미술가로 활동하고 있다.

그가 수상한 미술 관계 상만도 1977년 한국미협이사장상, 1978년 전남미협의 공로상 등 다수에 이른다. 그리고 1980년부터 1983년 나주미협 감사를 지낸 바 있으며, 현재 광주미술협회 이사로 활동하고 있는 등, 미술 관계의 굵직한 직함이 보여주듯이 미술계에서도 인정을 받고 있다.

문학 관계의 단체 모임에 참여한 것은 1967년 전남아동문학회 회원을 시작으로, 1975년 한국아동문학회 회원, 1982년부터 1986년까지 전남아동문학회장을 역임하였으며, 1990년부터 1992년까지 광주문협 아동문학분과위원장을 지냈다. 그리고 광주·전남 아동문학회 통합 발기 위원으로 초대 부회장을 역임한 바 있다.

그는 미술과 문학에 대한 참여 활동이 널리 인정받아, 1977년 지역 예술 활동에 봉사한 공로로 문교부장관상을 수상한 바 있다. 또 1978년에는 제5회 전남아동문학상을 수상하였고, 교육자로서의 헌신·봉사 활동의 공적이 인정되어 1988년에 낙도교육공로상으로 대통령상을 수상한 바 있다. 그리고 제18회 한국아동문학상을 수상하였다.

그의 등단 경력을 보면 1966년『교육자료』교사문원에 시가 추천되고, 1984년『월간문학』신인상에 동시 부문이 당선되었으며, 1984년에『시와 시론』에 시가 추천 완료되어 동시와 시를 함께 병행하는 다기한 시인으로 인정받기에 이른다.

그가 지은 시화집(詩畵集)으로『무등산에 부는 바람』(1982)과『보길도의 아침』(1990) 등, 두 권의 시집과 동시집『고향에 부는 바람』(1995) 등이 있다. 그리고 향토 관광 안내 자료로 보길도를 찾는 사람들에게 길잡이 역할을 한『관광 보길도』를 발간 보급하여 지역 관광 사업에도 일익을 담당하였다. 그뿐만 아니라 아동문학 독서 자료인『집 없는 아이』(리틀베스트 30권, 현문사)를 내는 데 기여하기도 하였다.

그는 현재 도서출판 한림 대표로 있으면서, 이 지역 시인들의 많은 작품집을 간행하고 있다. 한편 1992년 6월2일 창간한 계간『문학춘추』발행인으로도 있다. 한국문협 회원, 국제 PEN클럽 회원, 광주아동문학회 심의위원 등, 그의 직함이 많다. 그만큼 사회적으로 왕성하게 활동하는 시인이다.

4. 맺는 말

박형철 시인에게 있어서 고향이라는 이미지는 보편적인 것이면서도 끈끈한 인정의 내면적인 것이다. 말하자면 보편성과 특수성이라는 문학적 성격에 맞는 시법을 구사하는 것이다.

향수에 대한 시심은 시인이 아니더라도 누구나 갖는 법이다. 그러기 때문에 그가 추구하는 향수의 시는 인간의 가장 보편화된 시심이라 할 수 있다. 그것은 아름다운 섬 풍경과 그 속에 몸담고 사는 어민들의 소박함을 회화적 수법으로 그리는 시심이다. 그리고 고향 의식은, 바로 박형철 시인에게서만이 풍겨 나오는 인정의 고향 맛이며, 그 개성적 의식이다. 그것은 도시 사회적 삶으로부터 스스로를 절연시키는 고향 의식이 아니라, 사람들의 자연스러운 향일성과 같은 향수적 삶이다. 생활에서 일어나는 무의식적인 수구초심(首丘初心), 그것이 그의 보편화된 향수 정서이다. 그 정서는 자기만의 내향성을 지양하고, 공동체적 삶이 실현되는 그 고향에로 나를 개방하는 정신으로 나타남을 위에서 살펴보았다.

문학은 보편적인 것을 말하기 위해 가장 구체적인 세계를 묘사해야 하며, 그 묘사된 것은 나름의 형태적 완결성을 가진다. 이 논리에 의해 고향에 대한 구체적 세계를 묘사하는 일은, 그것이 사회와 밀접한 관계를 맺고 있다는 의미이다. 문학은 그것이 속한 시대와 사회를 벗어날 수가 없다. 극단적인 경우 역사 소설이나 미래 소설의 형태로, 과거 · 미래로 문학가가 빠져나간다 하더라도 그 과거 · 미래는 그 사회가 보는 과거 · 미래일 것이다.

고향 의식을 기리는 서정시의 경우에도 그것이 노래하는 풍경, 정서, 감정, 등 역시 화자의 상상력과 밀접하게 연결된다. 그러나 문학은 사회에 종속되어 있으면서 그것을 뛰어넘는 특성이 있다. 박형철 시인의 고향 의식 같은 서경적 정서도 바로 이러한 뛰어넘기의 상황으로 보는 것이 좋을 것이다.

한 편의 훌륭한 고향시를 읽고도 아무런 느낌이나 재미를 느낄 수 없는 사람은 고향의 시적 의미를 보통 언어의 의미처럼 생각하고, 보통의 언어로 시의 말뜻만을 취하는 사람이다. 그러나 언어의 시적 조직을 통하지 않고는 복잡 미묘한 고향의 정서, 그 느낌과 생각을 전달할 수 없다. 뿐만 아니라 생명과 우주의 은밀함을 효과적으로 표현할 수도 없다. 시의 의미가 보통의 언어로 완전히 환언될 수 없는 까닭은, 바로 이 같은 정적 사실이 사실적 사실로 쉽게 바꾸어지지 않는다는 이유에서이다. 박형철 시인의 시가 어떤 특수한 정감적 언어 전달의 한 형식이라는 것은, 바로 이와 같은 화자의 정적 사실 말하기에 토대한 시라는 점이다.

이상에서 고향 의식을 정의 묶음, 그리고 섬의 풍경을 회화적으로 그려내는 박형철 시인의 시적 기법을 중심으로 그의 시 세계를 살펴보았다.

고향이란 우리 삶의 뿌리 그 자체이다. 고된 일상에서 자신을 지탱하게 해주는 정신적 기둥이다.

신세대들은 이러한 고향을 잃어가고 있다. 도시에서 태어나고 자라서인지 고향에 대한 낭만적 정서가 없다. 그러기에 신세대에게 고향 의식을 심어주는 일은 시인의 더욱 중요한 몫이 된다. 이 작업을 끈질기게 추구하는 박형철 시인이, 앞으로 어떤 관심과 의욕으로 정과 감각을 조화시키며, 표출해갈지 주목해볼 필요가 있을 것이다. 무릇 그의 시 작업이 물감칠하는 붓처럼 손을 떠나지 않고 끈질기게 나아가기를 바란다.

(『무안문학』 제9호, 1996. 12.)

감각의 섬세미와 교육애의 인간미
— 조백진론

1. 여는 말

오늘날 전형적 유교풍을 지닌 가족 구조는 거친 세상에 참 친구를 만날 수 없듯 발견하기가 어렵다. 조백진 시인은 대대로 유교적 가문 속에 성장한 사람으로 이 난삽 조잡한 세상에 보기 드문 선비다. 품격 있는 가풍은 그에게 어린 시절부터 산맥처럼 영향을 미쳤다. 그런 영향으로 성장하면서 차츰 기품 있는 매화향 같은 사람이 되었다. 조부는 서원에서 훈장을 했는데, 조 시인이 대학 3학년 때 돌아가시게 되었다고 한다. 일제 단발령이 내려졌을 때도 그의 조부는 상투를 자르지 않은 대쪽 기질이었다. 그 정신을 물려받아서일까. 그의 시편에는 전통과 고전에 대한 시풍이 그득 담겨 있다. 조부의 뜻대로 그는 교사가 되기 위해 공주사범대 국어교육학과를 졸업하고, 영암 신북중학교를 시작으로 교단에 서게 된다. 이어 강진중, 장평중, 목포여중, 전남여고 등의 교사를 거쳐 우수영중, 해남고 교감, 교원연수원 장학사를 거쳤고, 현재는 승주 낙안중 교장으로 재직하기까지가 그가 걸어온 오롯한 교육 경력이다.

　조백진 시인과 나는 13여 년 전, 그가 근무하던 교원연수원에서 처음 만났다. 담양의 식영정과 소쇄원을 낀 성산(星山)을 바라보는 양지 기슭에서 연수원의 뜨락을 거닐며 국어 교육 문제를 푸는 대화를 자주 나누었다. 그때 나는 선배와의 정겨운 대화를 잊을 수가 없다. 그가 강조하던 학생 중심의 교육은 오늘날 수업 개혁과 밀접한 관계가 있다고 생각한다. 무렵 나는 주로 조 시인이 담당하는 국어과 연수 과정에 강사로 초청되어 시 지도법을 강의하는 일을 맡곤 했다. 그의 특별한 배려와 함께 강의를 했고, 또 업무도 도왔던 일들이 어제 일처럼 새롭다. 그렇듯 매듭진 인연이었는데, 잊을 뻔한 그와의 관계가 이 시집 발간을 계기로 다시 헤아려 줌은 인연의 순환이리라.

　그는 교사들에게 특별히 인기가 높았다. 현장 견학 때에 한 차에 동승하며 인간미 넘치는 이야기를 들려주던 기억도 난다.

　그러한 선배로 추억되는가 했더니, 1999년 1월 비 오는 어느 날, 바쁜 사무실로 찾아와 가슴에 품고 온 따뜻한 원고 뭉치를 건네며 발문을 부탁한다. 이름하여 『쪽빛 나들이의 사연』. 정말 나들이같이 시가 희망차고 새색시 같았다. 흔히 선배 교육자들이 그러하듯이 정년 무렵의 도덕가연하는 생각을 가진 게 아니었다. 그의 시는 예상을 엎었음은 물론 의미조차 문학 청년처럼 옹골차 있었다. 쪽잎보다 더 푸른 쪽빛이 '청출어람(靑出於藍)'인 스승과 제자의 관계에 담겨 있다고 덧붙여 그가 말했지만, 쪽빛은 그의 의지와 소망 그리고 젊음 같은 시심이 담겨 있다고 생각한 것은 시를 다 읽고 나서야 새로이 느낀 내 심정이었다.

2. 전통 정신과 봉사 정신

이제 그가 교직 생활의 꽃이었다고 술회하는 교원연수원 재직 시에 발표한 「식영정」이란 작품을 살펴봄으로써 시 세계의 화두가 무엇인지 보기로 한다.

식영정(息影亭) 풍경의 다사함이 시인의 미세한 감정에 돌아온다. 봄물에 살아나온 새순처럼 촉촉하고도 생생하다. 구절구절이 참빗으로 갈래 땋은 머리처럼 가다듬어져서 읽는 이를 가지런히도 세운다. 이 시는 "살여울에 부서지듯" 흘러와 독자에게 속삭이는 장면을 노래한다. 식영정의 "옛 주인"을 찾는 것, 그것은 어린 시절부터 쌓아온 선비 정신의 시편 같은 것이다.

서석(瑞石) 호박 단추를
연두빛 마고자 품에 단 무등이
지실촌(芝室村) 노을빛 새벽 닭 울음소리에
눈꺼풀 접어 개고
취가정(醉歌亭) 꿀잠 깰세라
환벽당(環碧堂) 용의 꼬리 숨죽여 달래고서
창계(滄溪) 살여울에 닻을 올려
식영정(息影亭) 옛주인을 찾아
하늬바람 번지는 길 따라
굼실굼실 흐르는 하얀 용암 줄기 헤쳐
범선(帆船)으로 미끌어지다가
살여울에 부서지며
말갛게 졸고 있다.

별빛 후예들이

은하빛 물결치는 이 명경소(明鏡沼)에

삼경(三更)을 목욕하고 나더니

빛고을을 다리미질 하고나서

무녀(舞女)들의 치맛자락을 별뫼에

너울너울

가야금 애절한 음향의 가락으로

덩실덩실 춤을 춘다

사선(四仙)의 잔영(殘影)

곡송(曲松) 분홍 치마 마다

그을린 주름살로

하현(下弦) 닮아 수놓아 졌는데

님이 거닐던 돌길은

숱한 해와 달을 휘감은

흰 도포자락 짚신 발자국 소리가

정자 마루에

긴 세월의 여장을 푼다

자미탄(紫薇灘) 발치의 시린 물가에는

오리떼

하품하는 강변을 어지러이 노젓고

낚시줄 찌마다 태공들의 초점이 일렁이는데

송강(松江)의 여울 가락이

환벽(環碧)을 스치는 핸들의 음향으로

식영(息影)은 산산히 부서져 버린다

아, 솔바람 나들이 가던 날

나, 님 찾아

식영(息影)에서 다시 뵈오리

—「식영정」 전문

감각의 섬세미와 교육애의 인간미

시인이 늘상 바라던 환경, 가사문화권(歌詞文化圈)과 가까이 가보려던 꿈이 식영정을 봄으로써 마음의 노래로 재환기된다. 바라보던 대상에, 화자는 특별히 장면을 오버랩시킨다. 즉 "별빛 후예"가 되어 "은하빛 물결치는 명경소에 삼경을 목욕하는" 장면을 떠올린다든지, "빛고을을 다리미질하고 난 무녀들의 치맛자락을 별뫼에 너울너울 펼치는" 장면, 그리고 "가야금 애절한 가락에 맞춰 춤을 추는 아름다움"을 상기하는 모습들. 화자는 식영정의 옛 주인의 갸름한 영상을 동시에 떠올린다. 시적 영상이 시심을 바탕으로 살아나는 순간을 잡은 경우이다.

　이제 봉사와 희생 정신이 남달리 강한 다음 시를 보자.

　　　나 솜고치로
　　　그대 손끝 실로 뽑혀
　　　빙빙 물레소리 들으며
　　　그대 실타래에 칭칭 감기리,

　　　나 날줄로
　　　그대 베틀에 안기면
　　　그대 북이 되어
　　　바디집으로 얼강달강 하소서.

　　　나 꽃씨 되어
　　　그대 옥토 위에 떨어지면
　　　나 꽃망울로
　　　그대 봄볕 받아 기도하고파.

　　　우리는 주고 받는

영원한 사랑의 빚쟁이.

—「사랑의 빚쟁이」 전문

이 시에서는 "나"와 "그대"가 나누는 감정에 자신을 낮추고 상대를 높인다. 지순한 사랑이 점진적으로 촉촉해옴을 나릿나릿 느껴온다. 부드러운 흙처럼 밟히는 시, 그리고 종교적인 희생과 봉사 정신이 시의 문면에 가득하지 않은가. 그것은 "나 솜고치로 그대 손끝 실로 뽑혀 그대 실타래에 칭칭 감기리"라는 복종과 순종의 지향에서 드러난다. 루돌프 불트만은 그의 저서 『예수』에서 "순종과 복종의 요구가 철저히 이해되는 곳에서만 비로소 은혜와 사랑도 철저하게 이해될 수가 있다"고 했는데, 조백진 시인에게서만 볼 수 있는 '사랑법'은 그러한 생각을 모체로 하고 있다. 그가 즐겨 다루는 사랑에의 순종은 회개를 촉구하고 "꽃씨 되어 그대 옥토 위에 떨어지면"이라는 대상과 자아의 합일성을 염원한다.

인간은 순종함으로써 스스로 정죄한다. 그래서 진정으로 믿는 자의 뜻에 따르는 것이다. 성서의 「누가복음」에 '너희가 부여받은 것을 행한 후에야 순종을 보게 되니라.' 라는 말에서도 그 뜻이 잘 우러난다. 충실함이 곧 상대의 힘이 되고 자신의 힘이 되듯 복종은 곧 사랑의 힘을 의미한다.

이 시를 읽으면 밑바탕에 깔린 희생과 봉사가 얼마나 아름다운지의 진면목을 보게 된다. 사랑하는 "그대"가 하는 일을 자기 일로 여기는 희생과 역지사지의 자세, 봉사하는 기독교적 신실한 자세, 그가 오랫동안 건져 올린 고귀한 인품이며 정신적 갈증을 해갈하는 두레박이다. 그래서 이 시는 "사랑의 빚쟁이"라는 겸허한 애정을 수용하는 의지로 가득 차 있다.

태초에 분홍빛 말씀의 씨 뿌림으로
신의 그리매 부여잡고 태어나
'송명희'라 불리우는 나는
열네살에 초등학교 1학년에 들어갔어요.
(중략)
삼백 예순날을 하루같이
보름달처럼 환한 우리 '언생님'
즐거운 요육시간
함께 뒹구는 체육시간
나의 실례 치어주시기, 닦아주시기
가슴으로 안아주시고 볼로 부벼주시는
사랑의 씨뿌림.
입으로 글씨 쓰고, 가슴으로 지우는
나의 노우트
빵도, 우유도, 곱셈도, 외우기도 즐거우나
온종일 우유빛 다섯 감각으로
꿈을 키워주시는 사랑의 무지개빛 교실의 향기.
―「우리 언생님 오마와요」 부분

특수교육 대상자인 정신지체아가 되어 말하듯 써진 시이다. 아이의 이력, 소망, 보람, 그리고 선생님을 향한 고마움이 눈물겹게 드러나 있다. 온갖 "증오스런 소리로" 매정한 사회가 짓밟아도 아이는 질경이처럼 인내한다. 그래서 "점점 홀로 설 수 있"는, 그리고 "세상 모두를 사랑할" 거라는 아이의 말은 더 분명해지고 감동에 이르러 더 단단해진다. 아이가 의지를 확신하며 스스로 혹독하게 인지하는 대목에 이르면 내심 강한 독자라도 눈시울을 적실 수밖에 없을 것이다. 언어장애를 가진, 그래서 '선생님 고마워요'라는 말이 "언생님 오마와요"로 발화되지만 화자는 오히려

이 같은 말에 솟아나는 진솔한 감정에 감동됨을 덮을 수가 없다. 선생님의 지순과 몸으로 행하는 교육에 의해 정신지체아는 커가는 것이다. "가슴으로 안아주시고 볼을 부벼주시는" 선생님의 은혜를 아는 것은 얼마나 고마운 깨달음인가. 정신지체아지만 이처럼 "사랑"을 전하는 선생님의 마음을 잘 안다. 아이는 "입으로 쓰고, 가슴으로 지우는 나의 노트"에 선생님의 사랑을 쓴다. 비록 지식을 수용하는 데는 부족하지만 사랑을 받아들이는 데는 우수한 감성을 가지고 있다. 서툰 아이의 글은 선생님이 첫출발했던 경험처럼 영원히 지워지지 않을 것이다.

3. 감각의 섬세미와 인간미

감각의 섬세미와 인간미, 이를 반영하는 게 그를 읽는 중요한 독서법이다. 버지니아 울프는 소설 『파도』에서 주인공이 돌아오는 아침 해의 첫 햇살이 비쳐오는 광경을 생생하게 그린 바 있다. 그래서 지워지지 않는 한 인상으로 남는 작품을 썼다. 그 한 대목에 "햇빛은 정원 안의 나무들 위에 떨어져 잎사귀 하나를 투명하게 만들더니 다음에는 또 하나를 그렇게 만든다"는 장면이 있다. 그리고 "햇빛으로 집 벽돌을 예각(銳角)을 지었고 햇빛은 부채 끝 모양 하얀 차양에 앉아 침실 창문가의 잎사귀 장식 밑에 푸른 지문 같은 그림자를 던졌다"는 묘사도 있다. 이와 더불어 조백진 시에서도 겹쳐오는 신선한 장면에 섬세미를 느낀다. 다산 초당에 있는 '정석(丁石)'을 보고, "정석의 이끼 낀 기침 소리가 비바람 정(釘)소리 삼키며"라고 표현한 시구에 그 섬세미가 전해온다.

따스한 햇살이 노랗게 깔깔대는
남녘 바다 기슭
탐진강 굽이굽이 갈대숲 너머
만덕(萬德)의 기암들이
태초의 자유를 만끽하다가 멈춘 산마루
하늬바람 석문(石門)을 타고 을씨년스레 울리는
백련사(百蓮寺) 종소리 길잡이 삼아
유자향 울울한 귤동마을 골목 돌아
쑥바구니 낀 백발 할머니의
고갯짓 안내로
동백 솔대숲 초록빛이 넘실대는 오솔길을
헐떡거리는 숨소리 지팡이 삼아
다산(茶山)의 짚신 길을 쉬엄쉬엄 올라간다.

동문(東門) 밖 누구 하나 찾아줄 이 없는
골방의 애끓는 한탄일까
형의 모습 그리워 흑산도를 향해
뜬 구름에 띄워 보내는 흐느낌일까
티끌 세상 등지고 저 밀물썰물 뒤지며
천리(天理)를 터득하려는 초당의 글 읽는 소리일까
기산 허유의 영수로
저토록 돌돌 흐르는 실물이
고목 옹이마다 들락이는 다람쥐와
숨바꼭질한다.

　　　　　　　　　　　　　—「다산(茶山)의 향(香)」 부분

　시적 정형물이 감각적이다. 번득이는 시의 재치들도 팽팽하다. 가령 "만덕의 기암들이 태초의 자유를 만끽하다 멈춘 산마루"라든가, 또는 "백련사 종소리 길잡이 삼아" 걷는 화자의 여유와, "쑥바구니 낀 백발 할머니의 고갯짓 안내로" 가는 동반자적 발걸음, 그리고 "헐떡거리는 숨소리 지팡이 삼아 다산의 짚신길을 쉬엄쉬엄 올라가는" 탐구적 과정이 가슴에 치릿치릿 전해 온다.

이 시에서 '헐떡거리는 – 쉬엄쉬엄' → '지팡이 – 짚신길' → '매듭의 비유'의 연결된 이미지는 여행하는 시적 흐름을 의미 있게 나타내 준다. 이러한 일에는 동료가 따르고 있다. 그것은 "기산 허유의 영수를 저토록 돌돌 흐르는 실물이 고목 옹이마다 들락이는 다람쥐와 숨바꼭질"하는 곳에서 "실물", "고목", "다람쥐"와의 동료 의식을 적시할 수 있다. 동반적 몸짓에서 감각과 여유를 쇄락시키며 전해온다. 그래서 이 시는 흐르는 시이다. 자유로운 감정에로 흐름이 마치 만덕리에서 펼쳐 보이는 바닷길과 같다. 그러나 너무 길게 표현된 화자의 목소리가 아쉽다. 그것 때문에 이 같은 예리함이 끝을 살려내지 못하고 무디어지는 아쉬움도 있다. 지루한 설명 투가 없다면 더 간추린 시가 될 것이다.

태초의 빛 받아 열린 달마 땅끝
닭 우는 소리가 새벽문을 열 때
흰 돛단배가 쪽빛 바다 남녘으로
두둥실 미끄러져
찢기고 할퀸 세정의 울분을 털고파
여기 보그레섬 등문에 닻을 내렸다.

물안개 자욱한 구름 위에
넘실넘실 파도를 타고
한라봉이 아스라이 손짓하는
격자봉 난대림의 방울물이

초록빛 연봉들의 실물 뽑고
낭음계 가야금 꽁보리밥 사연들은
자갈밭 이랑마다 젖줄되어
돌담 골목 이집 저집
사립문을 흔들어대는 지팡이로 흐른다.

　　　　　　　　　　　　　　　—「세연정에 앉아」 부분

　고산(孤山)이 「어부사시사(漁父四時詞)」를 쓰고 시연했던 한때의 영화로
운 삶을 반추하며 문득 그 시대 세연정(洗蓮亭)에 앉아본다. 고산의 시정
을 대신하는 그 퍼소나의 역할이 무겁게 다가온다. 화자는 세상의 오욕에
서 물러나 "물에 씻은 듯 상쾌하고 단아한" 정자에 앉아본다. 그리고 "찢
기고 할퀸 세정의 울분을" 털어내고 "동문에 닻을 내린" 자세로 유유자적
한다. 도시의 찌든 삶에서 벗어나 새로운 임지에 있는 모습이 세연정을
배경으로 묘사된다. 화자 마음은 늘 외계에 감응하거나 혹은 스스로 넘치
는 강물 같아야 시적 영감이 나타나는 법이다.

　시인 박용철(朴龍喆)에 의하면 사물과 가까이 응축하는 힘이 곧 '시적
변용'이다. 그는 "시적 재료로 삼은 꽃이나 나무 같은 사물이 시인의 한쪽
혹은 그 전부로 변용되어 드러날 때 시적 가치를 보인다"고 했다.

　이 시에서, "격자봉 난대점의 방울물이 초록빛 연봉들의 실물 뽑는" 자
연의 섭리로 해석한 눈과, "낭음계 가야금 꽁보리밥 사연들을 자갈밭 이
랑마다 젖줄"로 환기시키는 감정과, "돌담 골목 이집 저집 사립문을 흔들
어대는 지팡이에" 흐르게 하는 표현은 언어를 다루는 역량이 어떻다는 것
을 간파하게 해준다. 감정의 섬세함이 극치에 도달한 것은 "옥소대 진양
조 피리소리 따라 오입 삼촌의 회수담 무대 삼아 새악씨가 사뿐사뿐 돌

다리 건너 꽃신을 벗고 갑사 치마 끄는 소리"를 듣는 춤의 무대에서이다. "서늘한 후박나무 체취와 함께 둥근 기둥마다 음각되는" 소리도 들을 수 있다. 시가 현란하다는 것을 깨닫다 보면 어느덧 그 정서에 순치된다.

그의 시는 우리가 보지 못하는 아름다운 세계, 우리가 듣지 못하는 내밀한 소리, 우리가 만지지 못하는 음각의 무늬, 우리가 미세한 곳까지 이르지 못하는 떨림의 기교, 우리가 빠지지 못하는 취흥과 그 적멸궁의 세상을 몇 짐이고 우리 앞에 부려놓는다. 마르지 않는 샘처럼 그 신선한 물줄기가 이내에 가득하다. 그 가득함은 비로소 "무민당 옛주인 그물 빚어 은빛 고기를 건져"보리라는 약속으로 승화된다. 그것이 현실적인 미래를 낚는 시법일 게다.

4. 자화상적 시

모진 세상의 땔감나무에 불을 붙이고 가난한 아궁이에 지피는 매캐한 내음, 그 거듭나며 불살라 한 끼의 밥을 지어내는 아궁이, 그곳에서 스스로 태움을 명징화하는 존재가 부지깽이이다. 닳아져 마지막 생명을 다하는 "부지깽이"로 자신의 삶을 역설화한 다음 작품을 보자.

화자는 "질긴 연륜의 촉감으로 체득한" 삶의 역사를 "조련사"라 부른다. 그것은 "꽃댕기 누나의 연지노래"로 "고초당초 어머니 시집살이" 그리고 "할머니 누더기 주름진 세월" 속에 또는 "사랑방 일꾼 가마솥"에, 그리고 "흥부네 허기진 국솥"을 끓이는 연모. 그렇다. 부지깽이는 우리 조상 대대로 지폈던 "연기"와 함께 궁휼을 달래주던 도구이다.

신의 재앙일까 두려워 떨던
태고적 조상들의 눈빛 산야
질긴 연륜의 촉감으로 체득한
빛과 열의 수수께끼를 풀고서
질화로 속 씨앗 삼아
유산인양 다스려온 조련사 부지깽이.

꽃댕기 누나의 연지노래 연기
고초당초 어머니 시집살이 연기
할머니 누더기 주름진 세월 연기
우락한 사랑방 일꾼 가마솥 연기
흥부네 허기진 죽솥 연기가
고춧가루처럼 자욱이 눈에 따가와도
아궁이에 사랑 지피는 부엌데기 부지깽이.

— 「부지깽이 산고」 부분

　농경 시대 추억을 살리는 "부지깽이"는 한편 시인의 자화상이기도 하
다. 릴케는 추억에 대하여 "우리의 피가 되고 눈이 되고 몸짓이 되나 이름
이 없는 것"이라 했다. 또 그것은 "우리들 자신과도 구별할 수 없는 그 무
엇이 됨으로써 한 편의 시가 되는 시간"이라고도 했다. 부지깽이는 시인
과는 뗄 수 없는 관계로 추억 속에 간직되어왔던 소중한 도구이다. 하찮
은 물건이지만 그러나 대대로 내려온 우리 부엌의 지킴이로 민중의 가보
같은 연모이다. 그것은 릴케의 말대로 유심한 사물 그 자신이 곧 시인인
셈이다.

　그러나 의지가 미덕이며 "어둠침침한 부엌살이"를 도맡던 부지깽이는
"정보화 물결"에 깨진 "사금파리"처럼 묻혀버린 사실이다. 이제 그것의 가

치를 누가 알아줄 것인가. 그냥 "저 혼자 속절없이 타다 남는 일"뿐이다. 이는 푸른 숲의 꿈 같은 그 영화의 세월을 보내고 여행에서 돌아온 한 낡은 노래를 부르는 시인임을 자책하는 시이다.

이는 모질고 가난한 때, 시집살이하던 허기진 시절의 부끄럼과 순수함의 농경문화를 대변하고 있다. 이제 그 부지깽이는 없다. 뿐만 아니라 그 도구에 얽힌 한 많은 사연도 우리의 할머니와 어머니의 눈물 속에 사라졌다. 타오르는 아궁이 앞에 두드리며 밀어 넣으며 노래하던 한 사내가 솔 갖불 연기에 눈물을 흘린다. 그것은 이제 추억의 달아오른 불빛에서만 가능하다. 그리하여 시인은 한 시대를 마감하는 상징을 부른다. 그것은 조 시인이 살아온 개인사라기보다는 애환의 일막으로 타 뭉뚝한 부지깽이 끝에 남은 한의 은둔을 조용히 일깨우는 것이다.

5. 닫는 말

이상에서 조백진 시인의 작품 세계를 몇 갈래로 나누어 살펴보았다. 그러나 이 단편적인 글이 그의 시적 세계를 포괄하거나 꿰뚫어 보지 못하고 어눌한 글이 되지 않았는지 모르겠다. "현재가 과거를 포함하면서 동시에 미래를 잉태한다"는 라이프니츠와 베르그송의 철학적 시간론과 관련하여, 어제의 체험과 오늘의 시상이 조화되어 그의 시상이 제목처럼 푸른 '쪽빛'으로 '나들이'하기를 바란다. 그것은 희망이며 가능성에의 열림이다. 험한 고행의 길에서도 높푸른 세상을 향하여 걷기를 바란다. 꺼지지 않는 열정이 속절없는 세월을 걷어차기를 바란다. 아니 한낮의 밝은 해처럼 타오르기를 바란다. 그가 유년을 보낸 곳, 강진의 백련사(百蓮寺) 깊숙한 계곡에 흐르는 물처럼 오랫동안 시심으로 가득하기를 바란다. 그동안 가다듬어온 구도적 자세라든가 또는 사랑스런 제자를 기르는 교육애의 아름다운 지성으로 신나는 나들이가 될 것임을 확신한다.

　이 첫 시집을 펴내는 계기로, 부디 언어의 육화가 '쪽빛'으로 물들고 경험적 문체로 거름을 주며, 결국 존재의 열매를 토실토실하게 맺을 수 있도록 더 값진 땀을 흘리리라 기대한다.

(시집『쪽빛 나들이의 사연』 발문, 한림, 1999.3)

속탈의 자연관이 빚어낸 유유자적의 시
— 문수봉론

산에 또 산이고 물에 또 물이라 길이 없나 했더니,
버드나무 그늘 이루고 꽃이 눈부신 한 마을이 보이네.
(山重水複疑無路 柳暗花明又一村)
　　　　　— 송나라 육유(陸遊)의 시 「유산서촌(遊山西村)」

1. 여는 문 : 시인의 천성

시에서 '미메시스'란 시적 대상에 대하여 자아와 세계를 일치시키는 과정이다. 예컨대 자연을 자아에 투사한 표현 기법이라 할 수 있다.[1] 즉 시인이 노래하는 대상에 대해 자아화(自我化)를 꾀하는 현상화(現象化)가 그것이다. 이에 대해 플라톤과 아리스토텔레스는 '미메시스'를 특히 '자연의 재현' 또는 '자연의 복제'라고 보았으며, 예술적 창조란 이 같은 자연의 재현으로 미메시스가 주요한 형태라고 설명한 바 있다.

　문수봉 시인의 시집을 읽고 보니, '자연 서정'에 대한 '미메시스의 시학'

1　'미메시스(mimesis)'는 고대 그리스 철학자들이 쓴 'mimos'에서 온 말로, 모방 또는 현실의 재현을 뜻하는 문학이론의 용어이다. 이 용어는 영화에서 특정 작품이 소재를 얼마나 정확하게 재현했는가를 규정하는 바를 논하면서 받아들여졌다. 문학에서는 자연 소재를 비롯한 대상에 대한 재현의 정도가 어떠한가에 대하여 논의한 방계 이론으로 발전했다.

을 꾸준히 실천한 시인임을 알 수 있었다. 현재 삶을 자연의 한 부분으로 누리기도 하지만, 그의 천성이 이미 자연주의자로 유유자적(悠悠自適)하는 품성이 자연스럽게 배태되었음을 느낀다. 특히 시인은 위에 인용한 남송(南宋) 때 자연주의파인 육유(陸遊)의 시[2]를 연상케 하는 시풍을 지녔다.

시인이 자서(自序)에서 "시의 혼령이 주는 시상을 머릿속에 아름답게 그려가면서 좋은 글을 쓸 수 있도록" 독자와 한 약속에서도 그 연유를 캘 수 있겠다. 최근 대자연의 품으로 귀화한 그가 삶의 현장에서 '미메시스'를 어떻게 접목하고 있는지 살펴보자.

2. 자연에의 지향 : 미메시스 시학

(1) 새벽안개가
    솜털처럼 피어오르는
    산골 마을

    수탉이 꼬끼오
    시간 알리는
    노래를
    목청껏 불러내고

---

2   육유(陸游, 1125~1210) : 중국 남송 때 시인. 초기엔 솔직한 표현, 사실주의 묘사로 명성을 얻었다. 그러나 형식은 보수적 고체시(古體詩)를 주로 썼다. 은퇴 후 그가 꿈꾸던 자연주의자로 전원 생활을 예찬하는 일에 전념했다. 도연명(陶淵明)의 시풍을 따른 서정적 자연을 묘사했지만 생생하면서도 세밀한 비유 체계의 적용은 오히려 도연명을 앞질렀다는 평을 받았다. 저서에 『검남시고(劍南詩稿)』 등이 있다.

초가집 굴뚝에는
하얀 연기가
뭉게구름처럼 흘러간다.

아침 식사를 마친
농부는
낫을 들고
들판으로 나간다.

노랗게 익은 씨알들이
저마다 속삭이는 사랑 노래에
그는 행복에 젖는다.

　　　　　　　　　　　　—「산골 마을」 전문

　대자연에 묻혀 사는 자체가 부러운 건 바쁜 도시인들이 흔히 가질 수 있는 이상적 간구이다. 화자가 여유롭게 던지는 "새벽안개가 솜털처럼 피어오르는 산골 마을"이란 바로 시인이 사는 동네이다. 특히 저녁 짓는 "굴뚝"에서 "하얀 연기가 뭉게구름처럼 흘러가는" 한 폭 동양화 같은 풍경의 마을이다. 여기에 순박한 "농부"는 일상에서 "노랗게 익은 씨알들"로부터 "속삭이던 사랑 노래"를 듣고 항용 "행복"감에 젖기도 한다. 사실 매사 복잡한 요즘, "행복"이란 말은 그리 쉽게 표현되는 건 아니다. 그럼에도 화자는 나름 행복한 생활을, 대자연에 의지해 살아가는 농부를 통하여 스스럼없이 보여준다. 그만큼 자연과의 삶은 자신의 한 부분인 듯하다. 문수봉 시인이 자랑하는 미메시스로의 전원 생활을 한눈에 보여주는 시는 이 외에도 많다.

(2) 아침 햇살이
　　나무 사이로
　　쏟아져 들어오는
　　명지산 숲길

　　고라니가
　　이리저리 뛰어놀고

　　바람은
　　눈썹을 가르며
　　숲길을 빠져 나간다

　　물안개가
　　연기처럼 밀려오면

　　호남 정맥
　　등산길엔 행복한 웃음
　　그 세월도 흘러간다

　　　　　　　　　　　　　　　—「명지산 물안개」 전문

　　먼저 이 두 작품에서 보듯이 "명지산"을 중심으로 유유자적하는 화자
모습이 전언된다. '명지산'은 화자가 사는 산자락이다. "호남 정맥"을 안
은 명지산 아래 살고 있기에 그는 행복하다. 매일 "아침 햇살"이 쏟아지는
숲길을 걸으며 "고라니"를 벗 삼아 산책하는 남부럽지 않은 여유가 있기
때문이다. 자연에 묻혀보니 "바람"은 어느 결에 "눈썹을 가르며" 숲을 빠
져가고 "연기"처럼 밀려오는 "물안개"와 더불어 "행복한 웃음"도 저절로
나오게 마련이다. 이러한 시상의 전개는 김억(金億)의 시론을 빌리자면

'감정 중시'나 '생명성 중시'의 자연주의적 관점[3]으로도 볼 수 있겠다. 시인의 무소유적 감정, 또는 그 슬로시티가 읽는 이에게 행복한 바이러스를 옮기는 듯도 싶다. 「산골 마을」과 「명지산 물안개」는 연작이라 할 수 있을 정도로 화자가 자연에 밀착하여 투합한 사례이다. 부러울 이 없는 무소유의 편안함에서 독자도 쇄락적 치료를 받기에 충분하다.

3. 대상과 거리 : 서정적 자아와 융합

서정시는 본질적으로 화자의 내면적 정서를 목표로 하는 문학이다. 주체의 내면 심리 혹은 정서 서술을 목표로 하는 시를 표방한다.[4] 그러므로 문학 연구론자들은 서정시에 대해 흔히 '세계의 자아화'[5]라고도 일컬어왔다. 서정시가 화자의 감정을 주관적이면서도 자아에게 늘 열려 있는 상태로 전개하는 이유에서이다. 이런 관점에서, 문수봉의 대부분의 시는 서정적 요소를 대상에 대해 '세계의 자아화'로 도입됨을 볼 수 있다. 다음 작품은 그 대표적 예이다.

> (3) 눈이
> 많이 내리던 날

---

3 박상천, 『한국근대시의 비평적 성찰』, 국학자료원, 1990, 140~141쪽 참조. 이 책에서 김억 시론의 핵심을 ① 감정 중시 ② 운율 중시 ③ 생명성 중시 등으로 분류하고 있는데 이는 내용상의 시 가름이다.
4 금동철, 「서정주의의 정신적 지향 1」 한국현대시학회 편, 『20세기 한국시의 사적 조명』, 태학사, 2003, 328쪽 참조.
5 조동일, 『한국문학통사』, 지식산업사, 1995. 150~156쪽 참조.

짙푸른
소나무
오솔길을 걸었다

어딘가에서
들려오는
뿌지직 소리

소나무 가지
찢어지는 소리에
내 가슴도
내려앉는다

—「눈에 찢긴 소나무」 전문

사실 "소나무"에 대한 애정은 이 시인만의 전유물은 아니다. 시인의 정서적 매개물로서의 자연물은 1920년대 이후부터 많이 목격되는 대상이었다. 시적 자아가 곧 화자임을 발현하는 시, 자아와 화자간의 정서가 직접 소통하는 시, 그러기 때문에 그는 지금도 그 같은 서정을 드러낸다. 이 시에서 정서적 매개물, 강추위로 인한 "눈"에 짓눌려 "찢긴 소나무"를 등장시킨다. 시적 화자와 대상의 관계를 긴밀하게 매개하는 종속적(從屬的) 상관물(相關物)로서 "눈에 찢긴 소나무"가 선정된다. 우리에게 "내 가슴도 내려앉는" 걸 호소하여 감춘 감정을 제시한다. "찢긴 소나무"와 "내 가슴"의 거리는 좁혀져 있다. "찢긴 소나무"는 시인의 각별한 애정의 대상이다. 그의 일상은 늘 자연 사랑으로 이어진다. 그는 "눈이 많이 내리던 날"도 어김없이 산을 오른다. 그때 화자는 "뿌지직" 하는 소리에 놀란다. 저런! "소나무 가지"가 눈의 무게를 견디지 못하고 "찢어진" 것이다. 순간 화자는 "가슴"이 철렁 "내려앉는다"고 말한다. 흔히 있는 자연법 서정이지만 그에게는 놀람으로 돌아온다. 이는 스스로 자연에 묻혀 살아가는 때문만은 아니다. 타고난 그 사랑을 표현함에 다름 아니리라. 이 밖에도 자연 생태주의자로서의 시의 역할은 곳곳에서 읽힌다. 시가 주는 메시지는 단출하나 산길과 적막 속을 젖으며 걷는 것처럼 오래 읽히는 장점이 있다.

4. 설화(雪花)의 눈(眼) : 극기의 미학

　　⑷ 추색 짙은 낙엽이
　　　가을바람에
　　　흩어지고

　　　매서운 북풍에
　　　하얀 설화가
　　　마음 속을 후빈다

　　　눈꽃 속에
　　　붉은 설시(雪柿)
　　　누구를 못 잊어

　　　나무 끝에 매달려
　　　눈가에 이슬 맺히도록
　　　가슴 아파하는가
　　　　　　　　—「설화(雪花) 속에 핀 시화(柿花)」전문

　　"시화(柿花)" 즉 겨울 감나무에 홍시가 꽃처럼 매달린 풍경을 "설시(雪柿)"로 보는 발상이 놀랍다. "시화"란 시인이 창안해낸 별칭이지만 바라보면 일견 "가슴 아파하"도록 안타까운 열매이다. 늦가을도 넘기고 욕심 없이 남겨진 홍시(紅柿)의 세월을 거쳐 이젠 얼음처럼 얼어서 "시화"라는 꽃 같은 경지에 이르렀기 때문이다. 보편적으로 "매서운 북풍"이 남기고 간 "설화(雪花)"만도 누구에게나 인상적일 법한데, '시화'란 더 처절한 감의 최후 존재일 터이다. 그래서인가. 이 열매는 화자의 "마음속을 후비"기에도 족하다 못해 독자에게도 눈 속 빨간 꽃으로 오래 남는 것이다. "시화"를 보고 "가슴 아파하는" 화자의 정서와 비유하는 솜씨가 돋보인다.

이 시는 '설화(雪花) − 설시(雪柿) − 시화(柿花)'로 이어지는 시적 대상의 변환 과정에서 비유적 의미 부여와 비비유적 의미 부여 사이의 계속된 전이를 주도한다.

'비유'에 대해 무카로프스키(J. Mukarovsky)는 구조의 상대적 자율성에 대해 입론 소개하면서,[6] 비유적 의미 부여와 비비유적 의미 부여 사이에 전이가 계속되지만 시에서는 비유적 의미 부여 위치와 문제점을 간과해선 안 된다고 말한 바 있다.[7] 즉 시에서 비유적 의미 부여는 비비유적 의미 부여가 이루어지는 동일한 시어로 선택되는지, 아니면 몇 개 대립적 환경에서 선택되는지에 관심을 두어야 한다는 것이다. 물론 이 둘이 동일한 어휘 영역에서 이루어지는가, 아니면 상이한 영역에서 이루어지는가에 대해 관심을 가져야 함도 중요하다. 이에 무카로프스키는 '내세우기'

---

6   이는 티냐노프와 야콥슨이 설명하지 않은 상이한 여러 문학체계들 사이에서 상호작용을 가능하게 하는 문화의 다양한 메커니즘에 대한 설명이기도 하다.(로만 야콥슨 외, 『현대시의 이론』, 박인기 역, 지식산업사, 1989, 211쪽 참조)

7   위의 책, 88~89쪽 참조.

라는 시의 특성에 대해, 대상을 '최대한 내세우는 조건'에 두어야 한다고 역설한다. 그래서 형식주의적 개념을 '낯설게 하기'에서 한 걸음 나아가 "언어 구성에 대한 미학의 의도적 왜곡"이라고까지 정의하고 있는데, "설화"를 바탕으로 한 "시화"의 인상 깊은 도달점에서 이런 의도적 미학을 함께 읽을 수 있다.

> (5) 터질 듯 부풀어 오른
>   홍매화 꽃망울
>
>   곧 봄이 오려나
>   훈풍이 불어오네
>
>   아직 나뭇가지에는
>   설화가 피어있는데
>
>   누구의 마음을
>   슬그머니 훔치려고
>
>   눈 가늘게 뜨고
>   곁눈질을 하는가
>
> ─「홍매화」전문

문수봉 시인은 겨울 소재에 대해, 주로 인내하며 싹 틔우는 과정을 그려낸다. 그래서인지 시가 겨울 시점을 택한 게 상당히 많다. 이 작품도 그런 인동(忍冬)의 맥락에서 빚어낸 작품이다.

지금은 "아직 나뭇가지에는 설화가 피어있는" 겨울이다. 한데 화자는 "곧 봄이 오려나" 보다고 추측한다. 산길에 "눈 가늘게 뜨고 곁눈질을 하는" 홍매화를 보았기 때문이다. 매화는 이미 "터질 듯 부풀어" 올랐다. 이런 기미(機微)를 매화의 "곁눈질"보다 먼저 시인이 눈 "가늘게 뜨고" 포착했다. 하지만 화자를 비롯하여 사람들은 "마음을 슬그머니 훔치려고" 하는 유혹이 "꽃망울"을 예견함을 안다. 홍매화의 눈길은 시인의 바라보는 눈길과 순간적으로 맞닿아 있다. 그게 "곁눈질"이다. 미리 간파해낸 시인의 눈이기도 하다. 매화가 던지는 생명의 눈치이자 곧 내면에게 슬쩍 비친 아름다운 "곁눈질"이 감각적으로 도드라진다. 홍매화와 화자가 주고받는 착지점에 "곁눈질"이라는 요소가 수채화 속의 여백인 듯 빛난다.

시의 이미지 과정이 '홍매화 꽃망울–훈풍–마음 훔침–가는 곁눈질'로 차례화되어 있다. 하므로 홍매화와 화자가 "곁눈질"과 함께 흘리는 유혹 같은 입김에 싸이며 읽는 명징(明徵)함이 있다.

5. 흐름과 종착역 : 무상(無常)의 상징

> (6) 고속열차를 탔다
> 창밖으로
> 산과 강, 나무들이
> 흐르듯 지나간다
>
> 내가 살아온
> 세월 같이
> 바람처럼 빛처럼
> 시야를 지나간다
>
> 이렇게 빠른 속도로
> 달리다 보면

이제 곧
내 인생의
종착역에 도착하겠지

—「종착역」 전문

이 시의 단속적 이미지는 단순하다. 그러나 역설적으로 생의 흐름을 시간적 관계로 구도화(構圖化)해 보인다. 즉 '고속열차를 탐→창밖으로 흐르듯 지나감→살아온 세월을 반추함→바람과 빛 시야를 지나침→인생의 종착역 도착 예정'의 과정이 그러하다.

일반적으로 구조란 의미의 재현에서 확인되고 관계망(network of relationships)과 연결된다. 이 관계망은 대체로 복합성(complexity)과 애매성(ambiguity)을 지니게 된다.[8] 이 시에서 '승차 – 풍경 – 세월 – 종착역' 등 상호 관계망이 보이는데 이는 '생의 무상함'이 통일체를 이루는 경우이다. 즉 지금까지 화자가 견디어온 '생'에 새로운 '무상'이란 내포를 획득하게 된다.

이 시에서 구조화는, 우리가 열차를 탈 때 설레는 마음을 갖는데 화자는 그 설렘을 건너뛰어 전경화(前景化)[9]로 진입 "고속열차를 탔다"고 제시한다. 즉 관계의 망 이전에 자신이 살아온 시간과 연결한다. 그리고 "창밖

---

8 시의 구조에 대하여 러시아 형식주의자나 프라하학파의 구조주의 시학으로부터 비롯되어 이제는 시 해석의 당연한 태도의 하나로 인정되었다. 분석과 해석론자에 따라 견해를 달리하나 문수봉의 「종착역」을 이런 이론적 틀에 적용해본다.(박민수, 『현대시의 사회 시학적 연구』, 느티나무, 1989. 257~258쪽 참조)

9 전경화(前景化)는 언어라는 매개체를 비일상적으로 사용하여 두드러져 보이게 한다. 곧 상투적 표현을 깨뜨려 새로운 것으로 이동한다. 프라하학파의 언어학과 시학에서 쓰인 개념으로 '낯설게 하기'와 유사한 개념이다.

속탈의 자연관이 빚어낸 유유자적의 시

으로" 빠르게 스쳐가는 "산과 강, 나무들이 "흐르듯" 하는 걸 바라본다. 하지만 화자는 장면을 그냥 보는 게 아니다. 순간 그가 "살아온 세월"이 "바람처럼 빛처럼" 지나쳐 왔음을 회한한다. 개별 정서의 복합성, 풍경을 통한 자의식, 그리고 회포와 경험을 차례대로 제시하며 화자는 정한의 태도로 자신을 예비한다. 그러나 회상도 잠시, "이렇게" 빨리 "달리다 보면" 머잖아 "내 인생"도 "종착역"에 가까워지리라는 데 생각이 미친다. 기차를 탈 땐 느끼지 못했던 느닷없는 자각이다.

이 시는 세월의 덧없음을 고속열차에 비유한 시로, 고속의 쾌감을 맛보다 보면 예정보다 빠른 종착역에 이름에서, 그 아이러니를 견주어 읽을 수 있다. 모든 생이 빠른 게 능사는 아니지 않는가.

6. 달과 다낭 : 낭만을 끌어낸 추억

(7) 블라인드
커튼 사이로
보름달을 훔쳐본다

검은 구름이
둥근달을
삼켰다가
뱉어 낸다

그리운 여인에게
사랑의 편지를
쓰고 싶은 밤이다

—「달을 훔쳐보는 창」 전문

화자의 창가엔 달빛조차 아름답다. 독자는 "블라인드 커튼 사이로" 떠오른 "보름달"의 정경에서 연애 심사도 읽을 수 있다. 그는 "구름이 둥근 달을 삼켰다가 뱉어내"는 장면을 바라만 보는 게 아니라 무연히 "훔쳐보"고 있다. 이 "훔쳐본다"는 시어의 이면엔 지금 둥근 달보다는 '희미한 옛 사랑'의 기억이 우선이라는 투가 조금은 숨어 있다. 누가 그런 자신을 볼까. 옛 사랑의 "그리운 여인에게 사랑의 편지"라도 쓰고자 하는 밤이리라. 이 일은 기실 혼자만의 꿈일시 분명하다. 화자의 은밀한 정을 담아 "달을 훔쳐보는 창"에 기대어 드러낸 사뭇 동양적 풍류이다. 이와 관련하여, 멕시코 출신의 3인조 트레스 디아만테스(Tres Diamantes)가 발표하여 유명해진 〈루나 예나(Luna Llena)〉를 떠올릴 수 있다. '루나 예나'는 '보름달'을 뜻하는 말로, 우리나라에선 「희미한 옛사랑의 그림자」로 편곡되어 불러지기도 했다. 호숫가에서 지는 달을 보며 떠나간 님을 생각하는 애절한 사랑의 노래가 그것이다. 동서양을 막론하고 달을 보는 감회란 다를 바가 없다. 빚어낸 가사도 설득적이다.[10] 당나라 시인 왕발(王勃, 650~676)[11]의 「산방의 밤」도 그런 류일 게다. 그는 "거문고를 안고 방문 열어, 술잔 잡고 정다운 이와 마주하니, 숲속 못가의 달밤 꽃 아래엔, 또 다른 하나의 봄이 있네(抱琴開野室 携酒對情人 林塘花月下 別似一家春)"라고 노래했다. '또 다

---

10 〈루나 예나〉의 가사 : 푸른 저 달빛은 호숫가에 지는데/멀리 떠난 님의 소식 꿈같이 아득하여라/차가운 밤이슬 맞으며 갈대밭에 홀로 앉아/옛사랑 부를 때 내 곁엔 희미한 그림자/사랑의 그림자/차가운 밤이슬 맞으며/갈대밭에 홀로 앉아 옛 사랑 부를 때/내 곁엔 희미한 그림자 사랑의 그림자.

11 왕발(王勃, 650~676) : 당나라의 천재 시인, 당시(唐詩)의 선구자로 꼽힌다. 육조(六朝)의 탐미적 유풍에서 탈피하지는 못했으나 자연적인 소박한 감정을 나타낸 시를 썼다.(김미라 편저, 『세계의 명시』, 대우, 1997, 192쪽 참조)

른 봄'이란 정다운 이와 맺는 속정일 게다. 그런가 하면 김광규 시인이 노래한 「희미한 옛사랑의 그림자」 같은 패러디도 있다. 일견 김소월 시인이 토로한 "달이 암만 밝아도 쳐다볼 줄은 예전엔 미처 몰랐어요. 이제금 저 달이 설움일 줄은 예전엔 미처 몰랐어요. 그것이 사랑 사랑일 줄이 아니도 잊혀집니다"와 같은 「예전엔 미처 몰랐어요」도 그 종류이겠다.

> (8) 태평양 거친 파도가
>   산더미처럼 밀려드는
>   다낭의 모래 언덕
>
>   아름다운 해변에
>   늘어선 야자수가
>   옛날을 생각하라하네
>
>   피 흘린 전우는
>   구천을 헤매는데
>
>   지금 당신은
>   누구를 그리워하며
>   눈물을 흘리는가
>
> ─「추억의 다낭」 전문

「추억의 다낭」은 시인이 겪은 월남전에 대한 서정시이다. '다낭' 하면 "아름다운 해변에 늘어선 야자수"가 떠오른다. 그때 "피 흘린 전우는 구천을 헤매"는데, 이역의 야자수는 "누구를 그리워하며" 지금도 "눈물을 흘리"고 있는가를 되묻는다. 시인은 베트남전에 참가한 가파름을 뒤로하고 이제는 역사의 뒤로 넘어가버린 전쟁을 아름답고 슬픈 추억으로 되새김하여 내놓는다.

베트남 전쟁을 주제로 한 시는 많다. 예를 들어 「야자수 그늘 베트남」은 "1966년 10월"에 "장대비 쏟아지는 정글에서 전우의 시신을 붙들고" 울던 입장에 대하여 이야기한다. 당시 백마부대에 참여한 경험을 소재로 한 「백마의 영혼」은 항구 "나트랑"에서 "백마의 깃발을" 날리다 "한줌의 잿더미"로 변하여 "조국의 땅에 묻힌" 한 병장의 이야기로 "영혼을 빼앗긴" 사연을 다루고 있다. 「다낭이여, 파도여!」는 "아름다운 다낭"으로 화자에게 각인된 "태평양"에 "파도가 거침없이 밀려"드는 무렵에 "야자수 그늘에서 상념에 젖"던 추억을 노래하기도 한다.

이처럼 문수봉 시인은 추억의 달은 물론 전쟁에의 경험을 통하여 유유자적의 시학을 펼친다. 비록 당시는 조바심을 키우는 청춘의 사랑이거나 전쟁에 생사를 건 피비린내 나는 순간이었지만 오랜 세월이 흐른 후에는 깊은 호흡의 서정(敍情)으로, 그것도 미메시스 자연 서정의 내면화를 보여준다.

7. 가정 편력 : 고난과 아픔에 대한 애증

(9) 어릴 적
    술을 좋아하시는
    아버지가 싫었습니다

    술을 많이 마셔
    삶을 버릴 것 같았던

나약한 아버지

이승을 떠나신 지
삼십 년이 지나서야
아버지의 술 취한 모습을
이해하게 되었습니다

세상 살기가
너무 힘들었던 세월
그럴 수밖에 없었던 아버지가
왜 그렇게 술을 드셨는지
이제야
가슴 문이 열렸습니다

— 「아버지」 전문

흔히 '아버지' 소재의 시를 읽으면 화자의 궤적이 감정적으로 나타나는 경우가 있다. 이 시도 그런 족적을 보인다. 아버지는 유독 "술을 좋아"했다. 하지만 그는 "싫었"다고 고백한다. "술을 많이 마셔" 건강을 해친 "나약한 아버지"는 "이승을 떠나신 지" 벌써 "삼십 년"이 되었다. 이제, 화자는 "아버지의 술 취한" 그때를 바야흐로 이해하게 된다. "세상"과 가족을 부양하느라 지치고 "힘들었던 세월"인 걸 뒤늦게 알았기 때문이다. "이제야" 아버지가 과음한 이유를 알게 되자, 화자는 닫힌 "가슴 문이 열렸"다고 고백한다. 사실 진정한 아버지를 이해하지 못했던 철부지 나날을 반성하는 의도도 있지만, 중요한 건 자식으로 현재를 반추하는 재음미가 더 크다고 할 수 있다.

(10) 오늘도 엄니는
　　　외출하는 늙은 아들에게
　　　문을 열고 잘 다녀오란다

　　　얼굴에는 주름투성이
　　　머리는 하얀 파뿌리

　　　곧 백세가 되는
　　　엄니를 보면
　　　자꾸 눈물이 나온다

　　　내일은 어느 곳에서
　　　힘없이 쓰러질까

　　　모레는 어디에서
　　　눈을 감지 못하고 잠들까

　　　늙은 아들은
　　　가슴앓이를 한다

　　　　　　　　　　　　　　　　—「가슴앓이」 전문

　어머니에 대한 노래는 시인들이 표현한 바, 모정의 그리움이나 고향을 떠난 이후 늙은 어머니의 모습을 노래하는 일이 많다. 이 시도 "곧 백세"를 눈앞에 둔 어머니와 함께 사는 아들의 걱정, 그리고 어머니의 관심거리를 담고 있다. 모자 사이의 애틋한 정이 가슴에 겹다. 화자는 전라도식으로 "엄니"라고 부르는 데서 남다른 정을 표출한다. "엄니"는 오늘도 "늙은 아들에게" 조심히 "잘 다녀오라"고 인사를 건넨다. 화자도 어머니의 이

속탈의 자연관이 빚어낸 유유자적의 시

런 모습에 "눈물이 나온다"고 말한다. 어머니는 언제 "쓰러질"지 또 어디서 "눈을 감지 못하고 잠들"지 모른다. 아들은 어머니 걱정으로 가슴을 앓는다. 하면, 어머니는 늙은 아들이지만 그녀에겐 아직도 그가 어린애로만 보여 매사 조심하라고 잔소리를 하곤 한다. '엄니'→'아들이 나설 때마다 잘 다녀오너라' '주름투성이 얼굴' '하얀 파뿌리 머리'로 묘사된다. 화자인 나는 '나'→'엄니가 힘없이 쓰러질까 염려함' '눈을 감지 못하고 잠들까 걱정함'으로 연결되고 있다. 이 시는 어머니에 대한 아들의 '가슴앓이' 과정이 리얼하게 그려져 있다.

8. 거짓말 세상 : 풍자의 시학

(11) 돈 많은 재벌이 자서전을 쓴다네
　　살아온 여정을 남기고 싶어서

　　머릿속에 맴도는 지나온 시절
　　글로 표현 못해 고민이지만

　　누군가에게 돈을 주면
　　직접 쓴 것처럼 포장을 한다네

　　남의 그림에 나를 숨기고
　　부끄럼 없이 낙관을 찍듯이

　　자기 일생이 글쟁이 손끝에서
　　아름다운 미사여구로 태어난다네

　　그 글이 자기가 쓴

자서전이라고

목에 힘을 주고
자랑하는 사회

세상이 한 자락씩
거짓으로 물드네

―「거짓말 자서전」 전문

　세상에 대한 풍자는 일견 시의 책무이기도 하다. 요즘처럼 정치 불신의 시대는 더욱 그렇다. 시에 나타난 바 "자서전"이란 내가 나의 이야기를 숨김없이 쓰는 것이다. 그럼에도 "돈 많은 재벌"은 힘들지 않고 "자서전"을 쓴다고 한다. 돈만 있으면 "머릿속에" 지닌 "지나온 시절"을 "글로 표현 못해 고민"할 필요는 없으렷다. "누군가에게" 쓴 "값을 주면" 그럴듯하게 "포장"하여 써주기 때문이다. 마치 "남의 그림"이지만 거기 자신을 "숨기고 부끄럼 없이 낙관을 찍듯이" 한다. 목적한 자서전이란 "글쟁이 손끝에서 아름다운 미사여구로 태어나"면 그만이다. 그러니 고뇌란 있을 수 없다. 이 시는 자기가 직접 쓴 '자서전'이 아니라 남이 써준 이야기임을 숨기고 "목"에 "힘"을 주는 우리 "사회"를 풍자한다. "거짓으로 물드는" 자신을 대리로 쓰는 "자서전"을 통해 사회를 비판한다. 이 비판은 최근 최순실 국정 농단을 풍자한 「촛불」에서도 보여준다. 풍자에 서정을 깔아 화자 입장을 정리한 문수봉 시인의 또 다른 시 세계를 보이는데 그만큼 여유와 삶의 경륜이 묻어 있음을 보이기도 한다.

9. 닫는 문 : 미메시스의 여유

솔직히, 삶을 자연화한 헨리 소로(Henry D. Thoreau, 1817~1862)처럼[12] 인적이 없는 숲길, 내면 가득 자연 서정으로 살아가는 문수봉 시인의 세계가 부러웠다. 오늘의 각박한 사회에서 특히 신선한 샘물과 그늘이 될 듯싶었다. 그의 시를 읽으면서 속탈의 자연으로 가는 산책자(散策者)의 발걸음이 느껴졌다. 그게 시집을 덮고 나서도 속삭이듯 들려온다. 산과 들, 숲과 강을 품어 안는 그의 여유에 치유감을 느끼기도 한다.

작품에 대한 일별과 그 논의를 통해 문수봉 시인은 결국 자연에의 혼융과 생태주의를 표방하며 귀의 의식에 의한 유유자적의 시학을 전개함을 알 수 있었다.

머리 부분에 인용한 송나라 육유(陸遊)와 같이, "산에 또 산이고 물에 또 물이라 길이 없나 했더니, 버드나무 그늘 이루고 꽃이 눈부신 한 마을이 보인다(山重水複疑無路 柳暗花明叉一村)"는 시처럼, 삶의 터전 '명지산' 자락에 마련한 「유산서촌(遊山西村)」과 같은 행복한 집에 눈부신 시가 늘 오롯하기를 바란다.

더불어, 그가 실천하는 미메시스의 자연주의가 앞으로 더 여유만만해

---

12 헨리 데이비드 소로는 1845년 7월 4일 매사추세츠주 콩코드 교외의 월든 호수에 통나무집을 짓고, 1847년 9월 6일까지 2년 2개월간 생활하면서 그 경험을 『숲속 생활』이란 책으로 썼다. 그에게는 자연이 생활의 전부였다. 동료들이 한 말, 우연히 만난 여행자, 홀로 하는 생각보다는, 메아리 소리가 하루 중 기억에 남는 사건이라고 했다. 귀뚜라미의 소리도, 버드나무에 깃든 개똥지빠귀의 소리도, 낙엽 깔린 산길의 신선하고 즐거운 경험도 그는 놓치지 않았다. 자연에는 인간 세상과는 다른 자유가 가득하여 자연 세상 그 자체를 만족했다.

지길 기대하며, 시집 출간을 계기로 "달"을 "보고" 또 "별"을 "헤며" 은하를 가로지른 성좌처럼 문운 또한 창성하시길 바란다.

(시집『달보고 별헤며』발문, 서석, 2017.3)

아픔과 환희, 인고로 쓰는 시
— 박철수론

1.

적어도 시가 일상생활로 들어가려면 바닥에 눕듯 진솔하고도 낮게 운위될 필요가 있다. 제왕이 누린 아성이 바야흐로 연인과 함께 귀거하는 '생의 귀환'처럼 시는 곧 일상이기 때문이다. 시인이 생활에 충실하려면 우선 자신의 마당 안으로 들어가야 한다. 에둘러 들기도 하겠지만 그가 견딘 간난과 시간은 그 어떤 여유도 주지 않는다. 그러지 않곤 그가 생산해낸 시가 별 볼 일 없는 짓에 지나지 않음을 느낄 것이다. 시가 진정한 의미에서 자신에게 철저하지 못했다는 이유이다. 시에는 진리와 진실과 진솔과 진의가 엇바뀌며 산다. 그것은 좁으나 넓으나 시인 생활사에 내재한다. 앨런 포에 의한다면 진실이 사라진 시는 허위나 위선일 수밖에 없다는 비판을 피하기는 어렵다. 꾸밈만 있고 감동이 없는 까닭이다. 그러므로 시는 사실의 경험이자 진리의 지혜이고 진실의 어떤 오기 같은 것이라고 할 수 있다.

박철수 시인의 작품에는 사물과 관련한 생활이 진솔하게 전개된다. 연민과 좌절의 아픔, 그리고 진리와 진솔에 대해 주저 없이 밀려온다. 시적 진실이 다루어내는 장점이자 그가 감당하는 무기일 것이다. 시인이 자서에서 "시는 벼랑에서 몇 번씩 추락했다"고 말하는 것에 주목해보면, 연민과 좌절의 한 기록으로서 시를 다루고 있음을 느낄 수 있다. 그는 자신의 시가 추락한 것을 두고, "언어에 뼈를 세우지 못하고 원석을 찾아내어 다듬어내지 못한" 결과로 자책한다. 그 자책은 겸손에 일차적 연민을 대변한다. 하지만 그의 이차적 연민은 그 층을 더욱 두껍게 한다. 포기 같은 후회에도 불구하고 시에서는 탄탄한 희망이 보인다. "연민을 떨치고 말"을 "벼리는 담금질"에서 예사롭지 않은 품격을 느낀다. 하지만 그는 "연금술사에게 맡기면" 시가 "뜻만큼 평화롭다"는 의지도 가지고 있다. "뜻만큼"이라는 목표는 정확하지 않으나 시의 종멸을 쥔 절대 존재인가도 싶다. 그걸 알아가는 게 차선인, 다른 번민이기도 하다. 결국 지난한 삶에 최후로 건져낸 생각은 역시 시였다는 고백이다. 삶에 "시를 대신할 수 있는" 것은 이제 "시밖에 없"다는 삼차적 연민을 고백한다. 이는 그가 천상 시인일 수밖에 없는 환경론자임을 말해준다. 그러니, 시인에게 있어서 연민의 도달이란 찢어져야 하는 슬픔이자 희망이었음을 아는 일은 그리 어렵지 않다.

2.

이러한 서문에 매료된 나는 시집 『그 유월의 그믐밤』에 수록된 시를 읽으며, 결코 낡지 않은 시상에 의해 사물이 노래되고 있음을 느꼈다. 대부분 시인들이 천착 정신과 시상이 얕은, 그래서 정신을 캐내는 작업이 구태의연하고, 위선적인 사물 칭송 투에서 벗어나지 못하는 넌더리에 상한 요즘인데, 봄잠에서 갓 깬 아이의 울음처럼 신선한 목젖을 보인다. 비 갠 후 물푸레나뭇잎이 빚어내는 반짝임 같은 게 있다. 그건 호감이었고 다감이었으며 민감이었다. 내심을 내색하지 않기로 하고 객관적 관점만으로 읽었다. 그는 인고, 슬픔, 극복 등으로 대변될 시를 쓰고 있었다. 가령「고로쇠나무」와 같은 작품이다.

수두는 미라가 되어서도 앓는다는 병
골밀도 낮아지면서
습기 차오르는 대로 삭아 내리는
둥치 큰 너무 고로쇠 고목은
갯바위 따개비 달 듯
촘촘하게 버섯을 매달고 수두를 앓고 있었다
온 몸이 가렵다
캄캄한 찬바람
인고의 세월 무성하게 달고
밑동 떡 버티며 채우던 골수
타인의 혈관 속으로 흐르면서부터
이미 죽음과의 조우였다
가지 끝까지 물을 뽑아 올리던 힘
바늘 관 꽂히면서
제 동맥 속으로 흐르지 못하고
사지 지우며 몸통만 남아
녹슨 가시관이 꽂힌 채
잃어버린 목숨을 내려놓고 있었다
흡혈충처럼

마지막 남은 체액을 빨고 있는 낡은 가시관
검붉은 혈전이 쌓인다.

—「고로쇠나무」 전문

　사람은 동식물에게 용감하다지만 상대적으로는 잔인하다. 끝도 모르는 인간의 잔인성은 습관화되었다. 해악을 깨달을 수 있을까. 사람을 위해서라면 목숨까지도 버리는 고로쇠나무의 존재가 생의 마지막을 버틴다. 나무는 수액을 다 빨린 나머지 "미라가 되어서도 않는다"는 수두에 걸려 몸부림을 친다. 사람들에게 수액을 앗겨 "골밀도"는 죄 없어져가고, 전신이 "삭아 내리는" 통증을 겪는다. "죽음의 버섯"을 달고 죽기를 견딘다. 몸은 미치도록 "가렵"지만 하소연할 곳도 없다. 인간 "흡혈충"은 매정하게 "마지막"까지 남은 그의 "체액"까지도 빨아 마신다. 마침내 그는 "죽음"과 "조우"한다. 철혈처럼 "바늘관"에 "꽂히면서"부터 이미 "죽음"은 내정되었지 아니한가. 그러나 실낱같은 희망은 있다. "봄"을 맞아 죽을힘을 다해 "목을 뽑아 올려"보는 것이다. 하지만 몸은 사시나무처럼 떨린다. "잃어버린 목숨"이라 치부하고 그만 삶을 "내려놓기"로 한다.

　화자는 고로쇠나무의 생존에서부터 죽음에 이르는 과정을 치열하게 객관화해 보인다. "낮은 골밀도", "빼앗긴 골수", "앓는 수두", "멈춘 동맥", "잃어버린 목숨", "검붉은 혈전" 등의 과정을 극단으로 보여준다. 어떤 감상도 화자가 진술하지 않았으나 인간의 짐승 같은 행위를 느끼게 하고 일말 양심을 울리게 하는 시이다.

```
┌─────────────────────────────────┐
│           고로쇠나무              │
└─────────────────────────────────┘
                 ▽
[통로의 설정]→생존부터 죽음까지 과정의 객관화
[생존 위험성]→[낮은 골밀도]→[빼앗긴 골수]→[매단 골수]→[앓는 수두]
[종말 잔인성]→[멈춘 동맥]→[꽂힌 바늘관]→[잃어버린 목숨]→[체액빠는 가시관]
                 ▽
       ┌─────────────────────────┐
       │    고로쇠나무의 붉은 혈전    │
       └─────────────────────────┘
```

3.

　　나이 드는 자각은 "놀람"이 자신의 것이 되는 순간이다. "놀람"의 연역과 귀납을 시의 몸에 담는다. 하느님은 알고 있으나 화자를 비롯하여 사람들의 생에 대한 "놀람"은 예고된 게 아니다. 고지가 없어 현장은 더 충격적이다. 시인은 "놀람"을 새로운 시선으로 담아낸다.

　　　　　나이가 들어서는 것은 놀람이었다
　　　　　시내버스 안에서
　　　　　소년이 자리를 양보해 준다
　　　　　할아버지라고 불렀다
　　　　　깜짝 놀랐다
　　　　　젊은이들이 모인 곳
　　　　　야간에 개방한 학교 운동장
　　　　　운동을 마치고 마무리를 하고 있었다
　　　　　젊은 아비의 손을 잡고 있던 아이가
　　　　　내 운동을 따라하겠다고
　　　　　떼를 쓴다
　　　　　그럼 할아버지 따라 하자

깜짝 놀랐다
청년 같은 아비도
할아버지라 불렀다
준비하지 않고 맞이한 오십 줄
나이가 들어서는 것은 놀람이었다.

—「나이 이력서」 전문

어느 봄날 외출을 위해 거울 앞에 섰다가 발견한 비애, 손자 손녀를 처음 보는 날은 소독내 풍긴 병원에서 부딪친 기쁨이었지만 실은 늙어가는 계급장의 승진과도 같다는 생각을 한다. 옛날로 돌아가지 못하는 화자는 마침내 "시내버스 안"에서, 그리고 저녁 식사 후 운동하러 나온 "학교 운동장"에서 "할아버지"라는 말에 충격을 받는다.

시의 과정	시의 장면	시의 표현 사례
처음	나이듦→놀람	
시내버스 안	소년의 자리 양보	"할아버지"
학교 운동장	젊은 아비 손을 잡은 아이	"그럼 할아버지 따라 하자
깨달음	준비하지 않고 맞이한 노년	"오십 줄"
마지막	나이듦→놀람	

표에 보이듯 시의 과정별 일상의 각 사례가 서로 관계되어 나타난다. 브룩스와 워런(Brooks & Warren)이 제시했듯 수미상관(首尾相關)으로 구조화된 시적 틀이다. 화자는 자칭 아직 청춘이다. 그럼에도 아이들과 젊은 아비로부터 듣게 되는 말은 "할아버지"가 아닌가. 이 분류가 낯설게만 느껴진다. 아무 "준비" 없이 벌써 "오십 줄"에 앉은 데 대한 회오이다. 세월의

눈금이듯 가슴 한켠 우울한 주름이 빗금 긋고 지나간다. 생의 무상함을 드러내는 화자의 표현에 동감한다. '세월은 수레바퀴' 같은 경구를 줌으로써 그것을 멈추게 하는 충동은 찰스 램(Charls Lamb)의 시 「제야(除夜)」를 통해 느낀 바가 아니더라도 갑남을녀(甲男乙女)들의 공통 사안일 게다.

　　　　낡은 수첩 표지를 넘기자
　　　　면면이
　　　　마른 나뭇가지 같은 필체로
　　　　의미 있는 몸짓을 질타했던
　　　　부끄러운 언어들이
　　　　켜켜이 엉켜 있었다.

　　　　페이지마다
　　　　하나씩 더 얹어준 나이테가
　　　　비늘처럼 층층이 돋친 채
　　　　죄스러운 손에 뺨을 맞고
　　　　철없이 울먹였던 상처들의
　　　　퇴적층

　　　　빈자리를 메우는 번호로
　　　　교실을 채웠던 슬픈 희생들
　　　　홀씨되어
　　　　갈라진 세상 틈으로 흩어진 후
　　　　어떤 절벽에 외진 나무로 섰을까
　　　　어느 가난한 밥상 따뜻한
　　　　한 그릇의 밥으로 놓였을까

　　　　노 교사는

화석이 되어버린
수첩 속에서
울어 볼 만한 언어를
찾고 있었다.

—「낡은 수첩」 전문

 나이 지긋한 생의 무렵 모든 기록도 다 낡아지기 마련이다. 우리의 인생이 덧없어가듯 기록도 시대를 거쳐 역사 속으로 묻힌다. 교직 생활에서 기록부란 매우 중요하다. 후일 자신의 흔적을 돌이켜보는 일 말고도 제자들에 대한 다양한 정보가 깨알같이 들어 있기 때문이다. 그것은 개인 발전의 자료가 되기도 한다. 예를 들어, 학생의 대학 진학을 비롯하여 취업 지도, 사회생활, 그리고 추수 지도에 이르기까지 포트폴리오에 담긴 실적이나 스펙들은 도처에 다양하고도 긴요히 쓰인다. 시인의 작품엔 그가 몸담고 있는 교직에 대한 소재가 많을 것이다. 교직수첩이나 일지로 교무수첩, 업무일지, 학급경영부, 상담일지, 학습지도안 등이 있다. 학교에서 일상의 업무와 흐름은 수첩과 일지의 기록으로 시작되고 마무리된다고 할 만큼 그 기능은 중요하다. 각종 회의 기록, 학생 상담 기록물 등이 그렇다. 화자의 "낡은 수첩"엔 "마른 나뭇가지"와 같은 "필체"로 질타했던 "부끄러운 언어들"이 교직의 세월 따라 "켜켜이 엉켜" 있다. 아이들이 결석할 때마다 "빈자리를 메우는 번호", 한때 교실을 애틋함이나 추억으로 "채웠던 슬픈 희생들"은 어느새 "홀씨"처럼 흩어졌다. 세월의 "갈라진 틈"으로 아이들이 저마다 가버린 후, 결국 선생은 "절벽에 외진 나무"처럼 서게 됐을까. 아니면 "가난한 밥상"에 한 "따뜻한 밥으로 놓였"을까. 사실 화자에 대한 이 의문형의 진술만으로 이루어진 거라면 하등 시라고 내세울 수 없을지 모른다. 지나간 화자의 수첩, 그러니까 "지금은 화석이 되어버린" 수첩을 보고 그가 "울어볼 만한 언어"를 찾는 게 바로 시다운 장면이다.

그럴 것이다. 수첩은 "페이지마다" 기록된 "나이테가 비늘처럼 층층이 솟아" 있다. 제자들을 가르치면서 "죄스러운 손에 뺨을 맞고 철없이 울먹였던 상처", 그 아이들의 "퇴적층"도 시에 담겼다. 바로 아이들과 함께 땀 흘렸던 지도의 기록물로 산출된 시이기에 진솔성이 풍긴다.

4.

밤눈 밝히기 위한 압축
몸속에 암수 같은 심을 박고
양 극을 이으면
환하게 밝는 빛
두꺼운 어둠 층을 뚫는
길 앞잡이 범눈이다

새벽이 오기 전에
압축이 풀리고 시력을 잃으면
몸뚱이에 문신은 선명해도
너는 이미 폐기된 육신

어둠은
빛을 거두고
다시 어둠을 낳는다
다시는 눈뜰 수 없는
내 밤눈.

―「건전지」 전문

사물에 정의를 바탕으로 써진 시이다. 화자가 말하듯 불에 대한 이미지를 실존적으로 전개했다. "건전지"란 어둠을 뚫는, "밤눈"을 밝히려는 "압축" 즉 축전기이다. 압축의 공법은 어떻게 이루어지는가. 그것은 "몸속에 암수"의 "검은 심을 박"는 일로부터 시작된다. 그리고 "양 극을 이으면" 드디어 "환하게 밝은 빛"이 나온다. 시는 그 "빛"과 "밤눈"의 이미지를 확대한 시상으로 돋보인다.

> **[밤눈 밝히기 위한 압축]** ▷몸속 검은 심→양극을 이음→환한 빛
> **[어둠 뚫는 앞잡이 밤눈]** ▷압축 풀림→시력 잃음→문신 몸뚱이
> **[너, 이미 폐기된 육신]** ▷어둠 빛을 거둠→눈 뜰 수 없음→내 밤눈

"빛"이란 독서(讀書), 독물(讀物), 독사(讀史), 독화(讀畵) 등을 배제하고는 성립하지 않는다. 이에 대하여, 슈버트(D.G. Schuberet)는 인쇄된 혹은 진열된 기호를 빨리, 정확히 해석하는 힘으로 읽는 행위를 정의하였다. 눈을 "뜰 수 없는" 암흑에 "밤눈"을 뜨는 것으로 하여금 제시된 기호는 인쇄로 비유하자면 활자이다. 그것을 정확히 해석하는 힘이 독서 능력이다. 캄캄한 어둠에서도 기호를 접하고자 하는 시인의 갈망을 위해 "밤눈"은 늘 켜두어야만 하리라.

> 너의 몸
> 나로 채우고
> 내가 비면 너로부터 차오르는
> 서로에게 흐르는 깊은 몸
>
> ―「연리지」 일부

아픔과 환희, 인고로 쓰는 시

시가 역설을 드러낼 때 감동이 깊게 울리는 수가 많다. "연리지"도 몸을 틀어 "너의 몸"을 "나로 채우는" 사랑의 한 역설이다. 그것은 방향의 역행이 주는 삶의 묘미이기도 하다. 모순되는 사랑의 융합, 연리지(連理枝)란 "내가 비면"(空) 그 빈 곳은 "너로부터 차오르게"(滿) 되는 나무이다. 말하자면 "서로"를 찾아 "흐르는 깊은 몸"이다. 뿌리는 다르되 줄기나 가지가 함께 합환된 나무, 연인된 사람과 한 몸을 이루는 것은 사랑하는 사람들의 열정이고 소망일 것이다. 열애의 귀착, 바야흐로 화자는 "너의 몸을 나로 채우는" 바 "나"의 무엇이 "너"가 되어 세상을 견디어가기를 바란다. 이와 같은 연리의 사랑에서 각기 다른 환경의 삶이 서로 의지하며 합해지는 영혼으로 나아간다.

도스토옙스키의 출세작인 『가난한 사람들』은 '마카르 제부시킨'과 '바르바라 알렉세예브나'라는 두 주인공이 사랑하는 이야기를 편지글로 전개한 독특한 형식이다. 말하자면 소설이 연리지 구성 방식을 취한 셈이다. 내용 또한 연리목의 사랑에 연결되어 있다. 두 사람의 나이 차는 있으나 사랑의 긴장을 압축해낸 세밀한 묘사가 압권이다. 예로, 말단 공무원인 마카르 제부시킨이 사랑하는 소녀 바르바라 알렉세예브나에게 쓴 6월 21일자 편지에서는 "내가 편지를 쓴 것은 별다른 목적이 있어서가 아니라 무사히 지내고 있다는 것만 알리려 합니다. 수놓은 색실이 필요하다고 했지요? 사드리고말고요. 내일이라도 당장 사서 기쁘게 해드리지요. 어디에 가면 살 수 있는지 벌써 다 알아두었답니다." 이렇듯 사랑하는 바르바라에게 다가가기 위한 방법을 동원한다. 편지는 장마다 열렬한 사랑 이야기로 가득하다. 마카르와 바르바라의 감정은, 가난한 사람들이 갖는 동병상련(同病相憐)의 사랑이 아니었다. 그들은 서로가 필요한 존재임을 발견한 것이다.

이 시의 끝 부분, "너로부터 차오르는"은 연리목의 사랑에 대한 전설을 차용하여, 화자의 안목으로 재해석한 "서로"의 "깊은 몸"으로 세월을 견디는 영원성과 그 추구력이 시의 가치를 높인다.

파도에 닳아진 섶을 두르고
바다에 엎드린 무거운 침묵
휘어진 등이 햇볕에 따갑다

먹물 같은 해저로 내려선 둥치
물때에 휘감겨도 눈부신 당신
물을
그리워 할 줄 몰랐다

선연한 하늘 떠받치며
짠 물에 몸 담가 아프게 피워 올린
인고의 넋
세상 등진 집 한 채 품고
천성에도
귀 기울일 줄 몰랐다

도시 놈 몇몇 뱃길 트면서
길길이 누벼 후빈 등 생채기에
알전등이 박히더니
당신의 하늘에도
도시의 하늘처럼
별이 뜨지 않았다
밤에도

밤을 잃어버린 섬.

—「섬」전문

　겪어보지 않은 사람은 때로 섬을 무겁게 인식하는 습관을 갖기도 한다. 화자에 의하면 애시초 "물을 그리워 할 줄 몰랐"던 섬이었다. 그만큼 스스로는 "짠 물에 몸"을 담그는 "인고의 넋"으로 존재하고 있었다. 오랫동안 지켜보던 화자에겐 장중한 정서가 깃든 섬이기도 했다. 시에서, 섬은 "엎드린 무거운 침묵"으로 다가온다. 지금은 슬픈 섬, 밤을 잃어버렸기 때문이다. "알전등"이라는 문명의 도구가 섬의 아름다운 밤을 살해했다. 그만큼 섬의 오염은 심각하다. 바슐라르에 의하면, 풍경이 망가지면 원래 복원코자 하는 상상력으로 시인에게 의식화되기 시작한다. 그는 그 과정을 존재가 갖는 내면적인 압력이라고 보았다. 요는 비판적 정신력이 시가 생성되는 관건이다. 60년대의 문학평론가 최재서는 사물과 관련한 체험끼리 연결 고리가 바로 창조 작용임을 역설한 바 있다. 섬은 "천상"이라 하더라도 "귀 기울일 줄 몰랐"지만, "도시 놈들"이 "후비고" 가버려 치유할 수 없는 "생채기"가 생기고 만다. 그것은 "뱃길을 트면서" 더 덧나게 된다. 시인의 경험은 섬의 "생채기"와 연결되어 암흑에 지배된다. 그래, 섬은 밤이 돼도 "별이 뜨지 않고", 그만 "밤을 잃어버린" 것이다. 시는 섬의 폐해에 대한 화자의 고독감을 짙게 노정한다.

5

　시는 시인의 생존 역사이다. 전쟁을 위해 무기를 단속하듯 시는 삶의 전쟁터에 총보다는 종(鍾)을 들고 나서는 구세군이다. 펄 벅은「죽음과 에너지」란 글에서 "삶은 앞을 향해 움직이는 힘"이라고 했다. 우리 삶은 때로 서릿발처럼 빛나는 순간의 고통을 딛고, 비늘처럼 꺾이다 번쩍이는 환희 속으로 들어간다. 연민과 좌절이 뿜어내는 시, 그 감정이 바로 시임은 오래전 해즐릿 시대부터 논의되어 왔다.

시인은 이번 시집 발간을 계기로 심오한 시 세계를 더욱 높이리라 믿는다. 그래서 진리의, 진실의, 진솔의, 그리고 진의의 세계를 구축하고 독자 앞에 나서기를 바란다. 이미 시인의 화자가 사는 「105-906호」에서 이야기했듯 그의 현관은 벌써부터 아이를 위해 다음과 같이 정돈되어 있을 것이다.

하늘 금을 긋는 고층 아파트
닫힌 문 속 수직 통로로 닿는
문 열리면
또 닫힌 문

몇 개의 숫자를 조합하여 비밀번호를 풀면
귀때귀 파랬던 내 젊은 것들이 뒤척이는 906호
오늘 하루가 눕는다

물켜진 생선처럼 소화가 돼버린
묵은 삶을 두고
아ー빠,
우리 집은
왜 이렇게 거지야?
거지는
철부지 순수에 멍이 들어도

뿌리는 깊이
그물처럼 얽혀 오는 매듭을 풀었다

때로는
먹물처럼 번지는 어둠에 시력을 잃을 때도
바람과 구름을 엮어
비 오시는 길목을 열고
삶을 길어 올리던 곳
언제나 공중에 젖어 무료하지만
묵은 삶은
쉼 없이 맥박이 뛰고 있지 않은가!

애야,
아빠는 그 때
거지가 아니었단다.

―「105-906호」 전문

　아픔과 환희의 시는 무엇인가. 인고를 앓은 생활의 시는 시인에게 어떤 시적 지렛대가 되는가. 적어도 시는 생활 속에 진솔하게 운위되어야 할 필요가 있다. 요즘 시단은 난삽한 비판들로 치고받기에 바쁘다. 오래 숙성하여 생산해 낸 시를 볼 수 없다는 세간의 화살로부터 피하지 못하는 시인이 부지기수이다.

　하므로, 박철수 식의 서정 기법만이 살아남는다는 각오로 매진하기 바란다. 아픔과 환희의 과녁을 쏘는 긴 독화살, 아니 그것을 맞고 오히려 치료하는 짧은 침도 동시에 쏘아대기를 바란다. 독자를 향한 과녁이 아니라 시의 심장을 노리는 그것으로.

(시집『그 유월의 그믐밤』 발문, 한림, 2011. 12)

푸른 질량과 노란 토박이의 시학
— 진헌성론

1. 머리말 : 팜 파탈, 내공이 도달하다

내 침대 머리맡에 말없이 누운 책이었다. 두께조차 듬직해 내 무거운 자세 또한 꼿꼿해졌다. 시집을 읽으면서 앓아야 하는 고뿔 같은 것이었을까. 늦가을 동안 새벽의 찬 공기가 귓바퀴에서 몇 번 울었고 괘념은 사위어갔다. 어떤 때에는 소리 내어 읽었지만, 보무도 당당한 그의 무신론(無神論) 앞에 호흡을 멈추는 때가 많았다. 그가 즐겨 쓴 토박이말들은 내 유년의 어깨에 활처럼 걸쳐졌다. 말들은 귀로 듣듯 노랗게 물들여왔다, 진양조 물결처럼, 아니 점령군처럼. 전라도식으로 말하자면 오진 '시학'이었다. 생명을 다루는 의사가 시로 물어다 주는 물리학적 사유에 놀라기도 했다. 식구들의 문 소리가 나는 시각부터는 평소대로 묵독을 시작했다. 쥐 소금 먹듯 한 달이 이어졌다. 내친김에 세 권의 시집을 읽었다. 쌓아만 놓았던 진헌성의 시를 읽기 시작한 것은 하나의 위업이었다. 빚을 갚는 일이기도 했다. 묵직하게 누르는 과제 같은 걸 해결했다는 식의, 말하자면 게으른 학생의 밀린 일기장을 덮는 식의 기분, 그리고 장마를 견디다 푸른 하늘을 보는 것 같은.

때로 사유는 장강이었다. 표징어(表徵語)에는 촌철살인(寸鐵殺人)의 단말마가 채찍처럼 내쳐왔다. 내 무신경의 눈이 우선 아팠다. 무디어진 지식에 대해 부끄러움도 함께 꽂혔다. 지혜의 벼락을 맞는 쾌도난마(快刀亂麻)처럼 그렇게 에이듯 살을 베일 만도 했다. 상처는 풍자였고 위트였다. 대리 체험이었고 스스로 나선 해명이었다. 그렇다고 해묵은 분단 문제로 목청 높여 다가서는 '지리산' 주제 같은 대하소설은 아니었다. 민족의 뿌리인 '토지(土地)'를 둘러싸고 빚어지는 쟁의(爭議)도 아니었고, 아니면 고난을 뚫고 나온 사업가의 논픽션이나, 사투를 겪으며 극지를 발로 뛴 저널리스트의 리포트도 아니었다. 워싱턴 어빙[1]처럼 '구주희(九珠戲)'에 초대되어 20년이란 세월을 한낱 꿈으로 보내버린 「립 밴 윙클」의 맹랑한 이

---

1   워싱턴 어빙(Washington Irving, 1783~1859) : 미국 초창기 소설가, 그는 영국과 유럽의 설화와 전설을 바탕으로 꾸민 단편 모음집 『The Sketch Book of Geoffrey Crayon』을 출간했다. 미국 단편문학의 효시라 불리는 「립 밴 윙클(Rip Van Winkle)」은 이 책에 있다. 네덜란드의 전설을 당시 미국 상황으로 각색한 이 책은 게으름을 피우고, 아내를 무서워하는 한 공처가의 이야기다. 어느 날 그는 바가지를 긁는 아내를 피해 산속으로 사냥을 하러 간다. 그는 빈둥거리다가 이상한 복장을 한 남자를 만난다. 립 밴 윙클은 그 남자를 도와 술통을 날라다 주고 그 대가로 술을 마신다. 취기가 오른 그는 그늘에서 늘어지게 잔다. 그가 잠에서 깨어났을 때, 모든 것이 달라진 느낌을 받았다. 옆에 두었던 사냥총은 녹이 슬어 있었고, 머리카락과 수염은 길게 자라 있었다. 아내에게 야단맞을까 마을로 급히 내려왔지만, 모든 것은 변해 있었다. 잠깐 잠을 잔 사이에 20년이란 세월이 훌쩍 가버렸던 것이다. 바가지 긁던 아내는 죽고, 독립전쟁으로 미국이 탄생되어 있었다. 20년의 과거에 일만 아는 그는 시대에 뒤떨어지긴 했지만, 장성한 딸과 함께 살며 마을의 어른으로 존경을 받았다는 이야기이다.

야기는 더구나 아니었다. 하지만 읽는다는 사실은 즐거웠다. 논리로 푸는 썰렁한 양념 맛도 있었다. 그의 시상은 밀고 나가는 힘이 우선 강했다. 표현 또한 치열했다. 질량의 이미지는 종횡무진. 시의 힘이랄까, 감정의 완력이랄까, 바람을 불어 넣는 소림권법의 내공 같은 저력이 있었다. 나는 새벽 노를 저었다. 그게 내 눈이 그의 시에 가 닿은 중심이었다. 그렇듯, 난 진헌성의 항구에 정박했다!

2. 시대 중심 : 물질 − 질량이 신을 점하다

옛 신화의 시대란 어쩌면 낭만주의의 절정이었는지도 모른다. 그렇다면 종교의 시대는 연애가 아니었을까. 그리 연계하여 묶어질 수 있을지, 고답적(高踏的) 사유가 천지에 널렸더랬다. 그가 필두에 놓은 '물질−물량−질량'은 피할 수 없는 시대를 지칭할 것이다. 물량 중심으로 보자면, 정신의 공허, 정신의 실종이겠다. 아니 정신의 해체라고나 할까. 인류는 이미 이 해체 시대에 깊숙이 와 있다. 우리가 넘기며 읽던 책 페이지는 사라졌다. 찢어지고 없을까. 낡은 서가를 밀쳐낸 게 많았다. 영상물뿐이 아니었다. 아이패드와 스마트폰에서는 사랑도, 꿈도 터치로 밀어낸다. 요즘의 아이 핑거들이 무림(武林)의 벌판을 누빈다. 두뇌법보다 손가락법이 르네상스를 맞고 있는 중이다. 아, 미는 건 어디에나 있다. 기득권에 대한 해체주의는 주도권의 장악이다. 아니다, 말하지도 말라. 서바이벌 게임, 스타크래프트들도 다 지났다. 이는 게임의 고전물들이다. 대신 '던전 앤 파이터'나, '콜 오브 듀티', '세인츠 로우 3'처럼 속도전은 더욱 기세등등 살벌하다. 기계적인 이기와 편리가 제 세상을 맞나 보다. 그게 톱니처럼 맞

물려 있는 시대이니. PC 패키지로 보내온 '더 킹 오브 파이터즈'와 '다크 소울', 그리고 온라인에서 주름잡는 강호들처럼 RPG 액션이 돋보이는 게임도[2] 바야흐로 스러질 차비를 한다. 그러기 전 프로그램에 접근해보려 한다. 한데, 핫! 어림없는 일이다. 김수영처럼 차라리 '시여 침을'이라면 모를까. 오늘날 시는 자의식적인 자동기술기법 같은 장르로 변했다. 따라가기 바쁜 생활에서, 진헌성의 시로 말미암아 의도적인 세상에로 눈뜨는 일이 생겼다.

이즈음에 하필이면!

3. 변절된 접목 : 거간의 시대를 가다

과거 속절없는 자는 인문주의를 외치는 일에 몰두한다. 그러다 한 해를 넘긴다. 때를 보니, 끔찍한 무지막지한 현대이다, 싫든 좋든. 문명의 곡괭이 아래 정신주의가 말살되는 일은 슬프지가 않다. 뭐, 그게 밥 먹듯 하는 일상이니까. 황폐한 무림의 가뭄 든 땅을 가는[耕] 아픔을 겪는다. 명궁이 지어지선(至於至善)이라, 모두에게 한 자루의 활이면 가능하리라. 이제 경작 세상을 맞는다. 아니다, 칼도 있어야 한다. 그래야 비로소 정령의 무림을 단칼에 가를 수 있다. 달밤이면 더 좋을 것이다. 딴은 비바람이 치면 어쩔 것인가. 상관없다. 무대장치가 시적 배경이니. 기차 밖으로 풍경이 날아간다. 그냥 베어져 날리는 것과 같다.

---

2   게임 산업은 하루가 다르게 변하고 있다. 2011년 11월 출시되었거나 2009년도 부터 인기를 누리고 있어서 재편성한 게임 프로그램도 있다. 전문 게이머들이 관심을 갖는 인기 목록인데 이외에도 수없이 많다.

과거로부터 배우는 사랑법은 지나간 게 아니다. 어쩜 아파트 앞 낡은 가구처럼 버려져 있는지도 모른다. 다들 폐기처분할 자산인가. 사람까지도 낭비하고 금전으로 환산되는 물질, 질량의 되돌림이 무섭다. 바위 안의 파도처럼 사람 마음을 침식한다. 오늘날은 그게 같잖은 사회 법칙으로 변한다. 이미 질량적 사회는 한통속이 된 지 오래이다. 이들을 소통시키고 거간함은 시인의 몫이다. 흉악한 몰골로 끝까지 비웃지 말라. 소통 자체가 말을 듣지 않는다. 그래 시인도 속수무책이다.

하나, 지금은 접목의 시대다. 이른바 퓨전의 비빔밥이다. 때로 몸을 섞는, 시장을 누비는 신세대나 구세대를 간맞춘 음식들. 앗, 세포도 분열을 취소하고 융합하는가. 그 예로 돼지의 유전자를 인간 줄기세포에 박는 게 상용화되었다. 하지만 소름이 돋듯 찌릿하다. 여러 형태와 특징을 가진 장기가 상품화된다니. 장기은행에는 마치 24시간 편의점처럼 불이 켜졌다. 간과 이자와 콩팥을 내걸고 네온이 번쩍인다. 식탐 부리는 인간들의 정육점이다. 크악, 장기 슈퍼마켓에 와 있다는, 정통 공수도로 배를 찌르는 기분이라니. 공갈이었으면, 한데 공학이라는 이름으로 물량은 도살장처럼 울부짖는다. 그런 기세도 좋다. 베일과 어둠에 가렸던 게놈(genome)[3]이 웃는다. 그게 쇼윈도 밖으로 새삼 밝혀지는 게 아닌가. 치, 잘난 사람의 사회도 끝장 볼 날이 머지 않았다. 우주적 삶이 미래인가. 티끌이 태산인 순간, 몇 광년이 지나갔을 법하다. 시인들의 봄날은 아무 건

---

3   생물체를 구성하고 기능을 발휘하게 하는 모든 유전 정보가 들어 있는 유전자의 집합체이다. 유전자(gene)와 염색체(chromosome)의 두 단어를 합성해 만든 용어이다. 생물의 세포에는 핵이 있고 핵 속에는 일정한 수의 염색체가 있으며, 염색체 안에는 부모로부터 물려받은 유전 정보를 가진 DNA(핵산)가 있다.

더기 없이 간다. 가버린 세상, 새삼 맹물이 돈다. 연분홍 치마가 봄바람에 휘날리는 게 아니다. 핏빛 간이나 콩밭을 달고, 같이 울고 같이 웃는다. 기계에 매단 장기를 두고 봄날에 헛된 맹세를 한다.

그러나 아직 언덕 위에는 초록 층이 두껍다. 자연이 숨겨놓은 정령, 그리고 이법이다.

4. 추구된 사고 : 변주할 그릇에 담다

전에 비해 나, 진헌성의 재미에 빠지는 이유를 이제 알겠다. 독특한 행간 때문이 아니다. 담는 그릇이 특이한 이유이다. 담긴 사연이 진한 질량에 버무려져 있다. 순도도 강해 정신의 쇄락 같은 게 스친다. 뭐든 정직하고 담담하게 담아낸 '삼삼한 시'이다. 제공된 정보를 탐구하는 시간도 필요하다. 독자의 자질일까. 이유가 되므로, 이유가 건재하므로, 이유가 살아 있으므로 시가 재미있다. 속도감이 난다. 뿐인가, 경우에 따라서는 추구된 사고가 궁금하기도 하다. 속된 의문조차 갖게 하는. 한편 그의 시는 바닥을 천착하듯 깊이를 독자에게 요구하기도 한다. 시집의 외형에 그만큼 값한다. 어쩌면 지상에 쏟아야 할 이야기가 많듯이. 600여 페이지가 넘는 시적 호흡이 공기를 기다린다. 그러고도 일곱 권째 분량에 담긴 연작시는 어느 한 편 스토리도 반복되지 않는 게 어쩜 해학이다.

그의 질량적 이력과 문단 경력은 팜 파탈이다. 천일야화(千一夜話)와 같은, 세에라자드식 이야기의 밤이 돈다. 왕의 처소에 비견되는 의료실과 서재에서 끝없이 이어지는 철학, 문학, 과학의 페이지는 날이 새야 다음으로 연결된다. 그는 "언니, 만일 자고 있지 않으면,[4] 어제 시작한 '삼삼한 시 깜깜한 시' 121번을 이야기해줘요." 이렇듯 시를 이어간다. 시를 술탄(독자)의 귀에 나르려면, 나, 60년대 지리산 종주 때처럼 포터라도 있어야 할까.

생명을 다루는 직업인이 작정하고 쓴 창작물은 다음 「뒤집어 보기」에서 현현하게 드러낸다. 꿈틀거리는 거대한 동물. 하, 네시(Nessie)[5] 같은.

5. 질량의 역설 : 진짜 사물 맛은 보다가 뒤집을 때다

우주가 애초 큰 게 아닌
양자보다 작은 플랑크 시간 10^{-43}초에
플랑크 길이 10^{-33}센티미터보다 작았듯이

애초 중력은 당기는 힘이 아닌
밀쳐 냈던 척력였드키

양자보다 작은 특이점이
급속 팽창했는지라
커다란 척력의 반조로

---

4 『천일야화(千一夜話)』에서 두냐자드가 언니인 셰에라자드에게 부탁했던 말이다. 흥미진진한 천일야화 속의 이야기의 시작을 예고하는 말이다.

5 전설의 괴물 '네시(Nessie)'는 스코틀랜드에 있는 영국 최대 담수호 네스호(湖)에 살고 있다는 괴생명체다. 2011년 9월, 양어장을 운영하는 어부 존 로(Rowe, 31세)는 네스호에서 '네시'로 보이는 괴물이 호수에 미끄러지듯 유영하는 모습을 촬영했다고 주장하며, 포착된 사진을 공개했다고 영국의 『데일리메일』이 13일 보도했다.

도로 말아오는 중력됨이리

나는 가끔 전도몽상이란 말을 자주 빌려와
그 봐, 중력이 본시는 척력여듯
생각을 정반대로 돌려 세상을 뒤바꿔 읽으면
나 천국 안 가고 여기 도로 살 것.

—「39. 뒤집어 보기」 전문

    궁극적으로 시가 의도하는 건 무엇일까. 시와 세상을 뒤집어 보니 바로 우주이다. 우주는 시보다 작다는 것, 화자의 초점은 거기에서 출발한다. 이걸로 시인이지만 우주를 증좌하는 담론이란 넓다는 걸 보여준다. 그가 피력한 "우주"는 "애초 큰 게" 아니었다. 시보다 작았다. 그렇듯 우주는 "플랑크 시간 10^{-43}초"의 시간이며, "길이 10^{-33}센티미터" 만큼 작다. 에센스와 같은 존재이다. "애초"의 "중력은 당기는 힘"이 아니었다. 서로를 "밀쳐냈던" 바 과연 그대로 "척력였드키"했다. 그래서 "전도몽상"이란 말을 빌려와 쓴다. "척력였드키", 시인은 세상의 생각을 "정반대로 돌려" 읽노라면 즉 "뒤바꿔 읽으면" 뜻이 통한다는 것이다. 뒤바뀌는 세상에 화자는 "천국 안 가고 여기 도로 살 것"임을 호소한다. 흔한 제시대로 역가성이 진가성이라는 뒤집어 보기는 참일 경우가 많다, 그 명제가.

항	질량(크기와 속도)
	↓
[우주]	플랑크 시간 10^{-43}초 플랑크 길이 10^{-33}센티미터
	↓

중력	밀쳐낸 척력 중력 특이점 →급속 팽창—척력 반조 →도로 말아 오는 중력

↓

[나]	전도몽상→중력=척력→세상 뒤바꿔 읽기

↓

결론	천국보다는 여기 도로 살기

　그가 추구하는 세계는 무엇인가. 늘 "뒤바꿔" 보는 가역적 상황인가. 시의 요약에서 나타난 바와 같이 우주는 "플랑크 시간"과 길이처럼 빠르고도 작다. 상황은 항상 그렇듯 전도몽상적이다. 중력과 척력을 바꾸어 동일시해 보인다. 색다른 시도랄까. 화자는, 사람마다 좋아하고 원하는 천국을 가차 없이 사양한다. 현재 삶에 그대로 있기를 바란다. 하므로 그는 "뒤바꿔" 보는 위인이다.

　"인간이란 무엇이냐?"는 의문에 철학이 답해주었던, 그리고 거기 답을 찾았던 시절도 있었다. 그 시대는 화살과 같이, 그리고 노변의 궤변처럼 지나갔다. 하나의 유행이었다. 예의 "물질－질량"을 대변하는 과학의 입술이 전면에 나선다. 키스, 하지만 정나미가 떨어진다, 벌써. 숨을 돌릴 여유도, 차분히 먹을 시간도 없다. 나, 너, 운전대 사이를 두고 끼어들기하는 것처럼 눈치 돌리기에 바쁘다. "탄소와 수소와 화학물질"이 사람의 존재를 설명하는 차트이고 백보드이다. "세포덩어리가 조합된 유기체적인 기계"가 보고서이다. 또한 인간을 소개하는 프레젠테이션이다. 그 단편물 같은 동영상이, 그 피피티(PPT)가 가소롭다. 물량의 위세만이 지상이고 힘인가. 하긴 그게 점령군일지니.

심리학과 생물학에서는 곧잘 인간에 대한 요소가 분석된다, 무차별로 속속들이. 이 대목에서, 존재에 대한 무의미가 다가온다. 허무를 느낀다. 이 대목에서 한잔하자는 사람 앞에, 손발 다 떼어내고 천하에 던져진 듯한 느낌이다. 사람들은 종교와 쇼핑과 오락의 물에 빠진다. 넋도 빠져 있다. 탐닉, 탐구의 끝, 결국은 함몰이다. 복병이 달려들 듯 공세인가, 블랙홀인가. 그것으로 위안을 얻는 사람은 드물다. 인간 존재의 유의미성과 무의미성에 의문을 던진다. 그러다 때로 자살하기도, 시도하기도 한다.

6. 사상의 개관·1 : 시인의 자서(自序)를 통하다

시집에서 시인의 자서(自序)란 순수 자기 말이다. 누명에 혐의를 받을 만한 진술이다. 하지만 도마뱀 꼬리처럼 잘리기 쉬운 말이기도 하다. 그래서 화자가 없다. 자신의 퍼소나를 자신이 쓴다. "초꼬슴말"이라는 앞에 접은 옷깃처럼 긴장한다. 꼬슴말에 붙여진 접두사 초엔 "초도 못 쓸" 만큼 주눅 들지도 모를 독자다. 하지만 신의 기대가 달라진 현실, 거기에 인간을 그리는 시를 내보낸다. 시엔 오랜 시시포스가 걸려 있다. 자화상이되되돌아보는 인간의 상이다. 시인이 늠름한 모습인지, 당당한 자세인지는 모른다. 그 논리와 철학이 버겁지가 않다, 고 말하는 것은 무리가 아니다. 풍자적이니. 그러나 그가 직접 주는 말, 자서는 칼이다. 자서를 보면 칼로 치듯 그의 시가 이미 내게 왔음을 느낀다. 시가 나를 점령했다는 것을 실감한다. 꼼짝할 수 없는.

1) 전집 제5권 『상상의 숲』의 "초꼬슴말"[머리말]

"우주가 신의 창조물이자 신의 소유물이다"는 생각에 세상을 신탁해 살아왔으니 누가 왜, 무슨 근거로, 발상을 한 것일까. 5천 년의 역사 문화를 돌아보라. 그 완전한 신의 세상은 기대와는 달랐지 않은가. 공평과 행복의 천국이었던 적이 없다. 그 신탁은 공작의 날개만큼도 아름답지 못한 허황된 꿈이었다. 그 헛꿈을 꾸는 동안에 인간은 신의 노예로 전락하고 말았지 않는가.

2) 전집 제6권 『단박 시와 더듬이 시』의 "초꼬슴말"

현대는 망원경과 현미경의 직교 문화가 찬란하다. 인문학은 상식성의 심화로 자연과학은 특수성의 심화로 치닫는다. 이 두 상보성으로 보편적 수평적 세계를 더욱 확충한다. 이런 발전이 거듭해가면 지구 운명은 노아의 방주가 되련도 싶다. 나이테에서 보듯 우주 배경복사 2.7K가 하나만이 아닌 여러 번의 흔적이 어디엔가 남았으려니 싶다. 또한 암흑 물질은 차례의 빅뱅, 순환하는 우주의 과거물이 아니런가. 상상해봄도 내 문학적 수사법의 하나다.

현대시의 조건 명제로 과학적 소재를 삼으려는 생각은 아니다. 그러나 과학의 지적 성취도가 정서적 언어와도 나란히 했으면 싶다.

『상상의 숲』(한림, 2008)

『단박 시와 더듬이 시』(한림, 2011)

3) 전집 제4권 『생각하는 나무들 외』의 "머리말"

나무는 나를 산중에 가두고 개미는 나를 심사한다. 내 인생이 난데없이 입산 심사를 받게 될 줄이야, 드디어 신은 나를 추방하였다. 그 씨잘데기 없는 물건이란 결론을 내린 모양이다.

4) 시집 『하늘 그리고 시』의 "머리말"

'가족의 건강만 바랍니다'. (아내 허성진 드림)

머리말, '물길은 바다에 이르고 글발은 마음에 이르러야.' (금향 91세 母)

여러 권의 시집에 자서가 있다. 네 번의 자서에서 밝혀온 그의 소신과 변(辯)을 보았다. 각기 다른 목적이 가능하다. 그럼에도 사실 목적은 한결 같다. "어야, 시를 쓰는 이유가 일목요연해서야 쓰네." 옛 친구가 들려준 막걸리 집에서의 평을 다시 가다듬을 기회가 생겼다. 진헌성 시인의 노모의 말은 사실 더 깊은 '시'로 보인다. 단순하고도 명쾌하다. 특히, "물길은 바다에 이르고 글발은 마음에 이르러야" 진정한 길임을 일러준 대목이

『생각하는 나무들 외』(문학과현실사, 2004)

『하늘 그리고 시』(호남문화사, 1999)

다. 시인을 위한 표어다. 노모의 가르침으로 시인의 모습을 드러낸, 아니다, 노모의 숨과 호흡을 고른 시인이다. 그게 돋보인다. 그리고 아내의 글을 자신의 머리말로 대신한 게 푸드득, 산비둘기 놀람처럼 가슴을 친다. 이 또한 시인의 글로부터 받는 어스름 빛이다.

"망원경과 현미경의 직교 문화"는 그의 시학에서 시점의 중심을 이룬다. 주된 시적 구성법이기도 하지만, 시에서 미시(微視)와 거시(巨視)를 넘나드는 관점이다. 넘나드는 것, 횡단하는 일엔 늘 복병이 있다. 산적과 마주칠 수도 있다. 이때 무기는 말이다. 잘 궁구고 깁는 솜씨가 요구된다. 말로써 적을 감동시켜야 하는 이유다. 시인이 깊이 연구해야 할 핵심 부문이다. 과연 그러한가는 생각해볼 문제다.

인의 사상은 일견 니체 철학에 바탕을 둔다. 그는 스스로 "신이 추방한 사람"으로 치부한다. 신이 자신을 "씨잘데기 없는 물건"이라고 결론을 내렸다고 단정하기도 한다. 굳은 겸손이기도 하다. 그는 "하찮은 제삼자"로 "판가름 난" 일에 국외자로 젖혀지는 것을 상관하지 않는다. "신의 세상"은 우리 "기대와는" 완전히 "달랐다"고 비판한다. 사람들에게 "공평과 행복의 천국이었던 적"이 없었다는 것이다. "신탁"의 "꿈을 꾸는 동안" 인간은 "신의 노예"로 "전락"했다는 경고를 준다.

그러나 시에 사상을 주입하는 것은 이념으로 틀어질 공산이 있다. 시와 철학이 껴안고 뒹굴면 논리에 시가 패한다. 시가 이기는 법을 익혀야 한다는 게 시인들의 지론이다. 그것의 출발과 결론이 서정이다. 과학과 철학에 서정을 그것도 진한 정서를 입힐 것을 요한다, 면 어떨까 싶다.

인문학과 자연과학의 차이에 대해서도 그는 민감하다. 인문학은 상식성이며, 자연과학은 특수성으로 갈린다. 그러나 상보적 수평을 유지함에

위안이 온다. 과학의 지적 성취도가 시의 정서적 언어와 나란히 했으면
하는 생각을 갖고 있다. 그 중심에 선 게 전라도 정신인가. 그냥 가져보는
의문이다.

7. 사상의 개관 · 2 : 얼굴, 평자의 그림자를 보다

문학평론가 이운룡은 시집의 두께에 걸터앉은 채 오랫동안 시인의 곁
에 있었다. 그가 편 진헌성론은 어느 평론가보다도 넓은 시학으로 정리했
다고 본다. '유물 문화'와 '유심 문화'에 대한 비견은 탁견이다 싶다. 그럼
에도 불구하고 그의 글은 애정적인 투가 주종이다. 김종, 김준태, 이명재
도 그런 애정에 동조한 바 있다. 각자의 이론과 분석의 윤곽 속에다 진헌
성에 관한 물질과 색을 채웠으되, 사실 비슷한 종이였고 붓질이었다. 다
만, 김준태의 진술 테두리는 그의 시를 넓게 관망한 뒤의 아포리즘적 정
리로 보여 이 글을 다듬는 데 도움이 되었다. 그는 진헌성의 시를 넓고 깊
게 보는 한편, 남도 정서로 보는 랑그(langue)를 구축하고, 시인의 얼굴에
비친 색과 빛에 서린 파롤(parole)을 드러냈다. 틀과 언어, 즉 랑그와 파롤
에 의한 붓질로 진헌성의 목소리와 얼굴을 그렸다. 그래서 글 뼈를 추렸
다.

1) 이윤룡 「다원적 감성과 범신론적 세계정신」[6]

진헌성의『쇠풍경을 실은 달구지』는 생의 집약이라고 할 중요성 못지않

---

6   이운룡, 「다원적 감성과 범신론적 세계정신」, 진헌성, 『쇠풍경을 실은 달구지』,
     문예운동, 2002, 704~705쪽.

게 우주와 물성 인식을 과학적 안목과 시적 정서로써 깊고 폭넓게 파헤친 시집이다. 물리적 유물 문화의 실상에 비해 관념적 유심 문화의 허상이 란, 신의 노예로 자기 자신을 방기할 뿐, 삶의 비전을 찾을 수 없다는 생 각이 그의 과학 철학이다. 때문에 나에 대한 나 자신의 자각이 있을 때에 만 나의 '있음'의 실존적 의미는 이 세상 우주 만물의 '있음'과 동가(同價) 의 위치에 놓이는 것이지 '나' 없이는 세상, 우주, 만물도 없다는 논리다. 그의 어조와 어투는 매끄럽고 깔끔한 느낌과는 달리, 투박하고 직정적이 어서 세련된 말재주꾼과는 그 거리가 멀다. 논리를 무시하고 일부러 전라 도식 일상어를 즐겨 쓴다든지, 문장에 어깃장을 놓아 낯설게 한다든지, 방언 활용이 빈번함은 그의 문체상의 한 특징으로 색다른 주목을 끈다.

그의 관심 대상은 우주와 삼라만상이지만, 그 가운데 영원 무한의 시공 과 존재의 유무를 총체적으로 통찰하려는 지적 탐험의 의욕을 보여주고 있다.

2) 김종, 「하늘의 유숙과 당아도 당아도 뒤쫓는 사무침」[7]

상객(上客)으로서의 인간이 그의 문학 전체를 채우고 있다는 사실이다. 분명 허상 같은 신의 단순 맹목을 넘어 물질과 인간만을 고집하는 것은 아니다. 관념적 신탁으로 우주가 신의 창조물이며 소유물이라는 발상이 다.

그의 문학은 유심이 아닌 유물, 즉 물성(物性)의 시를 추구하면서 공간

---

7   김종, 「하늘의 유숙과 당아도 당아도 뒤쫓는 사무침-진헌성의 시적 성과와 '어 머니' 시편론」진헌성, 『상상의 숲』, 한림, 2008, 504~505쪽.

성에 이어진 것 모두가 초점으로써 인간을 목표하고 있기 때문이다.

3) 김준태, 「현미경과 천체망원경을 함께 가진 시인」[8]

그의 시를 해설한 자료 중에서 가장 명쾌히 정리한 글이라고 본다. 그가 설명한 내용을 요약하면 다음과 같다.

> 가. 사물을 보다 가까이 접근하는 현미경의 시
>   ─시전집 제1권『물성의 시, 공간의 시』
> 나. 대상을 멀리 두고 조망하는 천체망원경의 시
>   ─시전집 제2권『하늘 그리고 시』
> 다. 무등을 가며 노래하는 익살, 해학, 지혜의 시
>   ─시전집 제3권『쇠풍경을 실은 달구지』
> 라. 자연과 인간을 접목시키는 에코토피아의 시
>   ─시전집 제4권『생각하는 나무들 외』

4) 이명재, 「과학과 인간적 삶의 남도 시 향연」[9]

먼저 진헌성의 시문학에서 가장 두드러진 시어적 특성의 하나인 토속어 사용 문제다. 오래전부터 그의 시 작품에서 남다르게 의도적으로 질박한 호남 방언을 많이 활용하는 진 시인의 경우는 의미가 깊다. 사범학교 시절에 국어를 가르쳐준 정재도 한글학자 영향 못지않은 모국어 사랑과 노력이 함께해온 결과일 것이다.

---

8   김준태, 「현미경과 천체망원경을 함께 가진 시인─〈상상의 숲〉을 통과한 진헌성 님의 시적 오디세이」, 진헌성, 『상상의 숲』, 한림, 2008, 554~585쪽.
9   이명재, 「과학과 인간적 삶의 남도 시 향연─진헌성의 시 세계 평설」, 진헌성, 『단박 시와 더듬이 시』, 한림, 2011, 739쪽.

그의 시에서 자주 대상으로 삼아 파헤치는 일부 종교계의 횡포나 수많은 인간들의 맹목적인 신앙 모습 드러내기는 보다 철학적인 데에 바탕을 두고 있는 접근으로 여겨진다. 중세까지 인류를 지배해오던 절대자에 대해 '신은 죽었다'고 갈파한 니체의 선언에도 불구하고 오늘날 역시 신에 의존해온 인류 타성을 고발, 자탄한 것이다. 말하자면 인간과 신과의 올바른 관계를 지향해낸 보기이다. 이제는 각성하여 신의 굴레를 벗고 자유와 주체성을 찾은 인간이 인류문화의 주인 역할을 하자는 휴머니즘적 견해를 시작품으로 구현해 보인 것이다.

5) 주기운, "머리말"[10]

그의 시는 일반 독자에게 곧잘 친근감을 주지는 못할 일종의 난해성을 지니고 있습니다. 그것은 그의 시의 세계가 일상적 현실이나 외계의 사상을 수채화적인 서정으로 단순하게 표현하는 것이 아니라, 표면의 감각이나 지각의 배후에 있는 그의 실존 곧 그의 삶의 의식이 범시인들이 흔히 못 보고 못 느낀 것을 그는 보고 느끼기 때문이며, 때로는 그의 얼마간 괴상한 환시적(幻視的)인 이미지도 그의 독특한 내적 리얼리즘의 방법에 의존하고 있기 때문일 것입니다.

6) 평자들의 진헌성 시학에 대한 종합

시인의 친구 되기는 싫지 않다, 는 말이 있다. 그만큼 상대를 배려할 줄 모르고 자유분방하고 멋대가리 없는 사람이 시인이기 때문이다. 그러나

---

10 주기운, 「머리말」, 진헌성, 『物性의 詩』, 호남문화사, 1989, 5~9쪽.

첫 시집 발간 무렵의 진헌성 시
인

첫 시집 『물성의시』(호남문화사,
1989)

알려진 대로 시인
은 주변머리 없는
사람만은 아니다.
사귀면 오랜 정이
묻어난다. 많은 이
야기를 나눌 수 있
다. 정서를 알고 공
감할 수 있다.

주기운 시인은
그의 오랜 친구다. 그가 권해서 등단했지만 정작 자신은 문예지 추천을
거치지 않고 시집을 발간함(『내 언어가 불타고 있을 때』, 예원, 1994)으로
써 시업을 삼은 시인이다. 몇 해 전, 친구는 가고 진헌성은 남았다. 그가
말한 시인의 모습을 첫 시집에 더듬어보는 일은 흥미롭다. 그는 진헌성을
문단에 알린 최초의 안내자다.

"그는 유심(唯心)이나 유신(唯神)을 과학적 유물론으로 전환시킨다. 문
명 비판이나 선시의 응축과 함축, 알레고리, 유머, 아이러니, 패러독스,
몽타주 기법 등이 많다."

그는 진헌성의 첫 시집 앞에, 유심, 유신, 유물, 함축, 알레고리, 유머,
아이러니, 패러독스, 몽타주 등 당대 첨단의 단어들을 월계관처럼 씌워
열거했다. 친구의 복창은 사라졌지만, 진헌성의 시는 광주 시대를 구가하
고 있다.

알다시피 70년대를 지나오며 '원탁' 동인은 가히 서정의 기수(旗手)임을
자임했다. 그중, 오랜 동인들이 가지는 매너리즘에서 그의 시는, 의사라

는 조건절을 빼고도 돋보이는 시학이었다. 특히 언어의 생물학적 환원과 인간의 정신 구조를 꿰뚫는 시는 그랬다. 시와 과학을 융합함으로써 위상을 엮었다, 촘촘히. 그 시대를 살아오면서 지금의 시인은, "기원전 문학인들은 역사적 신을 창조한 위대한 존재였지만 결국은 인간을 추상에 팔아넘기는 오류를 범한 원죄인 셈"이라고 말할 정도로 용감하다. 이제, 이쯤에서 나를, 인류와 지구를, 세상을, "신에게서 되돌려받아야 할 절체절명의 시제가 아닐까 싶다"고 받아야 할 빚임을 말한다. 그가 채권자로서 지적했듯이 세상은 신의 강림이 지나쳐서 동토가 될 지경인지도 모른다. 너무 교회가, 절이, 점집이 많다. 현대 한국 사회 특성이다. 그는, "새소리, 바람소리, 물소리는 젖혀두고 밤별 뜨는 세상, 사람 소리가 있는 세상에 살지 못하는 것은 과학 때문이 아니라, 신의 종소리 때문이다"라고 말한다. 옳다. 모두 경배의 눈을 감고 드리는 기도 시간에 그는 그 자리를 일어난 최초 눈을 뜬 시인이다.

한편, 정광수 시인은, "그의 물질주의, 유물주의, 물리주의는 신의 양심에서 해방되어 내 양심으로 귀환한다는, 즉 신을 박차고 유물주의를 진리의 축으로 삼겠다는 과학철학주의의 선언"이라고 설명한다.

그러니, 진헌성의 시학은 탈관념으로써, 일체의 추상적, 감상적인 낭만주의를 배격한다. 그는 유물적, 구성적, 객관적인 지성의 종합으로써 질량과 본성을 알리는 시업을 달성하고자 한다. 그의 시학이 현대 사회의 요설들을 잘 피할 것인가는 절대 과제다. 그가 맞서야 할 현실이다. 그러나 무참해할 필요도 없이 사실 이미 대안이 그에게서 나왔다. 그건 비린내 나는 다른 시집을 덮는 일이다.

8. 시의 자리 : 처음과 같은 떨림이다

그의 시가 내게 도착해야 함을 알았다. 떨림이 있었고, 곧 비판이, 풍자가 자리했다. 푸른 질량이 노란 토박이로 이어졌다. 아직 첫 등단처럼 이야기가 이어지고 있음이다. 여섯 권의 시집에도 아직 담아내지 못한 무엇이 있다는 것. 참 축복이다. 나, 서재 귀퉁이에서, 등불 아래 적는 시첩과 평을 위해 펴든 메모가 수북하다. 떨림 없는 처음은 없다는 첫 행을 보라. 이 정신력으로 거의 무한대와 같은 그의 시심을 읽는 것은 어렵지 않다. 매사 떨림이 있어야 할 것. 이게 없는 처음은 처음이 아니니. 연습 후로 쌓일 습관에 불과하다. 습관, 습관하다가 관습병에 걸린다. 하, 처음으로 돌아가자.

떨림 없는 처음은 없다

200년 전의 수학식이
입자물리학을 설명함과 같다 함을 안 뒤
입자의 다섯 가지 떨림이
실은 하나임을 알아내
쿼크들이 입자 떨림의 양상만 다르다는 게 M이론
M은 미스터리, 메타나 어머니를 뜻해
맘이란 모든 설레임의 첫 글자니

예 들면
파도의 전사(前史)가 11차원만 될까만

우주 처음의 제로 막(Zoro Braines)이란
어머니 자궁 양막의 떨림 같은

세상 태생지지연?

세상을 낳자마다 혼비백산 숨넘어간 산모만
불쌍해!
—「42. 떨림」 전문

  떨린다는 사실은 아직 그려지지 않는가 보다. 백지(白紙)처럼 순수하
다. 시가 묘사한 바와 같이, "200년 전"에 최초로 발견된 하나의 "수학공
식"일지도 모른다. 그땐 아무것도 증명되지 않은 단순한 수식이었을 게
다. 외계에 닿을 때 느끼는 단순함은 발견되는 순간 사시나무가 되었다.
마냥 밋밋하게 떨렸으니. 그것으로 "입자물리학을 설명"했음도 최초의 일
임직하다. 거기도 역시 떨림은 있었겠지. 이를 먼저 "안 뒤"에는 "입자"에
대한 "다섯 가지 떨림"이 있음도. 사실은 최초가 "하나임을 알아내"는 걸
로 마감했다. 안쓰럽다. 어떤 게 "하나임"을 아는 것은 지극히 당연한 발
견일지니. 나아가 성실해야 할 순간이다. 시초에 "입자 떨림"을 "M이론"
이라 한다. 이때 "M은 미스터리"로 "어머니를 뜻"한다는 것은 시인이 발
견한 최초의 편집력이다. 앞에 어쩌면 겸손하다. 우리들 '어머니'는 애칭
으로 '맘'이니, '엄마'이리라. 그것은 인간의 가슴인 기둥 즉 '맘[心]'이기도
하다. 시인은 "맘이란 모든 설레임의 첫 글자"로 인식한다. 독자에게도 떨
림의 이미지를 간직한 맘이 저절로 읽혀진다. "어머니"로 귀착되는 "맘"을
떨림의 논리로 부여하는 작법은 흔치 않다. 액자식 기법. 떨림을 강조한
뜻이 밖으로 떨리듯 다시 전해지므로. 그만큼 "떨림"은 진저리 같은 몸의
메아리다. 우리들 "어머니"의 저 깊은 "맘"처럼 웅숭깊은 뜻이 담겼다.
  한데, 안타깝다. 끝은 처음 태생에 머물러 있다. 밖으로 나가기를 권하

지만 스톱! 죽은 것, 죽임을 당한 것이니. 세상의 "어머니 자궁 양막"은 "우주 처음의 제로 막"임에도 불구하고 제 목숨을 지탱시키지 못하는 경우도 있다. 비극! 원하고 바라는 "세상을 낳자마자" 몰려오는 고통은 크다. 그걸 견뎌내지 못하는 슬픔이 또 다른 고통이 된다. "혼비백산"하다 "숨"을 넘겨버린 최초의 어머니 "맘", 하필이면 그 "산모"가 화자 앞에 있다니. 나도 모르게 뱉는 말에 끽끽 가래가 설친다. "불쌍해!" 화자가 던지는 목소리가 멀다. 떨림이 스러지는 안타까운 날이다.

니체는 인간의 형이상학 질문에 반발했다. '어떻게 살아야 하는가'에 질문을 했다. 플라톤은 이데아가 '허상'이라고 했다. 그렇다 하더라도 삶에 가치를 지닐 수 있을지 의문이다. 어떤 식으로 삶을 긍정한가를 묻는다면 결국은 '피안'이다. 피안과 이상 세계, 미래의 유토피아를 가고자 하는 것이다. 그에 의지하는 삶은 끝도 없다. 그 고통까지도 살아갈 힘을 얻게 되느니.[11]

금기시(禁忌視)한 신에 대해 니체는 비판을 칼날로 벼려 세운다. 플라톤적 피안을 상정함으로써 현실은 고통에 갇힌다. 절대적 믿음이었던 신이 죽었다. 그럼에도 불구하고 허상에 매달려 구원을 구걸한다. 인간은 자신을 기만한다. 니체는 가치의 공백을 이상이라는 걸로 채우려 했다. 결국 염세를 받아들일 수밖에 없다고 했다. 대신 개인의 차이와 창조의 가능성을 실현하는 즐거움을 받아들이라고 역설한다. 인간의 가능성, 창조성을 위해서는 허무주의의 기반을 다져야 한다. 또 다른 역설이다. 이런 니체적 사고가 시의 눈에 자주 보인다. 아니, 시가 눈뜨고 독자를 기다린다.

---

11 박찬국, 『해체와 창조의 철학자, 니체』, 동녘, 2004, 38쪽 참조.

9. 삼삼한 시 : 깜깜한 시의 사유로부터다

반대의 뜻은 깊은 사고(思考)보다는 짧은 언약(言約)을 수반한다. "삼삼한 시"와 "깜깜한 시"는 이미지의 반대 이데올로기다. 반대급부일까도 싶다. 창작의 사실적 관점이 다르다. 상호 대척점에 있다. "삼삼"함은 눈에 보이듯 선명하게 뇌리에 남아 있는 상태다. 반면에 "깜깜"함은 눈에 보이는 것 없이 어둡고 답답한 그것이다. 그의 시에는 그같은 이중성, 반발성, 격차성, 차별성, 양자성이 공존한다. 이른바 "상대성"(E=mc²)이다. 그가 말하는 "삼삼한 시"는 어떻게 보이는가. 그렇담 "깜깜한 시"는 어디서 오는가.

이 시집은 2010년 10월부터 2011년 9월까지 즉 1년에 걸쳐 발표한 작품이다. 지금껏 7권째의 시집. 이 질펀한 무등 세상에 내놓아 혼용의 어울림이 방대하다. 그렇듯 사유 또한 시인이 드잡은 유형의 땅이다.

10. 말의 발견 : 옛말의 시다움을 위하여

내 흰 지팡이와 둘이서
가늣한 산비탈길서
큰 내쉼 짚고서 산마루 보랐으니
먼저 간 고 나무새들 곧장 못 날고
옹기종기 앉았고

무게인 바윗돌이 황당히 먼저여든
앞장서 뽀르르 입석대 올라서
그 어느 적 미랭시들

하늘하늘 하늘대 서석봉 눈발돼 허옇거니

내 모듬숨 좀 잦들면
저만큼에 명당치고 그만큼은 살겠거늘
오늘은 바랑 멘 채 이만치서 보란자와.

　　　　　　　　　　　　　　　　—「1. 산 바라기」 전문

　꾸물대지 않는 한 시는 어떤 "말"이다. 말과 말, 시에 쓰는 그게 희소성이 없다면 평범한 구속에서 튀어 오를 수가 없다. 요즘 시단에는 흔한 "말"을 남발한다. 시답지 않은 시가 많음도 본다. 이 시에서, 희귀하다고 여긴 말에 나름대로 밑줄을 긋고 읽어 본다. 지금은 흔하지 않은 전라도식 언어다. 하니, 시답다, 고 말하고 싶다. 예전과 다른 낯설게 하기가 느껴진다. 긴장도 느낌도 새롭다. 빠듯한 맘으로 책을 열어 본다. 여러 군데에서 표준어를 파기할 보물을 확인한다. 뜻이 정확한지 모르겠으나 문맥으로 미루어, 유년 시절에 들었던 걸 종합하여 유추해 본다.

　가늣한(가느다란 외길같이, *가늣한 외길이야),[12] 보란으니(바라보고만 있으니, *보란고만 있지 말고 거들어라), 먼저여든(먼저 든, *이 길은 먼저여든 길이다), 미랭시들(미물, 보잘것없는 것들, *미랭시들이 쌓여 산을 이룬다), 모듬숨(모두어 내쉬는 숨, *산마루에서 모듬숨을 내쉰다), 잦들면(잦아들면, 정상적으로 고르게 되면,*억수같이 쏟아지는 이제야 비가 잦아들었다)과 같은 말들이다.

　시인이 쓰는 토박이말은 다른 시인이 쓰는 것과 차별화가 느껴진다, 무릇. 그만큼 말을 골라 씀이 박진하다. 시인의 언어는 일상의 말이 아닌 시

12　여기서 * 표시의 글은 그 말이 쓰인 예문을 나타낸다.

인 고유의 말이다. 말이 아이의 주먹 안에 감춰져 있다가 굴러 나온 구슬처럼 따뜻하고 깊으며 빛난다. 그 감치고 도는 빛이 말맛을 비벼 낸다.

11. 행성들 법칙 : 신간 편하기 위해 바로 돈다

> 인간사가 다 입과 샅 때문이라
> 하늘서 보다 못해
> 입과 샅 죄 닫고 신간 편히
> 자그시 여생 살아가냐.
>
> —「2. 둥근 행성들」 전문

```
[입과 샅 – 열림]→인간사 잘못
[입과 샅 – 닫음]→자그시 여생
```

"입과 샅"을 닫으면 편한 세상이다. 그게 열려 있으면 잘못된 "인간사"가 판친다. 잘 아는 격언 같은 지혜. 판도라 상자처럼 열면 불행해지는 "입과 샅"이다. "둥근 행성"으로 지속해서 살아가려면 그게 "닫"혀 있어야 한다. 닫으면 좋고 열면 나쁜 게 무엇인가 라는 수수께끼가 나올 법하다.

지금은 "신간"이 "편"[13]한 세상이 아니다. 그게 간섭하기 좋아하는 사람들의 "입과 샅" 때문이다. 에이, "죄"(모두 다, 죄다) "닫"아버리자. 갈수록 사람이 살아가는 세상이 편치 못하니. 자기 본위로 나아가는 자가 많다. 그러니 남을 돕는 차례가 오질 않는다. 범죄가 판을 치는지 이리도 힘든

---

13 '신간 편하다'는 말은, '간섭하는 사람이 없어 그 행동에 걸거침이 없이 자유스럽다'는 뜻으로 전라도 사람들이 자주 사용하는 말이다.

삶이 있을까. 남은 "여생"이 "자그시" 짓누른다. 힘겨운 삶이란 인간사 모두 "입과 샅"이 벌이는 사고로 얼룩져서 일어난다. 말 많은 정치권이 대표적이다. 그것을 비롯하여 성폭력 등 실로 "샅"을 잘못 돌리는 바람에 발생하는 죄가 그러하다. 죄를 꾸짖는 화자는 하늘이다. 나, 새삼스러운 말이지만, 하늘에서 보다 못해 "입과 샅"을 "죄 닫"으라, 명하면 좋겠다. 화자는 지금 "신간"이라도 "편"했으면, 한다. 시에서처럼 "자그시 여생 살아 가냐'고 힐문하는 투가 압득(壓得)해온다. 그렇지 못하니. 삶을 묻는 "행성들"은 이미 "자그시" 살아갈 채비로 우리를 누른다. 누르기에도 편하게 행성은 적당히 둥글다. "여생"도 둥그렇듯이 "살아가"는 것이 최선이다.

12. 사연의 압축 : 역사는 아픔의 퇴적이다

> 시월 상달 빗살무늬
> 우리 곰 밥그릇
>
> 곰들 어디 가고
> 아픔만 남았냐.
>
> —「4. 토기」 전문

한마디로 시는 사연의 압축이다. 사연은 말이다. 말의 압축이 시다. 말은 인간 또는 물질의 사상이다. 사상의 압축에 비유가 가해지면 좋은 시가 된다.

바꾸어, 역사의 압축은 아픔이다. 아픔을 상징화하면 또한 시다. 시를 쓰는 아픔이란 이러한 말과 역사를 함께 짊어질 때 생겨나는 말이다. 박지원이 쓴 『열하일기』에 나오는 '지정(至情)' 같은 것이 그렇다. 남다른 경험 후에 일어나는 감흥과 감동 자체가 이를테면 시라고 할 수 있다. '일야 구도하(一夜九渡河)'[14]와 같은 죽을 고비를 수없이 반복하며 '열하(熱河)'에 당도한 그의 완력과 용기가 솟는 시. 그게 '지정'이었으니. 그가 부럽다. 그의 고초가 부럽다. 고초는 시를 낳는 힘이다. 진헌성의 시를 읽으면 역설적이게도 그런 힘을 느낀다. 용쓰는 힘이 아닌 생의 저력 같은 것이다. 늘 아픔만 남기며 떠도는 나를 반성하게도 한다. 그의 시는 미지를 단숨에 뛰어다닌다. 그래, 낯선 것들과 조우한 기발함에 손을 든다. 그렇다 싶은데, 「토기」는 민족에의 슬픔을 만끽하게 한다. 슬픔을 대변해주기도 한다. 그것을 딛는 용기도 따라야 한다고 말하듯 "시월 상달"에 빚어낸 "빗살무늬" 토기는 투박하다. "토기"를 "곰"의 "밥그릇"에 빗댄다는 것은 단군시대 조상의 시초에 다가가는 오늘의 현실이다. 오늘에 살려낸 고대 문명이기도 하다. 역사의 시선은 그렇듯 거슬러 올라간다. 화자가 보는 지금

---

14 「일야구도하기」에는 다음과 같은 기록이 나온다. "나는 어제 하룻밤 사이에 한 강을 아홉 번이나 건넜다. 강은 새외(塞外)로부터 나와서 장성(長城)을 뚫고 유하(楡河), 조하(潮河), 황화(黃花), 진천(鎭川) 등의 여러 줄기와 어울려 밀운성(密雲城) 밑을 지나 백하(白河)가 되었다. 내가 어제 두 번째로 백하를 건넜는데, 이것은 바로 이 강의 하류였다. 내가 아직 요동에 들어오지 못했을 무렵, 바야흐로 뙤약볕 밑을 지척지척 걸었는데, 홀연히 큰 강이 앞을 가로막아 붉은 물결이 산같이 일어나서 끝을 볼 수 없었다. 천 리 밖에서 폭우로 홍수가 났기 때문일 것이다. 물을 건널 때에는 사람들이 모두들 고개를 쳐들고 하늘을 우러러보고 있기에, 나는 그들이 모두 하늘을 향하여 묵도(黙禱)를 올리고 있으려니 생각했었다. 그러나, 오랜 뒤에야 알았지만, 내 생각은 틀린 것이었다. 물을 건너는 사람들이 탕탕히 돌아 흐르는 물을 보면, 굼실거리고 으르렁거리는 물결에 몸이 거슬러 올라가는 것 같아서 갑자기 현기가 일면서 물에 빠지기 쉽기 때문에, 그 얼굴을 젖힌 것은 하늘에 기도하는 것이 아니라, 숫제 물을 피하여 보지 않기 위함이었다. 사실 어느 겨를에 그 잠깐 동안의 목숨을 위하여 기도할 수 있었으랴!"

세상은 어떠한가. 말하지 말라. 조상들("곰들")은 "어디"론가 "가고" 내 가슴을 치는 "아픔만 남았냐"는 호소가 붉게 차오른다.

13. 축약된 언지(言志) : 오래된 어둠이 튕긴다

어둡고 깜깜한 광에 갇힌
눈물일수록 유식하다

솔거처럼.

—「7. 먹물」 전문

단순하되 간략하지가 않다. 시인은 말했다. 2002년도에 펴낸 『쇠풍경을 실은 달구지』의 머리말 그러니까 '들머리'에서였다.

"내 언지(言志)는 노래가 아니다. 고언(苦言)이다. 곧 익지 못한 땡감임으로 맛을 간수할 수 없어 떠러움을 감득하리다." 함축된 언지가 빛난다. 먹물이 "광에 갇힌 눈물"이 된다. 그는 함묵하며 오랜 어둠을 먹는다. 그

『쇠풍경을 실은 달구지』(문예운동, 2002)

건 역설적으로 유식한 부러움이다. 왜냐하면 어둠은 곧 밝아질 수 있다는 시간 변화의 개연성이 있기 때문이다. 그 어둠 속에서 예지하듯 선명하게 튀어난 빛은 감출 수 없었다. '솔거'였다. 그가 있기 때문에 먹은 더 캄캄하게 빛났다. 빛이 차단된 광에 갇힌 먹물을 붓끝으로 예리한 자연풍광의 시각을 가져오는 것은 열린 문이다. 사람은 죽어가서야 참다

운 말을 남긴다."[15] 지상에 그가 있음을 뜻으로 알리는 것이다.

14. 흐벅진 여유 : 누우니 구름이 떡이다

잔디밭에 팔베개하고 누워
기름기름한 빗살구름 바라보노라니
홀연 팥떡이나 팥소빵보다
가래떡 고수레떡 먹고 잡다

묘 속 혼자서 흐벅지게 웃으며
빗살구름 한 가래씩 깨물며, 살고 잡아.
—「17. 팔베개하고 누우니」 전문

　여유는 쉬 찾아오지 않는다. 그걸 누리자는 게 아니다. 스스로 여유를
찾아 나설 일이다. 화자에겐 소소히 "잔디밭에 팔베개하고 누운" 시간이
찾아온다. 그에 연이은 대목이 단빵이나 단떡 맛처럼 명징하다. 시의 중
심축은 "기름기름 빗살구름"에 있다. 그 "기름기름" 흐르는 "빗살구름"이
화자에겐 "떡"으로 보인다. 것도 "팥떡"이 아니라 긴 "가래떡"이다. 아, 고
픈 배를 느끼는 걸까. 하지만 바란다고 해서 생기지도 않을 "팥떡"과 "팥
소 빵"이며, 더구나 "가래떡"과 "고수레떡"이다. 있으면 좋지만 참는다.
"가래떡"과 "고수레떡"을 생각하며 침을 삼킨다. 나 "먹고 잡다"라는 전라
도 말에서 그려져 나오는 일미의 맛이다. 아니 그 보다는 배고픈 맛에 더
가깝다. 현실적이다. 그게 리얼하게 다가온다. 그래 먹고 싶은 떡이다. 여

15　진헌성,『쇠풍경을 실은 달구지』, 문예운동, 2002, 3쪽.

기엔 비약의 기법이 있다. 숨겨진 비약을 들춰낸다. 그래, 이젠 연을 바꾼다. 죽은 뒤에도 "묘 속"에 "혼자" 앉아 있는 상상이 그렇고, 한 가래의 떡생각 때문에 그는 "흐벅지게"도 웃는다. "빗살구름"을 맛있게 "깨물며" 살고 싶은 것 때문이리라. 한입에 먹는 재미가 흐벅진 웃음 안에 살아 있다. 구하는 건 전통이다. 떡이 의당 궁휼 식품임을 보여준다.

　다시 찬찬히 읽어본다. 천칭과 같이 평평한 위계가 발견된다. 매사 정리하듯 자를 가지고 도식을 그려본다. 현실에서 보는 "삼삼한 시"의 빗살구름, 그 가래떡이나 고수레떡은, "깜깜한 시"로 보아야 할 묘 속에서까지 온다. 빗살구름의 떡으로 존재하는 현실. 다들 한때 궁휼스럽게 사는 경험이었으니. 구름이 떡으로 화하는 한 이 시는 리얼리즘이다. 굴복할 수밖에 없는 현실은 그야말로 "먹고 잡은"(먹고 싶은) "삼삼한" 떡이다. 떡앞에 자유로울 수 없으면 하물며 묘에까지 가지고 가는 빗살구름은 무엇인가. 구름은 더 이상 바라보는 미학이 아니다. 아름다움이 아니다. 구름도 생존의 눈으로 본다. 그게 화자가 체득하는 존재의 이유다. 깜깜한 것도 눈에 보이듯 삼삼한 존재로 바꾸는 것이다. 그러니 "삼삼한 시"일 것이다. 이 같은 구조를 도식으로 보이면 다음과 같다.

15. '화자－여유'와 '잔디밭－팔베개로 누워'－'생각의 전이'까지

---

(1) '현재의 나'－빗살구름 바라봄

↓

[생각] 팥떡과 팥소빵 →가래떡, 고수레떡

16. 꾸중하는 말 : 교육은 버릇이다

옛 훈장님 회초리는 바른 말의 첫째 마디
막무가내의 가시넝쿨로 자랄까 봐
대동강 수양버들 돼 흥청망청 취해서 휘어질까 봐

삶이 참을성의 길임을 모르고
저를 견제하는 회초리 없이
남의 잘못만 송곳으로 쑤셔대는 교육만으론
민주사회 될까

둬서 드렁칡을
그대로만 보라니.

—「29. 회초리 교육」 전문

시가 참교육다운 장르다. 교육은 어떻게 보면 칭찬과 꾸중으로 좁혀질
수 있다. 옛 훈장의 회초리, 방향이 명시되어 있다. 그는 아이들이 "막무
가내의 가시넝쿨로 자랄까 봐" 회초리를 든다. 또 "대동강"의 "수양버들"
이 되어 "흥청망청 취해서 휘어질까 봐" 회초리를 드는 것이다. 사람들은
삶이란 "참을성의 길임을 모르고" 무절제하게 행동한다. 그래서 회초리
를 드는 가르침이 필요하다. 그러나 "견제하는 회초리 없이 남의 잘못만
송곳으로 쑤셔대는 교육만"이 방만해 있다. 그러니, "민주사회"가 어찌 될

것인가. 세상에 방치해서 얽히고 설키어 "드렁칡"이 된 아이들을 "그대로
만" 봐서는 안 되는 일이다. 선조들이 전통적으로 사용한 "회초리 교육"은
이제 "깜깜하게" 세상으로 사라진, 이를테면 지나간 시대의 유물이다.

이제, 화자는 회초리가 필요한 시대를 그리워한다. 그것을 "삼삼하게"
들춰내어 옹호한다. 사라진 지금에도 행동의 잘잘못을 가리고 진실을 가
르치는 교육의 철학이 그리운 입장을 삼삼하게 강조한 시다.

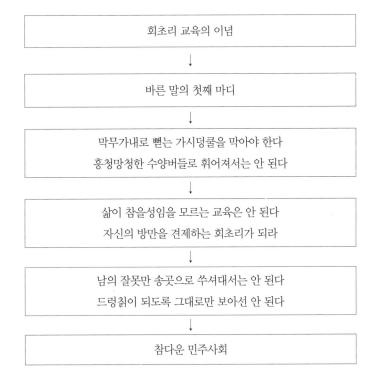

회초리 교육의 이념

↓

바른 말의 첫째 마디

↓

막무가내로 뻗는 가시덩쿨을 막아야 한다 흥청망청한 수양버들로 휘어져서는 안 된다

↓

삶이 참을성임을 모르는 교육은 안 된다 자신의 방만을 견제하는 회초리가 되라

↓

남의 잘못만 송곳으로 쑤셔대서는 안 된다 드렁칡이 되도록 그대로만 보아선 안 된다

↓

참다운 민주사회

17. 시의 눈 : 법칙으로 세상을 예견하다

불확정성은 미래에 대한 카오스다. "불확정성"이란 용어처럼 사실 연구 논문에서나 예술 작품에서 다루기 어려운 문제도 없다. 세상은 불확정성으로 차 있다. 지정한 물질(物質)이지만 물건(物件)의 이름을 모른다. 어떤 사안에 대한 사유(思惟)이지만 그 사유(事由)의 뜻을 알지 못한다. 예술 작품에선 그것들을 반영하는 작품이 많다. 예술 작품뿐만 아니라 전공 영역에서거나 물질과 사유는 있기 마련이다. 그것에 대한 표현은 날로 다양해지고 있다.

마찬가지로 현실의 정치, 경제, 문화, 스포츠의 사태가 어떻게 보면 "불확정성"이다. 그러니까, 그러한 이유로, 불확정성, 불확실성은 미래의 한 특징으로 자리 잡고 있기를 바라는지도 모른다.

기체인 수소와 산소가 결합
생명의 액체인 색(물 · 物)
곧 물(H_2O)이 됨이듯

안 보임이 보였다 안 보임인 기체와 액체의
$H_2 + O \rightleftarrows H_2O$란 공식, 공즉시색 색즉시공이러라

안 보이는 에너지가 보이는 에너지인
아인슈타인의 $E=mc^2$ 공식, 공즉시색
색즉시공

우빠니샷의 이것도 저것도 아님이라는
불확정성의 순시의 변화과정이 우주요

과정이란 화이트헤드의 생각도
영원도 한 날씨에 불과하다는 동양의
양자 역학적 철학인 인연은 자연이고 자연은
인연이라는 E⇌m이란 게 곧 색과 공

교회는 공허와 편협이다는 에라스무스의
피에로 사상도 필요와 불필요라는 불확실성

웃음과 울음은 한 입의 너스레더라는
색과 공의 함의
10도의 물에 30도 물을 타면 40도가
안 됨이더라는 이치듯

색과 공은 인문학적 불확실성.
　　　　　　　　　　　　　　　—「75. 불확정성」 전문

　어쩌면 시에서는 불확정성의 진술이 가능한 것처럼 보이나 사실은 그
렇지 않다. 시의 애매성(ambiguity)은 인문학의 한 특징이자 역으로 명쾌
함이 있다. 진술은 유연하지만 "색과 공"의 차이도 일견 애매성의 울타리
에 감춰진다. 그러나 나아갈 길은 씩씩한 명료성에 이르고자 노력한다.
시간, 장면의 시각적 효과 등 객관적 상관물에 의한 묘사가 그렇다. 과도
한 생략법, 사사로운 심상으로 빚어진 난해함을 말하고 있다.
　오랜 뒤, 르네상스엔 전인정신을 자유라고 단순화했다. 그 뒤 인쇄술의
혁명으로 인간의 지(知)가 확대되어 왔고, 20세기의 아인슈타인은 밝은
우주를 특수상대성 이론 $E=mc^2$(E=에너지, M=질량, C=광속)의 등식으
로 단순화해서 설명했다. 정신도 에너지요, 물질이라는 이론은 여전히 유

효하고 진리로 입증되고 있다.

색과 공은 인문학적 불확실성을 대변한다. 그 양자의 역학에서 입자의 위치와 운동량은 중요한 시사점이다. 그러나 에너지와 시간의 관계처럼 한 쌍의 물리량에 대하여 두 가지를 정확하게 결정할 수는 없다는 설이 있다. 두 측정값의 불확정성이란 불확정의 관계가 성립한다는 것이다. 이 불확정성은 1927년 독일의 물리학자 하이젠베르크(W.K. Heisenberg)[16]가 세운 이론이다.

'카오스'는 주사위로부터 얻는 숫자의 나열 같은 무작위성(randomness)과 구별된다. 카오스는 무작위처럼 보이지만, 동역학적 법칙이 있다. 초기와 미래의 상태가 그 법칙에 의해 결정되는 이른 바 결정론적인 특성을 갖고 있기 때문이다.

물리학의 목적이란 자연현상을 지배하는, 되도록 적은 수의 기본법칙들을 발견하는 것이다. 이 법칙들을 이용하여 초기 상태를 알면 그것의 미래 상태를 예측할 수 있다. 기본 법칙들은 위의 시에서처럼 방정식으로 표현되기 마련이다. 예측이란 그 방정식의 해를 구하는 것이다. 물리학자들은 이 방정식을 풀기 위해 해석적인 방법에 의존했다. 비선형의 항이 포함된 비선형 방정식은 해석적인 방법으로 다루기가 어려웠다. 그 해를 얻기 위한 일반적인 방법이 없으므로 주로 선형 방정식이 연구대상이었다. 고려되는 시간과 공간의 범위가 작을 때 선형 근사와 해석적인 분석

16　하이젠베르크(1901~1976) : 독일의 물리학자. 주로 원자물리학을 연구하고 1925년에 매트릭스 역학을 창시하여 양자(量子)의 기초를 확립하였으며, '불확정성 원리'와 원자핵의 구조를 밝혔다. 양자역학 등의 연구가 인정받아 1932년에 노벨 물리학상을 받았다.

은 많은 자연 현상을 이해하는 데 실질적인 도움이 되었다.

이 시가 갖는 구성주의적 전개는 다음 관계의 방정식과 같음을 알 수 있다.

물리적 방정식 (선형 방정식)	해결 요소와의 관계 (시공간의 범위)	가역성과의 관계 (해석적 분석)	결과와의 관계 (실질적 도움)
$H_2 + O \rightleftharpoons H_2O$ (물)	수소+산소	안 보임=보였다 안 보임 생명의 액체→색(色)	기체와 액체
$E = mc^2$	공즉시색=색즉시공	10도+30도≠40	공과 색, 색과 공
$E \rightleftharpoons m$	인연=자연 자연=인연	필요와 불필요	색과 공, 공과 색
피에로 사상	공즉시색=색즉시공	인문학적 불확실	색과 공, 공과 색

시를 기호론적으로 접근한 물리적 방정식은 우리가 많이 접해보지 않은 공식이다. 즉 시에서 직접 인용한 공식은 흔치 않은 일이다.

보인 질량의 원리는 수소와 산소의 결합이거나 공즉시색, 색즉시공의 관계다. 인연과 자연의 관계 등을 해결 구조로 설정하고 있다. 한편 가역성의 원리를 도입하여 '안 보임'이란 "보였다 안 보임"의 과정이다. "생명의 액체"인 "물"이 바로 "색"임을, 그리고 "필요"는 "불필요"함을 공고화한다. 이들은 인문학적 불확실성이 제시될 개연성을 남겨둔다. 결국 해결하기 어려운 시공간의 설정이다. 색과 공의 세상이 펼쳐진 지평을 재는 진헌성 시인의 걸음이다.

18. 표현의 지향 : 푸른 질량, 노란 사회, 붉은 풍자로 가다

우리는 여직도 혼돈의 시대를 벗어나지 못했다. 아니, 들어가려고 더 버둥거리는지도 모른다. 혼돈이란 공동체는 견디려고 하지 않는다. 그러므로 살기 위한 사회는 아니다. 함께 죽으려는 사회도 많다. 그를 극복하는 방법으로는 다가오는 즉물적, 즉각적 혼돈의 상황을 따뜻하게 응시하는 시학이 필요하다. 문학을 떠나 동반자적 삶의 의식은 중요한 얼씨구 장단이다.

지금은 아는 것이 참으로 많은 세상이다. 또 아는 체해야 할 것들도 많은 사회다.[17] 알고도 모르는 체해야 할 일도 많은 현실이다. 시에서 다양한 형식과 내용, 주제의 다양한 표현이 요구되는 것 또한 그것과 무관하지 않다. 여러 시적 오브제를 평자들은 한 카테고리 안에 묶고 싶어 한다. 시인은 각기 다른 오브제로 이야기한다. 그게 시인과 평자 간의 충돌이다. 진헌성의 시와 평자들의 진헌성에 대한 시론을 완독한 후에 느낀 결과가 이런 의식이었다. 그를 위한 평자의 또 다른 지면은 의미 없는 자리라는 생각이 멈추지 않았다.

필자는 그래, 좀 색다른 진헌성론을 이야기하고 싶었다. 시에는 법칙이 있는 게 아니다. 설사 법칙이 있다 하더라도 시인의 자율성을 해칠 우려가 있기 때문에 개의할 일은 아니다. 모든 시는 웅크려 앉았다가 허리를 펴고 도약한다. 이러한 도약은 진헌성의 시를 비롯하여 모든 시에 적용될 보편적 상황이다.

---

17 상희구, 「잔상들 해제」, 『현대시학』, 2011년 8월호, 224쪽.

따진다면 문학에 질량의 법칙은 있다. 진헌성은 그것을 먼저, 그리고 신선하게, 푸른 의욕으로 개발한 셈이다. 작품이 지닌 무게와 그를 받치고 있는 구조에서 그게 탄탄하게 인식되는 이유에서다. 그게 없다면 어땠을까. 대상(사물과 객관적 상관물)과 시인(시인과 시적 자아)과의 거리가 좁혀지지 않았을 것이다. 바로 여기에 사회의 법칙이 작용되기 때문이다. 좁혀지지 않은 자연과학과 인문학의 다리는 사실 멀 수도 있다. 그걸 가까이 놓는 게 진헌성의 공법이라 할 수 있다. 시의 법칙이란 그에게 낯선 상상 또는 법칙이다.[18]

19. 마무리 : 보법, 멀리 가까이 가보다

그는 전라도 "색(色)"에 붓을 댄 지 오래다. 그 색을 우주적 질서와 힘의 배합을 통하여 시의 색깔을 드러낸다. 한때 그의 시가 난해시로 읽혔던 적이 있다. 눈물겨운 참여의 노력이었다는 것을 알기까지는 그리 오래지 않았다.

신의 존재란, 니체 이후 제기된 오래된 철학의 문제였다. "신이 먼저냐, 인간이 먼저냐"의 질문에 그는 명쾌히 답한다. 마치 "달걀이 먼저냐, 닭이 먼저냐"와 같은 질문을 연역하듯이. 문학적 수단을 이용하여 금기의 사타

---

18 1937년 철학자 콜링우드는 「상상과 표현」(The Principles of Art)에서 '진정한 예술 작품은 보거나 듣는 것이 아니라 상상된 것'이라 했다. 이는 작가와 독자의 '상상'만이 예술 작품이며 '텍스트'는 예술 작품이 아니라는 말이다. 진헌성 시집 『상상의 숲』의 연작물에서 보여주는 것과 같이 '상상'은 시의 산물이자 시를 쓰는 동인이 된다.(변의수, 「인접 장르 간의 소통(영향과 수용)-시의 확장적 정의와 기호의 확장」, 『현대시학』 2011년 8월호, 200~201쪽)

구니를 긁어 결론을 내린 그다. 진헌성의 에세이집 『글쓰기의 새로운 지평』을 통해서, 또 시집을 통해서 피력한, 실로 당차고 위험한 소신이다.

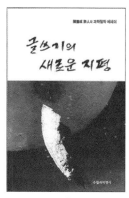

창작과 이론서 『글쓰기의 새로운 지평』(수필과비평사, 2010)

역설을 딛고선 시는 패러독스로 빛나는 법이다. 패러독스, 그것은 질량의 법칙을 넘어 사회의 법칙으로 나아간다. 그것이 시의 법칙임을 확인할 때 권위를 획득한다. 그건 광주의 법칙이기도 하다. 진헌성의 시는 그 법칙 아래 질척거리는 땅을 밟는 밤이다. 도시다. 사회다. 우주다.

그는 금남로 옛 도청 바로 곁에서 평생을 견뎠다. 광주 역사와 함께한 시인의 모습이다. 그는 의연하다. 의료와 창작을 함께한 증인. 허니, 누가 뭐래도 광주를 증언할 사람이다. 많은 문학인들이 그 증언을 시로 만드는 과정 자체까지 겪은 시인이다. 그는 절망했으되 참담하지 않았다. 갈망했으되 비천하지 않았다. 고독했으되 우쭐하지 않았다. 수많은 주검을 보았으되 무서워하지 않았다. 그래서 무신론적 시관을 드러내는지도 모른다.

그는 토박이 전라도 언어로 시를 쓴다. 그 안에 비판시, 풍자시 등 다양한 목소리를 낸다. 사상과 체험의 깊이로 건져낸 두레박질에 우주적 의미를 깊게 채운다. 때로 시가 다급해지며 호기심도 유발한다. 평자들이 말한 것처럼 "현미경적 관찰"과 "망원경적 조망"은 대표적 기법이다. 길지만 독자가 기진맥진해 하지 않는 이유다. 물리적 질량과 우주적 상상에서 비롯된 시학은 가장 광주적인, 가장 향토적인 것으로 연결되어 있다. 샘이 마르지 않도록 구사한 덕이다.

앞서 몇 가지 지적한 바와 같이, 시와 과학과 철학이 뒹구는 무대, 시와 신의 존재가 함께 한 무대, 인간과 과학이 뒤섞이는 밥상에, 시의 서정, 시의 정서, 배고픈 인간의 감동이 진했으면 하는 바람이 있다. 그건 시가 이기기 위해서고, 정서가 승한 세상을 바라기 위해서다. 문학이 꿈꾸는 세상이기도 하니.

　변화는 거듭된다. 거듭되지 않으면 변화가 아니니. 그가 광주 복판에 시로 울기 십수 년. 나는 고교 시절 그의 집을 전남일보사에서 바라보았다. 시심을 키운 나날은 길었다. 시는 사랑한 내 지게였다. 70년대 초 나는 해남의 황톳길로 갔다. 풋보릿단을 진 것처럼 힘들었다. 80년대 초 나는 해남에서 광주 문단으로 왔다. 그의 다섯 권의 시집을 대하다 울컥 솟는 감정이 겨울 갯벌처럼 먹먹했다. 그렇게 잊었던 기억도 길었다. 진헌성 시인의 집 앞에서 서면 며느리가 시어머니 집을 가는 기분이었다. 자랑할 만한 시도 없이 엄한 그를 어떻게 마주할 것인가. 한데 차의섭 시인과 더불어 만난 83년 어느 봄날 그는 의외로 다정다감했다. 하, 천상 시인처럼 진짜 헌성이었다.

　진헌성이라면, 가버린 세월 대신에 두꺼운 원고 2탄과 3탄을 들고 나오리라. 그는 세대를 넘어, 시대를 타고, 벽을 넘어, 리듬 등성이를 타고 솟았다. 과연. 전라도 살에 박히는 시심, 전라도 피에 도는 언어, 전라도 뚝심에 질량을 펼쳐 널어놓은 금남로 1번지의 집, 햇볕에 또 끄슬리고 있을까, 그가 아껴둔 또 다른 서정들이 궁금타!

(조남익 외 13인 편, 『진헌성 연구 Ⅲ』, 한림, 2012.2)

인간애를 이미지화한 시학

— 김주론

1. 들어가는 말

시뻘건 쇳물을 받아 기구를 조련해내는 작업이란 보통 떡을 주무르듯 단순한 과정이 아니다. 비를 맞듯 땀을 흘리며 반복 담금질과 깎기, 다듬기, 그리고 두드리기, 마지막 도금 처리를 거치는 등 많은 손질을 거친다. 그러나 이는 보이는 바 외부 작업에 불과하다. 사실은 그가 만들고자 하는 기구에 쏟는 정성이 좋은 상품을 산출해내는 큰 역할을 한다. 직장과 사회에서 EQ지수가 뛰어난 사람을 원하는 것도 이 같은 맥락에서 이해할 수 있겠다. 시 쓰는 일 또한 사물에의 남다른 관심이 중요한 동기가 되지 않을까 한다. 시를 위한 언어와 이미지 살리기의 조탁(彫琢) 과정이 그렇다. 필요한 기구를 제작할 때처럼 시의 과정은 장인(匠人)정신을 요한다. 시인의 두뇌와 스키마에 의해 찍혀 나오는 시는 압축, 응결, 통일, 그리고 사랑이라는 특별한 EQ의 요소가 가미되어야 한다. 이것이 시가 지녀야 할 상품의 첫 번째 조건이다.

옛말에 소인은 하루 아침거리의 즐거움이 있지만, 군자에게는 평생의 즐거움이 있다 했다. 평생의 즐거움이란 내면을 채우는 일이다. 정신적 갈증을 푸는 지적 탐구가 중요하다는 말이다. 진정한 자신을 찾기 위해서 타인과 사물에게 그만의 휴머니티를 입혀 주는 일이다. 마찬가지로 시는 사물의 이치를 밝히는 것보다는 사물에의 정을 우려내는 일이 더 중요하다. 정이 승하면 세상의 천리(天理)는 저절로 오기 마련이다. 그러나 우리는 자본에 길들여 정(情)보다는 이(利)나 이치(理致)를 더 궁구하려고 한다. 이색(李穡)은 이와 더불어 이(利)와 정(情)의 관계를 은유적으로 피력한 바 있다.

오랜 침묵을 깨고 7년 만에 펴내는 김주의 시집 『시간 속의 수채화』에서 그 "시간 속"에 들어가 시를 읽는다. 시인은 사물의 정을 가까이하며 그 이치를 캐내는 시인임을 그의 시를 읽고서 깨달았다. 이 시집은 멀리 뛰려고 움츠린 끝에 상재한 가작들로 이루어졌다. 물레에서 실을 자아내듯 그의 생 질긴 고뇌로부터 나온 시편들이다. 용광로에 쏟아지는 쇳물을 가지고 도구의 제련 기술을 발휘하는 것처럼 끓는 정신으로 시를 빚는 그. 그가 연마하는 시의 도구는 유년의 고향과 소년의 어머니 품에 자리한 것 말고도, 청년의 사랑, 장년의 가족애, 그리고 말년의 관조와 각성으로 바라보는 사물관, 감각적 생활사에서 잠든 시혼을 깨우는 그 휴머니즘을 부여하는 다양한 모습을 보게 된다.

2. 지나온 세월에 담긴 수채화

김주 시인의 시는 한마디로 이미지가 빛난다. 그가 사용하는 이미지는 고향 마을 앞 느티나무에 걸린 하늘의 뭉게구름 같은 것이다. 시가 겉으로만 꾸며내는 신선함이 아니라 바탕 자체가 젊다. 그의 번뜩이는 사물시들이 이를 대변해준다.

비유와 상징은 시를 지키는 무기와도 같다. 무기는 언제든 빛나도록 잘 닦여야 할 일이다. 그래야 좋은 시의 먹잇감을 사냥할 수가 있다. 낡은 비유에의 안주를 경계하는 게 어제 오늘의 일이 아니 잖는가. 시는 시행착오를 거쳐 남몰래 맺은 연인처럼 사물에 관심이 숨어 있되, 그게 색 다르고 남다름을 보여준다. 이제 그 같은 관점에서 다음 시를 읽어 보자.

> 나는 이 짧은 시간을
> 진한 오렌지 빛깔로 물들이고
> 진실과 순수
> 들리지 않은 숨소리
> 보이지 않은 체온까지도
> 수채화에 담고 싶다
> 여유로우면서도 떠날 때는
> 촌각도 기다려 주지 않고
> 모든 것 잔인하게 빼앗가 버린
> 예고 없이 떠날 시간의 곁에서
> 사람의 참 모습을 그리고 싶다.
>
> ─「시간 속의 수채화」 부분

우리의 생은 찰나적 존재이다. 표제시 「시간 속의 수채화」는 그런 순간을 살다가 "예고 없이 떠날" 채비를 하는 우리에 숙연해하는 "떠남"의 정서를 표출한다. 화자는 "시간의 곁에서" 자기 "참 모습"을 곰곰 생각한다. 고향을 향하는 시인의 마음처럼 사유와 향수의 메시지가 담겨 있다.

새뮤얼 존슨(Samuel Johnson)은 "시란 상상 위에 환상을 일으키는 언어 기술"이라고 했다. 화폭에 수채화를 그리는 화가처럼 시인은 원고지에 '언어로 칠하는 기술'을 발휘한다. 그는 무한벽공의 시간 속으로 잠입해 들어간다. 그 시간 속에서 존슨이 일컬은 자화상적 "수채화"를 그리는 것이다. 화자는 "진실과 순수"의 마음으로 "들리지 않은 숨소리"까지 귀담아 들으려고 한다. 그러나 아쉽게도 시간은 "기다려 주지 않고" 간직한 추억을 비롯하여 모두를 "잔인하게 빼앗아버리는" 것이다. 하여 시간은 도둑인가. "숨소리"와 "체온"까지도 훔치는 몰인정한 존재이다. 화자는 "예고 없이 떠날" 무심함과 변화에 마지막이나마 간직하려고 한다. 그게 늘 생각해왔던 인간다움의 참모습일 것이다. 때문에 그의 수채화는 회한의 눈물로 젖어 있다. 형태가 미묘하게 얼룩져 있는 자의식의 수채화, 참다운 인간이기를 갈구했지만 그런 인간이 되지 못했다는 자책을 떨칠 수 없다. 그래서 그는 인간애에 결핍을 부끄러워하는 참회적 겸손이 밴 자화상을 그린다.

연산군 때 문장가로 성종의 총애를 받다가 유배지에서 죽은 표연말(表沿沫, 1449~1498)이란 사람은 마을 앞 느티나무에 기거하며, "이 나무는 비록 재목으로 쓰이지는 못했으나 아치(雅致)의 아름다움을 지켜 흔들리지 않고 또 아부하지 않았으니, 군자는 이 삶을 취해야 한다"고 하여 지신의 입장과 외외히 선 나무를 비유한 바 있다. 그리고 "나무는 당초 묘목에서 컸기 때문에 풍상을 이겨내어 현재 만족감이 있고, 나 역시 벗을 떠난 지 한 돌이 되느니, 느티나무와 망년의 친구를 맺으리라"고 맹세한 후 숨졌다. 흔히 사람이 고독하면 나무, 풀, 꽃의 생명체로부터 유의적인 소통 길을 튼다. 그것이 표연말의 글에서만 발견되는 것이 아니다. 김주 시인의 다음 「꽃밭」에서도 꽃을 만나는 과정이 생생히 그려져 있다.

표연말이 온갖 세월의 풍상을 견딘 "느티나무"와 연을 맺었다면, 김주 시인은 꽃덤에 소박하게 피우는 한 작은 "패랭이꽃"에서 그 같은 진실을 발견한다.

한 송이 꽃을 얻기 위해
아침에 꽃밭을 찾았다
처음에는 모란꽃 장미꽃을 보면서
시간 가는 줄 몰랐다
태양이 하늘 복판을 비켜설 무렵
튜우립 백일홍꽃을 찾고
아름다운 꽃빛깔에 취해버렸다
눈을 크게 떠보니 저녁노을이 떠올랐다
꽃들은 모두 내 키보다 높은 곳에 있었고
너무 커서 감당하지 못하였다
황당히 빠져 나오다가
패랭이꽃 초롱꽃을 곁에서 발견하고
고즈너기 끌어안았다
꽃향기는 내 가슴을 적셨다
사람은 제마다 키 높이만큼의 꽃이 있는데
눈 밖의 꽃을 찾는다.

—「꽃밭」 전문

화자의 마음을 노래하는 바탕이 기다리며 놓아가는 누이의 수틀처럼 구체적이고도 섬세하다. 아쉬움을 채워주는 꽃은 어디 있을까. 화자는 찾아가는 꽃을 향해 "향기는 내 가슴을 적셨다"고 고백한다. 사람들은 꽃을 제대로 볼 줄 모른다. 모두 "제마다 키 높이에 꽃"이 있는데, 등잔 밑이 어둔 것처럼 모르고 "눈 밖에서만 꽃을 찾는 것"이 우리의 현실이다. 처음 화자가 찾는 것은 겉모습이 화려한 "모란꽃"이나 "장미꽃"이었다. 낮에는 "튜우립", "백일홍꽃"을 찾고 그 "아름다운 꽃 빛깔"에 "취해 버리고" 만다. 그러다 저녁 무렵 이제는 그만 찾고 돌아가려고 "빠져 나오다" 눈에 들어오는 작은 "패랭이꽃"을 발견한다. 결국 화려한 꽃틈에 핀 "패랭이꽃"이 화자의 가슴을 적셔오게 된다는 줄거리이다. 크고 화려한 꽃을 쫓다 그것이 자신이 원했던 꽃이 아님을 비로소 깨닫는다. 작은 꽃의 소박함에 끌리게 되는 것, 이러한 화자의 심정 변화에 따른 구조를 보면 다음과 같은 개요가 된다.

대상과 느낌에 대한 시간대별 변화

시간 변화	아침	낮	저녁	돌아올 때
대상 변화	모란꽃, 장미꽃	튜우립, 백일홍꽃	키 큰 꽃	작은 패랭이꽃
느낌 변화	시간 가는 줄 모름	아름다움에 취함	감당하지 못함	가슴을 적심

이 시에서 화자는 자신의 키 높이에 있는 꽃은 보지 못하고 눈 밖의 화려한 꽃을 찾는 어두운 눈을 아이러니컬하게 꼬집는다. 이 기법은 시치미 떼기의 묘수이다. 즉 말해진 것과 의미된 것 사이의 다름을 이야기하는 것이다. 그래서 시는 겉모습만 좋아하는 세상 사람들의 허황을, 그런 세류적 태도를 비판적으로 개괄해 보인다.

3. 사물에 대한 이미지의 시

흔히 현대 문명을 시각형 문화라고 한다. 현대시에서도 이미지즘 시를 출발하여 시의 회화성이 강조되었다. 사실 이미지가 없으면 소총에 공이를 제거하여 총의 구실을 할 수 없는 것과 같이 시 구실을 할 수 없다. 이미지는 관념과 사물이 함께 만나는 과정 자체이다. 시어들이 이미지로 각단져 있어야 화음을 충족시키는 이유에서이다. 현대시의 대표 원리라 할 수 있는 이미지화는 사물의 감각적 경험을 불러일으키는 하나의 동력 자원이다.

김주 시인의 시는 이 이미지즘 기법을 효과적으로 차용한다. 이제 이러한 이미지즘을 추구한 시편을 살펴본다.

소슬한 바람이
곁에 와 이는데
아름다운 숲들이
팔색 옷을 벗는다
한 세월 취한 영화
금은 가루 털어내고
맨손 높이 들고
높은 곳을 향한다.

—「가을 숲」부분

이 시는 가을 숲의 시각적 풍경이 사진 찍듯 빛으로 살아온다. 가을 숲은 "팔색 옷을 벗"고 있다. 그리고 "소슬한 바람에" 스치며 "한 세월 취한 영화"를 누린다. 그러나 이젠 "금은 가루 털어내는" 것처럼 영욕과 버거움을 덜어내는 시점에 와 있다. 그것은 숲이 스스로를 비우는 것이다. 그리고 "보다 높은 곳을 향하는" 고고한 자태를 지니게 된다. "한 때"의 무성했던 "영화"를 벗어난 해탈의 "맨 손", 그 가을의 빈 공간, 문득 화자는 어딘가에 서고 싶다. 시가 곧 언어예술을 대표하는 것이리라는 명제를 증명하듯 이 시는 체계에 충실한 시이다. 때문에 압축미와 형식미를 동시에 드러내며, 관여적 묘미를 살린다.

눈은 겨울을 위해 내린다
후들후들 떨고 있는 나무
벌겋게 벗은 들녘
휑하니 뚫린 하늘을 수놓으며
하얀 옷차림으로 무희한다
여인의 슬픈 발자국
꽃잎 떨어진 상흔 지우려
그리움의 형체로 뿌리기시 내려 앉는다
길고 쓸쓸한 겨울의 터널에서
짧은 시간의 영화로
고독의 시린 무덤 덮어주고
아름다운 봄의 서곡을 기다리게 한다
그리움 가득한 가슴 사뤄
영혼으로 깨어나는 풀이파리 되게
깊숙이 스미어 든다
영하의 골목길로 찾아드는 눈은
곁의 그리움 보다
먼 그리움 위해
조용히 아픈 흔적들을 지우고 있다.

―「눈」 전문

겨울은 오행으로 보아 눈과 추위에 의한 감춤[藏]의 사상이다. 모든 것을 덮는 눈의 이미지는 새롭고도 경이적이다. 눈이란 감상어는 눈의 들녘처럼 시야 가득 다가온다. 눈은 모든 사물을 덮고 세상을 넓게 한다. 아픔과 추위에 보채는 아이를 보단으로 감싸듯, "벗은 들녘"과 "상흔", 그리고 "시린 무덤"과 "영하의 골목길"과 "아픈 흔적"들을 덮는다. 모성애적 치유 개념으로 눈의 이미지를 살린다. "뚫린 하늘로 수놓는" 모습은 지상에 춤추는 "하얀 무희"로 환원된다. 그래서 그녀는 "상흔을 지우고 그리움의 형체로 뿌리내려 앉는" 몸짓을 한다. 이처럼 감추기의 시상을 전개하여 상흔과 추위를 치유하고자 한 것이 시의 주류이다. 화자의 인간애와 치유가 새롭게 부각된다.

> 삶의 전부를
> 홀로 외치며
> 내면 가득 담금질한
> 염원의 꿈입니다
> 수만 번 두들겨도
> 문 하나 열리지 않고
> 흔들리다 흔들리다
> 토해내는 핏빛
> 전신을 태우는
> 처연한 노래입니다
>
> ─「단풍」 전문

이 시는 새 명주에 물감이 배어들듯 단풍 빛깔이 살아온다. "전신을 태우는 처연한 노래"라는 비유도 새길 만하다. 내적 이미지를 외부적 장면으로 전환한 솜씨 또한 새롭다. 엘리엇(T.S. Eliot)은 '객관적 상관물(objective corelative)'로 정서를 야기한 비유적 대상물을 지칭했다.「단풍」은 객관적 상관물의 구체화에 기여한다. '외침－내면－염원－꿈'의 내부를 '토해냄－핏빛－전신－노래'의 외부로 끌어내는 단계적 의미가 그렇다. 루이스(D. Lewis)는「시의 희망(A Hope for Poetry)」에서 '자유 연상(free association)', '정서 호응(emotional sequence)', 또는 '정서 등가물(emotional equivalent of thought)'이란 말을 썼는데, 이 또한 앞의 내부 세계를 외부 세계로 인출하는 '객관적 상관물'과 같은 의미라고 볼 수 있다. 그는 "생각하는 시인은 정서적 등가물을 표현할 줄 아는 시인"이라 하여 시인의 능력이 곧 객관화 수준과 결부됨을 역설한 바 있다. 이는 대상을 통해 인간의 정서를 환기해야 한다는 주장이다. "단풍"에 대하여 대상의 객관적 상관물과 화자의 개념적 가치 사이의 매체 교환적 구도로 도식화해 보이면 다음과 같다.

'단풍'의 이미지 전개 과정

구분	삶의 모습→	지향→	표출→	형태→	이미지 위치
생각하기⇒	홀로 외침→	내면→	염원→	꿈→	내부
표현하기⇒	토해냄→	핏빛→	전신→	노래→	외부

이 시는 '단풍'에 대한 내외적 요소가 한 체계로 대비된다. "염원의 꿈"과 "전신의 노래"라는 양면 표출이 그것이다. 이미지의 위치에 따라 표출 형태가 연관된 자연스러운 기법은 그의 시정신이 후천적인 길들여짐에 의해서 탄생된 게 아니라, 선천적인 부여 받음에 의해 탄생되었음을 잠재

적으로 보여준다. 즉 탁마론적 시가 아닌 기질론적(氣質論的) 시라고 할
수 있겠다.

> 어둠의 날
> 별 하나 따지 못하고
> 바라만 보다 마는
> 기나긴 세상의 끄트머리에서
> 연꽃 한 송이 담을
> 항아리를 비운다
> 시그므레한 삶의 우거지국
> 백팔번뇌 씻어낸다
> 보리수 밑 흘러내리는
> 청정의 맑은 물처럼
> 정화된 삶의
> 마지막 한 점 희열
> 목탁소리 들린다.
>
> ——「항아리를 비우며」 전문

'비우기'의 철학은 김주 시인에게 있어 이데올로기적 지향이다. 그 "비
우는" 일은 곧 "씻어내는" 일이다. 이때 씻어내는 도구는 "청정의 물"이자
"목탁소리"이다. 불교적 이념으로 나아가는 화자의 귀의성은 "연꽃", "항
아리", "백팔번뇌", "보리수", "정화", "목탁" 등의 시어에서 연역된다. 항
아리에 대한 이미지 상관속이 불교 사상과 연계된다. 이들 대칭을 보이면
다음과 같다.

'항아리를 비우며' 내연과 외연의 대칭 구조

속세 ▶	① 날	② 별	③ 세상	④ 끄트머리	⑤ 연꽃	⑥ 항아리	외연
해탈 ▶	① 삶	② 백팔번뇌	③ 보리수	④ 정화	⑤ 희열	⑥ 목탁	내연

　앨런 테이트(Allen Tate)는 「시의 텐션」에서 "좋은 시는 내포와 외연 양극에서도 의미가 잘 통한다"고 하여 시적 긴장을 강조했다. 그가 말하는 텐션(tention, 긴장)이란 단순한 긴장을 뜻하는 것이 아니라 외연(extention)과 내포(intention)를 유기적으로 조직한 구조의 총체라는 것이다. 시의 외연은 표시적 의미이고, 내포는 함축적 의미이다. 이들은 서로 모순된 것 같은 요소가 결합하여 조화를 이루고 그래서 좋은 시가 된다. 「항아리를 비우며」와 「단풍」은 이러한 시의 텐션을 유기적으로 구성하여 독자의 긴장감을 자아내는 데 기여한다.

> 살아 있음은 고귀하다
> 허락한 시간에
> 꽃을 보며 과일을 줍다
>
> 사는 것은 최선이다
> 허기진 겨울밤에
> 서정보다는 빵 하나 든다
>
> 사는 것은 전부다
> 마지막 지닌 것도 이 뿐
> 금관보다는 핏방울이다.
>
> ─「생명」 전문

사르트르는 「실존주의가 휴머니즘이다」라는 글에서 "운명은 인간의 수중에 있다"고 했다. 운명과 실존은 시어머니와 며느리의 관계처럼 운명적이지만 또한 매우 현실적이다. 맺어진 관계는 운명이지만 적응 관계는 실존적인 까닭이다. 운명은 고대로 갈수록 강하고 현대에 올수록 약해지는 변화를 보인다. 인간의 주체성을 강조하는 실존주의는 선택과 결단에 의해서 자유로이 행동하고 그 행동에 의해 자신을 만들어간다고 정의한다. 인간의 반은 운명에 의해 지배되고 반은 노력으로 개척해나간다는 명제이다.

실존 철학에 의하면 생명이란 우리를 가장 가깝게 죄어오는 그물이다. 그물에 걸리는 삶은 한결같이 파닥이는 생명체로 존재 자체를 강하게 만든다. 그 삶은 고딕체화된다. 사람들은 이 "서정"보다는 "빵"을 선택한다거나 "금관"보다는 "핏방울"을 중시하는 게 사실이다. 이것이 생명의 실존적 행위이며 존재하기 위한 필요적 "최선"이 아닌가. 체험의 유기적 조화에 의하여 세계를 확대시켜야 한다는 점에서 그의 생명의식에 대한 주제는 현실적이며 실존적이라 할 수 있다.

4. 나이를 위한 노래

나이는 삶의 자연 현상이자 발자취이다. 그것은 세월을 접거나 펴지 않고 다만 주어진 세월을 반영할 뿐이다. 때문에 나이 먹은 사실을 슬퍼할 까닭도, 의욕을 꺾일 이유도 없다. 자연적인 모습으로 섭리에 귀환할 뿐이라는 생각을 가지면 되는 일이다. 마찬가지로 시는 순리적 어법으로 나이를 수용하고 세월의 더께에 새로운 각도로 삶을 재해석한다. 그가 지나온 세월에 대한 회한의 정서를 절제하며 조감도처럼 아름다운 삶을 그린다.

갈대꽃 이우는
해어름에

산중턱에 내려선
지천(知天)

오르기도 어렵고
내리기도 힘든데

땅 끝 먼
신작로에
버스 기다리고

부질없이
앞질러간
석양.

—「나이 (1)」 전문

　나이 든 분위기를 묘사했지만 그것이 추적거리지 않고 화자의 진솔함을 묻혀낸다. 표현도 활달하고 시어가 번뜩여 살아 뛰기도 한다. 나이라는 추상성과 구체성을 함께 공유한 말이 실증을 통해 묘사된 이유에서이다. 지천명의 나이를 "갈대꽃 이우는 해어름 산중턱에 내려선 지천(知天)"이라고 하여 슬쩍 지나치듯 기마풍으로 관조한 것도 천연덕스럽다. "땅 끝 먼 신작로에 버스"를 기다리고 있다가 "부질없이 앞질러간 석양"을 느끼는 정서, 나잇살 감정을 누르고 객관적 거리에서 지난 세월을 묘사하고 있어서 애증이 간다. 혹자는 나이 들면 주로 탄식하는 노래나 회한의 넋두리를 읊는 게 다반사인데, 이 시에는 허방한 넋두리가 없고 제3자의 거리에서 바라보는 점입가경을 노래한 게 특징이다.

> 잠간 머물다 되돌이한 시간
> 얼굴을 바꿔보지만
> 비누방울이다
>
> 십년 연하의 모세혈관은
> 하룻만에 돌아 눕고
>
> 새까만 옛날의 짧고 가는
> 향기가 그리워
>
> 겨울나무는 애써
> 꽃을 들고 있다
>
> 꽃은 이미 뿌리가 마른
> 조화인 것을.
>
> ─「머리 염색」 전문

염색하며 변신을 꿈꾸는 자세가 중년의 낡은 살림을 보듯 여실하다. "새까만 옛날의 짧고 가는 향기가 그리워 겨울나무는 애써 꽃을 들고 있다"라는 대목은 나이 들어 느껴보게 하는 실감나는 표현이다. 우리는 안타깝게도 "뿌리 마른 조화"처럼 현재를 산다. 화자의 말대로 "새까만 옛날"로 돌아갈 수 있다면 얼마나 좋으랴. 사람들은 이를 흉내 내려고 염색을 한다. 그러나 염색하는 일은 세월을 감추기 위한 눈물겨운 노력일 뿐이다. 화자는 "꽃을 들고" 있지만 그 꽃은 시든 "조화"라는 걸 다 안다. "잠깐 머물다 되돌이 한 시간"과 "십년 연하의 모세혈관", 그리고 "향기", "꽃" 등 염색한 직후를 그린 모습은 그럴듯하지만, 그것은 금방 사라질 "비누방울" 같은 것일 뿐 결국 흰머리는 "하룻만에 돌아눕게"되고, "겨울나무"나 "뿌리 마른 조화"로 바뀌는 것이다. 그 대비적 사물 앞에 화자는 서글프지 않는 노래로 서글픔을 자아내게 한다. 이는 나이든 사람들에게 보편적 정서로 전달된다.

팔색의 세상이 휘청이며 걸어온다
푸른 산 맑은 강도 흔들리고
아름다운 여인의 눈빛
반짝이는 진주목걸이가
순간순간 시선을 붙잡는다

사람이라
이것저것 보는 것도 세상의 삶이라
독사가 되지 못하여
화사에게 발목을 물린다

곁길도 있고
샛길도 있지만
큰길 택하고
물러서는 것도 아름다운 것

앞만 보고 달릴 수 없고
나만 보고 걸을 수 없고

끈끈함 속에 섞어 사는 인생

너 보고 나를 찾고
내 속에 너를 그려
닮고 닮는다.

—「백미러」 전문

원근법에 의해 반사되는 풍경에 조화된 세상을 바라는 시이다. "아름다운 여인의 눈빛, 반짝이는 진주 목걸이가 순간순간 시선을" 잡는 "백미러"에 비친 풍경을 "너와 나"라는 의인적 관계 설정으로 빚어낸 풍자가 즐겁게 읽힌다. 우리는 가는 길에 "곁길"과 "샛길"도 있지만 주로 "큰길"을 택한다. 백미러를 보며 뒤로 가는 풍경을 즐기기 위함이다. 그 즐김은 느긋함이 아닐까. 우리는 "앞만 보고 달릴 수 없고 나만 보고 걸을 수 없고 *끈끈함 속에 섞여 사는 인생*"이다. 백미러를 통해 감지되는 인생의 축약도를 손에 놓고 보는 지도처럼 실감나고 현실감 있게 그리고 있다.

이 외에도 그의 생활사를 객관적으로 엮은 시편들이 많다. 대표작으로 「십원짜리 동전」, 「하산」, 「거스름 찾기」, 「세상을 쫓아 다니다가」, 「시인의 딸」 등이 있다.

5. 나오는 말

이상에서 살펴본 김주 시인은 이제 시의 디딤돌을 놓는 시작에 불과하다. 왜냐하면 그는 한참 왕성한 창작을 하고 있을 뿐만 아니라, 주목받는 시를 발표하고 있기 때문이다. 그래서 순수라는 문학성에 완벽의 반열을 꿈꾸는 시업에 새로운 계기가 기대된다. 이제, 이순에 들어 적극 피우는 이미지의 잎이 더욱 신선하고, 이를 북돋우는 호미날이 번뜩이기를 바란다.

배고픈 이에게 국밥을 담아내듯 시는 허기진 세상을 담는다. 그리고 미래를 그리기 위해 현재를 극복하는 것, 아니 그것들을 초월하는 것까지도 시의 몫이다. 그 과정은 아름답게 차려져야 한다. 형식과 내용의 미를 공유한 시가 부가가치를 발하는 법이다.

로댕은 "생명을 터득하는 이는 예술의 꽃을 사랑하고 그 꽃의 청정 무후를 사랑한다"고 했다. 김주 시인은 사물에 생명을 부여하는 이미지를 즐겨 다룬다. 꽃을 사랑하되 소박한 꽃, 작은 꽃에 애정을 불어넣는다. 꽃은 청년기를 마악 지날 때가 전성기이다. 시인의 수중에서 마지막 퇴고를 끝내고 인쇄에 넘기기 전 탈고할 때가 절정을 맞는다.

이번 시집 발간을 계기로 시인에게 강인한 시 정신이 충만해지기를 바란다. 이미지즘 기법이 사물마다 사무쳐 객관화된 정서를 꾸준하게 드러내기도 바란다. 다가올 봄을 위해서 겨울 논을 심경(深耕)하여 땅 심을 계속 캐내야 하지 않겠는가.

(시집 『시간 속의 수채화』 발문, 한림, 1998.3)

에필로그

비주르와 그의 제자

우리의 일상은 문학의 꽃밭입니다.

출근 때에 지나가는 사람들의 모습, 하루를 마감할 무렵 차창에 비껴서 짙은 밤색으로 깊어가는 노을, 그리고 쇼윈도의 화려한 상품을 보는 유혹의 시선, 늘 평범했지만 오늘은 결코 지나칠 수 없는 사물의 빛, 그 순간마다에 느끼는 별난 감흥은 사뭇 문학적입니다. 일상의 노동에서 삶의 질을 높이는 정서를 발견한다면 소소한 의미와 삶의 가치 또한 높일 수 있을 것입니다. 시를 읽고 감상하는 것, 시 한 편을 써보려는 것은 누구나 가질 법합니다. 문학을 배우고 가르치는 걸 통해 문학적 재미를 접하는 그 조용한 행복으로 가득 차게 될 것입니다.

시인에게는 초기 등단 매체의 매뉴얼이 중요합니다. 각 일간신문 신춘문예나 우수 문예지의 등단을 거쳐 활발하게 활동하는 것은 적이 필요한 일입니다. 또 문인들이 자신을 가다듬거나 과거 안이한 태도를 고치는 이른바 경력을 리모델링하는 것 또한 때맞춰 할 수도 있지요.

나는 문학을 공부하거나 가르치는 사람들에게 다음과 같은 『아라비안

나이트』에 나오는 이야기를 종종 들려줍니다.

옛날 인도 뉴델리에 비주르라는 스승이 있었습니다. 스승은 가난한 네 제자를 가르치고 있었지요. 제자들은 한결같이 궁핍해서 살아가기에 힘들어했습니다. 생각 끝에 스승은 제자들에게 돈을 불려줄 궁리를 하기에 이르렀어요. 그래서 스승은 각자에게 금화 한 냥씩을 장사 밑천으로 주면서 돈을 늘려가지고 1년 뒤에 다시 이곳으로 오라고 했습니다.

1년 뒤 제자들이 돌아왔습니다. 먼저 첫 번째로 온 제자가 말했습니다. "저는 차밭을 사서 농사를 지었습니다. 수확한 차를 팔아 금화 두 냥을 벌었습니다. 여기, 원금을 돌려드립니다. 스승님, 선물로 찻잎 한 자루를 드리겠습니다."

비주르는 웃으며 그를 칭찬했습니다.

이어 두 번째의 제자가 말했지요. "저는 차밭이 많은 곳에 찻집을 열었습니다. 차를 덖어 좋은 홍차를 만들어 팔아 금화 열 냥을 벌었습니다. 여기, 원금을 드립니다. 이 봉지는 스승님께 드릴 고급차를 담았습니다."

비주르는 역시 웃으며 칭찬했습니다.

세 번째로 온 제자가 말했습니다. "저는 차를 산 뒤, 나귀 열 마리에 싣고 히말라야 산맥을 넘었습니다. 차를 좋아하는 티베트 사람들에게 팔아 금화 백 냥을 벌었습니다. 여기, 원금과 스승님께 드릴 선물로 티베트산 양탄자를 준비했습니다."

역시 비주르는 웃으며 그를 칭찬했습니다.

스승은 한쪽 구석에 잠자코 있는 네 번째 제자에게 물었습니다. "너는 얼마를 벌어 왔느냐?"

에필로그

그는 고개 숙인 채 말했습니다. "저는 이곳저곳 여행만 다니느라 금화 한 냥을 다 써버려 수중에 한 푼도 없습니다. 하지만 1년만 시간을 주시면 저도 돈을 벌어 오겠습니다."

"좋다! 그리 하여라."

그는 스승의 허락을 받자 기쁨에 차서 곧 여행할 준비를 했습니다. 첫 번째 제자로부터 찻잎을 조금 얻었습니다. 두 번째 제자에게서는 홍차를 약간 얻었고, 세 번째 제자에게서는 나귀를 얻었습니다. 그리고 스승에게 세 번째 제자에게서 받은 양탄자를 자기 집에 1년 동안 보관할 수 있게 해달라고 요청했습니다. 비주르는 그렇게 하도록 했습니다.

네 번째 제자는 아내에게 찻잎, 홍차, 나귀, 양탄자를 맡기고 먼 길을 떠났습니다.

그는 1년 동안 여행하며 만난 사람들을 다시 찾아갔습니다. 그리고 사람들에게 스승과 제자들에 대한 사연들을 이야기해주었어요. 그들은 자신의 입장과 같은지라 무릎을 치며 재미있다고 했습니다. 그는 이야기 끝에 그들이 가져온 찻잎과 홍차와 나귀와 양탄자가 지금 내 집에 있다고 말했습니다. 사람들은 그것들을 볼 수 없느냐고 말했습니다. 그는 물론 그렇게 할 수 있다고 했지요.

그들은 구전(口傳)하는 소품들을 보려고 그의 집을 다투어 찾아왔습니다. 그의 아내는 구경꾼들이 소품을 보는 대가로 동전 한 푼씩을 받았지요. 동전은 뒤주에 차곡차곡 쌓여갔습니다. 1년 뒤 집으로 돌아온 네 번째 제자는 뒤주에 쌓인 돈과 양탄자를 들고 스승 비주르를 찾아갔습니다. "스승님, 저는 사람들에게 스승님과 친구들의 이야기를 들려주고 금화 천 냥을 벌었습니다."

비주르는 역시 그를 칭찬했습니다.

그가 스승에게 빌린 양탄자를 돌려주려 하자, 스승은 사양하며 그것을 계속 보관해도 좋다고 했다. 그러자 제자가 말했습니다. "이제 부자가 되었으니 스승님의 덕과 학식을 기리는 비석을 세우고 싶습니다."

비주르는 웃으며 대답했습니다. "비석은 필요 없다. 네 이야기를 통해 나는 세상에 널리 알려지게 됐다. 언어와 이야기의 힘은 이처럼 그 어떤 돌이나 쇠보다 강한 법이다."

비주르가 네 번째 제자에게 한 말은 문학하는 사람들이 무릇 경청해야 할 대목입니다. 문학은 어떤 힘보다 강하니까요. 언어를 규칙적으로 다루는 것, 이야기에 호소력을 보태는 것, 사물의 정서를 효과적으로 드러내는 작업은 곧 문학의 기술이자 곧 힘입니다.

살아온 세상을 바라보는 시점에서 시인의 권위를 생각해봅니다. 올곧은 시인이 되기 위해선 네 번째 제자를 길러내는 비주르와 같은 지혜와 겸손이 필요합니다. 그러나 우리 문단에서는 가난한 제자를 도와주기는커녕 기백만 원씩 요구하는 이른바 신인 장사를 하는 문인이 많습니다. 문학상이란 얼마나 잘 나누어 먹었느냐가 시상의 기준이 되기도 합니다. 한국에서 생산되는 문예지는, 2016년도 기준으로 대략 450여 종이나 됩니다. 이 가운데 80% 이상의 문예지가 신인상 대상자에게 잡지를 강매 또는 회유 매매를 하고 있으며, 상금이 없는 문학상을 당연한 듯 시상하고 있습니다. 상금은 놔두고라도 심지어 돈을 받고 상을 주기도 합니다. 문학상 명칭이 거창할수록 그렇습니다. 설사 상금이 있다 하더라도 끼리끼리 주고 타기식으로 운영합니다. 나아가, 이미 앞서 비주르가 경계한 바,

제자와 후배 문인들에게 자기 시비(詩碑)를 세우게 하여 시비(是非)거리가 된 선배 문인이 부지기수입니다. 지금도 시비를 세우려 안달하는 문인이 많습니다. 남에게 구걸하면서까지 자기 명예를 높이려는 문인이 넘치는 게 우리 현실입니다. 하지만 시인은 많되 진정한 시인은 적습니다.

새삼스러운 말이지만 문학은 감동에 있습니다. 그러기에 대상에 대한 서정과 이야기를 구성해내는 능력은 시인이 빼놓지 말아야 할 조건이라 봅니다.

이제 40cm를 달려온 기쁨! 머리말에서 한 이 말을 다시 새겨 읽습니다. 활자를 눈으로 읽고 머리로 반추하며 느끼는 감동, 진정한 문학은 독자의 감동에 의해 그 생명을 얻습니다.

현실이 어렵고 힘들지만 문인은 오로지 작품으로 말해야 합니다. 자본주의 시대에 문인들도 먹고 치장하고 거들먹거리는 일도 합니다. 그러나 정신만은 형형해야 할 일입니다. '넌 얼마나 잘 났냐?'라고 물으신다면, 사실 나도 부끄럽습니다. 그러니 이 책과 더불어 정신 차리자고 가다듬기를 거듭하렵니다. 나는 내 평문들에게 독자 쪽에서 감동하는 글, 시인 쪽에서 고무되는 글, 그리고 작품 생산의 방법의 방법에 대하여 천착하라고 스스로에게 촉구하며 삽니다.

내 글을 그만 내팽겨주실 독자님, 바쁜 가운데, 또는 바쁜 척하는 가운데서도 여기까지 읽어주셔서 고맙습니다. 이제 장마와 더위가 걷히고 어느덧 흰 바람이 붑니다. 가을을 알리는 멧새 소리가 들리는 듯싶습니다.

마무리에 즈음하니 베르디의 〈사계〉가 '가을'로 트랙을 바꾸나 봅니다.

더위 속에서 조반을 마치면 규칙적으로 펼쳤던 노트북을 이제 닫는 밤늦은 시간입니다. 내일 아침, 세파에 물든 내 작은 귀에 산책길 은행나무의 노란 발자국들을 담아두려 합니다.

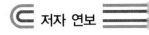

1948.12.12   전남 함평군 학교면 마산리 195번지(청수원) 출생

1965.10   서라벌예술대학 주최 전국고교생 문예현상 우수상(소설「감나무」김동리 선)

1966.10   제11회 학원문학상 우수상(산문「시련」이범선 선)

1966.9~1968.2   고등학교 졸업 때까지 동국대, 경희대, 홍익대, 동아대, 전남대, 충남대, 청주대 등 대학과 각 관공서, 문인협회 등에서 실시한 문예현상과 백일장의 입상 실적으로 문예장학생에 선정, 최초 학비 지원을 받음

1968.1   학다리고등학교 졸업, 서라벌예술대학 문예창작과 합격, 아버지 간경화 과중한 병원비로 중퇴

1969.3   목포교육대학에 입학, '초우문학' 동인 활동, 김희수, 허경회, 김사현, 송기숙 교수로부터 국어과 지도 및 창작수업

1971.3   초등학교 교사 시작, 이때부터 교육청 장학자료 편집 및 교정,「교육과정」,「수업 실제」,「적용사례」등 부분별 집필, 기관장「축·고사」작성 (이후 30년간 축·고사 1,200종)

1981.10.   중등국어교사 자격시험 합격

1985.4~1993.2   중학교 및 특수학교 교사,『독서교육의 실제』,『작문지도의 실제』,『국어학습의 길잡이』,『특수교육의 이해와 전망』,『언어훈련의 실제』,『논술지도의 실제』등 10여 종 장학자료 집필

1993.6   교육전문직 국어과 합격, 광주교육연수원 교육연구사,『분임토의의 이론과 실제』,『논술교육』,『문학교육 방법』,『토론지도 실제』,『언어지도』등 장학자료 집필

1993.6~2013.12   광주교육연수원을 비롯한 각 시도 연수원, 교육청 등에서 '국어교

육', '우리말 바로 쓰기', '논술독서', '문학교육', '시 교육', '국어과 수업', '토론지도 실제', '서술 및 수행평가', '논술평가' '장학행정', '학교행정', '교육행정', '연구논문 작성법', '전문직의 자세' 등 21년간 강의

1992.3~2017.9. 현재 　전남대 및 동대학원, 조선대, 호남대 및 동대학원, 대불대 및 동대학원, 동신대, 광주여대 및 동대학원, 광주교육대, 교원대 및 동교육원, 강남대, 남부대 및 동대학원, 한국방송통신대 등에서 '대학작문', '한국어문학', '문학의 이해', '국어교육', '문학교육', '독서교육', '작문교육', '국어교재연구', '특수교육교육논술', '연구논문작성법', '국문학개론', '국문학사', '문예사조사', '현대문학사', '현대시연구', '문예창작론', '시 창작론' 등의 교과목을 27년째 강의

2003.5 　　시집 『배설의 하이테크 보리개떡』 출판기념회 개최(교육청 주관)

2012.3~2017.9 조선대 평생교육원 '시의 이해와 창작' 6년째 강의

2010.4 　　'相來文學房'(전용서재) 개설

■ 주요 공직

1971.3~1993.5 초중고, 특수학교 교사

1993.6~1998.2 광주교육연수원 교육연구사

1998.3~2004.2 광주시교육청 장학사, 장학관

2004.3~2008.2 광주여자고등학교 교장, 운남고등학교 교장

2009.3~2011.2 광주시교육청 교육국장, 정년퇴임

■ 겸임교수, 위원 및 단체장

1994.12~1995.12 전남매일신문 논설위원

1997.11~1999.11 조선대 인문과학연구소 객원연구원

1999.9~2002.2 조선대, 전남대 겸임교수

감성 매력과 은유 기틀

2000.2~2004.1 시류문학회 회장

2006.1~2015.12 한국아동문학회 평론분과위원장

2006.1~2008.12 광주전남시조시인협회 회장

2007.1~2009.12 광주일보 신춘문학회 회장

2008.1~2010.12 죽난시사회 회장

2011.1~2013.1 광주광역시문인협회 회장

2011.1~2013.12 한국시조시인협회 부이사장

2011.3~2017.현재 광주예술영재교육원 심의위원장

■ 학위

1989.8   조선대학교 대학원 졸업(문학석사, 논문「한국 현대시의 화자유형 연구」)

1994.2   조선대학교 대학원 국어국문학과 박사과정 수료(문학박사, 논문「한국 현대시의 화자 연구」)

■ 등단 및 주요 발표 자료

1969.7   중앙일보 시조「별 아래」발표 후 시조창작에 관심

1970.10   강성상, 서상범 등과 함께 3인 시화전 개최

1973.6   『현대시학』에 시「암살자의 편지」추천(이형기 선)

1976.12~1979.10 『교육자료』'문원'에 시「다리 위에서」「누이」「겨울 방안에서」등 3회 천료(이원수, 황금찬 선)

1979.1   광주일보 신춘문예 시「일출」당선(이동주 선)

1989.10   한국방송통신대 제7회 논문현상공모 당선(「현대시에 대한 수용적 이해 지도」)

1990.7   『표현』제5회 신인작품상, 평론「문학사조와 시적 화자의 관계고찰」(천

이두·이상비 선)

1991.3	『시조문학』 봄호, 시조 「빨래」 등 3회 천료(이태극 선)
1992.5	『한글문학』 제15집, 신인상 평론 「시적 화자의 작품 구조」(문덕수 선)
1992.7	『국어교육』 77·78호, 평론 「사랑의 굴레 −운영전론」 발표
1992.12	『국어교육』 79·80호, 평론 「묵인(黙人), 그 극복의 시 의식」 발표
2000.3.	『시인정신』 봄호, '신작시 초대석'에 「달력 뒷장」 외 4편 발표
2000.12	『국어교육』 96호, 논문 「시조의 기원, 형성, 소재, 주제에 대하여」 발표
2002.9	『문학과문화』 가을호, '신작특집' 시 「많은 생각이 뮌다」 외 2편 발표
2003.9~2003.12	『문학과비평』 가을·겨울호, 「사물시조 접근을 통한 생활시조 쓰기」 연재
2004.10	『시조연수교재』, 「현대시조 쓰기, 어떻게 할 것인가」
2004.12~2005.2	『현대시문학』, 「현대시 창작론」 인터넷 강의
2005.12	『시와수필』 제3호, '기획특집, 이 계절에 만나고 싶은 사람들' 난에 필자의 다양한 시 세계와 인생관 소개
2006.9	『현대시학』, '현대시조100.특집', 「좋은 현대시조에 대한 생각 넓히기」 발표
2012.10	『월간 모던포엠』, '특집초대석' 시 「바람 람보」 외 9편과 평론 등 게재
2014.12	『대한문학』 겨울호, '작가탐방, 예향 광주정신을 이어가는 작가 노창수 선생을 찾아서'에 작품 창작 배경 및 문학적 삶의 전면을 소개
2015.6	『시와사람』 여름호, '신작초대석' 「겨울 우저서원에서」 외 4편 발표(해설 : 박성현 교수)
2016.3	『해동문학』 봄호, '이 계절에 만난 시'에 「클린과 클릭 사이에 끼인 남자」 외 4편 게재
2016.6	『문학춘추』 여름호, 특집탐방에 '상래문학방을 찾아서' 대담자료와 시 「새소리에 거는 목걸이」 게재
2017.7	『월간문학』, '창작산실'에 사진 자료 및 시 「데칼코마니 연습」, 「봄비 듣는 음악」, 「초인종」과 평설(글 이재훈) 등 소개

감성 매력과 은유 기틀

■ 저서

1. 시 및 시조집

1990.11	첫 시집『거울 기억제』(발문 송수권, 예원)
2003.10	제2시집『선 따라 줄긋기』(발문 우재학, 고려문화사)
2003.4	제3시집『배설의 하이테크 보리개떡』(발문 백수인, 미래문화사)
2003.4	제1시조집『슬픈 시를 읽는 밤』(평설 이기반 외 8인, 미래문화사)
2008.10	제4시집『원효사 가는 길』(발문 허형만, 시선사, 광주예술위 지원)
2014.1	제2시조집『조반권법(朝飯拳法)』(발문 이지엽, 고요아침, 한국문협 작가상)
2015.9	제5시집『붉은 서재에서』(발문 이재훈, 현대시, 세종문학나눔도서)
2017.10.	시조선집『탄피와 탱자』(발문 체험적 창작론, 고요아침, 100인선집)

2. 논저 및 평론집

2007.11	논저『한국 현대시의 화자 연구』(푸른사상사)
2008.1	문학평론집『반란과 규칙의 시 읽기』(푸른사상사, 우수평론집)
2011.2	평론집『사물을 보는 시조의 눈』(고요아침, 우수학술도서)
2017.11	논저『감성 매력과 은유 기틀』(푸른사상사)
2017.12	평론집『토박이의 풍자 시학』(푸른사상사)

■ 수상

1981.11	제25회 전국교육연구대회 최우수상(주제「국어과 운문교재 주제 파악력 기르기」)
1982.6	전국국어교사 논문발표대회 최우수상(「시 교재 수업에 대한 고찰」)
1990.8	제1회 가족예찬공모전 시 부문 밝은마음상(신세계백화점 주최, 시「가족사진과 어머니」)
1994.12	제5회 한글문학상(평론부문「〈운영전〉에 나타난 굴레와 사랑의 이미지」)

1997.10	치악문화예술제 전국시조백일장 차하상(시조「가을걷이」)
1998.10	제1회 한국시비평문학상(평론부문, 「사물시조 쓰기」)
2003.5	녹조근정훈장(국어교육, 특수교육)
2003.12	광주전남아동문학인상(아동문학평론 부문)
2003.12	광주문학상(시조집『슬픈 시를 읽는 밤』)
2003.10	우리말 쓰기 운동 한글학회 표창장
2005.12	무등시조문학상(시조「팔손이나무를 심다」외)
2004.12	현대시문학상(시「원효사 가는 길」)
2008.12	한국아동문학 작가상(평론「동시의 화자와 그 기능」)
2014.12	한국문협 작가상(시조집『조반권법』)
2015.12	제15회 박용철문학상(시)

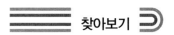

인명 및 용어

작품 및 도서